Mes années BAC

Pour réussir le jour J

1re

Français

S. Ledda-Vengerder
Agrégé de lettres modernes

bordas

Sommaire

Pour des révisions encore plus efficaces, accède facilement à nos tutoriels vidéo pour t'entraîner à l'oral :

1. Télécharge l'application bordas Flash PAGE sur Android ou Apple
2. Flashe la page marquée de ce logo bordas Flash PAGE
3. Lance ta ressource !

Les objets d'étude

L'épreuve

Les épreuves écrites de français

La classe de français en première aboutit aux deux exercices écrits qui constituent désormais l'épreuve de français : la **dissertation** et le **commentaire littéraire**.
Bien qu'ils soient différents, ces exercices présentent quelques points communs. D'abord ils exigent de votre part une grande rigueur dans la forme. Ils invitent à organiser la pensée de manière cohérente en suivant un plan. Ils nécessitent aussi une attention particulière à l'orthographe et à la syntaxe. Ce sont ces éléments qui font la différence sur une copie.
À l'écrit, le sujet est en lien avec les objets d'étude et les œuvres étudiées pendant l'année.

La dissertation

Indications des nouveaux programmes

La dissertation consiste à conduire une réflexion personnelle et structurée à partir d'une question littéraire portant sur l'une des œuvres et sur le parcours associé. Vous pourrez choisir l'un des trois sujets de dissertation. Il conviendra ainsi de développer votre argumentation à partir de l'œuvre étudiée et de votre connaissance des textes abordés dans le cadre du parcours. On attend de vous que votre culture personnelle vienne enrichir votre réflexion.

Comment aborder l'exercice ?

La dissertation est un exercice qui vous invite à composer votre réflexion de manière argumentée à partir d'un sujet précis.

1. Repérez les mots-clés du sujet.

2. Notez vos premières idées.

3. Ébauchez un plan, en notant les exemples que vous souhaitez développer. L'analyse du sujet de dissertation nécessite plusieurs relectures attentives afin de ne pas commettre d'erreur d'interprétation, des contresens.

4. Après cette phase il faut poser les premiers éléments d'une problématique. La problématique assure la question centrale que vous suggère le sujet et à laquelle vous allez répondre tout au long de votre développement.

Quelle est la forme d'une dissertation littéraire ?

La structure d'ensemble d'une dissertation suit toujours la composition suivante :

1. Une introduction
2. Un développement en plusieurs parties, le plus souvent trois
3. Une conclusion

On considère qu'il existe trois types de plan selon le sujet posé :

1. **Le plan dialectique** (thèse / antithèse* / synthèse)
2. **Le plan analytique** (qui suit une analyse organisée de votre pensée)
3. **Le plan thématique** (qui répond au sujet par de grands axes thématiques)

Le commentaire littéraire

Le commentaire littéraire consiste en l'étude d'un extrait de texte issu des œuvres étudiées ou en lien avec les objets d'étude du programme. Il a pour but de commenter un texte, en organisant sa pensée par grands axes. Il ne faut pas confondre le commentaire avec l'explication de texte linéaire, qui suit la progression du texte ligne après ligne.

Cet exercice présente un impératif, qui consiste à ne pas séparer le fond de la forme, c'est-à-dire à mettre en perspective les procédés littéraires utilisés et la signification du texte.

Comment aborder le texte à commenter ?

Tout d'abord il faut relire plusieurs fois le texte analysé, en vous interrogeant notamment sur son genre (poésie, théâtre, roman, essai) et sur sa tonalité (comique, tragique*, pathétique). Ce premier jalon posé, examinez ensuite le niveau de langue*, le lexique employé. Vous pouvez enfin analyser la structure des phrases, la ponctuation utilisée. Tous ces éléments vous permettront de décrypter le sens du texte.

Quelle est la structure d'un commentaire ?

Le commentaire littéraire présente une structure identique à celle d'une dissertation. Il comporte :

1. Une introduction qui présente le texte, sa problématique et annonce le plan.
2. Un développement structuré.
3. Une conclusion, qui répond à la question problématique posée dans l'introduction et ouvre la réflexion.

Le développement propose d'aborder le texte par grands axes, de manière raisonnée et organisée. Le plus souvent, on part du sens le plus explicite pour aller vers l'interprétation plus symbolique du texte. Le développement doit s'appuyer constamment sur le texte. Vous ne pouvez rien affirmer sans citer un exemple précis qu'il faut commenter. Le travail du commentaire est donc un va-et-vient constant entre le texte et votre interprétation. Ce développement obéit à une argumentation précise et solide. Il faut ainsi introduire chaque paragraphe avec un connecteur et ménager des transitions d'une partie à l'autre. Cette démarche a pour fonction de rendre cohérente votre analyse en faisant apparaître sa progression.

L'épreuve orale de français

L'épreuve orale a pour but **de vérifier les compétences et les connaissances** acquises en seconde et surtout en première. Elle se fonde sur un parcours d'études et un dossier personnel à partir desquels un examinateur vous interroge.

Le contenu de l'épreuve orale

L'oral dure 50 minutes : 30 minutes de préparation et 20 de présentation divisée en 2 parties de 12 et 8 minutes. L'épreuve orale vous invite à mobiliser vos savoirs autour d'une œuvre étudiée au cours de l'année ou du parcours qui lui est associé. Elle exige aussi de montrer votre capacité à utiliser un niveau de langue soutenu, à être donc clair, précis et à utiliser des termes techniques s'il le faut.

L'exposé et l'entretien

L'exposé se prépare à partir d'une question posée par l'examinateur qui oriente votre préparation. Il s'agit de présenter une lecture analytique d'un texte ou d'un extrait étudié en cours d'année et se rattachant à l'un des parcours abordés en classe. Une question de grammaire sur un mot ou une expression du texte peut être posée.
L'entretien prend appui sur la présentation d'une lecture cursive que vous aurez choisie parmi celles étudiées en classe ou proposées par votre enseignant au titre de lectures cursives obligatoires.

La culture personnelle

L'oral fait appel à des qualités de lecture, mais aussi à votre capacité à convoquer votre culture personnelle. En effet, établir des comparaisons avec d'autres textes enrichit votre explication ainsi que, par exemple, le souvenir d'une soirée au théâtre où le texte a été joué ou la visite d'une exposition permettant de faire un lien entre les arts d'une même époque. Le tenue d'un carnet personnel permettra, par exemple, de garder la mémoire de votre enrichissement culturel et artistique à l'intérieur et à l'extérieur du lycée.

1 Histoire et périodisation littéraires

Les 5 points incontournables

Quelques grands repères

De manière générale, la littérature est périodisée grâce à la chronologie :

- xve–xvie siècle : humanisme et Renaissance.
- Fin du xvie siècle – milieu du xviie siècle : baroque et préciosité.
- Seconde moitié du xviie siècle : classicisme.
- xviiie siècle : Lumières.
- Fin du xviie siècle – xixe siècle : romantisme.
- Fin du xixe siècle : symbolisme et décadentisme.
- Première moitié du xxe siècle : avant-garde.
- Après 1945 : littérature contemporaine.

Qu'est-ce que l'histoire littéraire ?

L'histoire littéraire désigne les différents **courants qui marquent l'évolution de la littérature**. Chaque mouvement littéraire correspond à une période historique, dont elle reflète souvent les préoccupations politiques et sociales.

Événements littéraires et chefs-d'œuvre

L'histoire littéraire se définit en partie par les œuvres les plus marquantes de notre patrimoine. Elles constituent parfois des événements dont la postérité conserve la mémoire.

Délimiter un mouvement

Certaines œuvres ne marquent pas nécessairement le début ou la fin d'un mouvement littéraire. Il est parfois difficile de dire quand s'arrête le classicisme ou le romantisme. Ainsi, **les mouvements littéraires peuvent se chevaucher et s'influencer**.

Querelles esthétiques

La **périodisation littéraire** se constitue aussi à partir des **scandales** et des querelles littéraires. Tel est le cas au xviie siècle dans la querelle des Anciens et des Modernes, ou au xixe siècle, quand le romantisme s'est imposée au terme de nombreuses polémiques*.

1. La littérature médiévale

- Fin IXe siècle : *Cantilène de Sainte Eulalie*
- Début XIe siècle : *Vie de Saint Alexis*
- Fin XIe siècle : *La Chanson de Roland*
- Vers 1150 : *Le Charroi de Nîmes*
- 1152 : Hildegarde de Bingen, *Scivias*
- 1170 : Béroul, *Tristan et Yseut*
- Vers 1180 : *Le Roman d'Alexandre*
- Vers 1180 : Chrétien de Troyes, *Perceval, ou le conte du Graal*
- Fin XIIe siècle : Marie de France, *Lais*
- Fin XIIe siècle : *Le Roman de Renart*
- Vers 1230 : Guillaume de Lorris, *Le Roman de la Rose*
- 1245 : Richard de Fournival, *Le Bestiaire d'Amour*
- Vers 1260 : Rutebeuf, *Les Dits*
- 1298 : Marco Polo, *Le Livre des Merveilles*
- 1309 : Jean de Joinville, *Vie de Saint Louis*
- 1357 : Jean de Mendeville, *Le Livre des Merveilles du monde*
- 1392 : Jean d'Arras, *Le Livre de Mélusine*
- Vers 1370 : Guillaume de Machaut, *Prise d'Alexandrie*
- 1400 : Jean Froissard, *Chroniques*
- 1404 : Christine de Pisan, *La Cité des Dames*
- Milieu du XVe siècle : Charles d'Orléans, *Ballades* et *Rondeaux*
- 1457 : René d'Anjou, *Livre du cœur d'amour épris*
- 1458 : Arnoul Gréban, *Le Mystère de la Passion*
- 1461 : François Villon, *Le Testament*

Marie de France

Chrétien de Troyes

Le Roman de Renart

Christine de Pisan

Guillaume de Machaut

François Villon

■ Avant la découverte de l'imprimerie en 1492, les livres sont lus sous la forme de **manuscrits** retranscrits par des copistes. La littérature médiévale désigne une vaste production qui s'étend du ve siècle au xve siècle. Jusqu'au xiiie siècle, une grande partie des œuvres est écrite en latin, puis en français selon les régions d'origine des écrivains (langue d'oïl au nord et langue d'oc au sud).

■ La littérature médiévale est avant tout une **littérature d'élite, aristocratique et religieuse.** Son lectorat est d'abord peu étendu. À partir du xiie siècle, la bourgeoisie aisée accède de plus en plus à la lecture, ce qui développe l'art littéraire. La plupart des auteurs, jusqu'au xiiie siècle, sont inconnus. Très souvent lus ou récités, **les textes sont diffusés oralement**.

■ Le genre poétique est florissant tout au long du Moyen Âge. Les genres épique*, lyrique et religieux dominent. **La poésie lyrique est chantée**. L'art des trouvères, ou de leur équivalent méridional, les troubadours, est admiré. Au fil des siècles, la poésie évolue vers des formes fixes : ballades, rondeaux, lais et virelais. Parmi les plus célèbres poètes figurent **Rutebeuf**, **Marie de France**, **Guillaume de Machaut**, **Christine de Pisan** et **François Villon**.

■ Le Moyen Âge invente le roman sous la forme d'épopée, à mi-chemin entre **légende** et **histoire**. Ainsi au xiiie siècle naissent les premiers grands cycles romanesques, dont les romans arthuriens dus en particulier à **Chrétien de Troyes**. Les chansons de geste (tel que la *Chanson de Roland*) se démarquent du **roman courtois** par les sujets qu'elles traitent, les premières mettant en scène les aventures d'un homme héroïque, et le second traitant d'amour. Les deux genres ont en commun d'être écrits sous forme versifiée. Ainsi, la chanson de geste est souvent composée en décasyllabes.

■ Au Moyen Âge, le théâtre est un art vivant destiné à un vaste public. Les **mystères** et les **miracles** sont des genres théâtraux d'inspiration religieuse, qui mettent en scène un épisode biblique ou la vie des saints. Ces pièces sont jouées sur le parvis des Cathédrales, près des édifices religieux. Dans le domaine profane, les **sotties** sont de pièces satiriques qui portent sur l'actualité et les **moralités** des pièces didactiques, qui représentent de manière allégorique le bien et le mal.

■ La fiction au Moyen Âge se diffuse grâce à la lecture à haute voix, pratiquée à la fois dans un **cadre laïc** (à la cour des seigneurs), mais aussi dans un **cadre religieux**. Les livres sont lus ou récités à haute voix. Pour ceux qui savent lire (les religieux, les élites), le livre est un **support de méditation** sur les écrits religieux. Pour les lettrés, il constitue un **divertissement** (romans, traités de chasse ou d'agriculture, etc.). L'illustration joue un rôle considérable : un livre ne raconte pas seulement une histoire avec les mots, l'image accompagne, enrichit et nourrit le texte.

■ Les monastères ont joué un rôle important dans la conservation des textes, en procédant à un **travail de copie** dès la chute de l'empire romain. De nombreux monastères possédaient des scriptoria, lieux dévolus à la copie de manuscrits et à l'enluminure. Au xiie siècle, la place du livre évolue, et s'ouvre aussi au monde laïc. Autour des premières **universités** se développe dans des ateliers urbains (la Sorbonne est fondée en 1253). Les copistes, les parcheminiers, les enlumineurs et les relieurs forment cette première industrie du livre.

2. Humanisme et Renaissance

- 1451 : découverte de l'imprimerie par Gutenberg
- 1492 : découverte de l'Amérique par Christophe Colomb
- 1494 : Sébastien Brant, *La Nef des fous*
- 1500 : Érasme, *Les Adages*
- 1511 : Érasme, *Éloge de la folie*
- 1517 : Luther, *Les 95 Thèses*
- 1528 : Balthazar Castiglione, *Le Livre du Courtisan*
- 1532 : Rabelais, *Pantagruel*
- 1532 : L'Arioste, *Le Roland furieux*
- 1534 : Rabelais, *Gargantua*
- 1541 : Marot, *Psaumes*
- 1544 : Maurice Scève, *Délie, objet de plus haute vertu*
- 1548 : Noël du Fail, *Les Contes nouveaux d'Eutrapel*
- 1549 : Du Bellay, *Défense et Illustration de la langue française*
- 1549 : Étienne de la Boétie, *Discours de la serviture volontaire*
- 1552 : Étienne Jodelle, *Cléopâtre captive*
- 1552 : Ronsard, *Les Amours*
- 1555 : Louise Labé, Élégies* et sonnets
- 1555 : Nostradamus, *Les Prophéties*
- 1559 : Marguerite de Navarre, *L'Héptaméron*
- 1560 : Pierre Boaistuau, *Les Histoires prodigieuses*
- 1578 : Guillaume du Bartas, *La Sepmaine*
- 1580 : Montaigne, *Essais*

Gutenberg

Érasme

Rabelais

Du Bellay

Ronsard

Montaigne

■ **L'humanisme** désigne un vaste mouvement littéraire et intellectuel qui s'est développé en France et en Europe à partir de la fin du XVe siècle. Il se caractérise par son **universalisme** et par son érudition. L'humanisme est aussi la période des **grandes découvertes** : l'ouverture sur de nouveaux mondes (les Amériques, l'Inde) fait évoluer la conscience des intellectuels européens, ce dont témoigne la littérature.

■ La **Renaissance** est une redécouverte des textes anciens (grecs et latins), ce qui développe le goût de **l'Antiquité**, à la fois comme idéal et comme modèle. C'est pourquoi **l'Italie**, berceau de l'antiquité latine, attire les artistes et voit naître les chefs-d'œuvre de l'art. Le poète Joachim du Bellay part ainsi s'instruire à Rome.

■ Le goût de l'érudition se manifeste aussi dans l'**essor des correspondances** entre gens **de lettres**. Facilitée par la **découverte de l'imprimerie par** Gutenberg, la circulation des livres se fait à l'échelle européenne. Des intellectuels comme Érasme et Guillaume Budé favorisent une connaissance approfondie des textes antiques qu'ils traduisent et commentent. Cette évolution du savoir conduit à de nouvelles **interrogations politiques et religieuses.**

■ L'érudition passe aussi par l'**imitation des Anciens**. Imiter consiste alors en un exercice intellectuel majeur, qui sert aussi à développer l'**esprit de commentaire** : on imite les grands auteurs antiques comme Horace, Tacite ou Aristote tout en glosant sur leurs œuvres. Par exemple, le poète Pierre de Ronsard imite volontiers le style des poètes antiques Pindare et Horace.

■ La pensée humaniste cherche à comprendre et à analyser ce qu'il y a de meilleur dans l'homme, en qui il a foi. Cet idéal passe par la recherche du **beau** et du **bien**. Michel de Montaigne témoigne de cette quête dans ses *Essais* (1580), qui illustrent les bienfaits du savoir intellectuel et de la **connaissance empirique du monde**.

■ L'humanisme ne concerne pas seulement la littérature : il traverse **tous les domaines de la pensée**, de la science et de l'art. Léonard de Vinci emblématise la quête humaniste par la polyvalence de ses intérêts : peintre, poète, homme de science et découvreur, il incarne l'idéal de savoir de son temps.

■ L'humanisme, qui couvre environ un siècle, est marqué par de très vives polémiques intellectuelles, morales et religieuses. L'émergence du **protestantisme** en Europe est en effet liée à l'évolution de la connaissance des textes et de leur traduction, notamment des textes sacrés.

■ Les autorités catholiques et politiques mettent à l'index certaines œuvres au nom de principes religieux. La **polémique** se transforme en violents conflits, dans lesquels sont impliqués des hommes de lettres et de science. François Rabelais, dans ses romans satiriques et parodiques, défend la tolérance et la paix. À partir des années 1560, la France traverse une grave crise, appelée **guerres de Religion**. Mais des conflits ont déjà éclaté en Europe dès les années 1530.

3. Baroque et préciosité

SHAKESPEARE

CORNEILLE

- 1559-1598 : guerres de Religion
- 1597 : Jean de SPONDE, *Les Amours*
- 1598 : proclamation de l'édit de Nantes
- 1603 : SHAKESPEARE, *Hamlet*
- 1607 : Honoré d'URFÉ, *L'Astrée*
- 1610 : SHAKESPEARE, *La Tempête*
- 1611 : SHAKESPEARE, *Macbeth*
- 1616 : Agrippa d'AUBIGNÉ, *Les Tragiques*
- 1623 : Théophile de VIAU, *Les Amours tragiques de Pyrame et Thisbé*
- 1623 : Giambattista MARINO, *L'Adone*
- 1634-1635 : création de l'Académie française
- 1635 : Pedro CALDERÓN, *La Vie est un songe*
- 1636 : CORNEILLE, *Le Cid*
- 1636 : CORNEILLE, *L'Illusion comique*
- 1637 : DESCARTES, *Discours de la méthode*
- 1642 : Madeleine de SCUDÉRY, *Recueil des femmes illustres*
- 1642-1643 : mort de Louis XIII et de Richelieu
- 1648-1653 : SCARRON, *Virgile travesti*
- 1652 : Madeleine de SCUDÉRY ouvre son salon littéraire
- 1654-1660 : Madeleine de SCUDÉRY, *Clélie, histoire romaine*
- 1657 : Cyrano de BERGERAC, *Histoire comique des États et Empires de la Lune*
- 1659 : Molière, *Les Précieuses ridicules*

DESCARTES

SCARRON

Madeleine de SCUDÉRY

■ Le terme baroque vient de l'italien *barroco*, qui désigne une **perle de forme irrégulière**. Ce terme, emprunté de manière métaphorique à la joaillerie, qualifie au XVIIe siècle une œuvre bizarre, où dominent la **fantaisie** et l'**imagination**. C'est au XXe siècle que ce terme à désigne un vaste mouvement littéraire et culturel qui s'étend du début du XVIIe siècle jusqu'aux années 1660. Le terme baroque ne concerne pas seulement les lettres, mais aussi les **arts en général**.

■ Le baroque s'épanouit durant une **période instable** sur le plan politique. Au lendemain des guerres de Religion, l'Europe est déchirée et exprime cette **inquiétude** par des œuvres contrastées, où domine parfois l'idée de violence (*Les Tragiques* d'Agrippa d'Aubigné, par exemple), et où s'exprime une esthétique **morbide**.

■ Après l'austérité de la Réforme protestante, la **contre-réforme** catholique propose un modèle de **pensée plus libre**. C'est un terrain propice à l'émergence de nouveaux philosophes, tels que **Descartes**.

■ Le baroque se caractérise aussi par son goût du **spectaculaire** dans les arts et dans la littérature. Les histoires d'aventure se multiplient, comme *Le Roman comique* de **Paul Scarron**. Au théâtre, on utilise des machines et des **effets spéciaux** pour charmer le public. La **mise en abyme** est très souvent utilisée : on crée une scène de théâtre dans une pièce (*L'Illusion comique* de **Corneille**) ou on introduit des **récits digressifs** dans un roman.

■ Le baroque se défend finalement d'appliquer des règles strictes à la création artistique. Ce sont la **liberté d'inspiration** et la **fantaisie du créateur** qui priment. On n'hésite plus à mélanger les genres, comme c'est le cas dans les pièces de **Shakespeare**, qui mélangent souvent du comique et du dramatique.

■ La préciosité est un mouvement littéraire et culturel qui naît au milieu du XVIIe siècle. Diffusée grâce aux **salons littéraires**, réunion de lettrés dans les appartements d'une grande dame, la préciosité se définit comme un art raffiné de la langue au service d'un art de vivre. La **galanterie** et **le bel esprit** sont les deux aspects développés par la littérature précieuse.

■ La littérature précieuse met en scène une série de **codes** auxquels les amants doivent se conformer pour atteindre leur but. Ainsi, les rapports sociaux sont présentés comme codés, ritualisés à travers une série de péripéties* qui sont autant d'initiations.

■ La littérature précieuse est un **phénomène sociologique** : elle est pratiquée par une élite cultivée, qui rejette toute forme de vulgarité (au sens étymologique du terme, c'est-à-dire tout ce qui est commun). **Madeleine de Scudéry** est l'égérie de la préciosité parisienne.

■ La recherche de la **sophistication** poussée à l'extrême crée des situations peu naturelles, des sentiments exagérés manquant de spontanéité. Le terme « précieux » est alors appliqué par certains détracteurs pour désigner le ridicule du **raffinement excessif** et dont se moque Molière dans *Les Précieuses ridicules*.

4. Classicisme

Boileau

- 1607 : Malherbe, *Consolation à Du Périer*
- 1624-1636 : Guez de Balzac, *Les Lettres*
- 1640 : Corneille, *Horace*
- 1643 : Corneille, *Cinna*
- 1647 : Vaugelas, *Remarques sur la langue française*
- 1661 : début du règne personnel de Louis XIV
- 1663 : François de La Rochefoucault, *Les Maximes*
- 1664 : Molière, *Le Tartuffe ou l'Imposteur*
- 1665 : Abbé d'Aubignac, *Dissertations contre Corneille*
- 1668 : Racine, *Andromaque*
- 1669 : Racine, *Britannicus*
- 1670 : Blaise Pascal, *Les Pensées*
- 1671 : Racine, *Bérénice*
- 1674 : Boileau, *Art poétique*
- 1677 : Racine, *Phèdre*
- 1678 : Madame de Lafayette, *La Princesse de Clèves*
- 1678 : Madeleine de Sablé, *Les Maximes*
- 1685 : Révocation de l'édit de Nantes
- 1688 : La Bruyère, *Les Caractères*
- 1668-1694 : La Fontaine, *Fables*
- 1715 : mort de Louis XIV
- 1715-1723 : Régence du duc d'Orléans

Molière

Madame de Lafayette

Racine

La Fontaine

La Bruyère

■ Le classicisme désigne en premier lieu un **idéal esthétique** commun à des écrivains nés autour de 1640 et qui écrivent principalement sous le règne de Louis XIV. Le mouvement marque durablement l'histoire littéraire : on continuera à jouer des tragédies* sur le modèle classique jusqu'à la fin du XIXe siècle.

■ Le terme « classique » vient du latin *classici scriptores* : « écrivains de première classe ». Il renvoie aux **auteurs latins ou grecs**, modèles qu'il faut imiter pour atteindre la perfection.

■ L'art classique doit toucher le cœur et l'âme. Il montre des passions fortes composées dans le cadre de règles littéraires et morales. C'est pourquoi la recherche du naturel est fondamentale pour les classiques, ainsi que l'exprime Boileau : « Ce qui se conçoit bien s'énonce clairement / Et les mots pour le dire arrivent aisément. » (*L'Art Poétique*, Chant I, 1674).

■ La littérature classique repose sur des **règles imitées des préceptes anciens**, en particulier ceux de la Poétique d'Aristote, dans le but d'**atteindre le Beau et le Bien.**

■ Les écrivains classiques se fixent deux objectifs : **plaire au public** avec des œuvres qui le touchent, mais aussi l'**instruire** grâce à la dimension morale des histoires racontées ou des scènes représentées.

■ Des divergences entre le respect de la tradition et un désir de s'émanciper se cristallisent à partir de 1680. Cette tension produit la **querelle des Anciens et des Modernes**. Les Anciens sont les partisans de la culture et de la littérature antiques (**Racine**, **Boileau**, **La Fontaine**, **La Bruyère**). Les Modernes réunissent des écrivains (**Fontenelle**, **Perrault**) qui estiment que les arts et les sciences peuvent évoluer sans la référence à l'Antiquité. Les auteurs débattent au sein des salons littéraires, tel que celui de **Madame de Lafayette**.

■ Dès les années 1630, des théoriciens de la littérature formulent des règles qui doivent s'appliquer aux genres, en particulier à la « poésie dramatique », expression qui désigne alors le théâtre. Ces règles ont pour but d'unifier la langue française et les œuvres littéraires.

■ Le théâtre est soumis à la **règle des trois unités :** l'**unité d'action** (intrigue unique), l'**unité de temps** (l'action ne doit pas excéder 24h) et l'**unité de lieu** (un seul espace) fondent ensemble la vraisemblance tragique*. Cependant, ces règles s'appliquent à tous les genres théâtraux, par exemple pour les comédies* du théâtre de **Molière.**

■ D'autres valeurs sont par ailleurs à respecter : la **vraisemblance,** qui signifie que les actions représentées doivent paraître vraies et que les personnages doivent être cohérents, c'est-à-dire que leurs actions sont déterminées par leur rang social, et la **bienséance**, qui exige qu'on ne représente ni la violence physique ni la mort en scène, le corps ne devant pas être mis en spectacle mais rester digne. Il ne faut pas choquer.

5. Lumières

- 1696 : Pierre Bayle, *Dictionnaire historique et critique*
- 1721 : Montesquieu, *Lettres persanes*
- 1723 : Marivaux, *La Double Inconstance*
- 1725 : Marivaux, *L'Île des esclaves*
- 1730 : Marivaux, *Le Jeu de l'amour et du hasard*
- 1734 : Voltaire, *Lettres philosophiques*
- 1736 : Crébillon, *Les Égarements du cœur et de l'esprit*
- 1748 : Montesquieu, *De l'esprit des Lois* / Voltaire, *Zadig ou la Destinée*
- 1751-1772 : Diderot et d'Alembert, publication du premier tome de *L'Encyclopédie*
- 1755 : Rousseau, *Discours sur l'origine et les fondements de l'inégalité*
- 1757 : Diderot, *Le Fils naturel*
- 1759 : Voltaire, *Candide*
- 1761 : Rousseau, *Julie ou La Nouvelle Héloïse*
- 1762 : Rousseau, *Du contrat social*
- 1796 : Diderot, *Le Supplément au voyage de Bougainville*
- 1775 : Beaumarchais, *Le Barbier de Séville*
- 1778 : Beaumarchais, *Le Mariage de Figaro*
- 1782 : Choderlos de Laclos, *Les Liaisons dangereuses*
- 1784, Emmanuel Kant, *Qu'est-ce que les Lumières ?*
- 1789 : Rousseau, *Les Confessions*

Montesquieu

Marivaux

Voltaire

Diderot

Rousseau

Choderlos de Laclos

■ Le terme « Lumières » est une métaphore* utilisée pour exprimer le **désir d'éclairer les hommes par la raison**. Le mouvement des Lumières est européen et se diffuse au cours du XVIIIe siècle. Le triomphe de la raison prônée par ces philosophes est l'une des origines de la Révolution française.

■ La découverte de nouveaux mondes et de nouvelles civilisations oblige les Européens à relativiser la valeur de leur culture. Le **géocentrisme** fait l'objet de débats et la prétendue supériorité de la société française est discutée. Le système monarchique libéral anglais devient un modèle et **Montesquieu** s'en inspire dans *De l'esprit des lois* en 1758.

■ Se développe chez les intellectuels l'idée que l'homme peut penser par lui-même grâce à la raison et à l'**esprit critique**. Cette attitude s'oppose aux principes qu'imposent les dogmes religieux. Les philosophes comme **Descartes**, **Fontenelle** ou **Locke** placent la raison et la méthode au cœur de leurs préoccupations.

■ La rédaction de l'*Encyclopédie* (1751-1772) reflète le désir des Lumières d'un savoir le plus complet possible dans tous les domaines. En 1750, **Diderot** écrit dans le « prospectus » qui en annonce la parution : « J'ai dit qu'il n'appartenait qu'à un **siècle de philosophe** de tenter une encyclopédie. »

■ Le savoir et la critique ont un but : lutter contre la bêtise des idées reçues et de l'**obscurantisme**. Il s'agit de faire comprendre que l'homme peut progresser et ne doit pas accorder de crédit aux superstitions. Les **abus de la religion** sont ainsi souvent dénoncés par les Lumières, en particulier par **Voltaire**.

■ De nombreux écrivains des Lumières sont des **philosophes** (Montesquieu, Voltaire, **Rousseau**). Le rôle de l'écrivain philosophe consiste à **dénoncer les préjugés** grâce à l'exercice de la raison. En prenant le point de vue d'un étranger sur le monde européen, ils dénoncent les travers de la société. Tel est le projet de Montesquieu dans les *Lettres persanes* (1721) : deux Persans découvrent Paris et émettent des jugements sur les mœurs des Français. Ce choix permet de dénoncer certains abus sous le couvert d'un récit épistolaire*, comme l'a fait **Choderlos de Laclos** dans *Les Liaisons dangereuses*, dénonçant les mauvaises mœurs et le cynisme de la société aristocratique.

■ Les **privilèges** et les injustices sont **stigmatisés** par les Lumières. Rousseau s'insurge contre l'**inégalité de la naissance** : ses idées seront reprises lors de la Révolution française.

■ De nombreux écrivains des Lumières subissent la **censure,** à l'instar de **Beaumarchais** avec son *Mariage de Figaro*. Pour s'exprimer, ils optent pour des **formes littéraires variées** : lettres et dialogues, contes philosophiques, essais, pamphlets*, articles de dictionnaire.

6. Romantisme

- 1782 : ROUSSEAU, *Les Rêveries du promeneur solitaire*
- 1787 : GOETHE, *Les Souffrances du jeune Werther*
- 1800 : Madame de STAËL, *De la littérature*
- 1800 : NOVALIS, *Hymne à la nuit*
- 1810 : Madame de STAËL, *De l'Allemagne*
- 1816 : Benjamin CONSTANT, *Adolphe*
- 1820 : LAMARTINE, *Méditations poétiques*
- 1826 : VIGNY, *Cinq-Mars*
- 1829 : HUGO, *Le dernier jours d'un condamné*
- 1830 : HUGO, *Hernani*
- 1830 : STENDHAL, *Le Rouge et le Noir*
- 1831 : BALZAC, *La Peau de chagrin*
- 1833 : MUSSET, *Les Caprices de Marianne*
- 1833 : George SAND, *Lélia*
- 1834 : MUSSET, *Lorenzaccio*
- 1836 : Alfred de MUSSET, La *Confession d'un enfant du siècle*
- 1842 : Aloysius BERTRAND, *Gaspard de la Nuit*
- 1843 : Théophile GAUTIER, *Les Grotesques*
- 1845 : DUMAS, *Le Comte de Monte-Cristo*
- 1852 : Théophile GAUTIER, *Émaux et Camées*
- 1854 : Gérard de NERVAL, *Les Chimères*
- 1862 : HUGO, *Les Misérables*
- 1863 : Théophile GAUTIER, *Le Capitaine Fracasse*

Madame de STAËL

LAMARTINE

HUGO

STENDHAL

George SAND

DUMAS

■ Le romantisme est un **mouvement littéraire et culturel** qui naît en Europe dans la seconde moitié du XVIIIe siècle et s'épanouit jusque dans la deuxième moitié du XIXe siècle. Ses dates de naissance et de fin sont difficiles à établir tant son influence a été grande.

■ Le romantisme est centré sur les **préoccupations de l'individu**, il est lié aux changements politiques qui bouleversent l'Europe (Révolution, conquêtes impériales, etc.). Confronté à l'**histoire**, l'homme se sent parfois impuissant et **révolté**. Il cherche refuge dans les valeurs intimes (l'amour), lointaines (le passé, l'exotisme), singulières (fantastique*, fantaisie, rêve). Le héros romantique est en proie au doute et à l'**inquiétude**.

■ Le romantisme est né en Allemagne et en Angleterre dans les années 1800. Son influence est favorisée en France par **Madame de Staël**, femme de lettres française qui connaît bien la littérature du nord de l'Europe. En 1810, elle publie *De l'Allemagne*, qui renouvelle en profondeur la conception de la littérature en introduisant les œuvres romantiques étrangères, ce qui fait naître le romantisme en France.

■ Le thème de la **nostalgie** est central dans les œuvres romantiques. En 1836, dans *La Confession d'un enfant du siècle*, Musset évoque le « **mal du siècle** », c'est-à-dire un **sentiment d'inutilité**. De là découle le thème de la solitude : l'homme romantique fuit le monde et recherche l'harmonie avec les éléments. Le goût de l'isolement devient un lieu commun littéraire dès la fin du XVIIIe siècle, notamment à travers le motif de la fuite du temps, tel que dans le poème « Le Lac » d'**Alphonse de Lamartine**.

■ L'autre grand thème romantique est l'**histoire**. Les écrivains se tournent vers le passé de la France et de l'Europe, puisent leurs intrigues dans les pages des chroniques nationales médiévales, dans l'histoire des rois et des reines, des grands de ce monde (**Alexandre Dumas**, **Alfred de Vigny**).

■ Après la chute de l'Empire (1804-1815), Napoléon devient un mythe littéraire, admiré ou honni : le personnage de l'Empereur est par exemple en toile de fond du roman *La Chartreuse de Parme* de **Stendhal**. Dans les pages de *La Confession d'un enfant du siècle*, **Musset** déplore la perte de l'héroïsme lié aux conquêtes de l'Empereur.

■ Les écrivains s'engagent dans des **combats** importants (peine de mort, abolition de l'esclavage, etc.). La littérature devient ainsi un enjeu de combats idéologiques : la première d'*Hernani* de **Victor Hugo** en 1830 est relatée comme une véritable bataille. **George Sand**, elle, tend à donner une place aux femmes en littérature.

■ Victor Hugo, chef de file des romantiques, prend des positions tout au long de sa carrière. Il subit l'exil de 1851 à 1870, pour avoir contesté Napoléon III.

■ Le mouvement s'est officiellement éteint en 1843, après « l'échec » de la pièce *Les Burgraves* de Victor Hugo. Mais en réalité, il perdure jusqu'à la fin XIXe siècle, comme en témoigne l'œuvre de Victor Hugo jusqu'en 1885 ou celle du dramaturge **Edmond Rostand**.

7. Réalisme, naturalisme

BALZAC

ZOLA

- 1834 : BALZAC, *Eugénie Grandet*
- 1835 : BALZAC, *Le Père Goriot*
- 1837 : Charles DICKENS, *Oliver Twist*
- 1843 : Eugène SUE, *Les Mystères de Paris*
- 1843 : Charles DICKENS, *Un Chant de Noël*
- 1843 : Nicolas GOGOL, *Les Nouvelles de Petersbourg*
- 1851-1870 : Edmond et Jules de GONCOURT, *Le Journal des Goncourt*
- 1855 : Maxime du CAMP, *Les Chants modernes*
- 1857 : FLAUBERT, *Madame* BOVARY
- 1862 : FLAUBERT, *Salammbô*
- 1867 : DOSTOÏEVSKI, *Crimes et Châtiments*
- 1869 : FLAUBERT, *L'Éducation sentimentale*
- 1871 : La Commune de Paris
- 1873 : ZOLA, *Le Ventre de Paris*
- 1875 : Jules BRETON, *Les Champs et la Mer*
- 1877 : ZOLA, *L'Assommoir*
- 1879 : Alphonse DAUDET, *Lettres de mon moulin*
- 1880 : DOSTOÏEVSKI, *Les Frères Karamazov*
- 1883 : MAUPASSANT, *Une vie*
- 1883 : ZOLA, *Au Bonheur des Dames*
- 1885 : MAUPASSANT, *Bel-Ami*
- 1885 : ZOLA, *Germinal*

FLAUBERT

MAUPASSANT

■ Dès les années 1830, les romans de **Balzac** plongent le lecteur dans un **univers réaliste**, où domine la référence au réel, ce qui tranche avec les œuvres des siècles précédents, qui n'en relevaient que quelques traits. Après les années 1850, il se développe en réaction au romantisme, et s'exprime principalement dans le roman, plus rarement au théâtre.

■ Cette période est marquée par l'essor industriel de la France et par des **progrès techniques** et **scientifiques,** le développement des chemins de fer et l'**urbanisation** de Paris (travaux du baron Haussmann). Le **positivisme** et le scientisme influent sur la littérature qui cherche à décrire objectivement des faits de société.

■ En 1855 le peintre **Gustave Courbet** organise une exposition qu'il intitule « Réalisme ». Ce point de départ « officiel » est donc **pictural.** Il ne s'agit plus pour l'artiste d'idéaliser la nature mais de la montrer sans fard.

■ Balzac et **Stendhal** recourent dès le milieu du XIXe siècle à la **peinture réaliste des mœurs**. Balzac enquête, se documente avec précision quand il veut décrire tel ou tel cadre romanesque. Dans la seconde moitié du siècle, **Flaubert**, **Zola** et **Maupassant** fondent leur écriture de romancier sur une observation précise de la société de leur temps. Mais leur style personnel transparaît néanmoins.

■ La **description des lieux** est importante dans le roman réaliste, qui cherche à placer l'homme dans son contexte social.

■ Le récit réaliste renouvelle en outre les thèmes romanesques. La **nouvelle société industrielle** voit apparaître le **monde ouvrier** dans la littérature (*La Bête humaine* de Zola, ou les romans de **Jules Vallès**). C'est pourquoi les tenants du réalisme n'hésitent pas à choisir des sujets jugés « laids » et a priori non esthétiques : **description des bas-fonds**, des cadavres, de la maladie, de la misère.

■ **Le naturalisme émane des principes posés par le réalisme** à la fin des années 1840. Il rassemble un collectif d'auteurs, des romanciers qui publient un « **manifeste** » en 1880, *Les Soirées de Médan*. Ces auteurs sont **Maupassant**, **Huysmans**, **Céard**, **Hennique**, **Alexis** et **Zola**, chef de file de l'école naturaliste.

■ Zola veut pousser plus loin le projet des réalistes en s'inspirant de la **méthode scientifique** du médecin Claude Bernard et de ses théories sur l'**hérédité** en particulier. Il critique la notion d'inspiration chère aux romantiques et se veut le témoin d'une réalité à rendre objectivement. Ainsi, le **cycle des *Rougon-Macquart*** peint « l'histoire naturelle et sociale d'une famille sous le Second Empire ». Cependant, le style parfois lyrique fait ressortir des liens avec le romantisme.

■ Le groupe des écrivains naturalistes se disperse assez rapidement, pour des raisons de choix esthétiques personnelles : Huysmans se tourne vers le **décadentisme**, esthétisant le réel à l'extrême, en recherchant les mots rares et des formules originales. L'**affaire Dreyfus** dont Zola sera le défenseur (« J'Accuse », 1903) crée aussi des dissensions dans le groupe.

8. Littérature fin de siècle : symbolisme et décadentisme

- 1857 : Baudelaire, *Les Fleurs du mal*
- 1866 : Verlaine, *Poèmes saturniens*
- 1873 : Rimbaud, *Une saison en Enfer*
- 1876 : Mallarmé, *L'après-midi d'un faune*
- 1884 : Huysmans, *À Rebours*
- 1884 : Verlaine, *Jadis et Naguère*
- 1885 : Henri Beauclair et Gabriel Vicaire, *Les Déliquescences*
- 1886 : Jean Moréas, « Manifeste du symbolisme »
- 1886 : Villiers de l'Isle Adam, *L'Ève future*
- 1886 : Arthur Rimbaud, *Illuminations*
- 1887 : Mallarmé, *Poésies*
- 1889 : Huysmans, Là-bas
- 1894 : Debussy, *Prélude à l'après-midi d'un faune*
- 1892 : Maeterlinck, *Pelléas et Mélisande*
- 1895 : André Gide, *Paludes*
- 1897 : Edmond Rostand, *Cyrano de Bergerac*
- 1897 : André Gide, *Les Nourritures terrestres*
- 1900 : Edmond Rostand, *L'Aiglon*
- 1901 : Jean Lorrain, *Monsieur de Phocas*

Baudelaire

Mallarmé

Verlaine

Huysmans

Rimbaud

■ L'expression littérature « fin de siècle » désigne un ensemble d'œuvres disparates qui ont cependant pour point commun la **recherche esthétique et poétique** d'une langue nouvelle, dans le roman, mais aussi au théâtre et en poésie. Cette production littéraire rassemble des écrivains rangés sous la dénomination de **symbolistes** et de **décadents.**

■ Dès 1835, dans la préface de *Mademoiselle de Maupin*, Théophile Gautier pose les bases de la **théorie de l'art pour l'art**. Il suggère l'idée d'un art indépendant, soucieux de chercher la perfection formelle, qui laisserait de côté la dimension idéologique, autrement dit le message que véhicule une œuvre. C'est l'acte de naissance du mouvement du **Parnasse**, nom issu du lieu mythologique où séjournaient Apollon et les neuf Muses.

■ En réaction contre la littérature réaliste, les parnassiens, en particulier leur chef de file Leconte de Lisle, affirment la supériorité de l'art sur le réel. C'est pour cette raison qu'ils choisissent la **poésie**, seul genre apte à transmettre leur **idéal.** Ils revendiquent un retour aux formes fixes, car il s'agit de **maîtriser les sentiments exprimés en poésie**.

■ Dans les années 1860 s'affirme le mouvement du **symbolisme**, qui constitue à la fois un prolongement du Parnasse et une réaction contre lui. Pour les symbolistes, **le monde doit être déchiffré grâce à des signes**. Le symbole*, c'est la partie visible de la réalité, qui ouvre sur une dimension invisible. Grâce à l'analogie*, l'écrivain établit des liens entre le sens explicite et le sens implicite.

■ Le symbolisme cherche à créer des **résonances entre les arts**, notamment entre la poésie, la peinture et la musique. Ainsi Claude Debussy (1862-1918) compose un poème symphonique directement inspiré de *L'après-midi d'un faune* de Mallarmé.

■ Le symbolisme redéfinit la place de l'homme dans la société. L'ouvrage de Paul Verlaine, *Les Poètes maudits* (1884) dessine le portrait de poètes contemporains (dont Rimbaud) qui ont fait évoluer la place de l'artiste dans la société. Il y affirme la supériorité de l'artiste sur les autres hommes.

■ En réaction au naturalisme, dont il est aussi une émanation, apparaît le **décadentisme**, qui met en scène un **monde qui se corrompt et se décompose**. Ils cultivent un pessimisme aigu, sous l'influence du philosophe allemand Arthur Schopenhauer.

■ Joris Karl Huysmans est le principal représentant du décadentisme. D'abord naturaliste, il s'en éloigne avec la publication de son chef-d'œuvre, *À rebours* (1884). Il y peint Des Esseintes, un esthète las du monde qui trouve **refuge dans l'art et les paradis artificiels** et qui juge l'art supérieur à la vie.

■ Symbolisme et décadentisme ont en commun de placer les valeurs de l'art au-dessus de toutes les autres. Ces deux courants traduisent aussi le **refus de croire que le réel est porteur d'espérance.** Seuls l'art, le rêve, l'invisible constituent des refuges. En ce sens, les artistes symbolistes et décadents sont en rupture avec leur temps.

9. Avant-garde et surréalisme

- 1896 : Alfred JARRY, *Ubu roi*
- 1910 : Edmond ROSTAND, *Chantecler*
- 1913 : Guillaume APOLLINAIRE, *Alcools*
- 1918 : Tristan TZARA, Manifeste DaDa
- 1919 : Jean COCTEAU, *Le Potomak*
- 1924 : André BRETON, *Manifeste du surréalisme*
- 1925 : Antonin ARTAUD, *L'Ombilic des limbes*
- 1926 : Louis ARAGON, *Le paysan de Paris*
- 1926 : Paul ÉLUARD, *Capitale de la douleur*
- 1927 : Robert DESNOS, *La Liberté ou l'amour*
- 1928 : André BRETON, *Nadja* et *Le surréalisme et la peinture*
- 1929 : André BRETON, *Second Manifeste du surréalisme*
- 1934 : Jean COCTEAU, *La Machine infernale*

Alfred JARRY

Jean COCTEAU

Guillaume APOLLINAIRE

Louis ARAGON

André BRETON

Paul ÉLUARD

■ Le surréalisme est un mouvement **d'avant-garde**, qui naît en France au lendemain de la Première Guerre mondiale. Dès la fin du XIXe siècle, plusieurs œuvres s'étaient signalées par leur modernité et leur singularité. **Alfred Jarry** publie *Ubu roi* en 1896, **Edmond Rostand** donne *Chantecler* en 1910, **Apollinaire** publie *Alcools* en 1913 et **Stravinski** compose *Le Sacre du printemps* la même année. Les surréalistes ont ainsi des précurseurs, mais vont pousser plus avant l'**expérience d'une nouvelle littérature**, fortement influencée par les **découvertes sur l'inconscient de Freud**, et le drame humain de la Première Guerre mondiale.

■ Les surréalistes se revendiquent des poètes incompris du XIXe siècle, tels **Nerval**, **Lautréamont**, **Rimbaud** le « poète voyant » ou encore **Baudelaire**, qui théorisa la **modernité en art**.

■ À l'initiative de **Tristan Tzara**, le **mouvement dada,** qui se caractérise par son caractère **subversif**, naît en 1916. Le « Manifeste Dada » part en guerre contre toutes les valeurs bourgeoises.

■ Les surréalistes s'inspireront très largement de ce mouvement qui **remet en cause toutes choses établies** en art comme en morale.

■ Dans le domaine **pictural**, le **cubisme** s'impose dès 1907 à l'instigation de **Picasso**. Il ne s'agit plus de représenter le monde de manière figurative, mais abstraite, en jouant avec les volumes géométriques, les formes et les couleurs. La formule cubiste gagne les poètes (**Apollinaire**) et s'impose comme une avant-garde. Le surréalisme s'en inspirera, notamment en peinture (**Dali**, **Marcel Duchamp**).

■ Le **surréalisme** cherche à **abolir les frontières entre le réel et le surréel**, c'est-à-dire l'invisible, l'**inconscient**, le rêve, même si le résultat peut a priori paraître « absurde ».

■ En 1924, dans le *Manifeste du surréalisme*, **André Breton** insiste sur les associations d'idées et de mots, fussent-elles incongrues.

■ Les surréalistes prônent les **inventions littéraires,** pour favoriser l'émergence de l'inconscient dans leurs écrits. C'est le cas de l'écriture **automatique** ou des **cadavres exquis.** Cette technique fait intervenir le « hasard objectif », qui libère les poètes des contraintes traditionnelles de la versification de la morale.

■ L'**immatériel** est au cœur de la recherche des surréalistes. Aussi s'intéressent-ils à la magie, l'astrologie et pratiquent le spiritisme, cherchant dans les voix de l'au-delà les voix insondables de l'inspiration.

■ Au **cinéma**, son principal représentant est **Luis Buñuel**, qui filme la porosité entre la réalité et les fantasmes, l'inconscient. On peut aussi citer **Jean Cocteau**. En peinture, le surréalisme est représenté par Salvador Dali et **René Magritte**.

■ Après la Seconde Guerre mondiale, le surréalisme survit de manière sporadique. L'autoritarisme d'André Breton a écarté les plus brillants poètes (Éluard, Aragon, Soupault), qui cherchent une voie plus personnelle.

10. Littérature d'après-guerre et contemporaine

- 1944 : Jean-Paul Sartre, *Huis-clos*
- 1947 : Albert Camus, *La Peste*
- 1947 : Jean Giono, *Un roi sans divertissement*

Jean-Paul Sartre

Albert Camus

- 1949 : Simone de Beauvoir, *Le Deuxième Sexe*
- 1949 : Jean Genet, *Journal d'un voleur*
- 1954 : Eugène Ionesco, *La Cantatrice chauve*
- 1957 : Michel Butor, *La Modification*
- 1957 : Alain Robbe-Grillet, *La Jalousie*
- 1959 : Nathalie Sarraute, *Le Planétarium*
- 1964 : Marguerite Duras, *Le Ravissement de Lol. V. Stein*

Simone de Beauvoir

Eugène Ionesco

- 1967 : Michel Tournier, *Vendredi, ou les Limbes du Pacifique*
- 1978 : George Perec, *La Vie mode d'emploi*
- 1980 : J.M.G Le Clezio, *Désert*
- 1984 : Annie Ernaux, *La Place*
- 1990 : Jean-Luc Lagarce, *Juste la fin du monde*
- 1991 : Pascal Quignard, *Tous les matins du monde*
- 1994 : Michel Houellebecq, *Extension du domaine de la lutte*
- 2001 : Yves Bonnefoy, *Les Planches courbes*
- 2002 : Pierre Michon, *Le Corps du roi*

Nathalie Sarraute

Marguerite Duras

■ Après la Seconde Guerre mondiale, on découvre l'**horreur de la Shoah et des bombes atomiques** : tout espoir en l'homme semble aboli. L'heure est à la réflexion sur le sens de l'action humaine. La littérature cherche ainsi de nouvelles formes pour exprimer ce malaise profond. C'est dans les années 1950 que naissent le **nouveau roman** et le **théâtre de l'absurde**.

■ L'**existentialisme** est un courant de pensée philosophique né après 1945, élaboré par **Jean-Paul Sartre** (*L'Existentialisme est un humanisme*, 1946) défendant l'idée que **l'homme se définit par ses actions** et par ses choix, non par un destin tout tracé qui conditionnerait sa vie.

■ Une telle conception introduit un **thème majeur** dans la littérature, celui de l'engagement. Face à l'absurdité et à l'horreur de la guerre, que faut-il espérer et choisir ? Dans le roman *La Peste* (1947) d'**Albert Camus**, le principal protagoniste, le docteur Rieux, réfléchit aux conséquences de la guerre et au **caractère inéluctable du mal**. Camus prendra position pendant la guerre d'Algérie (1954-1962), donnant rétrospectivement à son roman une résonance politique. L'engagement des auteurs du XXe siècle se fait également au profit de la cause des femmes, où s'illustre **Simone de Beauvoir**.

■ Stylistiquement parlant, les écrivains se mettent à sonder la pensée des personnages, d'où l'emploi de **monologues* intérieurs** ou encore du point de vue interne.

■ Le caractère inutile et vain de l'action humaine est mis en scène au théâtre. Il engendre une prise de conscience de l'absurde, terme qui donne son nom au **théâtre de l'absurde**. Il désigne des œuvres qui rejettent le réalisme psychologique et les conventions. Le langage y est en crise, comme la communication entre les personnages. *La Cantatrice chauve* d'**Eugène Ionesco** (1950) illustre cette nouvelle dramaturgie.

■ Au théâtre, Jean Genet met aussi en scène la violence (*Les Bonnes*, 1947) des rapports humains dans **une société où les valeurs bourgeoises ne sont plus crédibles**.

■ La fin des années 1950 voit naître le **nouveau roman**, sous l'instigation de romanciers comme **Alain Robbe-Grillet** ou **Nathalie Sarraute**. Le réel est déconstruit, la notion de personnage est remise en cause (Nathalie Sarraute, *L'Ère du soupçon*).

■ Parallèlement, le groupe de l'**Oulipo** (Ouvroir de littérature potentielle) mène des expériences autour de la contrainte en littérature. Le roman *La Disparition* de **Georges Pérec** (1969) est un lipogramme, un texte qui exclut certaines lettres de l'alphabet, et ne comporte aucun *e*.

■ La fin du XXe siècle est marquée par plusieurs figure majeures de la littérature. **Marguerite Duras**, inclassable, hérite du nouveau roman tout en créant une œuvre très personnelle. Au théâtre, **Jean-Luc Lagarce** et **Valère Novarina** renouvellent en profondeur le lien entre texte et mise en scène. Quant au roman, les récits autobiographiques et d'autofiction font naître des œuvres d'une grande force romanesque (*La Place* d'**Annie Ernaux**).

2 La poésie du XIXe au XXIe siècle

Les 5 points incontournables

La rupture romantique

Après **la Révolution**, les artistes éprouvent le besoin de renouveler leurs pratiques pour les accorder à une **nouvelle perception de l'histoire**.

Les thèmes et les formes poétiques évoluent ainsi que les fonctions attribuées au poète. Son rapport au lecteur change : il est partagé entre un sentiment d'isolement et l'ambition d'être aussi **guide pour l'humanité**.

Cours, p. 31 à 32

Une quête incessante

À partir du romantisme, les poètes sont confrontés à la nécessité d'**inventer un langage poétique adapté à leur temps**.

La poésie fait l'objet de questionnements intenses et le genre connaît un **renouvellement perpétuel**.

De nombreux mouvements se succèdent : le Parnasse, le symbolisme, l'Esprit nouveau, le dadaïsme, le surréalisme… jusqu'à la poésie contemporaine qui se caractérise par des **expérimentations** permanentes.

Cours, p. 32 à 36

Le lyrisme

La poésie des XIXe et XXe siècles est marquée par l'élévation dans **l'expression des sentiments personnels**.

Les parnassiens, y voient une confidence trop facile. Ce lyrisme est cependant souvent **le vecteur d'une ouverture vers l'universalité**.

Cours, p. 32

La poésie face au réel

Les poètes s'interrogent : la poésie doit-elle donner à voir le monde tel qu'il est ou construire **un idéal** ?

Face à ce dilemme, certains auteurs choisissent une troisième voie : **intégrer le réel**, mais **en transformer la perception** pour mieux **en révéler la profondeur**. C'est la position qu'adopte Baudelaire, puis les symbolistes.

Cours, p. 34 à 35

Poésie et modernité

L'histoire de la poésie aux XIXe et XXe siècles est déterminée par son rapport au monde moderne. Celui-ci offre de **nouvelles réalités** que la poésie peut célébrer, comme le fait Apollinaire dans *Alcools*.

Cours, p. 35 à 36

À l'époque classique et au Siècle des lumières, la poésie est majoritairement mise au service de la raison : la forme versifiée a pour fonction d'être porteuse d'idées, de manière claire et frappante. Mais la Révolution française bouleverse le paysage littéraire, et de nouveaux pouvoirs sont attribués à la poésie. Elle est désormais perçue comme une langue extraordinaire, radicalement différente de la parole quotidienne, et qui a pour rôle d'agir sur les sensations autant que sur les significations. Une exigence de renouveau et d'originalité s'impose et entraîne une réflexion intense sur le genre que traduisent les différents mouvements littéraires qui se succèdent tout au long des XIXe et XXe siècles.

1 La poésie romantique

a. Une poésie dictée par les circonstances historiques

Au lendemain de la Révolution française, les artistes ont conscience que la société a changé et que l'art doit s'adapter à ce nouveau contexte : de là naît le mouvement romantique.

Les circonstances historiques (les révolutions de 1789, 1830 et 1848, mais aussi l'Empire puis la Restauration) sont difficilement analysables pour les hommes du XIXe siècle qui sont immergés dans les événements. Aussi certains poètes romantiques considèrent-ils que leur rôle est de donner une lisibilité à leur époque, de guider et d'éclairer le peuple, tels des prophètes. C'est notamment ce qu'affirme Victor Hugo dans « Fonction du poète » (*Les Rayons et les Ombres*, 1840).

La poésie romantique soulève donc souvent des questionnements historiques, politiques, philosophiques et religieux. Hugo, député puis principal opposant à Napoléon III, ou Lamartine, qui proclame la Deuxième République en 1848, sont hommes politiques en même temps que poètes.

D'autres auteurs hésitent en revanche à assumer la lourde charge du poète-guide. Dans « Moïse », extrait des *Poèmes antiques et modernes* (1826), Vigny représente un prophète exténué par sa mission. Musset et Gautier refusent quant à eux de faire entrer la politique dans leurs vers, mais réagissent à l'actualité par la fantaisie et l'ironie*. Nerval, après avoir exposé ses convictions politiques dans ses poèmes de jeunesse, s'évade vers un univers mystérieux dans *Les Chimères*, parues en 1854.

b. La mise en avant de l'individu

Les bouleversements historiques provoquent également un sentiment de solitude et d'égarement : les poètes romantiques ont souvent la sensation de ne pas trouver leur place dans une société matérialiste. La poésie romantique donne, par conséquent, à entendre les tourments de l'individu : le doute, l'espoir, la révolte et les passions font partie des thèmes privilégiés de cette poésie.

Le lyrisme, expression d'émotions personnelles dans un style élevé et musical, connaît donc un essor sans précédent. En 1820, les *Méditations poétiques* de Lamartine sont l'emblème de ce renouveau, même si Marceline Desbordes-Valmore avait déjà publié l'année précédente quelques poèmes lyriques et romantiques.

c. Le renouveau formel

La valorisation de l'individu s'accompagne d'une recherche formelle : le style est supposé traduire la singularité du moi.

Les romantiques restent fidèles aux vers les plus employés dans la poésie classique (alexandrins, décasyllabes, octosyllabes), mais en assouplissent le rythme en multipliant les enjambements et les coupes : dans les alexandrins, la coupe la plus forte n'est plus forcément la césure à l'hémistiche (Hugo utilise par exemple un trimètre romantique, composé de trois segments de quatre syllabes, dans « Réponse à un acte d'accusation » : « J'ai disloqué / ce grand niais / d'alexandrin »). Ils recherchent également l'originalité dans leurs rimes.

Le poème en prose est expérimenté par Aloysius Bertrand dans *Gaspard de la Nuit*, recueil publié en 1842, après la mort de l'auteur.

Le lexique est également renouvelé : les romantiques renoncent aux bienséances et acceptent de faire entrer en poésie un vocabulaire concret.

Ils recherchent enfin de nouvelles sources d'inspiration : le Moyen-Âge devient un cadre aussi apprécié que l'Antiquité, et les décors exotiques sont en vogue, en particulier en 1829, année où paraissent *Les Orientales* de Hugo et les *Contes d'Espagne et d'Italie* de Musset.

2 Parnasse et symbolisme

a. Une réaction contre le romantisme

Souvent imitée, la poésie romantique perd peu à peu l'originalité qui était sa raison d'être. À partir de la seconde moitié du XIXe siècle, elle devient donc l'objet du rejet d'une nouvelle génération de poètes qui en critique les épanchements, jugés faciles.

Ainsi Baudelaire, pourtant encore très marqué par l'influence du romantisme, notamment dans son expression d'une révolte douloureuse, attaque avec virulence les écrits de Musset devenus le symbole* de cette poésie de la confidence personnelle.

b. Le Parnasse, ou la quête de la perfection

À l'opposé du lyrisme subjectif des romantiques, les poètes parnassiens recherchent une poésie impersonnelle : l'auteur n'exprime pas ses sentiments, son unique objectif étant de produire un objet de beauté.

Le Parnasse recherche en effet une perfection formelle : les poèmes doivent être ciselés comme des joyaux (c'est pourquoi *Émaux et camées* de Théophile Gautier, paru en 1852, est souvent considéré comme précurseur du mouvement). La poésie de Banville, de Sully Prudhomme, de José Maria de Heredia ou de François Coppée se distingue par un vocabulaire précis et raffiné, et par une versification rigoureuse.

Même s'il est impossible à une œuvre d'être entièrement détachée de son contexte, les poètes parnassiens refusent toute forme d'engagement : selon eux, la poésie n'a pas pour fonction d'être utile ; les considérations idéologiques la détourneraient de la quête absolue du beau. C'est ce que l'on nomme parfois la théorie de « l'art pour l'art ».

c. Le symbolisme, une poésie du déchiffrement

Les poètes symbolistes partagent avec les parnassiens, dont ils sont souvent proches, l'ambition de la perfection : certains textes du premier recueil de Verlaine, *Poèmes saturniens* (1866), évoquent le désir d'une poésie impassible.

Ils renouent cependant avec l'idée romantique selon laquelle le poète est celui qui peut déchiffrer les mystères du monde. Mais ce déchiffrement n'est plus considéré comme le résultat d'un don ou d'une inspiration, il est le fruit d'un travail conscient : c'est la thèse de Rimbaud pour qui le poète doit « se faire voyant » (lettre à Paul Demeny du 15 mai 1871).

Toutefois, ils ne cherchent pas à révéler ce mystère aux hommes, dans la mesure où ils se sentent étrangers à une société qui leur paraît hostile : ils se perçoivent comme des « poètes maudits » (titre d'un essai de Verlaine, en 1884 et 1888).

La poésie symboliste est donc une poésie de la suggestion et de la sensation et non de l'expression qui peut aboutir, chez Mallarmé, à une parole hermétique. C'est au lecteur de déchiffrer ce que le poète suggère par des métaphores* très travaillées et des images inédites.

Ce travail de la suggestion passe aussi par des recherches formelles : Verlaine expérimente le vers impair, Baudelaire et Rimbaud explorent le poème en prose respectivement dans *Le Spleen de Paris* (1869) et *Illuminations* (1886) et Mallarmé propose une disposition innovante des mots sur la page dans *Un coup de dés jamais n'abolira le hasard* (1897).

3 L'Esprit nouveau

a. La poésie du monde moderne

À la fin du XIXe siècle et au début du XXe, les progrès techniques créent de nouvelles réalités auxquelles la poésie cherche à s'accorder. En 1917, Apollinaire prononce à ce sujet une conférence intitulée « L'Esprit nouveau et les poètes ».

La poésie célèbre cette nouveauté grisante : l'électricité, le train, l'aviation et, plus généralement, la vitesse deviennent des thèmes poétiques. « Zone » d'Apollinaire et *La Prose du Transsibérien* de Cendrars sont emblématiques de cette démarche.

La ville moderne est le cadre privilégié de cette poésie ; Baudelaire y avait déjà fait allusion, mais elle est désormais considérée avec enthousiasme et non plus avec inquiétude.

b. La modernité formelle

En accord avec les thèmes abordés, la poésie de l'Esprit nouveau poursuit et radicalise les innovations formelles initiées par les romantiques et les symbolistes.

Le vers n'est plus nécessairement soumis aux règles de la métrique : il peut comporter un nombre de syllabes variable, et la rime peut devenir approximative, voire disparaître. C'est le vers libre.

Apollinaire pousse la recherche formelle à l'extrême avec ses *Calligrammes* (1918).

Quant à la syntaxe et au vocabulaire, ils imitent parfois le langage quotidien, deviennent prosaïques.

c. Une redéfinition de la place du poète dans le monde

Enivrés par le monde moderne, les poètes de l'Esprit nouveau ne se perçoivent plus comme des artistes rejetés, mais comme des artisans, des hommes parmi les hommes. Leurs fréquentes collaborations avec d'autres artistes, notamment avec des peintres cubistes, renforcent ce sentiment.

Cependant, la Première Guerre mondiale remet en cause l'enthousiasme produit par la modernité.

4 Le surréalisme

a. L'influence du dadaïsme

Les atrocités de la Première Guerre mondiale font naître le sentiment que le monde est absurde. En réaction à ce sentiment, un groupe d'artistes, dont Tristan Tzara est le principal représentant, rejette toute forme de convention et de contrainte. Leur poésie est principalement marquée par une volonté de provocation, lisible jusque dans le nom qu'ils donnent à leur mouvement : « Dada ».

Le surréalisme est fondé par des artistes qui se reconnaissent dans le geste de rupture de Dada mais désirent, contrairement au dadaïsme, que leur poésie puisse être porteuse de valeurs.

b. L'exploration de l'inconscient

Représenté par Breton, Aragon, Éluard, Prévert, Desnos, Reverdy ou Char, la poésie surréaliste est marquée par les découvertes de Freud. Les auteurs souhaitent que leurs œuvres soient un accès à l'inconscient, voire qu'elles soient le produit même de l'inconscient. Ils explorent donc les thèmes de la folie, de l'amour passionné, du rêve et du hasard.

Leurs techniques d'écriture sont aussi destinées à permettre le surgissement de l'inconscient : ils pratiquent l'association libre d'idées et d'images, l'écriture automatique, ou encore des jeux comme le cadavre exquis ou le collage.

c. Une dimension politique

Révolutionnaire par ses formes, la poésie surréaliste l'est aussi par sa volonté de changer le monde.

De nombreux surréalistes adhèrent au Parti communiste et en défendent les idéaux. Mais les dissensions qui traversent le parti divisent aussi les membres du groupe littéraire.

Les surréalistes s'engagent aussi massivement dans la Résistance pendant la Seconde Guerre mondiale : Desnos meurt en déportation, Aragon et Char témoignent de leur engagement dans leurs poèmes, et « Liberté », poème d'Éluard, est parachuté au-dessus de la France en avril 1943, en signe d'espoir et d'insoumission.

5 La Poésie contemporaine

La liberté que les poètes n'ont cessé de revendiquer tout au long des XIXe et XXe siècles continue à s'affirmer jusqu'au XXIe siècles. Désormais affranchis des écoles et des mouvements littéraires, les poètes poursuivent la quête d'un langage différent.

Les nouvelles technologies contribuent à cette quête : non seulement elles représentent de nouveaux supports de diffusion pour un genre qui se vend peu en librairie, mais elles offrent aussi de nouvelles ressources créatives. Le numérique permet en effet de générer des textes grâce à une approche mathématique ou algorithmique qu'avaient déjà explorée Guillevic ou encore Queneau et Roubaud avec l'OuLiPo (Ouvroir de Littérature potentielle).

Hugo, *Les Contemplations*, livres I à IV
Parcours : « les mémoires d'une Âme »

Une très large part de la poésie romantique est lyrique : elle retranscrit les émotions d'un sujet qui s'exprime à la première personne et est généralement identifié au poète. Cependant, même lorsqu'elle vise la sincérité et l'authenticité, l'écriture poétique est toujours une construction littéraire : en se mettant en scène, le poète crée un personnage. Le romantisme soulève donc la question de la possibilité et des limites d'une poésie d'ordre autobiographique. Les poètes des XIXe et XXe siècles ne cessent de se confronter à cette interrogation à laquelle ils apportent des réponses très diverses.

1 Que sont les « mémoires d'une âme » ?

a. Le genre des mémoires

Dans la préface des *Contemplations*, Victor Hugo définit son recueil comme « les mémoires d'une âme ». Il se réfère ainsi à un genre littéraire qui, habituellement, ne relève pas de la poésie.

Les mémoires, genre très en vogue à l'époque classique (avec les *Mémoires* de La Rochefoucauld, du cardinal de Retz ou de Saint-Simon, par exemple), se caractérisent en effet par le récit en prose et rétrospectif de l'expérience de l'auteur qui peut rapporter des anecdotes relatives à sa vie privée tout en mettant l'accent sur son rôle dans la vie publique, qu'il ait été acteur ou témoin des événements historiques. C'est ce qui distingue les mémoires des confessions ou de l'autobiographie.

En 1849, Chateaubriand publie ses *Mémoires d'outre-tombe*, immense œuvre romantique qui a beaucoup impressionné Hugo et à laquelle il songe certainement lorsqu'il emploie le mot « mémoires » dans la préface des *Contemplations*.

b. L'âme

Le mot « âme » possède des connotations* métaphysiques : il désigne la part immatérielle d'un être, mais aussi ses facultés morales et spirituelles. Selon de nombreuses croyances, il désigne également ce qui subsiste de la personne après sa mort, et peut même être employé pour désigner un fantôme.

En qualifiant son recueil de « mémoires d'une âme », Hugo confère donc une dimension spirituelle à son recueil et se rapproche de Chateaubriand ; l'expression doit en effet être mise en relation avec une autre affirmation de la préface : « Ce livre doit être lu comme on lirait le livre d'un mort. » Le poète suggère ainsi que les « mémoires d'une âme » sont plus que le récit de sa vie : elles retracent l'expérience intime et collective d'une conscience humaine.

2 Poésie et mémoires de l'âme, du XIXe au XXe siècle

a. Le romantisme

Si l'expression « mémoires d'une âme » est propre à Hugo et ne rencontre pas d'équivalent exact dans la poésie romantique, elle suppose un questionnement que l'on retrouve chez nombre de ses contemporains.

Lamartine, Desbordes-Valmore et Musset, par exemple, nourrissent tous trois leur poésie de souvenirs personnels pour explorer les méandres de l'âme humaine : dans « Le Lac », Lamartine se remémore une journée passée en compagnie de la femme qu'il a perdue et en tire une méditation sur le rapport de l'homme au temps ; dans « Tristesse », Desbordes-Valmore revient sur son enfance pour interroger la nostalgie ; quant à Musset, il évoque, dans le cycle des *Nuits*, ses désillusions amoureuses à l'origine d'une réflexion sur le dépassement de la souffrance.
Dans ses poèmes, Musset suggère aussi que le lyrisme est plus qu'une simple confidence : le « je » qui s'exprime est « le poète », figure allégorique qui ne se réduit pas à son « moi » biographique.

Les Contemplations demeurent cependant une œuvre singulière dans la mesure où les « mémoires d'une âme » s'y déploient à l'échelle de tout un recueil.

b. Baudelaire et les parnassiens, ou l'éclipse du « moi »

En prônant une écriture impassible, Baudelaire et les parnassiens s'interdisent *a priori* de faire de leur poésie les « mémoires d'une âme » : ils refusent de s'y mettre en scène et d'y exprimer leurs émotions.

Baudelaire est pourtant conscient que son « âme » est présente dans sa poésie et peut ainsi rejoindre celle de tous les hommes. Le dernier vers du poème « Au lecteur » des *Fleurs du mal* : « Hypocrite lecteur, mon semblable, mon frère ! » est en quelque sorte une réponse à la préface des *Contemplations*, dans laquelle Hugo écrit : « Quand je vous parle de moi, je vous parle de vous. Comment ne le sentez-vous pas ? Ah ! Insensé qui crois que je ne suis pas toi ! »

c. Retour du « moi »

À la fin du XIXe siècle et tout au long du XXe, des poètes continuent à interroger et dévoiler leur âme, en recourant à des genres très divers qui recoupent partiellement celui des mémoires.

Après s'être aimés et déchirés, Rimbaud et Verlaine témoignent chacun à leur manière de cette expérience bouleversante. Dans *Une saison en enfer* (1873), Rimbaud l'évoque à travers des poèmes en prose que Verlaine qualifie de « prodigieuse autobiographie psychologique » (la psychologie est, étymologiquement, l'étude de l'âme). Lui-même, après s'être converti en prison, se livre dans *Sagesse* à son examen de conscience, et son recueil peut s'apparenter à une confession.

Dans ses *Poèmes à Lou*, lettres d'amour écrites pendant la Première Guerre mondiale, Apollinaire dit ses sentiments tout en apportant un témoignage sur la vie du front. Ce recueil rejoint donc les mémoires dans la mesure où il articule l'intime et l'histoire, mais il s'en distingue parce qu'il n'est pas rétrospectif. Il en va de même dans les *Feuillets d'Hypnos*, journal poétique tenu par René Char pendant qu'il était dans le maquis avec ses camarades résistants.

3 Présentation des *Contemplations*

a. Le contexte

Les Contemplations sont fortement marquées par le contexte politique et personnel dans lequel Victor Hugo les a composées. En 1856, Hugo est en exil depuis plus de quatre ans. Le 2 décembre 1851, le président Louis Napoléon Bonaparte, refusant de quitter le pouvoir à la fin de son mandat, a fait un coup d'État et a durement réprimé les insurrections qui s'en sont suivies. Hugo s'est opposé farouchement à cette prise de pouvoir violente et, recherché, a été contraint de quitter la France, d'abord pour la Belgique, puis pour les îles anglo-normandes. De son exil, il continue à lutter, en publiant *Napoléon le Petit* dès 1852 et *Châtiments* en 1853. C'est après la parution de ce recueil qu'il commence à travailler aux *Contemplations*.

L'exil est pour lui un second déchirement, après la mort de sa fille Léopoldine : le 4 septembre 1843, à l'âge de 19 ans, elle s'est noyée dans la Seine, à Villequier, au cours d'une promenade en bateau. Son époux, Charles Vacquerie, a essayé de la sauver et a péri avec elle. Hugo est alors loin de sa famille : il voyageait avec sa maîtresse Juliette Drouet et a appris la nouvelle par la presse ; ce choc le poursuit encore en 1856, d'autant plus que son bannissement lui interdit désormais de se recueillir sur la tombe de sa fille. Ce double traumatisme est inscrit dans la structure des *Contemplations* : le deuil et l'exil marquent la frontière entre les deux parties, « Autrefois » et « Aujourd'hui ».

b. Accueil et postérité

Lors de sa parution, le recueil suscite des réactions contrastées : si certains des contemporains de Hugo, comme Dumas, l'admirent, d'autres le jugent démesuré ou critiquent ses images, dont l'audace et l'originalité choquent.

Les *Contemplations* demeurent pourtant l'un des recueils les plus célèbres de Hugo, et son influence sur les générations poétiques suivantes n'est pas négligeable. Le premier poème de Verlaine, « La Mort », est par exemple dédié à Hugo, et l'influence des *Contemplations* y est très nette.

4 Les grands thèmes des *Contemplations*

La structure des *Contemplations* est chronologique (chaque livre correspondant à une étape de l'existence), mais elle est aussi thématique. Chaque livre est en effet dominé par un thème principal qui lui confère sa tonalité dominante :

– **Le livre I, « Aurore »,** est, comme l'indique son titre, le livre des commencements : les motifs du printemps et de l'enfance y sont présents, de même que celui des amours légères de la jeunesse, mais il rappelle aussi les débuts de la carrière littéraire du poète.

– **Le livre II, « L'Âme en fleurs »,** est centré sur l'amour ; on y devine la figure de Juliette Drouet. Comme « Aurore », il a pour principal décor une nature accueillante, mais qui devient moins naïve.

– **Le livre III, « Les Luttes et les rêves »,** inscrit dans le recueil des thèmes plus engagés : face à la souffrance et à la misère, le poète dit son indignation et ses espoirs.

– **Quant au livre IV, « *Pauca meae* »** (« Le peu de chose [qu'il reste] de la mienne [ma fille] ») est dédié à Léopoldine : les poèmes retracent les étapes du deuil et font revivre le souvenir de l'enfant disparue. Les paysages se font souvent plus sombres, nocturnes et automnaux.

Les thèmes circulent toutefois d'un livre à l'autre. Des signes avant-coureurs de la mort sont perceptibles dans « Autrefois », et les questionnements politiques et spirituels qui caractérisent les livres V et VI sont déjà esquissés dans les quatre premières sections, en particulier dans « *Magnitudo parvi* », qui constitue la charnière du recueil.

5 Fonctions du poète ?

a. Agir depuis l'exil

L'exil oblige Hugo à s'interroger sur son rôle de poète : sur son île, il est à l'écart du monde et des fonctions politiques qu'il occupait avant le coup d'État. Peut-il agir par la poésie ? La réponse est évidente pour un recueil satirique comme *Châtiments*, attaque directe contre l'empereur et ses complices. Elle est plus complexe pour un recueil lyrique comme *Les Contemplations*.

Hugo ne renonce pas à prendre parti : dans « *Melancholia* », par exemple, il dénonce la misère et l'injustice sociale. Son statut d'exilé, souligné dans le recueil grâce à l'image récurrente de l'île, lui confère d'ailleurs une légitimité plus grande pour devenir le porte-parole de l'humanité : non seulement l'exil est la preuve de son courage et de son refus du compromis, mais c'est aussi une position qui lui permet de prendre du recul, de considérer le monde avec la distance du sage.

b. Vision et déchiffrement

Le poète des *Contemplations* est aussi un être doté de facultés particulières, qui lui permettent de voir et de dire le monde avec profondeur et justesse. Il a une affinité avec la nature, dont il déchiffre les mystères, ce qu'il affirme par exemple dans « Oui, je suis le rêveur… ». Parce qu'il a traversé l'épreuve du deuil, il a aussi acquis une connaissance de l'invisible et de l'au-delà ; il peut parler aux morts (c'est la fonction du livre IV) et révéler aux vivants les secrets de l'univers.

6 Parcours problématisé : « Mémoires d'une âme » et *Contemplations*

Le « je » des *Contemplations* est donc un être privé d'identité : l'exil lui a ôté sa personnalité sociale et le deuil lui a donné la sensation d'appartenir au monde des morts. Comment pourrait-il dès lors écrire ses « mémoires », supposées retracer la vie personnelle et publique d'une personne reconnaissable ?

C'est précisément son statut d'« âme » qui est la clef. Les dates des poèmes rappellent les étapes de la vie de Hugo, mais les poèmes font progressivement disparaître sa personnalité pour s'ouvrir sur l'universel. En tant qu'« âme », le « je » peut se souvenir des émotions de sa vie passée, et lui donner du sens, grâce au recul de l'expérience : c'est ainsi qu'est composé « Autrefois ».

Mais ce statut lui permet surtout de sortir des limites de sa vie personnelle pour acquérir une vision plus vaste : c'est le mouvement d'« Aujourd'hui » et le sens même du mot « contemplation ».

Baudelaire, *Les Fleurs du mal*
Parcours : alchimie poétique

De nombreuses métaphores, parfois diamétralement opposées, ont été employées au fil des siècles pour représenter l'activité poétique et tenter de l'expliquer. Le poète est tantôt considéré comme un prophète inspiré qui reçoit d'en haut une parole qu'il doit transmettre aux hommes, tantôt comme un artiste qui fabrique patiemment ses poèmes. Une autre métaphore, utilisée notamment par Baudelaire, conjugue les pouvoirs exceptionnels du prophète et la patience de l'artisan : celle de l'alchimiste.

1 Qu'est-ce que « l'alchimie poétique » ?

a. Définition de l'alchimie

L'alchimie est une science occulte, en vogue notamment au Moyen Âge et à la Renaissance, et dont l'objectif est de percer les secrets supposés de la nature. Les alchimistes cherchaient, par des recherches longues et complexes, à fabriquer l'élixir de longue vie, la panacée (remède universel) et surtout la pierre philosophale, capable de transformer les métaux vils, comme le plomb, en métaux nobles, comme l'or.

Cette troisième recherche, surnommée « le Grand Œuvre », est destinée à agir sur la matière et se déroule en trois phases : l'œuvre au noir, l'œuvre au blanc et l'œuvre au rouge. Chacune réclame des opérations longues et minutieuses, et correspond à une purification de la matière.

Comparer la poésie à l'alchimie, c'est donc lui conférer un caractère mystérieux, mais aussi suggérer qu'elle résulte d'un travail rare et difficile.

b. La boue et l'or

Dans un projet d'épilogue aux *Fleurs du mal*, Baudelaire écrit, s'adressant à Paris : « Tu m'as donné ta boue et j'en ai fait de l'or ». Destiné à être placé à la fin du recueil, ce vers le désigne comme un processus alchimique.

Le plomb est cependant remplacé ici par la boue, symbole de bassesse et de souillure. La poésie consisterait donc à créer une œuvre belle et précieuse à partir de la matière, même dans ce qu'elle a de plus vil et de plus laid.

Le poète affirme ainsi sa puissance, mais cette affirmation est aussi une provocation, car l'alchimie est souvent perçue comme une pratique dangereuse, proche de la sorcellerie.

2 Fonction de la poésie ?

a. Transfiguration du réel

La poésie est souvent considérée comme dotée de la capacité de changer notre perception du réel, en en dévoilant des aspects ignorés, grâce à la sensibilité du poète. Celui-ci aurait la faculté de reconnaître le véritable prix du monde qui nous entoure, et donc de le rendre précieux à nos yeux.

C'est ce que suggère Musset, en employant déjà une image qui suggère une alchimie poétique, dans son poème « Impromptu » en réponse à cette question : « Qu'est-ce que la poésie ». Il affirme en effet que l'ambition du poète est de « Faire une perle d'une larme ». Il rappelle ainsi que la poésie rend durable ce qui est éphémère, en fixant les sensations sur le papier.

Dans le cas de Baudelaire, cette alchimie va plus loin encore, puisque sa poésie veut transformer diamétralement le regard du lecteur sur le réel, en lui montrant de la beauté là où il croyait ne voir que de la laideur.

b. Transformation du langage

Cette métamorphose ne peut cependant être due uniquement aux facultés de perception du poète : il ne suffit pas de voir le monde autrement, il doit aussi être capable de transmettre cette vision. C'est pourquoi l'alchimie poétique passe nécessairement par un travail sur le langage : c'est en transformant les usages ordinaires du langage que le poète peut transformer notre regard sur le réel.

C'est ce que suggère Rimbaud, lorsque, marqué par l'influence de Baudelaire, il intitule l'une des sections d'*Une saison en enfer* « Alchimie du verbe ». Le mot « verbe » est ici à comprendre comme un synonyme de « parole » : le langage est à la fois ce que le poète transforme, et ce grâce à quoi il transforme notre vision du réel.

La parole poétique doit en effet produire des effets surprenants, inhabituels, pour briser la monotonie de nos sensations quotidiennes. Ainsi, lorsque Baudelaire écrit dans « Spleen » (LXXVI) : « Je suis un vieux boudoir, plein de roses fanées », la comparaison* incongrue d'un être à une pièce étonne. Les mots, détournés de leur usage ordinaire, nous semblent neufs ; non seulement ils nous permettent d'imaginer les états d'âme du poète, mais ils nous amènent aussi à considérer différemment les lieux et les objets les plus familiers.

3 Présentation des *Fleurs du mal*

a. Le contexte

Lorsque Baudelaire publie *Les Fleurs du mal* en 1857, le romantisme domine encore le paysage poétique français : Nerval a publié *Les Chimères* trois ans plus tôt, Hugo, *Les Contemplations* l'année précédente, et son œuvre, tout comme celles de Vigny ou de Desbordes-Valmore, n'est pas encore achevée.

Il ne faut pas oublier par ailleurs que le recueil regroupe des poèmes rédigés sur une longue période, certains dès 1840, en pleine période romantique.

Dans les années 1850, une aspiration à un autre usage de la poésie commence cependant à se faire sentir : en 1852, la parution d'*Émaux et Camées* de Théophile Gautier et des *Poèmes antiques* de Leconte de Lisle marque les débuts de la quête de perfection formelle qui caractérise le Parnasse.

Baudelaire se situe au confluent des différentes tendances poétiques de son temps : comme les parnassiens, il aspire à créer une forme « impeccable » (adjectif qu'il emploie à propos de Théophile Gautier dans la dédicace des *Fleurs du mal*) et rejette les excès sentimentaux qui caractérisent les imitations médiocres du romantisme. Une sensibilité singulière transparaît cependant dans sa poésie, mais elle est suggérée de manière indirecte, et ouvre en cela la voie au symbolisme.

Enfin, Baudelaire a en commun avec les romantiques un sentiment de révolte très prononcé. Cette révolte est dirigée contre le conformisme bourgeois, la pesanteur et l'hypocrisie des convenances sociales et morales qui caractérisent la société du Second Empire.

b. Accueil et postérité

Ce refus du conformisme vaut aux *Fleurs du mal* un accueil très houleux : le recueil, souvent provocateur, avec notamment des poèmes sombres et révoltés ou chargés d'un érotisme assumé, est jugé immoral et donc dangereux. Baudelaire doit donc subir un procès pour « outrage à la morale publique et offense à la morale religieuse ». Il est condamné à une forte amende et six poèmes sont censurés. Il reçoit également des critiques extrêmement violentes ; seuls quelques auteurs comme Barbey d'Aurevilly reconnaissent son œuvre à sa juste valeur et en célèbrent la puissance.

Pour les générations suivantes en revanche, l'influence des *Fleurs du mal* est immense. Baudelaire est considéré par les symbolistes comme l'initiateur d'une nouvelle poésie. Dans sa lettre à Paul Demeny du 15 mai 1871, Rimbaud écrit ainsi : « Baudelaire est le premier voyant, roi des poètes, un vrai dieu ».

4 Les grands thèmes des *Fleurs du mal*

Spleen et Idéal, les deux motifs qui donnent son titre à la première section des *Fleurs du mal*, qui est aussi la plus longue, se retrouvent dans tout le recueil.

a. Le spleen

Le spleen, mot anglais qui désigne la rate, est le nom que Baudelaire emploie pour évoquer une mélancolie profonde, voisine du désespoir. Selon la médecine ancienne, la mélancolie serait en effet provoquée par un excès de bile noire, produite par la rate.

Les thèmes de la souffrance et de la blessure, de la violence et de l'alcool, de la mort et de la fuite du temps sont liés au spleen, ainsi que les doutes spirituels qui se changent souvent en révolte.

Le spleen naît chez Baudelaire d'une sensation de solitude, de vacuité, d'ennui et d'insatisfaction permanente, mais aussi d'un sentiment de culpabilité, d'un dégoût de soi et du monde réel.

b. L'idéal

Pour échapper au spleen, le poète se tourne donc vers l'idéal, qu'il cherche à atteindre par la création. On rencontre donc dans le recueil les thèmes du rêve, du voyage, de l'amour, et surtout de la beauté.

Cependant, l'idéal est, par définition, opposé au réel. La beauté reste donc très difficile à atteindre. Le poète ne peut l'approcher que de manière indirecte, grâce aux « Correspondances » dont il expose la théorie dans l'un des poèmes les plus célèbres du recueil : ce sont des symboles qui permettent de dépasser les apparences du réel pour percevoir la nature secrète des choses et leur « profonde unité ».

Mais hors de ces moments de révélation fulgurants, la beauté reste liée au spleen : soit elle est idéale et inaccessible, et cause la souffrance et le regret (comme dans « À une passante »), soit, lorsqu'on la trouve dans le réel, elle est mêlée d'étrangeté, voire d'horreur, par exemple dans « Une charogne » et « Danse macabre », où Baudelaire crée une esthétique de la beauté morbide, où encore dans les poèmes où l'auteur dépeint la ville moderne, à la fois fascinante et inquiétante.

5 Parcours problématisé : alchimie poétique dans *Les Fleurs du mal*

L'idéal et le spleen sont donc étroitement liés dans le recueil : ils s'engendrent mutuellement. Seule l'alchimie poétique pourrait permettre de dépasser ce mouvement douloureux. En créant de la beauté et du plaisir (« l'or ») à partir de la laideur et de la souffrance (« la boue »), grâce au patient travail sur le langage que représente la poésie, l'alchimie de l'écriture peut faire naître de l'ennui et du désespoir un geste créateur, donc positif.

La sensibilité du poète est néanmoins un pouvoir dangereux, qui peut produire l'effet inverse. C'est ce que Baudelaire expose dans « Alchimie de la douleur », où la tristesse du poète « change l'or en fer ». Cependant, en décrivant cette métamorphose décevante, Baudelaire compose un poème, c'est-à-dire un objet de beauté : le cycle des transfigurations alchimiques est ainsi sans fin.

Apollinaire, *Alcools*
Parcours : modernité poétique

Le classicisme valorisait la capacité des arts à produire une beauté universelle et atemporelle et cette qualité est restée attachée en particulier à la poésie qui a le pouvoir d'éterniser les instants vécus (c'est le sens des célèbres vers du « Lac » de Lamartine : « Ô temps, suspends ton vol, et vous, heures propices ! / Suspendez votre cours »). Cependant, dès lors que le romantisme remet en cause les valeurs classiques, cet idéal entre en conflit avec un autre, celui de la modernité.

1 Qu'est-ce que la modernité poétique ?

a. L'émergence de la notion de modernité

La question de la nécessité d'écrire une littérature moderne se pose bien avant le romantisme : au XVIIe siècle, la querelle des anciens et des modernes oppose ceux qui, comme Boileau, pensent que la littérature ne peut atteindre la perfection que dans l'imitation des auteurs antiques et ceux qui, comme Charles Perrault, pensent qu'il est possible et nécessaire d'innover.

Les romantiques réactivent cette exigence d'innovation et d'originalité, fondatrice de leur mouvement. Mais c'est avec Baudelaire que la notion de modernité s'impose explicitement. En 1863, dans l'essai *Le Peintre de la vie moderne*, il définit la modernité comme la prise en compte dans l'art de ce qui est fugitif, éphémère : – le mouvement, les impressions passagères, mais aussi ce qui est propre à une époque et à ces modes – et n'était jusque-là pas jugé digne de figurer en poésie.

b. Modernité poétique et modernité technique

L'exigence baudelairienne de la modernité est accentuée par le contexte économique et culturel de la seconde moitié du XIXe et du début du XXe siècle : l'urbanisation, la seconde révolution industrielle et les progrès techniques qui l'accompagnent donnent la sensation d'une accélération du temps et d'un enrichissement du réel que la poésie doit prendre en charge.

C'est le principe même de l'« Esprit nouveau » qu'Apollinaire définit dans sa conférence de 1917 : le monde est devenu plein de surprises et la poésie, si elle ne veut pas être dépassée, doit produire les mêmes sensations.

Cependant, les deux guerres mondiales révèlent les ravages que peuvent produire les progrès techniques et scientifiques. Ils semblent même menacer la civilisation, ce qui peut expliquer le retour à une esthétique plus classique, par exemple dans la poésie de Paul Valéry.

La recherche de la modernité en poésie atteint donc son apogée dans les premières années du XXe siècle, mais elle ne constitue pas un mouvement littéraire chronologiquement arrêté : il s'agit plutôt d'une disposition, d'une attitude à l'égard du monde et de l'écriture, qui se prolonge jusqu'à nos jours.

2 Les caractéristiques de la modernité poétique

a. Des thèmes privilégiés

Le premier principe de la modernité poétique consiste à faire entrer dans le domaine artistique de nouvelles réalités : l'animation de Paris transformée par les travaux du baron Haussmann chez Baudelaire, les nouveaux moyens de transport ou les paysages industriels chez Apollinaire ou Cendrars.

Plus généralement, les poètes s'intéressent aux objets et aux événements du quotidien dont la poésie révèle la beauté, voire l'étrangeté. C'est l'une des caractéristiques de la poésie de Prévert, et la principale ambition de Francis Ponge dans *Le Parti pris des choses* (1942).

b. Caractéristiques formelles

La modernité poétique surprend non seulement par les motifs qu'elle déploie, mais aussi par le langage auquel elle recourt pour les évoquer.

Pour reproduire les sensations de vitesse, de diversité et d'enivrement que produit le monde moderne, les poètes s'affranchissent des règles de versification, ou inventent leurs propres règles : le vers libre et le poème en prose s'imposent, les jeux avec la typographie et le blanc de la page se multiplient.

Le vocabulaire se diversifie, conformément à ce que souhaitaient les romantiques : tout mot, même banal ou familier, est désormais susceptible d'être employé en poésie, de même qu'un lexique parfois très pointu, presque scientifique, comme chez Saint-John Perse.

Enfin, même les règles de la langue française peuvent être bousculées : la ponctuation peut disparaître, et la syntaxe n'est pas nécessairement respectée. Les poètes obligent le lecteur à reconstruire le sens selon des mécanismes qui ne sont pas ceux dont il use au quotidien ; ils lui font ainsi sentir le caractère extraordinaire de la poésie.

3 Présentation du recueil

a. Le contexte

Alcools est le résultat d'une longue maturation. Le recueil paraît en 1913, mais les plus anciens de ses poèmes (« Le Larron », « L'Ermite », « Merlin et la Vieille femme ») ont été écrits entre 1898 et 1902.

L'ouvrage réunit donc des poèmes d'inspirations très diverses : Apollinaire a écrit les premiers à une époque où le symbolisme dominait encore la scène littéraire, et l'influence de ce mouvement est perceptible dans des poèmes comme « Signe », tandis que d'autres peuvent être lus comme des manifestes de l'Esprit Nouveau.

En 1913, Apollinaire assiste à une lecture de *La Prose du Transsibérien* par Blaise Cendrars et décide de remanier l'organisation de son recueil, qui devait initialement adopter la forme d'un calendrier : il choisit de placer en tête du volume « Zone », le dernier poème qu'il a rédigé et de supprimer toute ponctuation, pour mettre en relief la modernité d'*Alcools*.

Cette modernité est également liée à la fréquentation des peintres : Apollinaire est proche des cubistes, notamment de Picasso, et sa poésie peut se lire comme une transposition littéraire de leurs recherches picturales.

Le recueil se fait aussi l'écho de plusieurs événements personnels qui ont marqué la vie d'Apollinaire. Il y fait allusion aux déceptions amoureuses qu'il a vécues avec Annie Playden et Marie Laurencin, et s'inspire de ses voyages. Né à Rome d'une mère polonaise qui menait une vie itinérante, il a continué à voyager à l'âge adulte, notamment en Europe centrale, ou encore en Allemagne, où il a été précepteur. La section « À la Santé » fait, quant à elle, écho à son emprisonnement du 7 au 13 septembre 1911 : le poète est accusé de complicité dans le vol de la Joconde, perpétré par l'une de ses connaissances.

b. Accueil et postérité

Dès sa parution, *Alcools* se vend bien et connaît un grand succès dans les milieux artistiques, où l'on souligne sa remarquable originalité. Mais celle-ci est parfois mal comprise et attire à Apollinaire de vives critiques : certains de ses contemporains voient dans son recueil une provocation, voire une mystification.

Alcools est cependant rapidement reconnu comme l'une des œuvres fondatrices de la poésie du XXe siècle. Les surréalistes, en particulier, se réclament d'Apollinaire, qui est d'ailleurs le premier à employer le mot, en 1917, quand il qualifie sa pièce *Les Mamelles de Tirésias* de « drame surréaliste ».

Nombre de ses poèmes sont mis en musique, aussi bien par Francis Poulenc que par Léo Ferré, et connaissent un immense succès populaire. « Le Pont Mirabeau », par exemple, est l'un des poèmes les plus célèbres de la langue française.

4 Les grands thèmes du recueil

a. Euphorie

Comme son titre le suggère, *Alcools* est un recueil de l'ivresse : il rend compte de l'éblouissement et de l'ivresse du poète face au monde. La beauté du monde moderne et de la vie quotidienne est ainsi célébrée, avec de nombreuses notations sonores et visuelles (couleurs, lumières) qui traduisent la fascination qu'exerce la ville et l'énergie que produit la nouveauté.

b. Mélancolie

Cependant, la ville est aussi le lieu de la solitude et de la nostalgie, et la mélancolie occupe dans le recueil une place au moins aussi importante que l'euphorie. À cette tonalité plus sombre se rattachent les thèmes de l'amour malheureux, de la fuite du temps, de l'automne, des vagabonds (bohémiens et émigrants), mais aussi les paysages rhénans, grâce auxquels Apollinaire se réapproprie la mélancolie du romantisme allemand.

5 Parcours problématisé : *Alcools*, recueil de la modernité poétique ?

Alcools est encadré par deux grands poèmes qui constituent des manifestes de la modernité poétique, « Zone » et « Vendémiaire », qui chantent en vers libre la beauté de la ville moderne mais aussi la puissance de la parole poétique renouvelée. Cependant, le registre* de ces deux poèmes est loin de caractériser tout le recueil, profondément imprégné des traditions poétiques des siècles précédents.

En témoigne par exemple « La Loreley », réécriture d'un *lied* du poète romantique allemand Brentano.

On ne peut pas établir une ligne de démarcation nette entre des poèmes modernes et des poèmes traditionnels qui se côtoieraient dans le recueil. Les deux esthétiques se mêlent subtilement et constamment. La versification et les rimes de « La Loreley », par exemple, ne sont pas régulières, tandis que le premier vers de « Zone » : « À la fin tu es las de ce monde ancien » et le dernier vers de « Vendémiaire » : « Les étoiles mouraient le jour naissait à peine », sont de parfaits alexandrins classiques.

Ces deux vers qui encadrent le recueil ont également en commun d'établir une continuité entre l'ancien et le nouveau (« À la fin » / « ce monde ancien » ; « mouraient » / « naissaient à peine »). Plus qu'un recueil de la pure modernité poétique, *Alcools* est donc un recueil qui construit un mouvement vers la modernité sans renier le passé, avec un fonctionnement cyclique : pour que la modernité puisse exister, il faut nécessairement avoir conscience de ce qui la précède et lui a donné naissance. Modernité et nostalgie s'enrichissent ainsi mutuellement. Le motif de l'automne, récurrent dans le recueil, est représentatif de ce fonctionnement : c'est la saison triste de la fin des choses, mais aussi la saison des vendanges, nécessaires à la création d'un nouvel alcool, d'une nouvelle ivresse.

1 Étudier un poème en prose

Savoir-faire

1. Identifier la structure du poème

Un poème en prose est généralement un texte relativement court, constitué de quelques paragraphes. Comme les strophes d'un poème versifié, ces paragraphes marquent les étapes d'une progression qu'il convient d'observer. On peut ainsi se demander si le poème a une structure **linéaire** (qu'elle soit narrative, descriptive ou analytique) ou si, au contraire, il est construit de manière répétitive ou **circulaire**. Certains poèmes proposent également un effet de chute, une rupture finale inattendue (ex : la dernière phrase d'« Aube » de Rimbaud : « Au réveil, il était midi », révèle que tout ce qui précède était un rêve).

Même si le poème est composé d'un paragraphe unique, sa construction a nécessairement été mûrement réfléchie, il faut donc **observer la progression du texte**.

2. Analyser les images

Comme tout texte poétique, les poèmes en prose se distinguent par un usage intense et significatif des images. Il est donc nécessaire d'identifier et d'interpréter les **comparaisons***, les **métaphores**, les **allégories***, mais aussi les **connotations** dont le lexique est porteur (ex : « Les soleils couchants » de « L'Invitation au voyage » de Baudelaire, dans les *Petits poèmes en prose*, connotent la nostalgie, sentiment évoqué par ailleurs dans le poème).

3. Être attentif à la musicalité de la prose

Bien qu'ils ne soient pas versifiés, les poèmes en prose présentent un **rythme** et des effets sonores qui les distinguent du langage ordinaire. On y rencontre fréquemment :

– **des répétitions**, qui peuvent créer une forme de refrain ;
– **des assonances*** (répétition d'un son voyelle) et des allitérations* (répétition d'un son consonne) qui peuvent créer un effet d'harmonie imitative (ex : dans « Un rêve », d'Aloysius Bertrand, on relève une allitération en [b] et [r] dans : « la barre du bourreau s'était, au premier coup, brisée comme un verre » ; elle produit une harmonie imitative suggérant le bruit du coup et de la brisure).
– des segments qui présentent le même nombre de syllabes qu'un vers classique (généralement 12, 10 ou 8). On parle alors de **prose nombreuse**.

4. Repérer les écarts par rapport à l'usage courant de la langue

Le poème en prose se caractérise également par un travail particulièrement poussé sur le langage, destiné à produire des effets de surprise ou d'étrangeté. Les règles communes de la syntaxe et du lexique n'y sont donc pas toujours respectées, les niveaux de langue peuvent varier, et on peut parfois y observer des jeux sur les mots, qui procèdent d'un léger décalage par rapport à des expressions courantes (ex : dans « Les Mûres », Francis Ponge écrit : « le poète [...] en prend de la graine à raison » ; il emploie alors l'expression familière « en prendre de la graine », qui signifie « tirer une leçon », mais il joue aussi sur le sens concret du mot « graine », qui rappelle les grains de la mûre. Enfin, l'association des mots « graine » et « raison » rappelle, par proximité phonétique, les grains de raisin, fruit qui ressemble à la mûre).

Application

Étudier le poème en prose suivant :

— « Écoute ! — Écoute ! — C'est moi, c'est Ondine qui frôle de ces gouttes d'eau les losanges sonores de ta fenêtre illuminée par les mornes rayons de la lune ; et voici, en robe de moire, la dame châtelaine qui contemple à son balcon la belle nuit étoilée et le beau lac endormi.

» Chaque flot est un ondin qui nage dans le courant, chaque courant est un sentier qui serpente vers mon palais, et mon palais est bâti fluide, au fond du lac, dans le triangle du feu, de la terre et de l'air.

» Écoute ! — Écoute ! — Mon père bat l'eau coassante d'une branche d'aulne verte, et mes sœurs caressent de leurs bras d'écume les fraîches îles d'herbes, de nénuphars et de glaïeuls, ou se moquent du saule caduc et barbu qui pêche à la ligne. »

Sa chanson murmurée, elle me supplia de recevoir son anneau à mon doigt, pour être l'époux d'une Ondine, et de visiter avec elle son palais, pour être le roi des lacs.

Et comme je lui répondais que j'aimais une mortelle, boudeuse et dépitée, elle pleura quelques larmes, poussa un éclat de rire, et s'évanouit en giboulées qui ruisselèrent blanches le long de mes vitraux bleus.

Aloysius Bertrand, « Ondine », *Gaspard de la Nuit*, 1842

La structure du poème

Il est constitué de cinq brefs paragraphes, qui construisent un petit récit. Les trois premiers, au discours direct, font entendre les paroles de séduction de l'Ondine, qui s'efforce d'attirer le poète dans son monde aquatique. Le quatrième paragraphe rapporte la fin de ses propos, mais au discours indirect. Quant au dernier paragraphe, il dévoile la réponse du poète, toujours au discours indirect, et relate la réaction de l'Ondine.

Cette structure produit un effet de chute : les discours de l'Ondine, qui occupent quatre paragraphes sur cinq, dominent le poème. Le lecteur s'attend donc à ce qu'elle triomphe et à ce que le poète cède à ses avances. Le dernier paragraphe, dans lequel il manifeste son refus, offre donc un dénouement inattendu qui brise volontairement l'envoûtement dangereux mis en place dans la majeure partie du poème.

Les images

Ce poème comporte une seule métaphore, mais elle est particulièrement travaillée : « Le saule caduc et barbu qui pêche à la ligne ». Le tronc noueux et sans doute penché du saule est associé à l'image d'un vieil homme (« caduc ») ; quant à ses longues branches souples, elles ne sont pas décrites, mais elles sont comparées à la fois à une longue barbe et à la ligne d'une canne à pêche. Aloysius Bertrand permet ainsi au lecteur de se représenter cet élément du décor de manière précise, sans pour autant se livrer à une description explicite qui manquerait d'originalité.

Cette image permet aussi de donner vie à l'arbre, en cohérence avec l'atmosphère merveilleuse du poème, dans lequel toute la nature prend vie, comme dans un conte de fées. Le lexique évoque cet univers, grâce à des termes qui suggèrent un cadre médiéval (« les losanges [...] de ta fenêtre », « la dame châtelaine », « mon palais », « mes vitraux ») et un monde féerique (« Ondine », « un ondin », « son anneau », « le roi des lacs »).

Ce jeu d'image est pour le poète un moyen d'envoûter le lecteur, tout comme l'Ondine essaie de l'envoûter lui-même, en lui décrivant un univers étrange, fascinant et plein de charme.

La musicalité

La répétition d'« Écoute ! – Écoute ! », au début de deux paragraphes, s'apparente à une anaphore* ou à un refrain ; elle rythme et structure le poème tout en soulignant les efforts de l'Ondine pour attirer l'attention du poète.

Cet impératif, sur lequel s'ouvre le poème, peut également sembler s'adresser au lecteur et l'inviter à prêter l'oreille à la musicalité du texte. Celle-ci est en effet très travaillée.

Des allitérations produisent des harmonies imitatives qui correspondent au milieu liquide décrit dans le poème, par exemple une allitération en [f] et [l] dans « mon palais est bâti fluide, au fond du lac, dans le triangle du feu » ou une allitération en [b] et [l] qui imite à la fois le petit tambourinement de gouttes d'eau sur les vitres ([b]) et leur écoulement ([l]) dans « en giboulées qui ruisselèrent blanches le long de mes vitraux bleus ».

On retrouve dans la prose le souvenir de vers classiques ; la séquence « chaque courant est un sentier / qui serpente vers mon palais » correspond au rythme de deux octosyllabes. La musicalité du poème renforce ainsi son charme envoûtant.

Les écarts par rapport à l'usage courant de la langue

« Ondine » est un poème romantique ; à cette époque, le respect de la syntaxe n'est pas encore mis en question, et les ruptures de niveau de langue* restent très rares.

On observe cependant une construction inhabituelle dans : « mon palais est bâti fluide ». Non seulement « bâti fluide » est un oxymore* (les deux mots associés s'opposent, l'un supposant la rigidité et l'autre son contraire), mais il s'agit d'un usage syntaxique peu courant. Le verbe « bâtir » appelle généralement un adverbe (« mon palais est bâti solidement »). Ici, Aloysius Bertrand choisi d'employer un adjectif, ce qui introduit dans la phrase une légère étrangeté, conforme avec l'atmosphère surnaturelle que déploie le poème.

2 Étudier un poème en vers libre

Savoir-faire

1. S'assurer de bien identifier la forme

Il est indispensable de bien observer un poème en vers libre avant de l'étudier, pour ne pas le confondre avec une autre forme. Les poèmes en vers libre se caractérisent par une absence de régularité au niveau :
- **des vers** (ils comportent un nombre variable de syllabes, indifféremment pair ou impair, et peuvent comporter plus de douze syllabes) ;
- **des rimes** (les vers peuvent rimer ou non, et les rimes ne sont pas toujours exactes : elles peuvent être remplacées par de simples assonances. Ex : dans « Zone » d'Apollinaire, « christianisme » assone avec « Pie X ») ;
- **des strophes** (les vers sont groupés sans schéma régulier).

Il convient donc de bien maîtriser les règles de la versification classique (prononciation du e muet, diérèses* et synérèse), pour ne pas prendre pour un poème en vers libre un poème régulièrement versifié dont on aurait mal compté les syllabes.

Il ne faut pas non plus confondre le vers libre avec l'**hétérométrie** (emploi de plusieurs vers différents, mais tous réguliers, dans un même poème, comme dans les fables de La Fontaine, par exemple). Là encore, le décompte des syllabes est essentiel, mais on peut aussi se fier à la date de rédaction du poème : il n'existe pas de poème en vers libre avant le XXe siècle. Enfin, un poème hétérométrique présentera toujours des rimes régulières.

2. Interpréter le choix de cette forme

Le vers libre est toujours **un choix délibéré** de la part des poètes : aucun mouvement littéraire ne l'impose. Par conséquent, ce choix doit être interprété : pourquoi l'auteur a-t-il décidé de recourir au vers libre plutôt qu'à une versification régulière ou à un poème en prose ?

Il peut s'agir d'une manière de souligner la liberté et la modernité du poème. C'est souvent le cas dans les poèmes qui célèbrent avec enthousiasme des réalités nouvelles, comme « Zone » et « Vendémiaire ».

Mais le vers libre peut également dérouter le lecteur, plus habitué au rythme de la prose et des vers classiques. Par conséquent, cette forme peut être choisie pour induire un doute ou produire une sensation de malaise. C'est souvent le cas dans des poèmes à la tonalité plus sombre, dans lesquels le poète exprime des sentiments douloureux qu'il cherche à transmettre au lecteur en créant un léger inconfort à la lecture. Apollinaire emploie également le vers libre à cette fin, par exemple dans « Automne malade ».

3. Étudier les effets sonores et visuels

Comme les poèmes en prose, les poèmes en vers libre déplacent les effets de rythme et d'écho, qui ne sont plus induits par la régularité des vers et des rimes, mais par d'autres procédés qui préservent la musicalité de la poésie. On sera donc là aussi attentif aux **répétitions** (qui, en début de vers, peuvent constituer des anaphores), aux **assonances** et aux **allitérations** ainsi qu'aux **vers et aux rimes classiques** qui peuvent ressurgir ponctuellement dans le vers libre. Il est alors indispensable d'interpréter l'effet qu'a voulu produire le poète en recourant à ces formes traditionnelles.

Il convient également d'observer la **disposition des vers sur la page**, souvent significative. Lorsque les vers sont organisés en strophes d'inégale longueur, leur disposition peut être porteuse de sens. Des strophes de plus en plus longues, par exemple, suggèrent généralement une expansion, une ouverture, un mouvement euphorique, tandis que des strophes de plus en plus courtes peuvent suggérer un affaiblissement, la fin d'un processus.

4. Interpréter les images

L'interprétation des images (comparaisons, métaphores, allégories, connotations) est d'autant plus importante dans les poèmes en vers libre que ces derniers sont écrits à une époque où le sens du poème n'est plus nécessairement transparent et peut se construire par **libre association d'idées**, notamment chez les surréalistes. Il faut donc être attentif aux diverses significations que peut revêtir une image, aux diverses connotations que peut porter un mot, ne pas chercher à leur assigner un sens univoque, mais plutôt s'efforcer de percevoir leur richesse de **suggestion**, qui fait souvent la profondeur du poème.

Application

Étudier le poème suivant :

Dans mon chagrin, rien n'est en mouvement
J'attends, personne ne viendra
Ni de jour, ni de nuit
Ni jamais plus de ce qui fut moi-même

Mes yeux se sont séparés de tes yeux
Ils perdent leur confiance, ils perdent leur lumière
Ma bouche s'est séparée de ta bouche
Ma bouche s'est séparée du plaisir
Et du sens de l'amour, et du sens de la vie
Mes mains se sont séparées de tes mains
Mes mains laissent tout échapper
Mes pieds se sont séparés de tes pieds
Ils n'avanceront plus, il n'y a plus de route
Ils ne connaîtront plus mon poids, ni le repos

Il m'est donné de voir ma vie finir
Avec la tienne
Ma vie en ton pouvoir
Que j'ai crue infinie

Et l'avenir mon seul espoir c'est mon tombeau
Pareil au tien, cerné d'un monde indifférent
J'étais si près de toi que j'ai froid près des autres.

Paul Éluard, « Ma Morte vivante », in *Derniers poèmes d'amour*,

Identification de la forme

Ce poème comporte une majorité de vers pairs, comparables à ceux de la versification classique. Si l'on respecte les règles traditionnelles de prononciations des e muets, les vers de la première strophe peuvent par exemple s'interpréter comme deux décasyllabes encadrant un octosyllabe et un hexasyllabe ; quant à la dernière strophe, elle est composée de trois alexandrins.

Cependant, l'absence de rimes et la présence d'un vers de trois syllabes, très inhabituel par sa brièveté et parce qu'il s'agit d'un vers impair (« Avec la tienne ») confirment qu'il s'agit bien d'un poème en vers libre et non d'un poème hétérométrique.

Interprétation du choix de la forme

« Ma Morte vivante » est un poème de deuil : Éluard y dit son désarroi après la mort de sa compagne, Nusch. L'irrégularité du vers libre lui permet alors de traduire le vertige qui le saisit après cette perte. Il aurait été incohérent d'employer une forme régulière, classique pour dire la certitude que rien ne sera jamais plus comme avant (« jamais plus de ce qui fut moi-même »). Le vers libre permet ainsi au lecteur de partager le désarroi du « je » poétique.

Certains vers semblent même expliciter ce choix : « Mes mains laissent tout échapper » suggère une perte de maîtrise qui coïncide bien avec l'emploi du vers libre (les mains du poète laissent échapper tous les types de vers). De même, l'image des « pieds » peut s'interpréter comme une allusion aux procédés poétiques mis en œuvre par Éluard. Un « pied » peut désigner une syllabe d'un vers. En ce sens, l'affirmation : « Mes pieds se sont séparés de tes pieds / Ils n'avanceront plus » peut se lire comme un signe de l'impact du deuil sur l'écriture poétique et la versification ; en l'absence du corps de l'être aimé, la vie perd son sens et la parole poétique perd sa mesure.

Effets sonores et visuels

« Ma Morte vivante » contient de nombreuses répétitions, en particulier dans la deuxième strophe. Ils confèrent au poème le rythme entêtant d'une berceuse, et peuvent traduire l'obsession d'une berceuse. Ses répétitions fonctionnent souvent selon des rythmes binaires, autour de la complémentarité du « je » et du « tu » (« Mes yeux se sont séparés de tes yeux », « Ma bouche s'est séparée de ta bouche », « Mes mains se sont séparées de tes mains »). En dépit de la répétition du verbe « séparer », ces rythmes binaires suggèrent le désir de recréer le couple au-delà de la mort, de maintenir « vivante » la défunte.

Ce besoin de retrouver l'harmonie du duo peut également expliquer la présence de très nombreux vers pairs, non obligatoires dans un poème en vers libre, et donc surprenants. Une autre interprétation peut en être proposée : lorsqu'il compose ce poème, Éluard s'est écarté du surréalisme. Après la mort de Nusch, il revient à un langage plus transparent pour dire en toute simplicité la déchirure de la perte ; la présence des vers pairs participe de cette esthétique simple qui rend le poème d'autant plus poignant.

En dépit de cette simplicité, le langage reste très travaillé, comme le prouvent les jeux sur les sonorités : l'allitération en [p] dans les trois derniers vers de la deuxième strophe imite le bruit des pas. On peut également remarquer la présence à la rime de l'assonance « finir » / « infinie », qui souligne le paradoxe* de la morte vivante.

Enfin, la disposition des vers sur la page est significative : les deux dernières strophes sont les plus courtes, l'une parce qu'elle est composée de vers très brefs, l'autre parce qu'elle ne comporte que trois vers. Le silence semble ainsi s'installer progressivement, au moment même où le « je » poétique évoque sa propre mort (« Il m'est donné de voir ma vie finir » ; « Et l'avenir mon seul espoir c'est mon tombeau »).

Interprétation des images

Pour les raisons exposées ci-dessus, les images convoquées dans ce poème sont très simples : les parties du corps de l'être aimé, qui recomposent un portrait fragmenté pour suggérer l'absence ; l'immobilité (« rien n'est en mouvement », « personne ne viendra », « Ils n'avanceront plus, il n'y a plus de route »), qui dit la paralysie causée par la douleur, et l'incapacité de croire à un avenir, et enfin le « froid ». Cette dernière image est métaphore de l'indifférence qu'éprouve l'être endeuillé, mais aussi un mot dont les connotations renvoient à la mort, et indiquent que le titre du poème est réversible : si la morte est encore vivante dans le souvenir du poète, le vivant, lui, est déjà mort.

Pour réussir le jour J !

Les erreurs à ne pas commettre

- **Ne pas se contenter d'expliciter la signification du poème**. À partir de la seconde moitié du XIXe siècle, certains poèmes peuvent être hermétiques (leur sens n'est pas immédiatement accessible). Il est alors nécessaire de déchiffrer ce sens. Mais cela ne suffit pas : ce serait de la paraphrase. Il faut aller plus loin et construire une interprétation fondée sur l'analyse des procédés formels du poème.
- **Ne pas décrire la versification d'un poème sans l'interpréter**. Il est important de montrer que vous connaissez les règles de versification et leur évolution mais, dans un commentaire, la description de la structure d'un poème doit déboucher sur une interprétation. Par exemple, « Dans "Signe", Apollinaire exprime sa nostalgie ; par conséquent il adopte une forme poétique qui rappelle celles du passé, en employant des alexandrins en rimes croisées. »
- **Ne pas confondre vers libre et hétérométrie**. Dans ces deux formes, les vers sont de longueur variable, mais un poème hétérométrique ne comporte que des vers traditionnels et rimés, tandis qu'un poème en vers libre peut comporter des vers très longs ou très courts, et qui ne riment pas nécessairement.
- **Ne pas confondre lyrisme et romantisme**. Le romantisme est un mouvement littéraire qui a souvent eu recours au registre lyrique ; mais le lyrisme se rencontre dans bien d'autres mouvements littéraires.

Un point en + sur la copie

- Dans une dissertation, **citez par cœur** un ou deux vers d'un poème pour d'illustrer efficacement une idée.
- En conclusion d'un commentaire, **comparez le poème étudié à un autre** en mettant en évidence leurs points communs et leurs différences.
- **Identifier le mouvement littéraire auquel appartient un poète** peut aider à interpréter son poème (si l'on se souvient que Leconte de Lisle est un poète parnassien, on comprend qu'il vise une poésie impassible).
- **Interprétez le choix d'une forme poétique** pour enrichir le commentaire.

10 QCM pour réviser le cours

Corrigés, p. 64

1 Quel événement historique a donné naissance au romantisme ?

❑ **a.** Le coup d'État de Napoléon
❑ **b.** La Révolution française
❑ **c.** La Deuxième République

2 Laquelle de ces affirmations ne s'applique pas au romantisme ?

❑ **a.** Elle peut avoir une dimension politique.
❑ **b.** Elle est souvent lyrique.
❑ **c.** Elle est écrite en vers libre.

3 Quel poète a écrit un recueil de poèmes en prose ?

❑ **a.** Aloysius Bertrand
❑ **b.** Alfred de Musset
❑ **c.** Leconte de Lisle

4 Quel mouvement littéraire prône une poésie impassible ?

❑ **a.** Le surréalisme
❑ **b.** L'Esprit nouveau
❑ **c.** Le Parnasse

5 Lequel de ces recueils appartient à la poésie symboliste ?

❑ **a.** *La Prose du Transsibérien*
❑ **b.** *Illuminations*
❑ **c.** Émaux et camée

6 Que permet le vers libre?

❑ **a.** Un nombre de syllabes variable
❑ **b.** Une libre interprétation des métaphores
❑ **c.** Un niveau de langage courant ou familier

7 Laquelle de ces découvertes a marqué les surréalistes ?

❑ **a.** L'aviation
❑ **b.** Le vers impair
❑ **c.** L'inconscient

8 Comment sont organisés les poèmes des *Contemplations* ?

❑ **a.** Dans l'ordre où ils ont été rédigés
❑ **b.** Selon une logique thématique et chronologique
❑ **c.** Selon une logique fantaisiste et cyclique

9 Pourquoi peut-on dire que la poésie de Baudelaire est une alchimie ?

❑ **a.** Parce qu'elle a permis au poète de s'enrichir
❑ **b.** Parce qu'elle transfigure le réel
❑ **c.** Parce qu'elle était audacieuse pour son époque

10 Lequel des poèmes d'Apollinaire est un manifeste de modernité ?

❑ **a.** « Zone »
❑ **b.** « Signe »
❑ **c.** « La Loreley »

Exercices

Exercice 1

niveau 1 | 25 min

Corrigés, p. 64

Voici mon cher ami, ce que je vous dédie :
Quelque chose approchant comme une tragédie,
Un spectacle ; en un mot, quatre mains de papier.
J'attendrai là-dessus que le diable m'éveille.
Il est sain de dormir, — ignoble de bâiller.
J'ai fait trois mille vers : allons, c'est à merveille.
Baste ! il faut s'en tenir à sa vocation.
Mais quelle singulière et triste impression
Produit un manuscrit ! — Tout à l'heure, à ma table,
Tout ce que j'écrivais me semblait admirable.
Maintenant, je ne sais, — je n'ose y regarder.
Au moment du travail, chaque nerf, chaque fibre
Tressaille comme un luth que l'on vient d'accorder.
On n'écrit pas un mot que tout l'être ne vibre.
(Soit dit sans vanité, c'est ce que l'on ressent.)
On ne travaille pas, — on écoute, — on attend.
C'est comme un inconnu qui vous parle à voix basse.
On reste quelquefois une nuit sur la place,
Sans faire un mouvement et sans se retourner.
On est comme un enfant dans ses habits de fête,
Qui craint de se salir et de se profaner ;
Et puis, — et puis, — enfin ! — on a mal à la tête.
Quel étrange réveil ! — comme on se sent boiteux !
Comme on voit que Vulcain vient de tomber des cieux !

Akfred de MUSSET, « Dédicace » de *La Coupe et les lèvres* (extrait), 1831.

Questions

1. Dans ce poème, Musset s'adresse à un ami. Quels sont les éléments qui le montrent ? En quoi cela rend-il le poème original ?

2. Quelle vision l'auteur propose-t-il de sa propre poésie ? Correspond-elle au mouvement romantique auquel Musset appartient ?

3. Dans quelle mesure peut-on dire que la versification de ce poème est romantique ?

Exercice 2

niveau 2 | 40 min

Corrigés, p. 65

Vous êtes un beau ciel d'automne, clair et rose !
Mais la tristesse en moi monte comme la mer,
Et laisse, en refluant, sur ma lèvre morose
Le souvenir cuisant de son limon amer.

– Ta main se glisse en vain sur mon sein qui se pâme ;
Ce qu'elle cherche, amie, est un lieu saccagé
Par la griffe et la dent féroce de la femme.
Ne cherchez plus mon cœur ; les bêtes l'ont mangé.

Mon cœur est un palais flétri par la cohue ;
On s'y soûle, on s'y tue, on s'y prend aux cheveux !
– Un parfum nage autour de votre gorge nue !....

Ô Beauté, dur fléau des âmes, tu le veux !
Avec tes yeux de feu, brillants comme des fêtes,
Calcine ces lambeaux qu'ont épargnés les bêtes !

Charles Baudelaire, « Causerie », *Les Fleurs du Mal*, 1857.

Questions

1. Montrez que ce poème propose une image ambivalente de la beauté et de la femme.

2. Relevez le lexique des sentiments. À quel registre ce poème semble-t-il appartenir ?

3. Le dernier vers du poème est une métaphore de l'attitude du poète vis-à-vis de sa propre souffrance. Comment peut-on l'interpréter ?

4. À l'aide des réponses aux questions ci-dessus, rédigez une problématique et dégagez des axes pour un commentaire de ce poème.

Exercice 3

niveau 2 | 40 min

Corrigés, p. 66

Le pré est vénéneux mais joli en automne
Les vaches y paissant
Lentement s'empoisonnent
Le colchique couleur de cerne et de lilas
Y fleurit tes yeux sont comme cette fleur-là
Violâtres comme leur cerne et comme cet automne
Et ma vie pour tes yeux lentement s'empoisonne

Les enfants de l'école viennent avec fracas
Vêtus de hoquetons et jouant de l'harmonica
Ils cueillent les colchiques qui sont comme des mères
Filles de leurs filles et sont couleur de tes paupières
Qui battent comme les fleurs battent au vent dément

Le gardien du troupeau chante tout doucement
Tandis que lentes et meuglant les vaches abandonnent
Pour toujours ce grand pré mal fleuri par l'automne

Guillaume Apollinaire, « Les Colchiques », *Alcools*, 1913.

Questions

1. Observez la disposition des vers et des rimes dans ce poème, et commentez-la. Soyez particulièrement attentif aux vers 2 et 3.

2. Comment peut-on interpréter les images des colchiques, des vaches et de l'automne ? Quels sentiments suggèrent-elles ?

3. À l'aide des réponses aux questions ci-dessus, construisez un plan d'exposé répondant à la question suivante : « En quoi ce poème relève-t-il à la fois de la tradition et de la modernité ? »

Exercice 4 niveau 2 | 40 min

Corrigés, p. 67

Quand le sourire éclatant des façades déchire le décor fragile du matin ; quand l'horizon est encore plein du sommeil qui s'attarde, les rêves murmurant dans les ruisseaux des haies ; quand la nuit rassemble ses haillons pendus aux basses branches, je sors, je me prépare, je suis plus pâle et plus tremblant que cette page où aucun mot du sort n'était encore inscrit. Toute la distance de vous à moi – de la vie qui tressaille à la surface de la main au sourire mortel de l'amour sur sa fin – chancelle, déchirée. La distance parcourue d'une seule traite sans arrêt, dans les jours sans clarté et les nuits sans sommeil. Et, ce soir, je voudrais, d'un effort surhumain, secouer toute cette épaisseur de rouille – cette rouille affamée qui déforme mon cœur et me ronge les mains. Pourquoi rester si longtemps enseveli sous les décombres des jours et de la nuit, la poussière des ombres. Et pourquoi tant d'amour et pourquoi tant de haine. Un sang léger bouillonne à grandes vagues dans des vases de prix. Il court dans les fleuves du corps, donnant à la santé toutes les illusions de la victoire. Mais le voyageur exténué, ébloui, hypnotisé par les lueurs fascinantes des phares, dort debout, il ne résiste plus aux passes magnétiques de la mort. Ce soir je voudrais dépenser tout l'or de ma mémoire, déposer mes bagages trop lourds. Il n'y a plus devant mes yeux que le ciel nu, les murs de la prison qui enserrait ma tête, les pavés de la rue. Il faut remonter du plus bas de la mine, de la terre épaissie par l'humus du malheur, reprendre l'air dans les recoins les plus obscurs de la poitrine, pousser vers les hauteurs – où la glace étincelle de tous les feux croisés de l'incendie – où la neige ruisselle, le caractère dur, dans les tempêtes sans tendresse de l'égoïsme et les dérisions tranchantes de l'esprit.

Pierre Reverdy, *Main d'œuvre*, 1913-1949, ©Mercure de France, 1949.

Questions

1. Observez les comparaisons et métaphores du corps humain employées par Pierre Reverdy. Que suggèrent-elles ? En quoi peut-on les relier à l'exploration de l'inconscient chère aux surréalistes ?

2. La syntaxe est-elle toujours respectée dans ce poème ? Comment peut-on expliquer ce choix ?

3. À l'aide des réponses aux questions ci-dessus et de la méthode « Comment étudier un poème en prose ? », rédigez l'introduction d'un commentaire de ce poème. N'oubliez pas d'y faire figurer une problématique et l'annonce d'un plan.

COURS | MÉTHODE | ENTRAÎNEMENT | CORRIGÉS

Corrigés

QCM

1 b. **2** c. **3** a. **4** c. **5** b. **6** a. **7** c. **8** b. **9** b. **10** a.

Exercice 1

1. Le poète interpelle directement son ami au premier vers, avec une apostrophe (« mon cher ami ») et un pronom de deuxième personne (« vous »). Par la suite, il ne s'adresse plus à lui de manière directe, mais le ton du poème reste celui d'une conversation familière, avec des traits d'oralité : l'interjection « Baste », la répétition de « Et puis », et des commentaires du locuteur sur son propre discours : « Allons, c'est à merveille ». Ce dispositif rend le poème original dans la mesure où le ton de la conversation rompt avec la solennité habituellement associée à la poésie. Conformément au rejet romantique des bienséances, Musset fait entrer le langage quotidien dans le poème. Ce procédé donne aussi au lecteur la sensation d'être plus proche du poète : il est placé dans la position de l'ami, du confident. Le poème apparaît ainsi comme l'expression authentique de sentiments personnels, ce qui est là encore typiquement romantique.

2. Musset offre une vision double de la poésie. Elle présente une dimension sacrée : c'est une « fête », au cours de laquelle le poète, avec sa sensibilité particulière comparable à celle d'un « luth », reçoit une inspiration mystérieuse (« C'est comme un inconnu qui vous parle à voix basse »). L'emploi du verbe « profaner » souligne ce caractère sacré de la poésie. Mais la poésie est aussi tournée en dérision : Musset réduit son œuvre à son aspect matériel « quatre mains de papier », et compare le poète au plus laid des dieux de la mythologie antique, « Vulcain », dieu « boiteux » et qui est « tomb [é] des cieux ». La sacralisation de la poésie caractérise le romantisme qui lui attribue une haute fonction et une grande inspiration. La dérision dont fait preuve Musset peut donc surprendre, mais elle est représentative d'une autre facette du romantisme, plus pessimiste et désillusionnée, celle des poètes qui doutent de leur capacité à être des prophètes.

3. La versification est elle aussi caractéristique du romantisme : le poème est entièrement composé en alexandrins, vers classique, mais Musset multiplie les coupes pour faire varier le rythme du vers. Certains sont césurés à l'hémistiche (« Voilà mon cher ami, / ce que je vous dédie »). Cette structure classique peut devenir presque parodique lorsque la noblesse du vers est mise au service d'un propos trivial : « Il est sain de dormir, – ignoble de bâiller ». Mais Musset se permet aussi des coupes originales, par exemple après la première syllabe dans « Baste ! / il faut s'en tenir à sa vocation ». On peut également relever des enjambements (« Mais quelle singulière et triste impression / Produit un manuscrit »). Enfin, le schéma rimique est libre (Musset recourt tour à tour aux rimes plates, croisées et embrassées), ce qui apporte de la variété au poème.

Exercice 2

1. La beauté est célébrée dans « Causerie », où elle représente un idéal, comme le montrent l'emploi de la majuscule et l'interjection « ô », qui est une marque de vénération. Elle est cependant qualifiée de « dur fléau des âmes » : cette périphrase indique que la beauté est une source de souffrance, parce qu'elle est toujours désirée et jamais possédée. Cette ambivalence caractérise aussi les femmes. La destinataire est comparée à « un beau ciel [...] clair et rose », elle a un parfum enivrant et des gestes tendres : « ta main se glisse [...] sur mon sein ». Il se dégage donc d'elle une image de douceur. Mais la femme est aussi associée à des images extrêmement violentes : elle est comparée à un animal sauvage et dangereux (« la griffe et la dent féroce de la femme », « les bêtes l'ont mangé »). Même dans les descriptions mélioratives, l'inquiétude se glisse : le « beau ciel » du premier vers est un « ciel d'automne », saison du déclin. Le passage du vouvoiement au tutoiement complexifie encore le poème : la destinataire est difficile à identifier. Les femmes semblent donc présenter la même dualité que la beauté, entre spleen et idéal.

2. Le lexique des sentiments est très présent dans « Causerie », avec les mots « tristesse », « lèvre morose », « souvenir cuisant », « mon sein qui se pâme » et surtout la répétition de « mon cœur », caractéristique du registre lyrique. On remarque cependant que ce vocabulaire lyrique est employé surtout au début du sonnet, puis disparaît peu à peu, et qu'il est souvent utilisé dans un contexte où il est nié (par exemple : « Ne cherchez plus mon cœur »). Il s'agit donc d'un lyrisme atypique.

3. Dans le dernier vers du sonnet, le poète ordonne à la beauté de « calciner », c'est-à-dire de brûler, de détruire, les derniers « lambeaux » de son cœur « qu'ont épargné les bêtes », c'est-à-dire les femmes qui l'ont fait souffrir. Dans la mesure où le cœur est le symbole des sentiments personnels, on comprend que le poète souhaite ne plus rien ressentir, pour échapper à la douleur. Or la « Beauté » qui le fait souffrir est aussi celle qui semble pouvoir le libérer de ses sentiments et de ses émotions. On peut interpréter ce dernier vers, comme un rejet non seulement de l'amour douloureux, mais aussi du lyrisme. C'est en créant un objet de beauté (le sonnet) que le poète peut se délivrer de ses souffrances. Cette attitude rappelle la méfiance de

Baudelaire à l'égard du romantisme, et son exigence de perfection formelle, qui se traduit par le choix de la forme fixe du sonnet.

4. On pourrait fonder un commentaire de ce poème sur la problématique suivante : « En quoi ce poème propose-t-il un lyrisme ambigu ? ». Le commentaire serait alors construit en trois axes :

I. Un poème qui propose une image double de la femme et de la beauté

II. Un lyrisme atypique

III. Un déchirement à la fois exprimé et dépassé par la perfection de l'écriture

Exercice 3

1. Ce poème est écrit en vers libre : les vers sont de longueurs inégales et ne correspondent pas tous à des vers traditionnels. Par exemple, si l'on respecte la règle de prononciation des e muets, le vers : « Filles de leurs filles et sont couleurs de tes paupières » compte 14 syllabes. Apollinaire fait donc le choix d'une versification moderne, dont témoignent également l'absence de ponctuation et la disposition des vers sur la page : les quinze vers du poème sont groupés en strophes décroissantes qui peuvent imiter la mort progressive par empoisonnement qui est l'un des thèmes principaux des « Colchiques ». On observe cependant qu'Apollinaire a choisi de conserver des rimes, ce qui n'est pas obligatoire dans un poème en vers libre, et qu'il a même respecté l'alternance des rimes féminines et masculines. Seul le vers 2 ne rime avec aucun autre ; l'attention du lecteur est ainsi attirée sur ce vers. Il s'agit, avec le vers 3, du vers le plus court du poème : tous deux sont des hexasyllabes. On comprend donc que ces deux vers n'en formaient d'abord qu'un seul, un alexandrin. Le poème comptait alors quatorze vers : c'est en réalité un sonnet qu'Apollinaire a déconstruit pour en faire une forme libre, comme si le poème était lui aussi « empoisonné ».

2. Le colchique est ici un comparant utilisé pour décrire la femme aimée. Cette comparaison entre la femme et une fleur est très courante en poésie. Cependant, Apollinaire choisit une fleur étrange : elle est vénéneuse, et fleurit en automne, saison du déclin et de la mélancolie. Il construit ainsi l'image d'une femme fatale, inquiétante, mortifère. Le poète lui-même est assimilé aux vaches. Là encore, l'effet est surprenant : s'il n'est pas rare que les poètes se comparent à des animaux (à des oiseaux le plus souvent), les vaches sont des animaux lourds et prosaïques. Ce choix est un signe de modernité : tout peut entrer en poésie, même les images les plus banales. Toutefois, puisque les vaches sont victimes des colchiques, cette comparaison est avant tout une manière de suggérer l'impuissance du poète face au danger de l'amour. Ces images suggèrent donc des sentiments de tristesse. On observe néanmoins que, dans le dernier tercet, les vaches sont sauvées par « le gardien du troupeau » qui « chante tout doucement » : ce chant peut être une métaphore de la poésie, grâce à laquelle le poète pourrait survivre à son amour malheureux, même si le départ du pré et le renoncement à l'amour qu'il symbolise ne se font pas sans une certaine nostalgie, suggérée par le verbe « abandonner » et son complément circonstanciel de temps « pour toujours ».

3. On pourrait donc montrer que le poème relève à la fois de la tradition et de la modernité en adoptant le plan suivant :

I. Un poème apparemment moderne…
- **1.** Un poème en vers libre
- **2.** L'image originale de la femme-colchique
- **3.** L'image triviale du poète-vache

II. … qui est cependant nourri d'une tradition poétique
- **1.** Le poème est à l'origine un sonnet
- **2.** L'image de la femme-fleur est courante en poésie…
- **3.**… de même que la comparaison du poète à un animal

III. Cette alliance de tradition et de modernité est adaptée aux sentiments exprimés par le poète
- **1.** La mélancolie et la douleur amoureuse, thèmes traditionnels
- **2.** La puissance d'une poésie moderne peut sauver le poète de ces sentiments mortifères
- **3.** La nostalgie demeure cependant et oblige à regarder en arrière

Exercice 4

1. Pierre Reverdy recourt à plusieurs comparaisons et métaphores du corps humain : la peau est « plus pâle et plus tremblant [e] » qu'une « page », la « main » est implicitement comparée à une nappe d'eau : c'est une « surface » où « la vie [...] tressaille », le corps tout entier est représenté par des « vases de prix » où circule le sang, et les « fleuves du corps » peuvent désigner les veines. Quant à la poitrine, elle est implicitement comparée à un labyrinthe : elle a des « recoins » qui peuvent rappeler les alvéoles des poumons, mais qui rappellent aussi l'image de la « mine » employée peu avant. On comprend ainsi rétrospectivement que cette « mine », ainsi que « la terre épaissie par l'humus du malheur » pourraient bien être le corps humain lui-même. Toutes ces métaphores et comparaisons opposent la surface et la profondeur. Elles suggèrent que notre apparence corporelle n'est qu'une surface, qui cache quelque chose de plus profond et mystérieux : des mécanismes vitaux, mais aussi, l'inconscient, que les surréalistes, dont Reverdy était proche, voulaient atteindre par la poésie : le motif de la mémoire, présent au centre du poème, renvoie au domaine de la psychanalyse. Tout le poème indique en effet une volonté de faire remonter quelque chose d'enfoui (c'est aussi le sens de son titre, « Reflux ») : la « rouille » est le poids de l'habitude qui nous empêche d'être nous-même, qui enferme « la tête » dans une « prison ». On peut alors réinterpréter la première image du poème, « le sourire éclatant des façades » : le sourire semble être la métaphore d'une porte qui s'ouvre, mais on peut renverser l'image et considérer que le visage est une façade qu'il faut ouvrir, « déchirer », pour atteindre les profondeurs de l'être. Comme le sourire, la bouche qui dit le poème pourrait alors être cette porte qui s'ouvre.

2. La syntaxe n'est pas toujours respectée dans « Reflux ». On peut relever des phrases interrogatives sans point d'interrogation : « Pourquoi rester si longtemps enseveli sous les décombres des jours et de la nuit, la poussière des ombres. / Et pourquoi tant d'amour et pourquoi tant de haine. », et une phrase averbale : « La distance parcourue d'une seule traite sans arrêt, dans les jours sans clarté et les nuits sans sommeil. » Ces entorses à la syntaxe sont assez discrètes mais produisent un effet de surprise et d'étrangeté. Celui-ci contribue au caractère poétique de la prose : le texte est bien un poème, qui ne recourt pas aux formes ordinaires du langage. Mais, si l'habitude est une « rouille » qui étouffe les êtres, ces modifications syntaxiques peuvent avoir un rôle plus important encore : elles obligent le lecteur à rompre avec ses habitudes de langage, à se libérer de ce qu'il croit savoir, pour regarder d'un œil neuf le monde, les êtres et lui-même.

3. On pourrait commencer le commentaire par l'introduction :
Au XXe siècle, le surréalisme renouvelle profondément les formes et les fonctions de la poésie. Comme son nom l'indique, ce mouvement se donne pour objectif d'aller au-delà du réel, en explorant notamment les méandres de l'inconscient, grâce à une écriture qui rompt avec les usages ordinaires du langage. Le poète Pierre Reverdy est proche de ce mouvement, dont on retrouve certaines caractéristiques dans « Reflux », poème en prose publié en 1937 dans le recueil *Ferraille*. L'auteur y retrace les réflexions et les questionnements d'un être qui s'exprime à la première personne, durant l'espace d'une journée. On peut se demander en quoi le poème en prose est une forme appropriée à cette exploration des profondeurs de soi, chère aux surréalistes. Après avoir étudié la représentation mystérieuse de l'être humain qu'offre ce poème, on constatera qu'il invite à rompre avec le poids des habitudes pour aller au-delà des apparences, et l'on montrera que la prose poétique entraîne le lecteur vers cette rupture indispensable à un nouveau regard sur la vie.

3 La littérature d'idées du XVIe siècle au XVIIIe siècle

Les 5 points incontournables

L'homme au centre de la littérature d'idées

Cette réflexion s'accompagne du **relativisme philosophique** qui consiste à replacer l'Européen dans le contexte d'un monde élargi après les grandes découvertes.

Cours, p. 68

Interroger l'homme et sa place dans l'univers

C'est se pencher sur les grandes questions relatives à **l'existence et à la vie en société**. C'est pourquoi la littérature et la réflexion philosophique sont souvent étroitement mêlées dans les œuvres, des *Essais* de Montaigne aux *Lettres persanes* de Montesquieu.

Cours, p. 68

Un regard neuf sur l'homme et ses mœurs

L'éloignement géographique permet à la fiction de formuler un **discours critique** en se plaçant à distance de ses objets d'observation. La littérature de voyage et les utopies occupent, en partie, cette fonction.

Cours, p. 71 à 73

Des genres variés

La littérature d'idées se développe dans des genres très variés qu'ils soient fictionnels (roman, théâtre, poésie), ou non fictionnels (essais, mémoires, lettres, journal). Certaines œuvres se présentent comme non fictionnelles mais sont en réalité des inventions pour faire passer des **messages critiques**. L'auteur, pour éviter la censure, peut rester anonyme.

Cours, p. 71 à 73

L'ironie comme une arme

Face à la censure, certains auteurs ont recours à l'**ironie** pour exprimer leur point de vue. Rabelais ou Voltaire, notamment, n'hésitent pas à utiliser cette **arme rhétorique** pour faire passer leurs idées.

Cours, p. 72 à 73

1 Repenser la place de l'Homme dans l'univers

a. Les grandes découvertes

À la fin du xvᵉ siècle, les grandes découvertes remettent en cause la conception que l'Occident avait du monde. La découverte de nouvelles cultures et de nouvelles mœurs amènent les Européens à relativiser leur place dans l'univers. Toute une littérature se développe alors qui interroge l'humain et son rapport au monde dans la fiction (contes, récits, fables) ou dans des formes réflexives (essais, maximes, portraits, dialogues).

La littérature de voyage se fait l'écho de nouvelles civilisations. L'époque moderne voit ainsi naître les prémisses de l'anthropologie.

b. La place de l'homme dans la société

L'écriture moraliste, qui se développe en particulier aux xviiᵉ et au xviiiᵉ siècles, s'efforce de peindre la vérité du comportement humain, à partir des bouleversements issus de la période humaniste.

La littérature interroge notamment la question de l'altérité : comment un homme se comporte-t-il face à un autre homme ? « Qui suis-je », se demande aussi Montaigne ? Ces questions traversent la fiction et la littérature réflexive.

Dans *Les Fables*, La Fontaine utilise la forme de la fable animalière pour interroger les comportements humains en société ; dans *Les Caractères*, La Bruyère aborde tous les sujets moraux et politiques de son temps, pointant notamment du doigt les travers humains dans l'exercice du pouvoir.

c. Le triomphe de la raison

Le débat d'idées aux xviᵉ et xviiᵉ siècles introduit la question de la raison et de la rationalité. Le philosophe René Descartes démontre que l'homme est doué d'une raison qui lui confère une autonomie et une identité. La formule *cogito ergo sum* (je pense donc je suis) fait de la pensée le principe même de l'existence humaine.

La faculté de juger grâce à la raison devient un objet de discussions, notamment entre les philosophes cartésiens et les théologiens. Si les premiers pensent que la force de la raison vient de l'homme, les seconds considèrent que tout vient de Dieu, ce qui produit de très vifs débats.

L'importance de la raison dans le débat intellectuel produit des œuvres majeures : *Le Discours de la méthode* de Descartes (1637), par exemple. Mais on peut aussi intégrer à cette veine la tragédie* classique qui repose sur une structure rationnelle et un véritable système de pensée.

Le xviiiᵉ siècle et les Lumières héritent de la pensée cartésienne. De nombreux combats contre le fanatisme menés par Voltaire ou Diderot s'inscrivent dans une conception rationnelle et rationaliste de la condition humaine.

2 Formes libres de l'écriture moraliste

a. Peindre la société

- Dans ses *Essais*, Montaigne propose de se peindre lui-même. Mais il le fait au miroir de la société de son temps, en fonction des événements historiques.
- Une telle peinture des mœurs, à partir du regard critique porté sur soi-même et sur la société, fait naître une nouvelle pensée critique, confirmée par la méthode cartésienne qui remet en cause les enseignements établis en développant la philosophie du doute.
- Dans cette optique, la forme littéraire de l'essai ou du discours est, avec la fiction, la forme privilégiée pour peindre la société. Les formes brèves sont également le lieu d'un débat d'idées, comme le montrent certaines *Fables* de La Fontaine, les *Caractères* de La Bruyère ou, plus tard, les *Maximes* de La Rochefoucauld.

b. L'essai : une forme libre de la pensée

- Un essai désigne un ouvrage qui rassemble des réflexions variées sur des sujets divers. L'essai ne vise pas à l'exhaustivité, mais il cherche à questionner les grands problèmes de l'humanité. L'auteur s'exprime librement, souvent à la première personne, en adoptant un point de vue subjectif. C'est le cas de Montaigne.
- L'essai se fonde souvent sur une expérience personnelle et sur une observation empirique de l'existence. Il offre donc une grande liberté de pensée pour l'auteur puisque le genre n'obéit pas à des règles esthétiques précises ou codifiées.
- L'essai s'appuie souvent sur un registre* didactique : il suggère un enseignement à partir d'une réflexion personnelle sur les grands domaines de la vie : l'amour, la mort, le travail, la croyance, la sexualité, etc.
- L'essai est un genre qui, *a priori*, n'a pas de fin car il ne prétend pas épuiser son sujet mais apporter un éclairage en constante évolution. C'est pourquoi l'on croise de nombreuses digressions (commentaires, anecdotes) dans les essais.

c. Le théâtre et le roman au service de la morale

- Les moralistes ne sont pas les seuls à observer leur siècle et à formuler des critiques dans leurs œuvres. Le roman et le théâtre portent aussi un discours critique. C'est déjà le cas dans les épopées burlesques* de Rabelais, c'est encore le cas dans les récits au XVIIe siècle.
- Les grandes comédies* de Molière (*Le Misanthrope*, *Le Tartuffe*, *Dom Juan*, *Le Malade imaginaire*) peignent ainsi les travers humains grâce à des types de personnages identifiables : l'avare, le faux dévot, le séducteur, etc. Témoin de l'impact du théâtre sur les consciences, le scandale qu'ont suscité certaines pièces de Molière comme *L'École des femmes* ou *Dom Juan*, abordant de manière trop polémique* des questions ayant trait à la sexualité et à l'abus de pouvoir.

d. Maximes et caractères, ou la morale en action

Pour décrire les hommes et leur comportement, les auteurs ont parfois recours à des genres brefs, tels que les maximes et les portraits. Dans *Les Caractères* (1687), La Bruyère recourt ainsi à la forme du portrait pour critiquer les grands de la cour.

Les maximes sont des textes courts, souvent incisifs, parfois composés d'une seule phrase. Elles édictent une vérité sur l'homme sans nécessairement apporter de jugement ou de commentaire. C'est au lecteur de construire sa propre analyse de la maxime.

Les Réflexions ou sentences et maximes morales de François de La Rochefoucauld constituent le modèle du genre. Ses maximes peuvent être apprises par cœur, telle la maxime 49 : « On n'est jamais si heureux ni si malheureux qu'on imagine. »

3 La littérature d'idées

a. Formes de l'apologue*

La forme de l'apologue est très souvent utilisée du XVIe au XVIIIe siècle. L'apologue est un récit en prose ou en vers qui propose un enseignement moral découlant de l'histoire racontée. La morale ou le sens de l'apologue peuvent être formulés de manière très explicite ou sous-entendue. Dans le conte philosophique, par exemple, la morale se comprend à partir des faits relatés.

La fable est l'une des formes d'apologue les plus connues. Elle met en scène des animaux ou des végétaux et repose sur le procédé de l'anthropomorphisme. Cela consiste à attribuer des caractéristiques humaines à des animaux afin de peindre des comportements humains. Le genre existe depuis l'Antiquité (Ésope, Phèdre) et Jean de La Fontaine lui a donné ses lettres de noblesse.

Le conte philosophique est une autre forme d'apologue. Le conte imagine des événements fictionnels pour défendre certaines idées, ou introduire un débat d'idées, voire une polémique. Dans ses contes philosophiques, Voltaire tire une morale des péripéties* qu'il relate. Souvent le conte voltairien (*Candide*, *Zadig*, *L'Ingénu*) est un récit d'apprentissage au cours duquel le héros traverse des expériences qui le font réfléchir à la condition humaine de manière générale.

b. Les utopies et les contre-utopies

Le mot « utopie » est formé du grec *topos* qui signifie « lieu » et du préfixe privatif « u » qui signifie un lieu qui n'existe pas ; mais le préfixe « eu » renvoie à l'idée de bonheur. L'utopie est donc tout à la fois un lieu heureux mais aussi un lieu qui n'existe que dans l'imagination des hommes ou dans la fiction d'un auteur. L'utopie est donc un espace privilégié pour diffuser la littérature d'idées. Elle a une fonction critique et polémique.

Dans la littérature d'idées, l'utopie désigne un récit fictionnel qui décrit un monde fermé sur lui-même (un pays lointain, une île, une montagne). En général, l'utopie présente une inversion de valeurs par rapport au monde connu. Ainsi, dans *L'Île des esclaves* (1725), Marivaux imagine une île où les maîtres deviennent des valets.

L'une des caractéristiques de l'utopie, c'est d'inventer un monde autonome, avec ses principes, ses lois, ses règles. Son organisation la distingue du monde réel et permet à l'auteur de porter un regard critique sur la société dans laquelle il écrit. L'utopie est un monde qui n'existe pas mais qui permet de faire ressortir les imperfections et les injustices du nôtre.

Dans la littérature contemporaine, la science-fiction met souvent en scène des contre-utopies, ou des dystopies. Ces fictions conservent les mêmes éléments structurels (monde clos, enfermement) mais elles décrivent des mondes d'oppression et de tyrannie. Au XXe siècle, ces contre-utopies ont servi à dénoncer les totalitarismes (*Le Meilleur des mondes* d'Huxley).

Les contre-utopies s'attaquent aussi à la volonté d'uniformiser l'humain et à la standardisation de la pensée. On peut donc dire que de nombreux récits de science-fiction ont hérité des utopies des écrivains du XVIe au XVIIIe siècle.

4 Récits de voyages et dialogues philosophiques

a. Les récits de voyage

C'est au XVIe siècle que se développe le genre du récit de voyage, en lien avec les grandes découvertes. Le récit de voyage est une manière de connaître d'autres civilisations. Dans son *Histoire d'un voyage fait en la terre du Brésil* (1578), Jean de Léry décrit avec précision les mœurs des habitants du Brésil, mais aussi la faune et la flore. Il s'agit aussi de comparer le mode de vie en France avec celui des pays lointains.

Certains récits mettent en scène un Français qui découvre un pays inconnu. Cette situation permet de formuler des réflexions morales. Ainsi, dans les *Lettres persanes*, Montesquieu décrit l'étonnement des Persans qui ne comprennent pas les mœurs d'Europe occidentale. Cette stratégie narrative permet de dénoncer les préjugés et les travers de la société.

Mais les véritables récits de voyage, comme ceux de Jean de Léry ou de Diderot apportent aussi un éclairage critique sur les mœurs politiques et sociales de l'Europe.

b. Les formes du dialogue d'idées

Comme leur nom l'indique, les dialogues se présentent sous la forme d'un échange fictif entre des personnages, réels ou fictifs. Les dialogues existent depuis l'Antiquité et ceux du XVIIe et XVIIIe siècles s'inscrivent dans l'héritage de ceux de Platon.

Les personnages qui dialoguent sont souvent très différents : ils appartiennent à des contrées éloignées, sont d'un âge ou d'une origine sociale différente. Ces différences permettent d'instaurer un débat d'idées et d'évoquer la société.

De nombreux penseurs et écrivains se sont illustrés dans le genre du dialogue philosophique. C'est particulièrement le cas pour Diderot dans le *Supplément au voyage de Bougainville* (1796), qui met en présence, entre autres personnages, un aumônier français et Orou, un Tahitien.

Le théâtre reste le lieu privilégié du dialogue d'idées. On rencontre ainsi de nombreux échanges chez Marivaux ou chez Beaumarchais qui instaurent une réflexion sur la condition sociale des hommes et des femmes.

Montaigne, *Les Essais*
Parcours : « Notre monde vient d'en découvrir un autre »

1 Que signifie « Notre monde vient d'en découvrir un autre » ?

a. Le contexte de la phrase

C'est au chapitre VI du troisième livre des *Essais*, « Des Coches », que Montaigne affirme : « Notre monde vient d'en découvrir un autre ». Il s'attache alors à démontrer que la somme de ce que les hommes ignorent est plus grande que la somme de ce qu'ils savent : le fait qu'un « monde » ait pu pendant des siècles à en ignorer « un autre » en est la preuve.

La découverte à laquelle il fait référence est celle de l'Amérique. Lorsque Montaigne publie « Des Coches », en 1588, la découverte de Christophe Colomb remonte à près d'un siècle. Cependant, l'exploration du continent est très progressive et constitue donc une actualité brûlante : l'expédition de Francis Drake, qui le premier passe le Cap Horn, se déroule par exemple entre 1577 et 1580 et est donc exactement contemporaine de la rédaction des *Essais*.

Quant à la colonisation de l'Amérique et aux exactions qui l'accompagnent et que Montaigne dénonce, elle bat son plein, et la France a commencé à y prendre part.

En 1562, Montaigne aurait lui-même eu l'occasion d'échanger avec trois Indiens débarqués à Rouen, ainsi qu'il le raconte dans « Des Cannibales ».

b. Analyse

Le propos de Montaigne peut paraître européano-centré. L'emploi de l'adjectif possessif « notre » montre en effet qu'il s'adresse exclusivement à ses semblables, à des hommes du même monde que lui.

L'Europe est d'ailleurs sujet de la phrase, elle occupe donc une place active, tandis que l'Amérique, en position d'objet, est réduite à la passivité.

Il n'y a pourtant dans cette phrase aucun triomphalisme : le parallèle que Montaigne établit entre « notre monde » et « un autre » montre qu'il les place sur un pied d'égalité.

Le verbe « découvrir » révèle par ailleurs que le propos de l'auteur se situe uniquement sur le plan de la connaissance : il n'est pas question de « conquérir » un autre continent, mais uniquement d'en apprendre l'existence.

Enfin, le fait que Montaigne souligne le caractère tout récent de cette découverte vient nuancer l'apparente mise en valeur de l'Europe : certes, ses explorateurs ont fait une découverte capitale, mais celle-ci révèle aussi la longue ignorance de « notre monde ».

C'est donc bien à une leçon de relativisme que nous convie Montaigne : découvrir l'autre implique nécessairement une mise en question de soi.

2 La découverte de l'autre en littérature

a. Au temps des grandes découvertes

La découverte de l'autre est un motif récurrent en littérature ; c'est tout d'abord un moyen de provoquer la surprise et l'émerveillement du lecteur, comme dans *Le Livre des Merveilles* de Marco Polo (1298), qui relate le voyage du marchand vénitien jusqu'en Chine : les éléments imaginaires y sont nombreux, et le livre construit une vision légendaire de l'Asie. La découverte de l'Amérique donne lieu à de telles représentations : Jean de Léry affirme par exemple qu'il existe des géants en Patagonie.

Mais la rencontre des Indiens est l'occasion de mettre à mal les préjugés : dans son *Histoire d'un voyage fait en la terre de Brésil*, le même Jean de Léry met en évidence la sagesse des Indiens Tupinambas auprès desquels il s'est réfugié après avoir été rejeté, avec ses compagnons protestants, d'une expédition menée par des catholiques.

b. Au Siècle des lumières

Les auteurs des Lumières recourent également à la figure de l'autre pour combattre les préjugés dans des textes de fiction où le regard de l'étranger oblige le lecteur à une prise de recul sur sa propre civilisation : c'est le procédé qu'emploient Montesquieu dans les *Lettres persanes* (1721) et Voltaire dans *L'Ingénu* (1767) ou *Micromégas* (1752).

Diderot, dans le *Supplément au Voyage de Bougainville* (1796), ou Rousseau, dans le *Discours sur l'origine des inégalités parmi les hommes* (1755), reprennent le « mythe du bon sauvage », déjà en place à la Renaissance : l'homme serait bon par nature, mais perverti par la civilisation.

c. À l'ère du soupçon et du désenchantement

La fascination qu'inspirent les civilisations lointaines et le goût de l'exotisme se prolongent au-delà du XVIIIe siècle : en témoignent par exemple le *Voyage en Orient* (1851) de Nerval et les récits de Pierre Loti.

Mais les découvertes et les progrès de la science ont aussi leurs revers, et l'histoire sombre du XXe siècle fait naître des sentiments de nostalgie et d'inquiétude. Ainsi, dans *Les Animaux dénaturés* (1952), Vercors renoue avec la tradition du conte philosophique centré sur la rencontre de l'autre, mais il livre un récit très pessimiste : la découverte d'une espèce intermédiaire entre l'homme et le singe, les Tropis, met en question la définition même de l'humanité et en révèle toute la cruauté des rapports de domination.

Avec *Tristes Tropiques* (1955), récit de voyage qui refuse toute forme d'exotisme, l'anthropologue Claude Lévi-Strauss interroge la civilisation occidentale. Il voit se profiler les ravages de la pollution et de l'uniformisation des cultures, au point de déclarer : « Je hais les voyages et les explorateurs. »

3 Présentation des *Essais*

a. Le contexte

« Des Cannibales » et « Des Coches » constituent respectivement le chapitre 31 du Livre I et le chapitre 6 du Livre III des *Essais*, qui sont l'œuvre d'une vie : après avoir été magistrat, et tout en poursuivant une carrière diplomatique et militaire, Montaigne consacre la majeure partie de son temps libre à l'écriture. Il s'attelle au projet des *Essais* en 1572, alors qu'il vient de démissionner du Parlement de Bordeaux, et le poursuit jusqu'à sa mort en 1592.

La composition de l'œuvre est donc progressive : la première édition des *Essais* date de 1580. En 1582, Montaigne y fait une première série d'ajouts. En 1588, une nouvelle édition a lieu : Montaigne ajoute alors le livre III. À partir de 1590, il prépare une nouvelle édition de son œuvre, encore augmentée, mais il meurt en 1592 sans l'avoir achevée. Des éditions posthumes voient donc le jour par la suite.

Lorsque Montaigne entame la rédaction des *Essais*, l'Europe redécouvre les philosophes antiques et toute une littérature morale affranchie des cadres religieux qui dominaient jusqu'alors se développe. *Les Essais* s'inscrivent dans ce mouvement humaniste de diffusion des idées et de réflexion sur la plus juste manière de bien vivre.

Le projet de Montaigne est néanmoins unique, par la part que l'auteur accorde à sa subjectivité : si les premiers textes sont marqués par une érudition assez impersonnelle conforme aux habitudes littéraires de l'époque, l'écriture évolue rapidement vers une entreprise d'exploration de soi, si bien que *Les Essais* se situent au croisement de la philosophie et de l'autobiographie et peuvent aborder les sujets les plus divers, des causes du mal de mer à la définition même de l'humain.

b. Accueil et postérité

En 1595, Marie de Gournay, que Montaigne considérait comme sa « fille d'alliance », c'est-à-dire son héritière spirituelle, publie la première édition posthume des *Essais* qui sont alors reçus favorablement : on en apprécie la liberté et la sagesse.

À l'époque classique en revanche, l'œuvre de Montaigne est critiquée : on lui reproche son style peu policé et Pascal s'indigne du « sot projet qu'il a de se peindre », entreprise qu'il juge vaine. *Les Essais* font cependant l'admiration de La Bruyère ou de Mme de Sévigné.

L'influence de l'œuvre de Montaigne est en effet immense, et de nombreux auteurs s'en réclament, de Voltaire à Yourcenar en passant par Flaubert et Zweig.

Les Essais peuvent même être considérés comme l'acte de naissance des sciences humaines : on en retrouve par exemple des échos très nets dans les travaux de Lévi-Strauss.

4 Les grands thèmes des deux chapitres

a. Le savoir

Conformément aux ambitions humanistes, Montaigne s'efforce de contribuer à la diffusion du savoir humain, et de le débarrasser des idées fausses. Ce projet est perceptible dans « Des Cannibales » et « Des Coches ».

Tel est le point de départ du chapitre consacré aux cannibales : pour démontrer qu'il faut se défier des opinions communes et ne se laisser guider que par la seule raison, Montaigne interroge d'abord les connaissances géographiques de son temps, puis déconstruit les préjugés qui ont cours sur les Indiens cannibales.

De même, dans « Des Coches », il dénonce les auteurs qui préfèrent la beauté à la vérité, avant de montrer comment la découverte de l'Amérique amène à remettre en cause certaines croyances répandues.

b. Le pouvoir

Cette entreprise a aussi des conséquences politiques : dans les deux chapitres, l'étude des sociétés indiennes conduit à une critique implicite des monarchies européennes.

Dans « Des Cannibales », l'étonnement des Indiens face à un roi enfant et aux inégalités de la société européenne permet à Montaigne de suggérer que le pouvoir doit être fondé sur le mérite ; dans « Des Coches », il plaide pour un pouvoir mesuré en opposant les abus des conquérants au raffinement des civilisations qu'ils détruisent.

c. La raison

La mesure est en effet le maître-mot de la pensée de Montaigne. Aussi n'idéalise-t-il pas les Indiens : dans « Des Cannibales » en particulier, il n'hésite pas à montrer les horreurs qu'ils commettent. Mais il refuse de les juger instinctivement, en se laissant guider par ses émotions : il cherche au contraire à en analyser les causes.

Dans les deux chapitres enfin, il invite les Européens à regarder en face les crimes commis par leur propre civilisation, faisant ainsi obstacle à tout sentiment de supériorité infondé.

5 Une écriture « à sauts et à gambades »

L'écriture de Montaigne se caractérise également par sa structure particulière : il compose, dit-il, « à sauts et à gambades », c'est-à-dire qu'il procède par association d'idées.

C'est ainsi qu'il peut mêler références antiques et réflexions sur les événements les plus contemporains, ou passer de considérations sur la géographie ou les transports à l'étude des civilisations indiennes. Même s'il semble parfois ténu, un fil conducteur parcourt chacun des deux chapitres.

La pensée de Montaigne échappe ainsi à la rigidité de toute démonstration dogmatique : *Les Essais* permettent de suivre les évolutions d'une réflexion libre et souple, très humaine, et l'auteur entraîne avec lui le lecteur dans un cheminement d'autant plus convaincant qu'il est rigoureux dans ses principes et personnel dans sa forme.

6 Parcours problématisé : « Notre monde vient d'en découvrir un autre » dans « Des Cannibales » et « Des Coches »

Dans le projet de connaissance de soi et, à travers soi, de l'humain, que constituent *Les Essais*, les deux chapitres consacrés à la découverte du Nouveau Monde jouent un rôle clef. La confrontation à la nouveauté et à l'autre est en effet essentielle pour apprendre à se connaître au plus juste.

La découverte de l'autre permet un retour sur soi : elle révèle, dans « Des Cannibales », la barbarie dont est capable un peuple qui se croit civilisé et, dans « Des Coches », l'ignorance d'un monde qui se croyait savant. Les sociétés indiennes peuvent ainsi servir de miroir aux sociétés européennes et leur indiquer la voie à suivre pour progresser vers plus d'équité et de vérité.

Toutefois, Montaigne ne s'intéresse pas au Nouveau Monde uniquement pour ce qu'il peut lui enseigner sur le sien – ce serait une autre manière d'instrumentaliser les Indiens. Il éprouve au contraire une véritable curiosité désintéressée pour leurs mœurs, comme le montrent par exemple les détails qu'il fournit sur l'organisation de leurs journées dans « Des Cannibales », ou sur leurs mythes dans « Des Coches ».

Cette curiosité s'accompagne également d'un véritable souci de l'autre et d'un goût de la diversité. Dans les deux chapitres, des notations discrètes traduisent l'inquiétude de Montaigne quant à l'influence que la civilisation occidentale risque d'exercer sur les peuples indiens. Si la rencontre de deux mondes est riche d'enseignements, elle porte aussi en elle le danger, sinon de l'anéantissement, du moins de la corruption d'un monde par l'autre, d'où la nécessité d'un exercice du pouvoir mesuré et guidé par la raison. C'est la conscience de ce danger qui rend nécessaire et précieux le témoignage sans illusions de Montaigne.

La Fontaine, *Fables*, livres VII à XI
Parcours : imagination et pensée au XVIIe siècle

1 Que signifie « Imagination et pensée au XVIIe siècle » ?

a. Définitions de l'imagination

- L'imagination est la faculté de l'esprit à créer des images, c'est-à-dire à se représenter mentalement mais concrètement ce qui est abstrait ou immatériel.
- L'imagination peut reposer sur la mémoire : grâce au souvenir d'éléments déjà perçus, on peut imaginer l'avenir ou, par analogie*, concevoir des situations comparables.
- Mais elle peut aussi être purement créatrice : « avoir de l'imagination », c'est être capable de se représenter l'irréel, de produire des images nouvelles.
- Le mot « imagination » est parfois porteur de connotations* négatives : « une imagination » peut désigner une croyance fausse ; l'imagination peut conduire au délire.

b. Définitions de la pensée

- La pensée, au sens large, désigne l'ensemble des facultés de l'esprit, aussi bien sur le plan affectif que sur le plan intellectuel (c'est en ce sens, par exemple, que l'on dit que l'homme est doué de pensée).
- Mais le mot peut aussi recevoir un sens plus spécifique : il désigne l'activité intellectuelle, la capacité à raisonner, à réfléchir, à juger, à comprendre. La pensée est donc tournée vers la connaissance.
- Elle présente une dimension abstraite et ne relève pas de la sensation.

c. La place accordée à l'imagination et à la pensée au XVIIe siècle

- De nos jours, l'imagination est généralement considérée comme une qualité : elle témoigne d'une forme de richesse intérieure et est source d'originalité. Au XIXe siècle déjà, Baudelaire la nommait « la reine des facultés ».

Au XVIIe siècle en revanche, elle inspire une certaine méfiance : après l'exubérance baroque, le classicisme valorise l'ordre, la raison, la clarté, l'équilibre, que l'imagination peut mettre en péril, dans la mesure où elle ouvre la porte à l'irréel. Malebranche écrit ainsi dans ses *Entretiens sur la métaphysique* (1688) que « L'imagination est une folle qui se plaît à faire la folle » ; quant à Pascal, il la qualifie dans les *Pensées* (1670) de « maîtresse d'erreur et de fausseté ». L'imagination est considérée comme dangereuse, parce qu'elle peut séduire et tromper.

La pensée en tant qu'activité intellectuelle est au contraire valorisée, notamment par Descartes qui ne rejette pas totalement l'imagination mais souhaite avant tout mettre en place une méthode qui permettrait de soumettre l'ensemble des savoirs à la rigueur des raisonnements mathématiques, dans le *Discours de la méthode* (1637).

Il existe donc à l'époque une tension entre imagination et pensée : l'imagination est l'une des modalités de la pensée, mais elle est aussi ce qui menace de brouiller la pensée.

2 Imagination et pensée dans la littérature du XVIIe siècle

L'imagination n'est cependant pas discréditée : les classiques sont fidèles au principe d'Horace selon lequel l'art doit « plaire et instruire ».

Aussi l'imagination peut-elle être mise au service de la pensée, qu'elle permet de transmettre de manière séduisante, comme en témoignent les œuvres de nombreux auteurs du XVIIe siècle.

a. La Bruyère

Dans *Les Caractères* de La Bruyère, par exemple, pensée et imagination sont indissociables. L'ouvrage entremêle en effet des maximes de sagesse, souvent abstraites, qui relèvent de la pensée pure, et des portraits de personnages imaginaires. Ces derniers sont des types, souvent caricaturaux et satiriques, à travers lesquels La Bruyère exprime sa pensée et dénonce les travers de ses contemporains.

Le plus souvent, ses réflexions n'ont même pas besoin d'être explicitées : les petits portraits amusants et acerbes qu'il compose donnent à penser au lecteur et se gravent efficacement dans son esprit.

b. Boileau

Boileau a contribué à fixer les règles de la littérature classique dans son *Art poétique* (1674). Selon lui, le beau ne peut être atteint que grâce au vrai ; aussi se méfie-t-il des excès de l'imagination. Il recommande par exemple : « Jamais au spectateur n'offrez rien d'incroyable ».

Un usage raisonnable de l'imagination peut en revanche orner la pensée et en favoriser l'expression. Boileau lui-même n'hésite pas à y recourir, par exemple dans ses *Satires* où, comme La Bruyère, il livre des portraits de personnages imaginés dans un but critique ; ces portraits satiriques sont néanmoins fondés sur l'observation du réel.

c. Fénelon

Dans ses *Dialogues sur l'éloquence*, Fénelon vante les mérites de l'usage de l'imagination en rhétorique : il montre que, pour persuader, l'orateur doit faire naître des images dans l'esprit de son auditoire. L'imagination n'apparaît pas ici comme un ornement, mais bien comme une condition de la pensée.

Afin d'instruire le duc de Bourgogne (petit-fils de Louis XIV), dont il est le précepteur, c'est d'ailleurs à la fiction, et donc à l'imagination, qu'il recourt : il rédige pour lui *Les Aventures de Télémaque*. L'histoire mythique du fils d'Ulysse est ici l'occasion de délivrer une pensée morale et politique. L'auteur suggère ainsi les vertus pédagogiques de l'imagination.

3 Présentation des *Fables*

a. Le contexte

Les *Fables* de La Fontaine sont en réalité constituées de trois recueils successifs : le premier, qui comprend les livres I à VI, paraît en 1668 et est dédié au Grand Dauphin, fils aîné de Louis XIV ; le second, qui comprend les livres VII à XI, paraît en deux tomes, en 1678 et 1679, et est dédié à Madame de Montespan ; enfin le livre XII paraît seul en 1693 et est dédié au duc de Bourgogne, fils du Dauphin.

Les livres VII à XI sont donc les seuls à ne pas être adressés à un enfant. Sa dédicataire est alors la favorite du roi. Réputée pour son esprit vif et mordant, elle est passionnée par les arts, et protège également Molière et Quinault, le librettiste des opéras de Lully.

Les fables des livres VII à XI sont donc généralement plus riches et plus complexes que celles des livres I à VI, plus adaptées à l'esprit d'un enfant.

Les inspirations y sont également plus diverses : si, dans les livres I à VI, La Fontaine a surtout pour modèle le fabuliste grec Ésope, à partir du livre VII, il se réfère aussi à des textes indiens qu'il attribue à un « sage », Pilpay. La Fontaine fréquente en effet assidûment le salon de Madame de La Sablière, où il a rencontré le voyageur et philosophe François Bernier, qui lui a fait découvrir ces fables orientales.

Lorsqu'il publie son deuxième recueil de *Fables*, La Fontaine est un auteur célèbre (en 1680, il est élu à l'Académie Française), mais son œuvre fait débat : outre les *Fables*, il a écrit des contes jugés immoraux, et est impliqué dans plusieurs querelles personnelles ou littéraires. La plus célèbre d'entre elles est la querelle des Anciens et des Modernes qui oppose les auteurs qui, comme Charles Perrault, croient le progrès possible dans les arts et ceux qui, comme Boileau, pensent que la supériorité des écrivains de l'Antiquité est inégalable. La position de La Fontaine dans ce débat est en demi-teinte : à la recherche de simplicité, il prône l'imitation des Anciens (dont Ésope) pour échapper à une tentation de l'originalité qui pourrait devenir artificielle. Cependant, il affirme dans son *Épître à Huet* : « Mon imitation n'est pas un esclavage. »

En effet, il se réserve le droit d'innover, et a renouvelé le genre de la fable, pratiquée sans discontinuité depuis l'Antiquité. La Fontaine se distingue des fabliaux du Moyen-Âge par un langage très subtil et une versification travaillée.

b. Accueil et postérité

Les *Fables* de La Fontaine sont admirées par ses contemporains, notamment Molière et Madame de Sévigné, et connaissent un grand succès dès leur parution.

Au XVIIIe siècle en revanche, Rousseau les critique dans son traité d'éducation *Émile* : il les juge trop complexes et trop cyniques pour servir à l'enseignement des enfants ; elles constituent selon lui des modèles dangereux.

Elles n'en connaissent pas moins une postérité remarquable, non seulement parce qu'elles figurent dans de très nombreux manuels scolaires et ont été apprises par cœur par des générations d'enfants, mais aussi parce que La Fontaine n'a cessé d'être une source d'inspiration pour des écrivains éblouis par l'apparente limpidité de sa poésie pourtant très complexe. Musset, notamment, professait son admiration pour le fabuliste.

4 Les grands thèmes des livres VII à XI

Comme les deux autres recueils des *Fables*, les livres VII à XI se conforment au genre auquel ils appartiennent par leur portée morale : les poèmes de La Fontaine se présentent bien souvent comme une réflexion, généralement critique, sur une tendance humaine : « La Tortue et les deux canards » enseigne par exemple les dangers de la vanité.

Cette pensée morale peut se teinter d'émotion et s'ouvrir au lyrisme* : c'est notamment le cas dans « Les Deux Pigeons », célébration de l'amitié, que l'on ne devrait délaisser pour rien au monde.

Mais, au-delà de leur dimension morale, les livres dédiés à Madame de Montespan ont une portée sociale et politique : La Fontaine y montre sans complaisance ni simplification abusive les rapports de force impitoyables qui animent la société au temps de l'absolutisme.

Les fables n'offrent pas cependant une pensée politique univoque, mais plutôt une mosaïque de cas que l'auteur soumet à la réflexion de ses lecteurs. Ainsi, les courtisans hypocrites font l'objet d'une dénonciation presque systématique, mais l'image du roi est beaucoup plus nuancée : il peut sembler cruel et despotique dans des fables comme « Les Animaux malades de la peste », mais « Le Bassa et le marchand » encourage les guerres menées par Louis XIV. Quant au peuple, La Fontaine n'en fait pas non plus un portrait manichéen : si « Le Savetier et le Financier » célèbre la sagesse et la simplicité populaires qui peuvent conduire au bonheur, « Le Pouvoir des fables » met en scène un peuple faible et inconséquent.

Sur le plan politique comme sur le plan moral, la pensée de La Fontaine est marquée par un profond pessimisme : les intérêts individuels dominent et semblent pousser les êtres à reproduire sans cesse les mêmes erreurs.

Enfin, le motif des animaux est essentiel chez La Fontaine. Les animaux ne sont pas seulement pour lui des figures allégoriques représentant les divers tempéraments humains ; ils sont aussi un véritable objet de réflexion, en particulier dans le « Discours à Madame de La Sablière », où le fabuliste réfute les théories de Descartes selon lesquelles les animaux sont dépourvus d'âme et comparables à des machines.

5 Diversité du genre de la fable

Les livres VII à XI des *Fables* constituent un ensemble d'une grande variété : si les récits animaliers y sont nombreux, ils côtoient aussi les sujets mythologiques (« Jupiter et les tonnerres »), orientaux (« Le Songe d'un habitant du Mogol ») et même modernes (« Les Devineresses »). Le merveilleux* peut ainsi se mêler à un univers familier, quotidien.

Cette diversité est en partie due aux nombreuses sources d'inspiration de La Fontaine, qui sont non seulement antiques, mais aussi médiévales et indiennes.

La structure des fables est elle aussi très variée : si certaines présentent un récit dont la morale vient éclairer la signification, d'autres au contraire illustrent une maxime énoncée au début du poème. Enfin, la morale n'est pas toujours explicitée et, même lorsqu'elle l'est, elle conserve souvent une part d'ambivalence.

Le style de La Fontaine est lui aussi gouverné par ce principe de variété : sa versification, généralement hétérométrique, relève d'un usage souple et virtuose des vers, et les niveaux de langue courant et soutenu se mêlent, ce qui produit souvent des effets comiques.

6 Parcours problématisé : « Imagination et pensée » dans les livres VII à XI des *Fables*

Le genre même de la fable suppose une articulation de l'imagination et de la pensée : c'est une forme d'apologue, c'est-à-dire un petit récit fictif, concret, dont on peut dégager une réflexion plus abstraite. L'imagination y est donc le véhicule de la pensée.

Mais au-delà de ce fonctionnement caractéristique du genre, les livres VII à XI des *Fables* comportent une méditation sur les mérites respectifs de l'imagination et de la pensée. La dédicace « À Madame de Montespan » et « Le Pouvoir des fables » font l'éloge du genre de l'apologue, et disent la puissante séduction qu'exerce cette alliance de connaissance et d'amusement, de pensée et d'imagination.

Cependant, comme toujours chez La Fontaine, le propos est tout en nuances : si les plaisirs que procure l'imagination sont nettement affirmés, le lecteur est invité à prendre garde aux excès de la rêverie dans « La Laitière et le pot au lait », et La Fontaine montre que l'on peut être asservi à ses propres créations imaginaires dans « Le Statuaire et la statue de Jupiter ». La connaissance intellectuelle est quant à elle célébrée dans « L'Avantage de la science ».

La puissance créatrice de l'imagination demeure néanmoins une évidence. Les premières éditions des trois recueils des *Fables* étaient accompagnées d'illustrations, ce qui est une manière de signifier que le texte est faiseur d'images : la pensée de l'auteur nourrit l'imaginaire des lecteurs et des illustrateurs.

Montesquieu, *Lettres persanes* (1721)
Parcours : un « regard éloigné »

Le Regard éloigné (1983) est le titre d'un ouvrage de Claude Lévi-Strauss (1908-2009), célèbre anthropologue français. Dans cet ouvrage, Lévi-Strauss montre que l'homme est structuré par une tension fondamentale entre « Nature » et « Culture ». Il soutient que tourner le regard vers des sociétés éloignées nous permet de mieux cerner l'être humain. Avant Lévi-Strauss, la littérature du XVIe au XVIIIe siècle a choisi de déplacer le point de vue pour mieux parler de l'homme occidental. Cette technique, qui consiste à regarder et observer de loin les mœurs est un redoutable outil critique et intellectuel. Avoir un regard éloigné, c'est aussi adopter un point de vue critique sur la place de l'Homme dans le monde, voire dans l'univers.

1 Voir de loin

a. Distance critique

Pour bien observer un paysage ou un objet, il faut parfois prendre du recul, afin d'avoir une vision d'ensemble. C'est ce que suggère dans un premier temps l'expression « regard éloigné » : prendre du recul pour mieux observer et commenter un phénomène.

Ainsi des œuvres de l'époque moderne et classique choisissent de situer l'action de la fiction loin du monde occidental pour mieux le « voir » et le critiquer.

b. Le regard de l'autre

Mais ce « regard éloigné » peut aussi être celui de l'autre qui, depuis son point de vue (au sens topographique), regarde nos mœurs et nos habitudes.

Ainsi les étrangers qui découvrent le système politique français de l'Ancien Régime peuvent émettre des critiques sur son fonctionnement. C'est sur ce principe que reposent les *Lettres Persanes* : Rica et Usbek, venus de Perse, écrivent à leur ami Ibben resté au pays et décrivent les mœurs françaises.

c. Contourner la censure

En situant l'action dans des pays lointains (*Zadig*, par exemple), ou en imaginant des œuvres dont l'intrigue se déroule dans des temps reculés, les écrivains peuvent aussi éviter la censure.

De manière indirecte en effet, les écrivains peuvent dénoncer certains travers de leur époque en utilisant l'exotisme et le merveilleux propres au conte ou à la fable.

Mais la censure reste très vigilante. Écrits en 1721, *Les Voyages de Gulliver* de Swift n'ont été publiés qu'en 1735, après des remaniements. L'auteur y faisait une satire* trop virulente de la société anglaise.

2 La littérature de voyage

a. Les grandes découvertes

Avec les grandes découvertes à partir de la fin du XVe siècle, l'homme occidental ne peut plus considérer qu'il est le centre du monde. Son point de vue sur lui-même et sur ses mœurs évolue nécessairement.

Au XVIe siècle, les récits de voyageurs (André Thévet, Jean de Léry) décrivent ainsi les nouvelles régions découvertes et leurs habitants. La différence est au cœur de ces descriptions. Par comparaison, on s'interroge sur les Européens et leurs mœurs.

La question de la civilisation est au cœur de ces récits de voyage. En effet, l'Européen se considère comme civilisé face aux « sauvages » d'Amérique, par exemple. Mais de nombreuses fictions et témoignages montrent que l'homme occidental est tout aussi barbare que les prétendus sauvages.

b. Prendre de la distance

Voir de loin peut aussi recouvrer une acception très concrète : il s'agit de parler de la France depuis un lieu éloigné, un pays lointain. Une telle position libère la parole, voire un discours critique.

C'est le cas par exemple du personnage de **Robinson Crusoé**, héros du roman de Daniel Defoe qui, ayant échoué sur une île lointaine, réapprend à vivre sans la pesanteur de la civilisation occidentale.

c. L'exotisme critique

La vogue de l'exotisme au XVIIe et au XVIIIe siècles produit des œuvres de première importance qui véhiculent souvent un discours critique sur l'occident. Dans *Paul et Virginie* (1788), Bernardin de Saint-Pierre imagine une sorte de paradis.

La littérature maritime qui se développe au XVIIIe siècle permet aussi d'éloigner le regard en plongeant le lecteur dans des aventures romanesques qui, elles aussi, portent un discours critique sur l'occident. Dans *Les Voyages de Gulliver* (1721) de Swift, l'épisode des Lilliputiens permet à l'auteur de faire la satire du bellicisme de l'Angleterre.

3 « Un regard neuf »

a. L'utopie : hors de portée du regard

L'utopie (lieu qui n'existe pas) est un genre littéraire qui permet de porter un regard éloigné sur l'homme, la vie politique et la morale. Dans un lieu imaginaire, une société vit différemment de celle dans laquelle évolue l'écrivain. Par un jeu de comparaisons* et d'analogies implicites, le lecteur comprend que le point de vue des habitants de l'utopie n'est pas le sien. La critique naît de cette différence.

Dans *Gargantua*, Rabelais imagine ainsi l'abbaye de Thélème, espace clos dans lequel les hommes vivent libres et heureux. Cet idéal est une manière de dénoncer les contraintes de la société et de prôner les valeurs de l'humanisme.

b. Voir de très loin : l'exemple de *Micromégas* (1752)

Micromégas (1752) de Voltaire décrit un géant tombé d'une planète qui tourne autour de l'étoile Sirius. Il quitte Saturne, puis découvre une « petite fourmilière », la Terre...

Voltaire utilise ici la technique éprouvée du « regard neuf », qu'emploie également Montesquieu dans Les *Lettres persanes*. Mais *Micromégas* observe la société d'encore plus loin que les protagonistes des *Lettres Persanes*.

La principale leçon fournie par le conte de Voltaire consiste à relativiser. Le géant Micromégas constate que les « fourmis » (les hommes) ont de nombreux dons. Mais ce n'est pas pour autant qu'ils doivent se considérer comme une espèce supérieure. À l'échelle du monde et de l'univers, vus de très loin, ils sont en effet tout petits.

4 Présentation des *Lettres persanes* : contexte et écriture

a. Montesquieu, écrivain des Lumières

Charles-Louis de Secondat, baron de Montesquieu (1689-1755) appartient à la noblesse de robe. Il reçoit une très bonne éducation et montre des aptitudes pour les sciences et les lettres. Il publie sa première œuvre à vingt ans, en 1711. Écrivain, philosophe et poète, il évolue dans les milieux lettrés parisiens, mais voyage aussi à l'étranger, où il porte un regard neuf sur les institutions politiques qu'il observe.

Montesquieu est considéré comme un précurseur de la sociologie : ayant observé le système monarchique anglais, il réfléchit par exemple à l'implication de la politique dans la vie sociale. *De l'Esprit des lois* (1748) résulte de ces observations. Il s'agit d'une des œuvres de philosophie politique les plus importantes du Siècle des lumières : on la considère comme l'un des fondements de la société moderne. Elle jouera un rôle important au moment de la Révolution française dans l'élaboration de la « Déclaration des Droits de l'homme ».

Montesquieu est considéré comme l'un des esprits les plus éclairés et les plus élevés de son temps. Il est, entre autres, l'un des penseurs de l'anti-esclavagisme.

b. Publication des *Lettres persanes*

Les *Lettres persanes* paraissent en mai 1721 de manière anonyme. Pour éviter la censure, l'ouvrage paraît à Amsterdam. À cette date, la France est sous le régime politique de la Régence (1715-1723) de Philippe d'Orléans.

Si le récit épistolaire* se présente comme une traduction, c'est bien Montesquieu qui en est l'auteur. Il s'agit d'une technique éprouvée, qui consiste à travestir l'identité de l'auteur pour mieux faire passer certaines critiques. L'alacrité du ton, la justesse de vues de l'auteur expliquent le succès immédiat de l'œuvre.

Montesquieu ne considérait pas ses *Lettres persanes* comme un roman. Aussi écrit-il : « Rien n'a plu davantage dans les *Lettres persanes*, que d'y trouver, sans y penser, une espèce de roman. On en voit le commencement, le progrès, la fin : les divers personnages sont placés dans une chaîne qui les lie. » La forme du roman épistolaire est une manière de travestir ce qui constitue la principale intention de l'auteur : critiquer les mœurs de son temps, mais surtout le système monarchique qui concentre tous les pouvoirs.

c. Structure des *Lettres persanes*

Rica et Usbek ont fait un long voyage. Venus de Perse, ils ont traversé l'Europe pour finalement arriver à Paris. C'est de la capitale française qu'ils écrivent à leur ami Ibben et commentent les mœurs, les usages et les pratiques occidentales.

L'œuvre compte 161 lettres dans sa première version (une version posthume préparée par le fils de Montesquieu ajoute huit missives à l'ensemble).

Le texte présente dix-neuf correspondants avec plus de vingt-deux destinataires différents. Cette ouverture permet de varier les discours et d'aborder des sujets très différents. Usbek est l'auteur de 66 lettres, Rica de 47.

Toutes les lettres sont datées en fonction d'un calendrier lunaire, qui correspond en réalité au calendrier grégorien (il suffit de substituer aux noms perses les mois que nous connaissons : « Saphar » correspond au mois d'avril, par exemple).

5 Le regard neuf

a. L'étonnement critique

Placées sur le principe de l'étonnement et de la découverte, *Les Lettres persanes* utilisent le *topos* du regard neuf, le regard de l'étranger porté sur la France. Usbek et Rica découvrent un pays, son système social et politique, et s'étonnent de certains usages.

Le regard étranger permet de poser le cadre d'une réflexion sur le « **relativisme culturel** » : cette expression désigne un courant de pensée qui, depuis le XVIe siècle, traverse la pensée européenne. Il s'agit de relativiser la toute-puissance de la société européenne, en la comparant aux mœurs, aux usages et à la pensée de contrées lointaines.

Les *Lettres persanes* sont destinées à un lectorat français cultivé. Or Montesquieu place son lecteur dans une situation paradoxale, à partir de laquelle il construit son discours critique : d'abord amusé et étonné de la candeur des Persans et de leurs propos sur la France, le lecteur prend vite conscience qu'on lui tend le miroir de ses travers, et que c'est de lui qu'on rit, non des Persans…

b. Usbek, un héros ambivalent

Usbek est le personnage central des *Lettres persanes*. C'est à travers ses perceptions et sa compréhension que se déploie un discours sur l'Occident. Montesquieu montre à travers lui comment la culture conditionne le regard qu'on porte sur le monde.

Montesquieu déploie ainsi les contradictions de ses Persans, en particulier celles d'Usbek, pris entre ses idées éclairées et les principes qu'il a reçus de son éducation musulmane. Malgré son intérêt pour le monde occidental, il reste attaché à sa culture et à ses origines et se montre despotique quand il s'agit de son propre sérail.

Face à Usbek, Rica, plus jeune et plus joyeux, adopte un ton plus moqueur. On a pu lire en lui l'esprit voltairien de l'ironie, avec son sens de la formule.

c. Discours critiques et cibles des Lettres persanes

« L'action » des *Lettres persanes* se situe dans les dernières années du règne de Louis XIV. **Les lettres abordent des sujets très variés**, des plus superficiels (la mode) aux plus sérieux (les institutions politiques). Dans la lettre XXXIV, par exemple, ce sont les cafés parisiens qui sont mis à l'honneur, présentés comme lieux de débat et de diffusion de la culture.

La critique la plus marquante porte sur les institutions de l'État, le Parlement, l'organe judiciaire, les congrégations religieuses. Montesquieu développe en particulier des théories relativistes (XLVII-LXVIII), inspirées de Montaigne.

Le modèle anglais permet de formuler les critiques les plus subversives contre le despotisme français. Cette critique aboutit à imaginer un **modèle constitutionnel qui limite le pouvoir des rois qui « sont comme le soleil »** (lettre CII).

COURS MÉTHODE ENTRAÎNEMENT CORRIGÉS

1 Étudier une thèse et une argumentation

Savoir-faire

1. Repérer les différents arguments

Pour exposer sa thèse, c'est-à-dire l'idée qu'il veut défendre, un auteur peut choisir parmi différentes formes d'arguments. Pour convaincre son destinataire, il peut recourir à des arguments issus de sa propre expérience (ce que fait Montaigne dans *Les Essais*) ou des arguments admis par la majorité :

– **Argument d'expérience :** fondé sur l'observation, le vécu.

– **Argument d'autorité :** fondé sur une vérité absolue, incontestable, admise de tous.

– **Argument analogique :** fondé sur un exemple concret qui permet de soutenir une thèse.

– **Argument logique :** fondé sur une démonstration rationnelle. On tire d'une vérité une suite de faits et de conséquences.

2. Étudier les modes de raisonnement

Il n'existe pas une seule façon de penser ou de raisonner pour démontrer qu'on est dans le vrai. Un auteur soutient ou fait soutenir une thèse grâce à plusieurs formes de raisonnement.

– **Le raisonnement déductif** se fonde sur un fait général pour aboutir au cas particulier.

– **Le raisonnement inductif**, à l'inverse, part de faits particuliers qu'il généralise.

– **Le syllogisme** repose sur une déduction. Il est constitué de trois propositions. Les deux premières aboutissent à la troisième, qui en est la conclusion (en général, une vérité). Mais le syllogisme peut aboutir à des résultats absurdes, il s'agit alors de **paralogisme**. Par exemple : *Les livres peu coûteux sont rares. Or ce qui est rare est cher. Donc les livres peu coûteux sont chers…*

– **Le sophisme** repose sur le principe du syllogisme, mais avec la volonté de tromper l'interlocuteur. Il se fonde sur des vérités générales qui aboutissent à une conclusion inadmissible.

– **Le paradoxe*** désigne un raisonnement inattendu, qui cherche à provoquer la surprise de l'auditoire. Le paradoxe peut recourir à l'**ironie** afin de faire émerger une vérité.

Application

À partir de la lecture de l'extrait suivant, vous direz quelle est la thèse de Voltaire. Vous décrirez la manière dont il l'expose et la défend.

Il ne faut pas un grand art, une éloquence bien recherchée, pour prouver que des chrétiens doivent se tolérer les uns les autres. Je vais plus loin : je vous dis qu'il faut regarder tous les hommes comme nos frères. Quoi ! mon frère le Turc ? mon frère le Chinois ? le Juif ? le Siamois ? Oui, sans doute ; ne sommes-nous pas tous enfants du même père, et créatures du même Dieu ?

Mais ces peuples nous méprisent ; mais ils nous traitent d'idolâtres ! Hé bien ! je leur dirai qu'ils ont grand tort. Il me semble que je pourrais étonner au moins l'orgueilleuse opiniâtreté d'un iman ou d'un talapoin, si je leur parlais à peu près ainsi :

« Ce petit globe, qui n'est qu'un point, roule dans l'espace, ainsi que tant d'autres globes ; nous sommes perdus dans cette immensité. L'homme, haut d'environ cinq pieds, est assurément peu de chose dans la création. Un de ces êtres imperceptibles dit à quelques-uns de ses voisins, dans l'Arabie ou dans la Cafrerie : «Écoutez-moi, car le Dieu de tous ces mondes m'a éclairé : il y a neuf cents millions de petites fourmis comme nous sur la terre, mais il n'y a que ma fourmilière qui soit chère à Dieu ; toutes les autres lui sont en horreur de toute éternité ; elle sera seule heureuse, et toutes les autres seront éternellement infortunées.» »

Ils m'arrêteraient alors, et me demanderaient quel est le fou qui a dit cette sottise. Je serais obligé de leur répondre : « C'est vous-mêmes. » Je tâcherais ensuite de les adoucir ; mais cela serait bien difficile.

VOLTAIRE, *Traité sur la Tolérance*, chap. XXII, 1763.

La thèse défendue par Voltaire est qu'il faut faire preuve de **tolérance.** Les chrétiens doivent s'accepter entre eux : implicitement, Voltaire prône la réconciliation entre les protestants et les catholiques. Mais Voltaire ne se contente pas de citer les religions occidentales, il évoque de manière plus générale la notion de « fraternité » entre les peuples, grâce à la répétition de « mon frère » sous la forme de modalités interrogatives. Son propos a donc une visée* universaliste.

Le raisonnement de Voltaire est déductif. Le philosophe expose d'abord sa thèse dans la première partie en utilisant une prétérition, c'est-à-dire une figure de style qui consiste à parler de quelque chose après avoir employé une formule qui détourne : « Il ne faut pas un grand art, une éloquence bien recherchée. » Puis Voltaire formule l'idée principale de son texte de manière explicite : les chrétiens doivent se tolérer les uns les autres. À partir de cette thèse voltaire retient l'attention du lecteur grâce à une question rhétorique : « ne sommes-nous pas tous enfants du même père et créature du même dieu ? » Grâce à cette question, Voltaire tente de rassembler catholiques et protestants.

À la suite de cette formulation, **Voltaire déploie une série d'arguments** qu'il glose grâce à des exemples **puisés dans d'autres cultures et d'autres religions.** Il fait semblant de répondre à un contradicteur, comme le signalent les formules orales telles que « Hé bien », etc. L'emploi du conditionnel montre que Voltaire se fonde sur un raisonnement hypothétique qui crée une démonstration vivante. Enfin il soutient sa thèse grâce à une parabole (« Passage de la fourmilière »).

2 Étudier un discours sur l'homme

Savoir-faire

1. Anthropologie et humanisme

L'anthropologie étudie la nature humaine dans ses structures, ces comportements, ses habitudes culturelles et sociales. On peut dire que l'anthropologie a été inventée au XVIe siècle avec les grandes découvertes. Au XXe siècle, Lévi-Strauss se référera en partie aux auteurs du XVIe siècle et notamment les écrits des grands voyageurs pour fonder ses théories.

Les humanistes du XVIe siècle s'interrogent sur la nature humaine, sur la notion d'espèce, sur les mœurs et les pratiques des hommes des autres continents. Toutes ces découvertes ont pour conséquence de développer une réflexion sur la tolérance et l'intolérance, tout en relativisant la suprématie de l'homme occidental.

2. Thèmes des discours sur l'homme

Les siècles classiques questionnent les rapports de l'homme à la religion. Les grandes découvertes ont également modifié la manière dont l'homme se situe dans le monde. C'est pourquoi on croise de nombreux textes qui mettent en doute des croyances pluriséculaires.

Les guerres de Religion qui s'étendent des années 1560 au début du XVIIe siècle ont également des conséquences sur la littérature d'idées. Protestants et catholiques se sont entredéchirés et posent aux intellectuels et aux écrivains la question de la tolérance religieuse. Ce problème est repris par de nombreux philosophes des Lumières qui prônent la tolérance contre le fanatisme.

Application

Quel est l'objet du texte suivant ? Quel discours sur l'homme occidental présente-t-il ?

Je pourrais encore amener quelques autres semblables exemples, touchant la cruauté des sauvages envers leurs ennemis, n'était qu'il me semble que ce qu'en ai dit est assez pour faire avoir horreur, et dresser à chacun les cheveux en la tête. Néanmoins, afin que ceux qui liront ces choses tant horribles, exercées journellement entre ces nations barbares de la terre du Brésil, pensent aussi un peu de près à ce qui se fait par deçà parmi nous : je dirai en premier lieu sur cette matière, que si on considère à bon escient ce que font nos gros usuriers (suçant le sang et la moelle, et par conséquent mangeant tous en vie, tant de

COURS · MÉTHODE · ENTRAÎNEMENT · CORRIGÉS

veuves, orphelins et autres pauvres personnes auxquels il vaudrait mieux couper la gorge d'un seul coup, que les faire ainsi languir) qu'on dira qu'ils sont encore plus cruels que les sauvages dont je parle. Voilà aussi pourquoi le Prophète dit, que telles gens écorchent la peau, mangent la chair, rompent et brisent les os du peuple de Dieu, comme s'ils les faisaient bouillir dans une chaudière. Davantage, si on veut venir à l'action brutale de mâcher et manger réellement (comme on parle) la chair humaine, ne s'en est-il point trouvé en ces régions de par deçà, voire même entre ceux qui portent le titre de Chrétiens, tant en Italie qu'ailleurs, lesquels ne s'étant pas contentés d'avoir fait cruellement mourir leurs ennemis, n'ont peu rassasié leur courage, sinon en mangeant de leur foie et de leur cœur ? Je m'en rapporte aux histoires. Et sans aller plus loin, en la France quoi ? (Je suis français et je me fâche de le dire) durant la sanglante tragédie qui commença à Paris le 24 d'août 1572 dont je n'accuse point ceux qui n'en sont pas cause : entre autres actes horribles à raconter, qui se perpétrèrent lors par tout le Royaume, la graisse des corps humains (qui d'une façon plus barbare et cruelle que celle des sauvages, furent massacrés dans Lyon, après être retirés de la rivière de Saône) ne fut-elle pas publiquement vendue au plus offrant et dernier enchérisseur ? Les foies, cœurs, et autres parties des corps de quelques-uns ne furent-ils pas mangés par les furieux meurtriers, dont les enfers ont horreur ? Semblablement après qu'un nommé Cœur de Roi, faisant profession de la Religion réformée dans la ville d'Auxerre, fut misérablement massacré, ceux qui commirent ce meurtre, ne découpèrent-ils pas son cœur en pièces, l'exposèrent en vente à ses haineux, et finalement l'ayant fait griller sur les charbons, assouvissant leur rage comme chiens mâtins, en mangèrent ? Il y a encore des milliers de personnes en vie, qui témoigneront de ces choses non jamais auparavant ouïes entre peuples quels qu'ils soient, et les livres qui dès long temps en sont jà imprimés, en feront foi à la postérité.

Jean de Léry, *Histoire d'un voyage fait en la terre du Brésil*, chapitre XV (« Comment les Américains traitent leurs prisonniers pris en guerre, et les cérémonies qu'ils observent tant à les tuer qu'à les manger. »)

Dans ce texte, Jean de Léry part d'**un constat sur les « hommes sauvages » du Brésil** : ces derniers sont certes cruels car ils ne sont pas civilisés. Mais il nuance immédiatement cette thèse en suggérant que les Occidentaux sont peut-être plus cruels encore. Il fournit au lecteur plusieurs exemples, notamment celui des usuriers qui vampirisent leurs victimes. Jean de Léry revient ensuite sur le cannibalisme des Indiens, tout en rappelant que de telles horreurs sont aussi pratiquées en Europe dans des crises récentes (la Saint-Barthélemy, par exemple).

C'est finalement **un discours contre le fanatisme religieux** que produit Jean de Léry. Les exactions commises au nom de la religion sont des actes d'une gravité extrême. Et les Européens ne doivent pas juger les Indiens du Brésil quand eux-mêmes commettent le pire. Jean de Léry invite donc ses contemporains à la tolérance.

Pour réussir le jour J !

Les erreurs à ne pas commettre

- **Ne pas confondre les différents genres de l'apologue :** fables, contes philosophiques, récits apologétiques, paraboles.
- **Ne pas confondre utopie et contre-utopie.** L'utopie représente un monde idéal pour faire ressortir les défauts du nôtre. La contre-utopie présente au contraire un système fondé sur l'aliénation.
- Ne pas oublier que la majeure partie de la population, du XVIe au XVIIIe siècle vit dans **un système de pensée établi par la religion chrétienne**.

Un point en + sur la copie

- Dans le cadre d'une dissertation, **utilisez des exemples précis**, mais empruntés à des auteurs différents.
- **Retenez les titres des œuvres** qui traitent de la place de l'homme dans le monde, de Jean de Léry à Voltaire.
- **Soyez capable de résumer les passages les plus importants** d'œuvres les plus célèbres comme *Candide* ou *Zadig*.
- **Apprenez des fables** par cœur pour pouvoir les citer sur votre copie.
- N'abordez pas seulement les textes sous l'angle des idées : **n'oubliez pas d'observer leur forme, leur esthétique**.

10 QCM pour réviser le cours

Corrigés, p. 102

1 Qu'est-ce qu'une maxime ?

❑ **a.** Un poème en prose
❑ **b.** Une sentence morale
❑ **c.** Une vérité formulée brièvement

2 Qui est l'auteur de *L'Île des esclaves* ?

❑ **a.** Jean de Léry
❑ **b.** Malraux
❑ **c.** Marivaux

3 Qu'est-ce qu'une contre-utopie ?

❑ **a.** Un texte contre les utopies
❑ **b.** La description d'un monde idéal
❑ **c.** Une fiction où l'homme est aliéné

4 Qu'appelle-t-on la morale d'une fable ?

❑ **a.** Son dénouement
❑ **b.** La signification morale qui découle du récit
❑ **c.** La punition des méchants

5 Que trouve-t-on dans une utopie ?

❑ **a.** Des animaux merveilleux
❑ **b.** Un idéal
❑ **c.** Des mariages heureux

6 Qu'est-ce qui caractérise un essai ?

❑ **a.** Le registre ironique
❑ **b.** La présence du « je » de l'auteur
❑ **c.** La liberté de composition et de pensée

7 Quel écrivain a promu la forme de l'essai ?

❑ **a.** La Rochefoucauld
❑ **b.** Montaigne
❑ **c.** Molière

8 Que comporte un apologue ?

❑ **a.** Une morale à la fin
❑ **b.** Une morale implicite
❑ **c.** Un récit

9 Qui a écrit *L'Ingénu* ?

❑ **a.** Rabelais
❑ **b.** Descartes
❑ **c.** Voltaire

10 Qu'est-ce que l'anthropomorphisme ?

❑ **a.** Placer l'homme au centre du propos
❑ **b.** Conférer des caractéristiques humaines aux animaux
❑ **c.** Étudier le comportement humain

Exercices

Exercice 1 niveau 2 | 40 min

Corrigés, p. 102

Admonere voluimus ; prodesse, non laedere ; consulere moribus hominum, non officere.

Érasme

Je rends au public ce qu'il m'a prêté ; j'ai emprunté de lui la matière de cet ouvrage : il est juste que, l'ayant achevé avec toute l'attention pour la vérité dont je suis capable, et qu'il mérite de moi, je lui en fasse la restitution. Il peut regarder avec loisir ce portrait que j'ai fait de lui d'après nature, et s'il se connaît quelques-uns des défauts que je touche, s'en corriger. C'est l'unique fin que l'on doit se proposer en écrivant, et le succès aussi que l'on doit moins se promettre ; mais comme les hommes ne se dégoûtent point du vice, il ne faut pas aussi se lasser de leur reprocher : ils seraient peut-être pires, s'ils venaient à manquer de censeurs ou de critiques ; c'est ce qui fait que l'on prêche et que l'on écrit. L'orateur et l'écrivain ne sauraient vaincre la joie qu'ils ont d'être applaudis ; mais ils devraient rougir d'eux-mêmes s'ils n'avaient cherché par leurs discours ou par leurs écrits que des éloges ; outre que l'approbation la plus sûre et la moins équivoque est le changement de mœurs et la réformation de ceux qui les lisent ou qui les écoutent. On ne doit parler, on ne doit écrire que pour l'instruction ; et s'il arrive que l'on plaise, il ne faut pas néanmoins s'en repentir, si cela sert à insinuer et à faire recevoir les vérités qui doivent instruire. Quand donc il s'est glissé dans un livre quelques pensées ou quelques réflexions qui n'ont ni le feu, ni le tour, ni la vivacité des autres, bien qu'elles semblent y être admises pour la variété, pour délasser l'esprit, pour le rendre plus présent et plus attentif à ce qui va suivre, à moins que d'ailleurs elles ne soient sensibles, familières, instructives, accommodées au simple peuple, qu'il n'est pas permis de négliger, le lecteur peut les condamner, et l'auteur les doit proscrire : voilà la règle. Il y en a une autre, et que j'ai intérêt que l'on veuille suivre, qui est de ne pas perdre mon titre de vue, et de penser toujours, et dans toute la lecture de cet ouvrage, que ce sont les caractères ou les mœurs de ce siècle que je décris ; car bien que je les tire souvent de la cour de France et des hommes de ma nation, on ne peut pas néanmoins les restreindre à une seule cour, ni les renfermer en un seul pays, sans que mon livre ne perde beaucoup de son étendue et de son utilité, ne s'écarte du plan que je me suis fait d'y peindre les hommes en général, comme des raisons qui entrent dans l'ordre des chapitres et dans une certaine suite insensible des réflexions qui les composent.

J. de La Bruyère, « Préface », *Les Caractères et les mœurs de ce siècle*, 1668.

Questions

1. Qui est Érasme ?
2. Pourquoi, à votre avis, La Bruyère le cite-t-il en tête de son livre ?
3. Comment justifie-t-il sa préface et quelle est son intention ?

Exercice 2

niveau 1 | 20 min

Corrigés, p. 103

« La Grenouille qui veut se faire aussi grosse que le Bœuf »

Une Grenouille vit un Bœuf
Qui lui sembla de belle taille.
Elle, qui n'était pas grosse en tout comme un œuf,
Envieuse, s'étend, et s'enfle, et se travaille,
Pour égaler l'animal en grosseur,
Disant : « Regardez bien, ma sœur ;
Est-ce assez ? Dites-moi ; n'y suis-je point encore ?
– Nenni. – M'y voici donc ? – Point du tout. – M'y voilà ?
– Vous n'en approchez point. » La chétive pécore
S'enfla si bien qu'elle creva.
Le monde est plein de gens qui ne sont pas plus sages :
Tout bourgeois veut bâtir comme les grands seigneurs,
Tout petit prince a des ambassadeurs,
Tout marquis veut avoir des pages.

Jean de La Fontaine, *Fables*, 1668.

Questions

1. Sur quelle situation repose la fable ? Quel est l'effet produit sur le lecteur ?
2. Comment peut-on caractériser le récit de cette fable ? Quelle est la fonction du dialogue ?
3. Quelle est la thèse présentée par cette fable ?

Exercice 3

niveau 1 | 20 min

Corrigés, p. 103

Du temps du roi Moabdar il y avait à Babylone un jeune homme nommé Zadig, né avec un beau naturel fortifié par l'éducation. Quoique riche et jeune, il savait modérer ses passions ; il n'affectait rien ; il ne voulait point toujours avoir raison, et savait respecter la faiblesse des hommes. On était étonné de voir qu'avec beaucoup d'esprit il n'insultât jamais par des railleries à ces propos si vagues, si rompus, si tumultueux, à ces médisances téméraires, à ces décisions ignorantes, à ces turlupinades grossières, à ce vain bruit de paroles, qu'on appelait *conversation* dans Babylone. Il avait appris, dans le premier livre de Zoroastre, que l'amour-propre est un ballon gonflé de vent, dont il sort des tempêtes quand on lui a fait une piqûre. Zadig surtout ne se vantait pas de mépriser les femmes et de les subjuguer. Il était généreux ; il ne craignait point d'obliger des ingrats, suivant ce grand précepte de Zoroastre : *Quand tu manges, donne à manger aux chiens, dussent-ils te mordre*. Il était aussi sage qu'on peut l'être ; car il cherchait à vivre avec des sages. Instruit dans les sciences des anciens Chaldéens, il n'ignorait pas les principes physiques de la nature, tels qu'on les connaissait alors, et savait de la métaphysique ce qu'on en a su dans tous les âges, c'est-à-dire fort peu de chose. Il était fermement persuadé que l'année était de trois cent soixante et cinq jours et un quart, malgré la nouvelle philosophie de son temps, et que le soleil était au centre du monde ; et quand les principaux mages lui disaient, avec une hauteur insultante, qu'il avait de mauvais sentiments, et que c'était être ennemi de l'état que de croire que le soleil tournait sur lui-même, et que l'année avait douze mois, il se taisait sans colère et sans dédain.

VOLTAIRE, *Zadig ou la Destinée*, 1747.

Questions

1. Où se déroule l'action de Zadig ? Que pensez-vous de ce choix ?
2. Quelles sont les qualités de Zadig ? Pourquoi Voltaire les présente-t-il ?
3. Quelle est la fonction du « précepte de Zoroastre » cité dans l'extrait ?

Exercice 4

niveau 2 | 40 min

Corrigés, p. 104

Toute leur vie était organisée non par des lois, des statuts ou des règles, mais selon leur vouloir et franc arbitre. Ils se levaient du lit quand bon leur semblait, buvaient, mangeaient, travaillaient, dormaient quand le désir leur venait ; nul ne les éveillait, nul ne les forçait ni à boire ni à manger, ni à faire autre chose. Ainsi l'avait établi Gargantua. En leur règle n'était que cette clause :

« Fais ce que voudras »,

parce que les gens libres, bien nés, bien instruits, conversant en compagnie honnête, ont par nature un instinct et un aiguillon, qui toujours les pousse à accomplir des faits vertueux et les éloigne du vice, aiguillon qu'ils nommaient honneur. Quand une vile servitude ou une contrainte les font déchoir et les assujettissent, ils emploient cette noble inclination, par laquelle ils tendaient librement vers la vertu, à repousser et à enfreindre ce joug de la servitude : car nous entreprenons toujours les choses défendues, et convoitons ce qui nous est refusé.

Grâce à cette liberté, ils entrèrent en louable émulation de faire tous ensemble ce qu'ils voyaient plaire à un seul. Si l'un ou l'une d'entre eux disait : « Buvons », tous buvaient ; s'il disait : « Jouons », tous jouaient. S'il disait : « Allons nous ébattre aux champs », tous y allaient. Si c'était pour chasser au vol ou poursuivre le gibier, les dames montées sur de belles haquenées, portaient chacune un épervier, ou un lanier, ou un émerillon. Les hommes portaient les autres oiseaux.

Ils étaient si noblement instruits qu'il n'y en avait aucun qui ne sût lire, écrire, chanter, jouer d'instruments de musique, parler cinq ou six langues et composer en ces langues autant en vers qu'en prose. Jamais ne furent vus chevaliers si preux, de si belle allure, si adroits à pied et à cheval, si vigoureux, plus alertes et plus aptes à manier toutes sortes d'armes. Jamais ne furent vues dames si élégantes, si mignonnes, moins acariâtres, plus adroites aux travaux manuels, à la broderie, et à toute occupation convenant à une femme honnête et libre.

Pour cette raison, quand le temps était venu qu'un membre de l'abbaye voulût en sortir, ou à la requête de ses parents, ou pour tout autre cause, il emmenait avec lui une de ces dames, celle qui l'avait pris pour son cavalier servant, et ils se mariaient. Et s'ils avaient vécu à Thélème en confiance et en amitié, encore mieux poursuivaient-ils cette existence dans le mariage. Ils s'aimaient à la fin de leurs jours comme au premier jour de leurs noces.

François RABELAIS, *Gargantua* (1534), chapitre LV.

Questions

1. Qu'est-ce que l'abbaye de Thélème ? À quel type de fiction se réfère ici Rabelais ?
2. Sur quoi repose le système de vie des Thélémites ?
2. Sur quoi se fonde le bonheur des Thélémites ?
4. Quel discours critique implicite véhicule le texte ?

Exercice 5

niveau 3 | 50 min

Corrigés, p. 105

« La Laitière et le Pot au lait »

Perrette sur sa tête ayant un Pot au lait
Bien posé sur un coussinet,
Prétendait arriver sans encombre à la ville.
Légère et court vêtue elle allait à grands pas ;
Ayant mis ce jour-là, pour être plus agile,
Cotillon simple, et souliers plats.
Notre laitière ainsi troussée
Comptait déjà dans sa pensée
Tout le prix de son lait, en employait l'argent,
Achetait un cent d'œufs, faisait triple couvée ;

La chose allait à bien par son soin diligent.
Il m'est, disait-elle, facile,
D'élever des poulets autour de ma maison :
Le Renard sera bien habile,
S'il ne m'en laisse assez pour avoir un cochon.
Le porc à s'engraisser coûtera peu de son ;
Il était quand je l'eus de grosseur raisonnable :
J'aurai le revendant de l'argent bel et bon.
Et qui m'empêchera de mettre en notre étable,
Vu le prix dont il est, une vache et son veau,
Que je verrai sauter au milieu du troupeau ?
Perrette là-dessus saute aussi, transportée.
Le lait tombe ; adieu veau, vache, cochon, couvée ;
La dame de ces biens, quittant d'un œil marri
Sa fortune ainsi répandue,
Va s'excuser à son mari
En grand danger d'être battue.
Le récit en farce en fut fait ;
On l'appela le Pot au lait.

Quel esprit ne bat la campagne ?
Qui ne fait châteaux en Espagne ?
Picrochole, Pyrrhus, la Laitière, enfin tous,
Autant les sages que les fous ?
Chacun songe en veillant, il n'est rien de plus doux :
Une flatteuse erreur emporte alors nos âmes :
Tout le bien du monde est à nous,
Tous les honneurs, toutes les femmes.
Quand je suis seul, je fais au plus brave un défi ;
Je m'écarte, je vais détrôner le Sophi ;
On m'élit roi, mon peuple m'aime ;
Les diadèmes vont sur ma tête pleuvant :
Quelque accident fait-il que je rentre en moi-même ;
Je suis gros Jean comme devant.

Jean de La Fontaine, *Fables*, « Perrette et le pot au lait », 1668.

Questions

1. Commentez la structure de la fable.

2. Comment La Fontaine donne-t-il du rythme à son récit ?

3. Que dénonce La Fontaine dans ce texte ?

4. Proposez un plan de commentaire pour cette fable.

Corrigés

QCM

1 c. 2 c. 3 c. 4 b. 5 b. 6 c. 7 b. 8 c. 9 b. 10 b.

Exercice 1

1. Érasme (1469-1536) est l'une des figures majeures de l'humanisme. Philosophe et érudit, il fut l'un des théologiens les plus célèbres de son époque. Il a marqué durablement la pensée européenne pour son pacifisme et ses idées éclairées. Il est notamment l'auteur de *L'Éloge de la folie*.

2. En citant Érasme au début de sa préface, la Bruyère pose d'emblée une autorité intellectuelle incontestable à son lecteur. Érasme est en effet considéré comme l'un des plus grands penseurs de l'époque moderne, et son influence se fait encore sentir à la fin du XVIIe siècle. Ainsi La Bruyère pose le cadre intellectuel de son œuvre grâce à cette citation.

3. La Bruyère fournit plusieurs arguments pour justifier l'écriture de son livre dans sa préface. Le premier est qu'il lui semble logique de rendre public le résultat de son travail, fruit de ses observations. Comme il l'explique bien, *Les Caractères* sont en effet le résultat d'un examen attentif des heures de son temps. La Bruyère estime qu'il est de son devoir de rendre compte de ses observations à ses contemporains. Le second argument, c'est sa volonté de corriger les mœurs en lisant les caractères. Le but de l'auteur est très clairement exprimé, il consiste à instruire le lecteur. Il se fixe donc un objectif didactique et critique sans exclure le plaisir de la lecture. En effet, La Bruyère insiste sur le caractère plaisant de son projet, cet argument lui permet de justifier les effets de son style. Plaire et instruire sont, au XVIIe siècle, les deux pivots de la littérature classique. Enfin La Bruyère, après avoir fait une digression sur la forme et sur le style, revient au projet général de son livre. L'observation de la cour ne doit pas être vue comme un projet limité, bien au contraire. La Bruyère suit un cheminement inductif : en montrant les caractères de la cour il entend dévoiler une vérité plus universelle sur les hommes. On peut supposer que la stratégie de La Bruyère est double. D'une part, il veut exposer au lecteur son projet littéraire et intellectuel. D'autre part, certaines remarques sont une façon de se prémunir contre les attaques qu'il pourrait subir. De manière très habile, La Bruyère articule l'instruction du lecteur au plaisir de la lecture. C'est un moyen de contourner la critique qui pourrait l'accuser de faire du style et de ne rechercher que l'effet.

Exercice 2

1. La fable de La Fontaine repose sur une situation amusante contrastée : un très petit animal en rencontre un gros. D'emblée la situation initiale s'inscrit dans l'idée selon laquelle les fables doivent certes instruire mais aussi plaire et divertir leur lecteur. L'effet produit sur le lecteur est comique. On sourit dès le premier vers.

2. Le récit conduit par La Fontaine est rapide, la situation initiale est très vite exposée. Grâce à l'emploi du passé simple les événements se succèdent rapidement, ce qui confère un rythme au récit puis à la scène. En effet, comme le confirme le dialogue central, il s'agit bien d'une petite scène entre deux personnages. Ce dialogue est très rapide, les échanges sont brefs, et se succèdent dans un jeu de questions-réponses. Cela a pour but de créer de l'animation et de la vie à l'intérieur du récit.

3. C'est à la fin de la fable que l'on comprend la thèse. Selon la fontaine, il ne faut pas avoir d'ambition démesurée mais rester modeste. La morale repose ici sur une série de comparaisons qui éclaire le manque de sagesse de la grenouille dont les prétentions lui ont été fatales. On voit bien par cet exemple comment La Fontaine illustre le caractère plaisant de la fable pour développer une argumentation indirecte sur un sujet sérieux : l'ambition, l'envie, le désir de paraître plus que ce que l'on est.

Exercice 3

1. Dans cet extrait, qui constitue le début du conte, on apprend que l'action se déroule à Babylone, c'est-à-dire dans une ville de Mésopotamie, à la renommée légendaire et même mythique. Voltaire place donc son lecteur dans un dépaysement total en faisant renaître de ses cendres une cité qui fut prospère dans l'antiquité lointaine. L'action antique est confirmée par la référence à Zoroastre, prophète du septième siècle avant J.-C., Ainsi qu'aux Chaldéens connus pour leurs connaissances scientifiques et médicales. En choisissant un tel cadre, Voltaire donne à son conte une teinte merveilleuse et se transporte bien loin de la réalité.

2. Comme l'exige l'esthétique du conte, Zadig semble paré de toutes les qualités qu'elles soient naturelles ou acquises par l'éducation. Outre des dons innés, Zadig jouit d'une position sociale enviable. Il est riche, il est également doté de beaucoup d'esprit, et en même temps se montre modeste. C'est un personnage vertueux ; le lecteur peut le percevoir comme le type même du héros parfait. Un tel portrait, on l'imagine, ne manque pas d'ironie. Sans doute les qualités de Zadig vont-elles se heurter aux rudes expériences de la vie…

3. Le précepte de Zoroastre sert à confirmer concrètement les valeurs de Zadig. C'est en effet à partir de ce précepte que toute l'histoire va se construire : Zadig se montrera généreux et se sacrifiera en toutes circonstances. Il faut ici deviner la part d'ironie que place Voltaire dans le précepte du philosophe. Le lecteur sera conduit à juger les actions de Zadig et à mesurer la valeur de ses actions.

Exercice 4

1. L'abbaye de Thélème est un lieu imaginaire inventé par Rabelais. C'est un espace où règnent le bonheur et la liberté. Cet espace est une utopie. Rabelais décrit en effet un système politique et social clos, refermé sur lui-même. C'est un monde idéal qui est écrit dans ce passage, où chacun semble libre de vivre à sa guise.

2. Le système de vie repose sur la liberté absolue, individuelle et collective, et sur l'absence de contraintes matérielles, politiques et morales. Nulle autorité religieuse ne semble régir leur existence, malgré l'appellation « abbaye ». Le système est formulé par la célèbre phrase « fais ce que voudras ». Autrement dit, sois libre d'agir comme tu le souhaites. Les lois ne sont donc pas l'émanation d'une règle mais du libre arbitre de chacun.

3. Le bonheur des Thélémites repose sur leur autarcie et leur liberté. L'absence de contraintes les empêche d'avoir des principes matérialistes, puisque la nourriture et les boissons ne sont là que pour le plaisir (on peut déceler ici les principes d'une philosophie hédoniste). Leur bonheur vient aussi de la qualité de leur éducation : ils ont accès aux beautés de l'art, à la musique et à la poésie. Ils savent apprécier ce qui est beau, ce qui est bon. Ainsi, c'est parce qu'elle accueille une élite humaniste que Thélème permet le bonheur des hommes. Ce bonheur dépasse d'ailleurs les enceintes de l'abbaye, puisque ceux qui la quittent continuent d'appliquer cette vie heureuse à l'extérieur. C'est dans ce sens que l'abbaye de Thélème incarne l'idéal humaniste.

4. Par comparaison, le monde extérieur à l'abbaye semble fait de tous les dangers. Si Rabelais imagine cette utopie, c'est pour dénoncer la violence du monde extérieur et pour mettre en lumière les valeurs de l'humanisme. On peut aussi déceler dans cette utopie une critique de la religion fermée sur elle-même. Rappelons que Rabelais a appartenu à un ordre religieux et qu'il connaît très bien son fonctionnement. La critique est donc à la fois morale, politique, sociale et religieuse.

Exercice 5

1. La fable est construite en deux temps. Dans la première strophe, le fabuliste décrit la mésaventure de Perrette. Dans la seconde strophe, il en tire des vérités générales sur l'homme et ses rêveries matérialistes. Ainsi, à partir d'un exemple, La Fontaine décrit des travers humains qui consistent à bâtir des châteaux en Espagne.

2. La fable est rythmée et dynamique. La Fontaine présente d'abord le personnage dès le premier vers puis il alterne des alexandrins et des octosyllabes. Cela crée une variété rythmique. Sur le plan prosodique, la Fontaine emploie le rythme binaire aux vers 4, 5 et 6, ce qui crée un mouvement habile. Mais le poète utilise également des juxtapositions qui donnent à son texte une certaine mobilité. À cela, il faut ajouter les verbes et les termes qui indiquent un mouvement : « arrivait », « allait à grands pas », « allait », « diligent », etc. On notera également que La Fontaine emploie les phrases longues qui épousent le mouvement de la marche de Perrette. Ainsi la première phrase occupe quatre verts.

3. Sur un ton léger et comique, le poète dénonce les rêves de grandeur qui se transforment en chimères, c'est-à-dire en projets irréalisables. Tout au long de son trajet, Perrette construit, échafaude, élabore un projet à partir de la vente de son lait. Elle bâtit des châteaux en Espagne et se voit déjà riche. La Fontaine dénonce ainsi les illusions de grandeur, et rappelle que seule la vertu du travail et la patience peuvent porter leurs fruits. Cette moralité ne stigmatise pas le personnage de Perrette qui reste attachant malgré tout.

4. Plan de commentaire :

I. Le portrait d'une jeune laitière
1. Perrette vue de loin
2. Perrette vue de près
3. Perrette, un personnage attachant

II. Des rêves aux chimères
1. La construction du rêve
2. La part burlesque du fantasme
3. La chimère et la chute

III. Le comique au service de la satire
1. La généralisation du cas particulier
2. L'*exemplum* au service de la morale
3. La satire de l'ambition et de l'illusion

4 Le roman et le récit du Moyen Âge au XXIe siècle

Les 5 points incontournables

Le genre
Depuis le Moyen Âge, le roman est un genre en constante évolution. Les notions de « récit » et de « personnage » ont connu des modifications profondes au XXe siècle, grâce aux apports de la théorie littéraire.

▶ *Cours*, p. 107 à 112

La fiction romanesque
Elle désigne tout ce qu'un auteur imagine pour inventer un univers et des personnages agissants. Il peut s'inspirer de la réalité, de son époque, de l'histoire ou de sa propre expérience.

▶ *Cours*, p. 108 à 112

L'intrigue d'un roman
Elle s'articule le plus souvent autour du parcours d'un ou plusieurs personnages. Le lecteur suit les différents épisodes de son existence, s'attache à son histoire et parfois le rejette. Le personnage ne se construit pas sans un lecteur complice.

▶ *Cours*, p. 108 à 112

Le personnage de roman
Il peut se faire le porte-parole de son auteur, être son double. Mais c'est avant tout un être de papier, inventé pour les besoins de la fiction.

▶ *Cours*, p. 117 à 119

Les formes de récit
Les principales sont les suivantes : roman, nouvelle, conte, fable. Mais on peut aussi trouver des récits dans la poésie et au théâtre.

▶ *Cours*, p. 107 à 112

Du Moyen Âge siècle au XXIe siècle, le récit est un genre en constante évolution et en constante transformation. Le récit désigne tout à la fois le roman, mais aussi le conte et la nouvelle, ainsi que les récits autobiographiques. Contrairement au théâtre et à la poésie, le genre du roman a longtemps été considéré comme secondaire et n'a pas obéi à des règles strictes. Aussi les auteurs ont-ils pu s'exprimer plus librement dans un genre d'une grande richesse dans ses formes comme dans ses contenus. Son développement aux XVIIIe et XIXe siècles est dû à l'augmentation du lectorat (classes bourgeoises) et à sa diffusion (presse).

1 Récit et roman au Moyen Âge

Le terme « roman » désigne à l'origine un texte en langue romane, c'est-à-dire traduit du latin. Ce n'est qu'au XIIe siècle que les auteurs désignent leur récit sous l'appellation « roman ».

a. Le profane et le sacré

- Les premiers romans médiévaux voient le jour au XIIe siècle. Ils sont alors écrits en vers. Le genre du « roman courtois » est chanté par des troubadours ; il traite de sujets sentimentaux et guerriers. Chrétien de Troyes illustre ce genre, dont on considère qu'il est l'un des inventeurs (*Le Chevalier à la charrette*, *Le Conte du Graal*, par exemple).
- Dans une société dominée par la religion catholique, les romans ont souvent pour thème la vie des saints (hagiographie).
- Mais les romans traitent aussi de sujets profanes. Le roman satirique s'épanouit, notamment avec le *Roman de Renart* ; en racontant les mésaventures de Goupil, les auteurs font la satire* de la société médiévale.
- La chanson de geste désigne un récit héroïque, dont on considère qu'il s'inspire de la réalité (vie d'un chevalier qui a effectué des actes héroïques).

b. Vers ou prose ?

- C'est au XIIIe siècle que sont écrits les premiers romans en prose. Jusqu'à cette date, on considère que seul le vers peut narrer des histoires et réjouir l'ouïe de l'auditoire. Parmi les plus célèbres romans en prose figure l'histoire de *Tristan et Iseut*, dont plusieurs versions sont composées aux XIIIe et XIVe siècles.
- Le roman se distingue de la chanson de geste, dans la mesure où il s'enracine dans la fiction. Le succès grandissant des romans aux XIIIe et XIVe siècles marque la prégnance de plus en plus marquée d'un genre lu et apprécié. Le roman d'aventures connaît aussi un succès grandissant (*Roman de Perceforest*, vers 1340).

2 Le roman du XVIe au XVIIe siècle

a. Rabelais et le roman moderne

Le roman de l'époque moderne hérite de l'évolution du genre depuis la fin du XIVe siècle. Ainsi, dans ses romans, François Rabelais (1483/94-1553) reprend la trame des romans de chevalerie pour imaginer un cycle romanesque épique* et fantaisiste, qui aborde sous la forme d'une fiction toutes les grandes questions humanistes.

Pantagruel (1532), *Gargantua* (1534 ?), le *Tiers Livre* (1546) et le *Quart Livre* (1548) forment un ensemble dans lequel Rabelais dresse souvent la satire des travers humains. À travers la quête de la « Dive Bouteille », il montre un cheminement philosophique, réfléchissant aux notions d'épicurisme et de stoïcisme. À cet égard, Rabelais est l'inventeur du roman moderne.

Jusqu'au début du XVIIe siècle, le roman est considéré comme un genre mineur face à la poésie et au théâtre. Les auteurs de romans utilisent souvent cette forme à des fins satiriques ou parodiques (*Don Quichotte* de Cervantès, par exemple).

b. Le roman précieux : réalité et rêve

Au début du XVIIe siècle se développe le genre du roman pastoral, dont l'intrigue se caractérise par son cadre (bergeries, forêts) et ses personnages empruntés à la mythologie. Par exemple, dans *L'Astrée* d'Honoré d'Urfé, des bergers et des bergères s'égarent dans une forêt et ne se retrouvent qu'à l'issue du roman.

Le roman est considéré comme un genre « féminin » ; cette idée préconçue est renforcée par le fait que des femmes écrivent des romans précieux, dont Madeleine de Scudéry qui publie deux romans-fleuves, *Artamène ou le Grand Cyrus* (1649-1653) et *Clélie, histoire romaine* (1654-1660), récit dans lequel on trouve la célèbre « Carte de Tendre », allégorie* des échanges amoureux représentée sous la forme d'une carte.

c. Roman et classicisme

Bien que le roman ne soit pas soumis à des règles comme l'est la tragédie*, l'influence du classicisme se fait sentir dans le récit. L'on cherche, par exemple, à mettre en scène la vertu, la victoire de la raison sur les passions.

L'œuvre de Madame de La Fayette (1634-1693) emblématise cette veine romanesque où l'amour est souvent sacrifié à la raison. L'intrication du politique et du religieux influe sur les destinées des individus, comme le montrent ses deux chefs-d'œuvre, *La Princesse de Montpensier* (1662) et *La Princesse de Clèves* (1678).

3 Roman et récit au temps des Lumières

a. Le roman mémoire

Le XVIIIe siècle voit la naissance du **roman mémoire**, en particulier avec *Manon Lescaut* (1731) de L'Abbé Prevost, récit qui relate les amours tragiques* de Des Grieux et de Manon, jeune courtisane. Ce genre donne l'impression d'une plus grande vérité car les personnages y partagent leur expérience à la première personne. Le lecteur y trouve l'expression d'une émotion sensible. S'y développe « le goût des larmes », propre à la sensibilité de l'époque.

Cette vogue se poursuit jusqu'au XIXe siècle : *Adolphe* de Benjamin Constant (1816) ou *La Confession d'un enfant du siècle* de Musset (1836) illustrent la pérennité d'un genre où le narrateur* semble parfois se confondre avec l'auteur.

b. Le récit libertin

Le récit libertin désigne un genre narratif qui met en scène les **initiations amoureuses** à l'intérieur d'un système social souvent coercitif. Il peut prendre des formes différentes : roman épistolaire* (*Les Liaisons dangereuses* de Pierre Choderlos de Laclos, 1782) ; mémoires fictifs (*Les Amours du Chevalier des Faublas* de Jean-Baptiste de Louvet de Couvray, 1790).

Le roman libertin n'est pas seulement orienté vers la question sexuelle, mais offre le plus souvent une **analyse psychologique** précise des mœurs en fonction des âges de la vie. *Les Égarements du cœur et de l'esprit* de Crébillon (1737) illustrent ce courant du récit.

c. Le conte philosophique

Le XVIIIe siècle est celui du **conte philosophique**. Il se présente sous la forme d'un **récit fictif (éloigné dans le temps ou l'espace),** ce qui permet aux auteurs de dénoncer indirectement les travers de leur société (tyrannie, fanatisme, etc.).

Les plus célèbres contes philosophiques ont été écrits par Voltaire : *Zadig* (1747), *Micromégas* (1752), *Candide* (1759), *L'Ingénu* (1767).

d. Le roman sensible

Dans la seconde moitié du XVIIe siècle, la sensibilité est perçue comme une qualité essentielle à la nature humaine. Rousseau, dans *La Nouvelle Héloïse*, se fait le chantre de cette sensibilité qui n'est plus réservée aux femmes, mais aux lecteurs en général.

4 Le XIXe siècle, ou le triomphe du roman

a. Récits et nouvelles fantastiques*

À la fin du XVIIIe siècle, l'Europe est traversée par la vogue du **roman gothique, dont l'origine est anglaise**. Il se caractérise par ses décors inquiétants (château en ruine) et ses personnages venus d'ailleurs (fantômes, spectres, etc.). L'un des chefs-d'œuvre du genre est *Les Mystères d'Udolphe* d'Ann Radcliffe (1794), modèle du « roman noir », autre appellation du roman gothique.

La vogue du **fantastique** dure tout le XIXe siècle ; elle est représentée par Charles Nodier (*Smarra, ou les Démons de la nuit*, 1822), Théophile Gautier (*La Morte amoureuse*, 1836), Balzac (*L'Auberge rouge*, 1831) et Guy de Maupassant (*Le Horla*, 1887). À l'étranger, les principaux représentants du fantastique sont E. T. A. Hoffmann, dont les *Contes fantastiques* sont traduits en 1829 ; Edgar Poe, dont les *Histoires extraordinaires* sont traduites par Baudelaire. Enfin, à la fin du siècle, Bram Stoker publie *Dracula* (1897), aboutissement d'un siècle de roman gothique.

b. Le roman des années 1830

La monarchie de Juillet (1830-1848) voit l'épanouissement des récits, notamment grâce au développement de la presse qui publie les **romans en feuilletons**. La période est riche en chefs-d'œuvre romanesques : *Le Rouge et le Noir* de Stendhal (1830), *Lélia* de George Sand (1833), *La Confession d'un enfant du siècle* de Musset (1836), *Les Trois Mousquetaires* de Dumas (1843).

Bien qu'il ait écrit des récits fantastiques et historiques, **Balzac** est considéré comme le meilleur auteur de **récits réalistes**. ***La Comédie Humaine*** forme un vaste cycle dans lequel il ambitionne d'écrire l'« histoire naturelle de la société ». Dans ses romans, Balzac se fait l'observateur des mœurs et des échanges économiques.

c. Le roman réaliste

Le roman réaliste cherche à **représenter la réalité sous tous ses aspects**, sans chercher à l'embellir ou à l'idéaliser. Il s'agit de représenter la vie en s'appuyant sur des référents identifiables dans la réalité. C'est ce que fait Balzac, par exemple, quand il décrit des scènes de théâtre dans *Illusions perdues* (1843) : le lecteur reconnaît les salles parisiennes.

La vogue du roman réaliste est favorisée par sa diffusion dans la presse. Chaque jour, le lecteur est tenu en haleine par des histoires qui reflètent les préoccupations de l'époque, ou l'invitent à voyager dans le temps. Les *Scènes de la vie de Bohème* de Murger, paraissent dans la presse et peignent les mœurs de la jeunesse bohème des années 1840.

> **À NOTER**
> *Les Mystères de Paris* d'Eugène Sue (1842-1843) rencontrent un immense succès ; ils sont publiés dans le *Journal des Débats*.

d. Le roman naturaliste

Le **naturalisme s'inspire des théories scientifiques et médicales**, en particulier celles du docteur Claude Bernard (sur l'hérédité). Il s'agit de représenter le réel en fonction de critères scientifiques et sociologiques.

Dans la préface de *Thérèse Raquin* (1867), Zola pose les principes de cette esthétique. Dans les *Rougon-Maquart*, l'alcoolisme est présenté comme une tare héréditaire.

À la fin du XIXe siècle, Maupassant hérite des principes du naturalisme et du réalisme. Célèbre pour ses nombreuses nouvelles (*Boule de suif*, 1880), il est également l'auteur de romans qui peignent les mœurs contemporaines (*Une vie*, 1883 ; *Bel-ami*, 1885).

5 Le roman aux XXe et XXIe siècles

a. Pérennité du roman traditionnel

Au XXe siècle, le roman poursuit dans une veine traditionnelle des récits personnels ou des grands cycles. *À la recherche du temps perdu* de Proust ou *Les Thibault* de Roger Martin du Gard s'inscrivent dans cette veine.

b. Roman et témoignage

Au lendemain de la Grande Guerre paraissent de nombreux récits en forme de témoignages qui décrivent l'horreur des tranchées. Le roman revêt dès lors une valeur testimoniale de première importance, tout en exorcisant l'horreur de la guerre (*Le Feu* de Barbusse, 1916).

c. Nouveau roman et roman de l'absurde

Le second conflit mondial met fin à bien des idéaux, ce que reflète le roman des années 1950. On cherche de nouvelles formes pour décrire le réel. Le Nouveau roman désigne ainsi un mouvement qui **rejette les ressorts traditionnels du roman** : l'intrigue, le personnage, le point de vue omniscient, les péripéties* sont repensés.

d. Le roman aujourd'hui

Le roman est aujourd'hui le genre littéraire qui est le plus représenté dans le domaine de la fiction, bien loin devant le théâtre et la poésie.

À côté des romanciers populaires dont les œuvres sont jugées faciles, une recherche esthétique se poursuit dans le genre du roman francophone.

Les romans postcoloniaux portent un regard souvent critique sur la France et le monde.

Les grandes crises que traverse le monde depuis les années 70 influent directement sur la production romanesque. On observe ainsi la place importante des autofictions telles que *W, ou le Souvenir d'enfance* de Pérec (1975), *Enfance* de Nathalie Sarraute (1983) ou *La Place* d'Annie Ernaux (1984).

Les dérives du monde contemporain font aussi l'objet d'une mise en fiction, comme en témoignent, par exemple, les romans de Michel Houellebecq (*La Carte et le Territoire*, 2010 ; *Soumission*, 2015) ou de Virginie Despentes (*Vernon Subutex*, 2015).

Madame de Lafayette, *La Princesse de Clèves* Parcours : individu, morale et société

1 Le roman dans son siècle

a. Contexte historique et social

Bien que considéré comme un genre mineur au moment où Madame de Lafayette publie *La Princesse de Clèves*, le roman s'épanouit dans la littérature précieuse et classique du XVIIe siècle.

Entrant en résonance avec les préoccupations historiques et sociales de son temps, le roman interroge la place de l'homme dans une société traversée par des crises : guerres de Religion puis La Fronde. Les deux plus célèbres romans de Madame de Lafayette évoquent ces épisodes de l'histoire de France.

Du XVIIe siècle à nos jours, le roman n'a cessé de questionner la place de l'individu dans la société. Ses actions et ses pensées sont confrontées à de grandes questions morales (famille, justice, politique). De manière générale, le roman parle de la société à travers les personnages qu'il dépeint.

b. Le roman et les femmes

Les romans les plus célèbres du XVIIe siècle qui ont connu un succès pérenne ont été écrits par des femmes, au premier rang desquelles, Madame de Scudéry et Madame de Lafayette.

Les romancières trouvent la possibilité de rendre compte de leur situation dans leurs œuvres romanesques. Même si c'est un anachronisme et une erreur de parler de féminisme, il faut insister sur l'importance du point de vue féminin dans la fiction.

La place des femmes romancières dans la société fait l'objet de nombreuses études. Les études de genre permettent d'aborder la question du roman et de l'individu à travers l'identité sexuelle des auteurs et des personnages. Par exemple, George Sand a choisi un pseudonyme masculin pour évoquer la condition des femmes au XIXe siècle.

2 Le roman et la morale

a. Comment le roman parle de morale ?

La morale désigne un ensemble de règles, qu'elles soient particulières ou générales : « Ensemble des règles que chacun adopte dans sa conduite, d'après l'idée qu'il se fait de ses droits et de ses devoirs », précise le *Trésor de la Langue Française*.

La « morale » est donc une notion qui varie selon l'époque et la société. Ainsi, le rapport entre roman et morale dépend étroitement du contexte dans lequel un roman est publié. La question de la morale ne sera pas traitée de la même manière dans un roman de Madame de La Fayette que dans un roman de Balzac ou de Marguerite Yourcenar.

Dans un roman, la morale peut être traitée de plusieurs manières. Soit un personnage fait un choix qui contrevient à la morale et le lecteur est impliqué en « jugeant » le personnage ou en « comprenant » ses choix, soit un personnage est lui-même porteur de valeurs morales (bonté, honnêteté, etc.).

b. L'implication du lecteur

La réflexion morale du roman implique le lecteur qui découvre le parcours et les choix des personnages. Aussi le roman peut-il être le lieu d'une réflexion philosophique pour le lecteur et les romanciers interpellent parfois ce dernier dans une préface. Les actions des personnages nous touchent et nous font réfléchir à nos propres idées sur la vie.

On peut ainsi débattre du cas d'Emma Bovary, infidèle par ennui. Est-elle responsable ou bien la société de la petite bourgeoisie doit-elle être mise en accusation ? La princesse de Clèves a-t-elle raison de s'enfermer dans une communauté religieuse et de repousser l'amour de M. de Nemours ? Selon son âge, son origine et son sexe, le lecteur réagira différemment face à ces questions morales.

3 Le roman classique et les passions

a. Les « passions »

Au XVIIe siècle, les philosophes questionnent les passions humaines. Descartes considère que les passions émanent de l'individu sans qu'intervienne la volonté. Elles viennent du corps (mouvement) et entrent en conflit avec l'âme.

Pour autant, Descartes ne condamne pas les passions : « Les passions sont toutes bonnes de leur nature et nous n'avons rien à éviter que leur mauvais usage ou leurs excès », écrit-il dans *Les passions de l'âme*.

Le roman classique met souvent en scène un conflit entre les passions, l'âme et les contraintes sociales. Selon le philosophe Pascal, les passions sont un obstacle à la foi. Les vaincre, c'est conquérir la part obscure de l'homme.

b. Un idéal de vertu ?

On peut lire les romans de Madame de Lafayette au prisme des passions, en l'occurrence de la passion amoureuse. Les protagonistes de ses romans font l'expérience du désir et de l'interdit et choisissent finalement de fuir la passion.

La vertu est une réponse aux passions. Pour « l'honnête homme » du XVIIe siècle, elle est une force qui lui permet de se surpasser. Madame de Clèves offre, à cet égard, l'exemple de la vertu triomphante.

c. Personnages, individus, types

Le roman met en scène des personnages individués, qui ont leurs propres caractéristiques. Mais, à partir de leur singularité, la littérature classique cherche à montrer des exemples pour instruire le lecteur.

Les romans de Madame de Lafayette mettent en scène des personnages de haute naissance. Cette origine aristocratique renvoie aussi à l'image du lecteur issu de la bonne société. Le lecteur retrouve dans les personnages de roman des codes sociaux qui sont les siens.

Le roman a donc une fonction didactique, de même que la tragédie. À travers l'exemple des passions vécues par les personnages, il délivre un enseignement au lecteur, plus ou moins explicite. Ainsi, à la fin de *La Princesse de Clèves* on ne trouve pas de morale clairement formulée, mais le lecteur peut construire lui-même la signification du récit qu'il vient de lire.

4 Présentation de *La Princesse de Clèves* (1678)

a. Contexte et création

Marie-Madeleine Pioche de La Vergne, comtesse de La Fayette, est née le 18 mars 1634 à Paris, morte le 25 mai 1693. *La Princesse de Clèves* est considéré comme l'un des premiers romans modernes.

Un roman anonyme ?

Publié en 1678 chez Barbin de manière anonyme, *La Princesse de Clèves* est considéré comme un chef-d'œuvre du roman français. Si l'on considère que Mme de Lafayette est le principal auteur, on pense qu'elle a bénéficié de collaborations (La Rochefoucauld, Segrais, Ménage). Ce n'est qu'en 1780, un siècle plus tard, que le roman paraîtra avec le nom de la romancière.

L'anonymat de l'auteur ne doit pas surprendre : être auteur de romans au XVIIe siècle n'est pas forcément gratifiant, et les autorités religieuse et politique se méfient de ce genre considéré comme un divertissement.

Un roman historique à clés ?

L'action de *La Princesse de Clèves* se déroule en 1558, dans la dernière année du règne d'Henri II. Le recul dans le temps permet à la fiction d'aborder des questions liées à la cour et aux amours des grands aristocrates de l'époque.

Les personnages sont d'inspiration historique, mais leur destin est repensé par la romancière. Des événements véridiques jalonnent cependant le roman, à commencer par la mort du roi Henri II à la suite d'un accident de tournoi.

Les contemporains ont lu dans l'histoire de Madame de Clèves la transposition des amours malheureuses d'Henriette d'Angleterre.

Réception et postérité

La Princesse de Clèves est le roman de l'époque classique le plus lu depuis sa parution. La simplicité de l'intrigue, le traitement de l'action et la profondeur de l'analyse psychologique en font un chef-d'œuvre du genre.

Au xxe siècle, le roman a suscité plusieurs adaptations cinématographiques. En 1961, Jean Delannoy réalise une adaptation fidèle au cadre historique, avec Jean Marais et Marina Vlady. En 2008, Christophe Honoré signe une adaptation librement inspirée du roman, intitulée *La Belle Personne*.

b. Structure du roman

Une tragédie en quatre temps

La Princesse de Clèves comporte quatre grands chapitres qui vont de l'arrivée de Mlle de Chartres à la cour (nom de jeune fille de Mme de Clèves) à sa mort recluse dans les Pyrénées. Avec les péripéties propres au genre romanesque, il s'agit d'une œuvre tragique concentrée autour de trois personnages : M. de Clèves, Mme de Clèves, M. de Nemours.

À seize ans, Mlle de Chartres est présentée à la cour du roi Henri II. Sa beauté séduit d'emblée M. de Clèves, qui passe pour un homme droit et intègre. Elle agrée sa demande en mariage, malgré son manque d'expérience amoureuse.

Peu après la célébration de son union, Mme de Clèves rencontre le duc de Nemours : l'amour est immédiat et réciproque. Se noue alors l'action tragique, qui voit s'opposer la vertu de Mme de Clèves à sa passion pour Nemours.

Pour fuir sa passion, la princesse se réfugie à la campagne. Rappelée à Paris par son époux, elle réalise que sa passion ne s'est pas tarie. Nemours lui dérobe un portrait sans qu'elle s'y oppose. Il comprend dès lors qu'elle nourrit des sentiments pour lui. Cette impression est confirmée lors d'un tournoi où Nemours est blessé. Le regard que porte sur lui la princesse trahit sa passion.

De la culpabilité à la mort

Pétrie de culpabilité, Mme de Clèves avoue tout à son époux, sans révéler le nom de Nemours. Celui-ci, caché, entend la conversation et comprend que son amour ne pourra jamais se vivre, tout en se félicitant d'aimer une si belle personne. Mais la liaison et le nom des amants sont dévoilés. Chacun s'accuse de trahison, ce qui précipite la catastrophe.

Mme de Clèves fuit à nouveau Nemours, qui la poursuit jusque dans son château. Elle se dérobe à sa vue. Informé de la présence de son rival et se croyant trahi par sa femme, M. de Clèves meurt de chagrin.

Lors d'une dernière entrevue qu'elle lui accorde, Mme de Clèves ne laisse pas d'espoir à Nemours tout en l'aimant. Elle s'exile dans les Pyrénées et meurt de langueur, tandis que la passion de Nemours s'est progressivement muée en sagesse et en renoncement.

c. Esthétique et interprétation

Un roman classique

Le roman de Madame de Lafayette répond à trois grandes règles du classicisme : la simplicité, le respect des convenances et de la vraisemblance.

L'action est simple, réduite à quelques personnages. Il s'agit d'une histoire d'amour contrariée à laquelle font face trois personnages animés par la passion. Les bienséances se manifestent dans la haute conscience morale que les personnages ont d'eux-mêmes. Ils réfléchissent à leurs actions et tentent de dominer leurs passions.

La vraisemblance suppose que les actions soient cohérentes par rapport au milieu des personnages (aristocratie), le lieu et le moment de l'action (cour du roi Henri II).

Un roman historique

Le cadre historique participe de la vraisemblance romanesque. Le cadre de la cour et ses mœurs raffinées obligent les personnages à une certaine contenance.

La description des usages de la cour ajoute un surcroît de vérité à la fiction, l'ancrage offrant au lecteur une série de repères (la mort accidentelle du roi Henri II, par exemple).

Le lecteur du XVIIe siècle adhère au roman car il a la conviction que l'histoire est rendue plausible grâce à son cadre.

Un roman psychologique

La Princesse de Clèves se caractérise enfin par l'acuité de ses analyses psychologiques. L'analyse des sentiments occupe une très large part dans le roman, opposant l'absolu de fidélité que préconise le mariage à l'amour absolu que procure la passion. Chaque scène importante du roman donne ainsi lieu à une analyse très fouillée des sentiments humains, dans leur contradiction trouble.

La recherche de la quiétude intérieure, qui fait partie des vertus de la sagesse, est au cœur du roman. Or elle est toujours mise en sursis, parce qu'il est difficile de lutter contre l'amour.

Stendhal, *Le Rouge et le Noir*
Parcours : le personnage de roman, esthétiques et valeurs

1 Définir le personnage de roman

a. Un être de papier ?

On appelle personnage une figure de fiction créée pour un récit (roman, nouvelle, conte). Il se caractérise par son nom, son identité (homme, femme), son âge, son apparence physique, son patronyme et son appartenance sociale. Le nom d'un personnage peut devenir une référence, un mythe. On parlera ainsi d'un « Rastignac » pour désigner un ambitieux, en référence au personnage inventé par Balzac.

Un personnage peut être fabriqué de toutes pièces ou bien être inspiré de la réalité (c'est le cas des personnages historiques) ou de la vie de l'auteur (autofiction).

Un personnage est inventé pour les besoins de la fiction, de l'intrigue et de l'action. Mais il peut aussi être le vecteur d'idées politiques ou morales qu'un auteur veut faire passer à son lecteur.

Selon le point de vue adopté par le romancier, le personnage sera décrit de l'intérieur (point de vue omniscient, point de vue interne) ou de l'extérieur (point de vue externe). Sa caractérisation peut se faire explicitement ou implicitement.

b. Invention du concept de personnage

Jusqu'à la Renaissance, le terme « personnage » appartient au lexique du théâtre. L'importance que prend le roman dans le paysage intellectuel va redéfinir la notion de personnage appliqué au roman : celui-ci devient le principal vecteur des valeurs du roman, mais aussi son socle esthétique.

Les romans centrés sur une individualité donnent au personnage une importance considérable dès le XVIIe siècle : c'est à travers lui qu'on représente le monde et qu'on élabore un discours sur la condition humaine.

C'est pourquoi le personnage se définit aussi par le discours sur le monde que lui prête le romancier : il est le vecteur d'un propos.

c. Le personnage moderne

Après 1789, la place de l'individu est considérablement modifiée. La liberté et l'égalité inscrites dans la Déclaration des Droits de l'homme ont des conséquences sur la création romanesque : centrée sur l'individu et sa place dans la société, la création romanesque du XIXe siècle est considérée comme l'âge d'or du personnage.

Au XXe siècle, la conception du personnage évolue, notamment après 1950. Les attendus habituels se disloquent et on a parlé de « crise du personnage » pour désigner la remise en cause des codes traditionnels du personnage de roman.

2 La caractérisation du personnage de roman

a. Une identité mobile

Un personnage de roman n'est jamais présenté comme une entité définitive : au cours du récit il change, évolue. Ses rencontres le modifient. Il parcourt un itinéraire, connaît une initiation, un apprentissage.

Il peut être présenté par le narrateur sous la forme d'une description physique et morale, ou par un autre personnage.

Ainsi, à la fin du *Rouge et le Noir*, Julien Sorel n'est plus le petit paysan timide de sa première apparition chez les Rênal, mais un condamné à mort.

Le romancier fournit au lecteur une série d'informations qui permettent à ce dernier de se construire une idée du personnage. L'appropriation d'un personnage de roman est donc subjective, selon qu'on partage ses valeurs, ses idées et ses choix.

b. La référence au réel

Un personnage de roman peut se caractériser par des éléments matériels ; par exemple, un détail vestimentaire ou un accessoire. **La référence au réel permet d'établir un lien d'analogie*** entre le personnage et son caractère, ses idées, ses intentions. Dans *Madame Bovary*, Charles est décrit à travers sa casquette, qui le condamne d'emblée à être un personnage ridicule.

Dans *Le Rouge et le Noir*, de nombreux détails empruntés à la réalité permettent de décrire les personnages. Ainsi le jeune Julien Sorel est troublé par Mme de Rênal car, précise le narrateur, « Julien n'avait jamais vu un être aussi bien vêtu ».

c. Le discours

Le personnage se définit aussi par la parole que le romancier lui accorde. Ses propos le caractérisent, selon le contexte dans lequel il évolue.

L'identité d'un personnage évolue en fonction de sa prise de parole et de ses interlocuteurs.

Au début du *Rouge et le Noir*, Julien Sorel s'exprime avec timidité, et c'est cette réserve qui charme Mme de Rênal. Mais avec l'expérience, il s'enhardit et maîtrise de mieux en mieux la parole en société.

3 Personnage et représentation sociale

a. Miroir social

Le théoricien du roman Lucien Goldmann définit le roman dans son rapport à la société : « la forme romanesque est la transposition sur le plan littéraire de la vie quotidienne dans la société individualiste née de la production pour le marché. » (*Pour une sociologie du roman*, 1964).

Dès lors, le personnage est l'acteur principal de cette transposition, et l'on peut voir en lui les tensions qui animent une société. On a pu ainsi définir les héros balzaciens dans leur rapport à l'ambition, dans une société qui voit l'affirmation de la bourgeoisie et des classes possédantes (*Le Père Goriot*, 1834).

b. Valeurs morales et économiques

Au XIXe siècle, le roman met souvent en scène un conflit entre les désirs des personnages et la réalité socio-économique. Les héros de Balzac se trouvent ainsi soumis à une réalité qui parfois les absorbe quand ils ne savent pas la dominer (Lucien de Rubempré, Rastignac).

Dans la seconde moitié du XIXe siècle, la veine réaliste met tantôt en scène des personnages tournés en dérision (Frédéric Moreau dans *L'Éducation sentimentale*, 1869), tantôt des figures issues de la classe ouvrière ou paysanne qui doivent s'adapter à l'industrialisation (romans de Zola), tantôt des personnages qui gravitent dans le monde urbain de la finance (*Bel ami*, de Maupassant).

4 Présentation du *Rouge et le Noir* (1830)

Publié en 1830, *Le Rouge et le Noir* est l'un des plus célèbres romans du patrimoine littéraire français. Souvent adapté au cinéma, le roman est surtout connu pour son personnage principal, Julien Sorel, jeune héros de seize ans au début du récit, qui veut réussir dans le monde et rencontre deux grandes passions, Mme de Rênal et Mathilde de la Môle.

a. Titre et sous-titre

Au départ, Stendhal avait choisi pour titre *Julien*, attirant d'emblée l'attention du lecteur sur son héros. D'autres romans de Stendhal ont un nom pour titre : *Lamiel*, *Lucien Leuwen*.

Mais c'est finalement *Le Rouge et le Noir* qui est retenu. Ce que signifie ce titre, Stendhal ne l'a jamais vraiment expliqué. Les deux couleurs peuvent évoquer d'une part la prêtrise et d'autre part le métier des armes. Frappant par son antagonisme, le titre accroche immédiatement le lecteur et sa mémoire.

Les sous-titres successifs, « Chronique du XIXe siècle », puis « Chronique de 1830 », indiquent un ancrage dans le présent. La chronique renvoie au fait divers et à l'actualité. L'histoire de Julien Sorel est en effet celle d'un crime.

b. Structure

Le roman se compose de deux grandes parties qui se déroulent dans deux espaces différents : Besançon, Paris. Chacune des parties correspond à une étape dans la vie de Julien Sorel et à une femme aimée.

Verrières et Besançon

L'action débute dans le Doubs, dans le village de Verrières. Stendhal pose le cadre social et psychologique de son héros : Julien est le fils d'un charpentier. Sa constitution l'empêche d'exercer un métier « physique ». Le prêtre de la paroisse repère ses qualités intellectuelles et sa sensibilité : il sera précepteur des enfants du maire, M. de Rênal.

Mais sous cette apparence fragile couve un feu. Julien a un tempérament ardent et séduit Mme de Rênal, qui lutte contre ses sentiments au nom des convenances.

Des rumeurs d'adultère circulent : sur le conseil de l'abbé Chelan, Julien entre au séminaire de Besançon où il est victime de brimades. L'abbé Pirard qui décèle ses qualités le fait entrer au service de M. de la Mole, à Paris.

Paris

Julien devient le secrétaire de M. de la Mole, homme influent, dont la fille Mathilde ne tarde pas à tomber amoureuse de lui.

S'ensuit une liaison. Mathilde veut épouser Julien, mais leur différence de condition rend le mariage impossible. M. de la Mole fait donc anoblir Julien.

Mais Mme de Rênal adresse une lettre à M. de la Mole et dénonce l'ambition de Julien : fou de rage, il se rend à Verrières et tire sur Mme de Rênal pendant l'office, sans la tuer. Julien est emprisonné et condamné.

Mathilde et Mme de Rênal multiplient les démarches pour le sauver. En vain. Julien est guillotiné : Mathilde enterre la tête de son amant et Mme de Rênal meurt trois jours plus tard.

c. Julien Sorel : les ambiguïtés d'un héros

Un destin exceptionnel

La comparaison entre l'*incipit** et l'*excipit* dévoile la profonde évolution du récit, centré autour du destin de Julien Sorel. Le contraste est en effet frappant entre la situation initiale et le dénouement.

Julien Sorel connaît un destin exceptionnel à bien des égards. Grâce à son intelligence, il s'élève au-dessus de sa condition.

Condition sociale et ambition

Le père de Julien Sorel tient la scierie de Verrières, dans le Doubs. Humilié par son père et ses frères parce qu'il n'a pas la force de faire des travaux physiques, Julien se réfugie dans les livres.

Ses lectures conditionnent ses premières contradictions : il cite l'Ancien Testament par cœur, semble voué à une carrière religieuse. Mais il voue aussi un culte au *Mémorial de Sainte-Hélène* de Napoléon qu'il admire. Ces deux livres offrent une image contradictoire d'un jeune homme qui semble voué à la prêtrise mais qui admire la gloire militaire. Ces contradictions suivent le héros jusqu'à la fin.

d. Valeurs d'un héros romantique

Julien, au risque des passions

On considère Julien Sorel comme l'un des archétypes du héros romantique : passionné, idéaliste, ambitieux, il correspond à ce que l'imaginaire collectif considère comme relevant du romantisme.

Julien Sorel est marqué par l'Histoire, par l'épopée napoléonienne qui lui sert de modèle intérieur. En cela, il est un jeune homme de son temps, fasciné par le destin extraordinaire de l'empereur.

Sa fin en fait aussi un héros romantique : condamné à la guillotine, il est grandi par cette mort qu'il accepte avec courage.

Les amours de Julien

L'histoire de Julien Sorel est indissociable de ses amours avec les deux héroïnes du roman, Mme de Rênal et Mathilde de la Môle. Chacune d'elles lui renvoie une image différente : la première éprouve une sorte d'amour maternel et pudique, la seconde une passion démonstrative.
Les deux femmes du roman posent ainsi deux types de caractère différents, qui correspondent aux deux tendances du tempérament de Julien.

Yourcenar, *Mémoires d'Hadrien*
Parcours : soi-même comme un autre

1 Que signifie « Soi-même comme un autre » ?

a. L'origine de l'expression

Soi-même comme une autre est le titre d'un ouvrage publié en 1990 par le philosophe français Paul Ricœur.

Il y étudie les difficultés qu'il peut y avoir à définir son « moi », à avoir la conscience et la certitude de son identité. Chacun ne peut en effet connaître cette identité qu'à travers ses perceptions, et peut toujours se demander si celles-ci ne sont pas trompeuses.

Paul Ricœur affirme en revanche que l'on peut avoir la certitude d'être « soi », c'est-à-dire d'être un individu. On peut se reconnaître soi-même, reconnaître ce qui, en soi, est toujours le même. Mais cela implique d'être capable de se mettre à la place de l'autre, de prendre du recul pour se regarder avec les yeux d'un autre, se voir « soi-même comme un autre » (comme un autre nous voit et comme si nous étions un autre).

L'ouvrage de Paul Ricœur définit donc avant tout une quête morale.

b. Ses implications en littérature

Mais cette quête morale n'est pas sans rapport avec la littérature. Le philosophe montre que la question de l'identité se pose particulièrement quand on l'envisage sur une durée longue, celle de toute une vie, ce qui est généralement le cas dans les romans. Sur cette durée, l'individu change. Son identité n'est pas permanente, si bien que l'on peut se demander si, au fond, il est toujours le même.

La littérature permet de soulever cette question, mais aussi d'y apporter une réponse. En construisant un récit, on peut en effet donner un sens aux différentes étapes d'une existence, en dégager une unité.

2 Le roman, manière de se voir « soi-même comme un autre » ?

a. Le roman comme lieu d'affirmation d'une identité

Jusqu'au début du XXe siècle, les personnages de roman sont généralement dotés d'une identité claire et stable. Ils sont clairement caractérisés, aussi bien sur le plan psychologique et moral que sur le plan physique ou social.

Dans les romans de Balzac par exemple, ils sont souvent définis par leurs passions : le père Goriot se signale par son amour pour ses filles, Rastignac par son ambition, le cousin Pons par sa gourmandise et son goût des objets d'art, etc.

Cela n'empêche pas qu'ils soient dotés d'une psychologie complexe, ni qu'ils puissent évoluer. Dans les romans d'apprentissage, le protagoniste change au fil des événements, mais il reste foncièrement le même, à l'image du chevalier Des Grieux qui, dans *Manon Lescaut*, perd peu à peu ses illusions et sa naïveté, mais dont la passion pour Manon demeure intacte.

b. Le roman comme mise en question de soi-même (Proust, l'ère du soupçon)

Au xxe siècle, cette unité de l'individualité est remise en cause par les découvertes de Freud sur l'inconscient, mais aussi par le traumatisme des deux guerres mondiales, qui remet en cause la conception même que l'on pouvait avoir de l'homme.

Dès *À la Recherche du temps perdu* de Proust, le narrateur constate l'impermanence de son moi (ce que Proust nomme « les intermittences du cœur ») : une femme qu'il a follement aimée peut soudainement lui devenir indifférente. À l'issue de son parcours, cependant, une réminiscence lui permet de prendre conscience qu'il y a bien une unité en lui, qu'il décide de ressaisir en écrivant le récit de son expérience.

La remise en cause de l'identité du personnage se fait plus radicale avec « l'ère du soupçon », définie par Nathalie Sarraute : selon elle, les lecteurs n'adhèrent plus aux personnages de type balzaciens, définis par un caractère cohérent. C'est pourquoi dans le Nouveau roman, on ne rencontre plus de personnages dotés d'une identité claire, mais des voix, des flux de conscience, dont il est parfois difficile de déterminer la source.

c. L'autofiction

À la fin du xxe et au début du xxie siècle se développe la catégorie de l'autofiction : le romancier retrace des événements de sa vie, mais dans une forme qui est celle d'un roman (le récit peut être écrit à la troisième personne) et en y mêlant parfois des éléments fictifs. Avec son roman *Fils* (1977), Doubrovski utilise le premier l'expression « autofiction » pour désigner cette catégorie romanesque. Les œuvres d'Alain Robbe-Grillet, d'Annie Ernaux, Philip Forest relèvent en partie de l'autofiction.

C'est une manière de se regarder « soi-même comme un autre », de se voir comme un personnage.

3 Présentation des *Mémoires d'Hadrien* (1951)

a. Le contexte

Ainsi qu'elle l'indique elle-même dans les *Carnets de notes de « Mémoires d'Hadrien »*, Marguerite Yourcenar a travaillé très tôt à ce roman, dès 1924, alors qu'elle avait 21 ans.

Elle a cependant détruit plusieurs versions successives du texte puis abandonné le projet, qu'elle n'a repris qu'en 1948, après avoir retrouvé l'un de ses anciens manuscrits.

La rédaction du roman tel que nous le connaissons s'étale donc de 1948 à 1951. C'est une période de travail intense pour Yourcenar, qui mène des recherches très précises, et écrit la nuit, dans une sorte de transe, des textes qu'elle retravaille le jour et dont elle ne conserve qu'une partie infime.

Le contexte historique dans lequel le roman s'élabore transforme le projet initial de Yourcenar. Il ne s'agit plus seulement pour elle de dépeindre une figure historique marquante, mais aussi de construire une méditation sur le destin du monde.

Pendant la Seconde Guerre mondiale, elle s'est exilée aux États-Unis et s'y est fixée définitivement. Elle est néanmoins très marquée par les ravages que le conflit a causés en Europe et, dans le contexte de l'après-guerre, elle fait entrer en résonance la paix qu'Hadrien s'efforce de maintenir avec les espoirs d'un monde meilleur et plus stable qui sont ceux de sa génération. *Mémoires d'Hadrien* est donc incontestablement un roman de son temps.

Il détonne en revanche dans le paysage littéraire des années 50, alors dominé par la pensée de l'absurde et de l'existentialisme, qu'illustre par exemple *La Peste* de Camus en 1947, mais aussi par des recherches formelles qui vont donner naissance au Nouveau Roman. Comparée à celle de ses contemporains, l'écriture de Yourcenar paraît classique, bien qu'elle relève elle aussi d'un important travail formel.

b. Accueil et postérité

Dès leur parution, les *Mémoires d'Hadrien* ont connu un véritable succès international, à la grande surprise de Yourcenar, qui pensait que son texte resterait confidentiel. Elle devient alors une romancière célèbre, alors qu'elle a déjà publié auparavant quatre romans, des nouvelles, des poèmes et des traductions.

Il s'agit, avec *L'Œuvre au noir* (1968), de l'un de ses romans les plus célèbres, et il lui a certainement valu d'être la première femme élue à l'Académie française, en 1980.

c. Les grands thèmes du roman

Portrait de l'empereur romain Hadrien (76-138 après J.-C.), le roman fait renaître une personnalité et une époque exceptionnelles, grâce auxquelles l'humanité a pu connaître une brève période de paix et d'harmonie. *Mémoires d'Hadrien* peut se lire comme une ode à la culture antique, et en particulier à la culture grecque, dont Hadrien était imprégné.

Le roman a cependant une portée universelle : il s'agit du regard rétrospectif d'un homme sur sa vie, et les expériences qui l'ont marqué (l'ambition, l'amour, l'amitié, l'émerveillement devant la beauté, la quête de la sagesse, mais aussi le deuil, la violence et la maladie) peuvent être constitutives de chaque existence.

Après « *Animula vagula blandula* », où le protagoniste fait un premier bilan de sa vie et accepte de se préparer à mourir, chaque partie de récit retrace une étape de son existence : « *Varius multiplex multiformis* » retrace la jeunesse d'Hadrien et sa lente ascension vers le pouvoir. « *Tellus stabilita* » correspond aux premières années de son règne, et constitue une réflexion sur l'art de bien gouverner. « *Sæculum aureum* » marque l'apogée de son existence, symbolisée par l'amour de l'empereur pour Antinoüs ; le thème de la passion y domine. « *Disciplina augusta* » commence avec l'effondrement d'Hadrien après la mort d'Antinoüs, et dépeint la lutte d'un homme contre le désespoir. Enfin, « *Patientia* » montre que, dans cette lutte, il a triomphé et peut désormais affronter sereinement la mort.

d. Le genre de *Mémoires d'Hadrien*

Le roman mémoire

Comme son titre l'indique, le roman se rattache au genre des mémoires, dans la mesure où il présente le récit d'une existence, écrit rétrospectivement et à la première personne, en mettant l'accent sur la vie publique du narrateur.

Sa particularité est d'être consacré à un personnage à la fois historique (Hadrien a réellement existé) et fictif (ce n'est pas lui qui écrit ; en lui donnant la parole, Yourcenar le réinvente). Il s'agit donc de mémoires fictifs.

Le roman historique

On peut aussi rattacher *Mémoires d'Hadrien* au genre du roman historique : il donne à voir une période de l'histoire sur laquelle Yourcenar s'est abondamment documentée.

Néanmoins, elle innove là encore, en cherchant dans l'histoire non pas le pittoresque et le romanesque (qui caractérisent par exemple les romans historiques romantiques à la manière de Dumas), mais plutôt le rendu fidèle de l'état d'esprit des hommes à une époque donnée.

Le roman épistolaire

Mémoires d'Hadrien est enfin un roman épistolaire : il est constitué d'une seule longue lettre d'Hadrien à son futur successeur Marc-Aurèle.

Mais il se distingue une fois de plus des romans du même genre : la lettre se métamorphose en une grande méditation dans laquelle le personnage semble parfois écrire pour lui-même, pour mieux se connaître, autant que pour instruire son destinataire.

4 Parcours problématisé : « Soi-même comme un autre » dans *Mémoires d'Hadrien*

Le genre des mémoires fictifs implique nécessairement un questionnement sur l'identité et l'individualité : Yourcenar fait parler fictivement un personnage réel, tout en essayant de restituer le plus fidèlement possible ce que pouvaient être sa pensée et sa parole (ce qu'elle appelle « faire le portrait d'une voix »). Elle efface donc sa propre voix pour faire entendre celle d'un autre.

Cette réflexion est favorisée par la personnalité d'Hadrien, homme d'une grande lucidité qui examine sa propre vie avec le recul, non seulement du temps, mais aussi de la sagesse qu'il s'efforce d'acquérir. Il sait qu'il a été « *varius, multiplex, multiformis* » (« varié, complexe, changeant »), et juge de manière impartiale ses actes passés, comme il le ferait de ceux d'un autre homme, sans pour autant se renier.

Mais c'est aussi parce qu'il est ouvert aux autres, et parce qu'il veut éprouver la totalité de « l'aventure humaine » qu'Hadrien est capable de cette lucidité sur sa propre identité, que renforce la pratique de l'écriture et de la lecture. Parce qu'il écrit à Marc-Aurèle, il est obligé de se mettre à la place de celui-ci pour pouvoir être compris d'un jeune homme très différent de lui. Enfin, c'est en lisant sa propre histoire écrite par son ami Arrien qu'il parvient à se ressaisir pleinement après la mort d'Antinoüs : il avait besoin du regard d'un autre pour mieux se voir lui-même.

La complexité et l'ouverture d'esprit d'Hadrien confèrent à son personnage une dimension universelle : parce qu'il est profondément humain, chacun peut reconnaître en lui quelques-unes de ses propres sensations ou émotions. Lire *Mémoires d'Hadrien*, c'est donc avoir l'opportunité de se regarder « soi-même comme un autre ».

1 Étudier la première apparition d'un personnage de roman

Savoir-faire

1. L'importance de la première apparition

La découverte du personnage par le lecteur est fondamentale. C'est à partir d'elle que se dessinent son portrait et ses actions. Les romanciers soignent en général cette première apparition, en fournissant des indices sur son caractère, sa personnalité, son devenir.

À NOTER
Dans certains romans, le personnage principal n'apparaît pas dans les premières pages. C'est le cas, par exemple, d'Emma, dans *Madame Bovary*.

2. Que faut-il observer

Lorsqu'un personnage fait son entrée dans un récit, il convient de repérer les éléments du portrait physique et du portrait moral. Ces données ont souvent une fonction narrative importante car elles réapparaîtront ensuite dans le récit. Il est également important de noter tous les éléments relatifs à l'appartenance sociale, qui fournissent des indications sur le contexte dans lequel le personnage évolue.

Application

Qui est Emma ? Qu'apprend-on d'elle lors de sa première apparition dans *Madame Bovary* ?

Une jeune femme, en robe de mérinos bleu garnie de trois volants, vint sur le seuil de la maison pour recevoir M. Bovary, qu'elle fit entrer dans la cuisine, où flambait un grand feu. Le déjeuner des gens bouillonnait autour, dans des petits pots de taille inégale. Des vêtements humides séchaient dans l'intérieur de la cheminée. La pelle, les pincettes et le bec du soufflet, tous de proportion colossale, brillaient comme de l'acier poli, tandis que le long des murs s'étendait une abondante batterie de cuisine, où miroitait inégalement la flamme claire du foyer, jointe aux premières lueurs du soleil arrivant par les carreaux.

Charles monta au premier, voir le malade. Il le trouva dans son lit, suant sous ses couvertures et ayant rejeté bien loin son bonnet de coton. C'était un gros petit homme de cinquante ans, à la peau blanche, à l'œil bleu, chauve sur le devant de la tête, et qui portait des boucles d'oreilles. Il avait à ses côtés, sur une chaise, une grande carafe d'eau-de-vie, dont il se versait de temps à autre pour se donner du cœur au ventre ; mais, dès qu'il vit le médecin, son exaltation tomba, et au lieu de sacrer comme il le faisait depuis douze heures, il se prit à geindre faiblement.

La fracture était simple, sans complication d'aucune espèce. Charles n'eût osé en souhaiter de plus facile. Alors, se rappelant les allures de ses maîtres auprès du lit des blessés, il réconforta le patient avec toutes sortes de bons mots, caresses chirurgicales, qui sont comme l'huile dont on graisse les bistouris. Afin d'avoir des attelles, on alla chercher sous la charreterie un paquet de lattes. Charles en choisit une, la coupa en morceaux et la polit avec un éclat de vitre, tandis que la servante déchirait des draps pour faire des bandes et que Mlle Emma tâchait à coudre des coussinets. Comme elle fut longtemps avant de trouver son étui, son père s'impatienta ; elle ne répondit rien, mais, tout en cousant, elle se piquait les doigts, qu'elle portait ensuite à sa bouche, pour les sucer.

Charles fut surpris de la blancheur de ses ongles. Ils étaient brillants, fins du bout, plus nettoyés que les ivoires de Dieppe, et taillés en amande. Sa main pourtant n'était pas belle, point assez pâle peut-être, et un peu sèche aux phalanges ; elle était trop longue aussi, et sans molles inflexions de lignes sur les contours. Ce qu'elle avait de beau, c'étaient les yeux ; quoiqu'ils fussent bruns, ils semblaient noirs à cause des cils, et son regard arrivait franchement à vous avec une hardiesse candide.

Une fois le pansement fait, le médecin fut invité, par M. Rouault lui-même, à *prendre un morceau* avant de partir.

Gustave FLAUBERT, *Madame Bovary*, II.

Charles découvre Emma pour la première fois chez son père, **à la ferme des Rouault. Le cadre nous renseigne sur l'origine sociale de la jeune femme : elle est la fille de paysans riches**, comme l'indiquent plusieurs détails de la scène. Mais ce qui importe ici ce sont les détails physiques précisés par le narrateur.

Emma est plutôt bien vêtue pour une paysanne, ce qui signifie qu'**elle ne participe peut-être pas aux travaux des champs**. Cette hypothèse est confirmée par la description de ses ongles, qui ne sont pas ceux d'une travailleuse manuelle – d'ailleurs elle s'adonne à des travaux de couture assez minutieux. Pourtant la description reste laconique, puisqu'elle se focalise presque uniquement sur les mains : celles-ci laissent deviner des **défauts de paresse et de mollesse**.

2 Étudier la fin d'un personnage

Savoir-faire

1. La fin du personnage

Comme sa première apparition, la fin du personnage est un moment important du roman. La mort du héros marque souvent la fin de l'histoire tout en apportant un éclairage rétrospectif sur l'intrigue.

2. Circonstances de la disparition

Les conditions dans lesquelles un personnage disparaît sont importantes, dans la mesure où elles permettent de comprendre les raisons de sa disparition et l'effet que celle-ci aura sur le lecteur. Plusieurs questions doivent être posées : où meurt le personnage ? Quels sont ses derniers mots ?

3. Le dernier portrait

La fin d'un personnage peut être l'occasion pour le romancier de tracer un dernier portrait, en rappelant parfois ce qu'il était au début du récit, ou en montrant un contraste entre sa première et sa dernière apparition.

4. Interpréter une fin

La mort d'un personnage peut être perçue comme une injustice, une rédemption, voire un châtiment. Elle fait toujours réfléchir le lecteur au sens du récit et à l'impact que la disparition peut avoir sur les autres personnages. Par exemple, dans *Le Rouge et le Noir*, la mort de Julien Sorel affecte le comportement de Mathilde et le lecteur peut supposer que la mort de Mme de Rênal est liée à celle de Julien.

Application

Comment Émile Zola procède-t-il pour décrire la fin de Nana dans le roman éponyme* ?

Elles sortaient vivement, en jetant un regard sur le lit. Mais, comme Lucy, Blanche et Caroline étaient encore là, Rose donna un dernier coup d'œil pour laisser la pièce en ordre. Elle tira un rideau devant la fenêtre ; puis, elle songea que cette lampe n'était pas convenable, il fallait un cierge ; et, après avoir allumé l'un des flambeaux de cuivre de la cheminée, elle le posa sur la table de nuit, à côté du corps. Une lumière vive éclaira brusquement le visage de la morte. Ce fut une horreur. Toutes frémirent et se sauvèrent.

— Ah ! elle est changée, elle est changée, murmurait Rose Mignon, demeurée la dernière.

Elle partit, elle ferma la porte. Nana restait seule, la face en l'air, dans la clarté de la bougie. C'était un charnier, un tas d'humeur et de sang, une pelletée de chair corrompue, jetée là, sur un coussin. Les pustules avaient envahi la figure entière, un bouton touchant l'autre ; et, flétries, affaissées, d'un aspect grisâtre de boue, elles semblaient déjà une moisissure de la terre, sur cette bouillie informe, où l'on ne retrouvait plus les traits. Un œil, celui de gauche, avait complètement sombré dans le bouillonnement de la purulence ; l'autre, à demi ouvert, s'enfonçait, comme un trou noir et gâté. Le nez suppurait encore. Toute une croûte rougeâtre partait d'une joue, envahissait la bouche, qu'elle tirait dans un rire abominable. Et, sur ce masque horrible et grotesque du néant, les cheveux, les beaux cheveux, gardant leur flambée de soleil, coulaient en un ruissellement d'or. Vénus se décomposait. Il semblait que le virus pris par elle dans les ruisseaux, sur les charognes tolérées, ce ferment dont elle avait empoisonné un peuple, venait de lui remonter au visage et l'avait pourri.

La chambre était vide. Un grand souffle désespéré monta du boulevard et gonfla le rideau.

— À Berlin ! à Berlin ! à Berlin !

Émile Zola, *Nana*, 1880.

Approches du sujet

Le dernier portrait de Nana, la courtisane du roman, correspond au dénouement.

– **Les circonstances de la disparition** sont suggérées par le dernier portrait du cadavre de la jeune femme. Des détails réalistes indiquent qu'elle est morte d'une maladie vénérienne dont les conséquences sur le visage de la jeune femme sont monstrueuses.

– **Pourtant ce dernier portrait est ambivalent :** malgré la hideur repoussante de Nana (le lecteur peut même éprouver un certain dégoût), une part de sa beauté demeure, en particulier dans sa chevelure, signe de son érotisme.

– **Zola choisit une fin ouverte,** grâce à la fenêtre, qui fait le lien entre un destin individuel de Nana et la destinée collective du pays (manifestations de rue). Nana est morte, le Second Empire tombe.

Pour réussir le jour J !

Les erreurs à ne pas commettre

- **Ne pas oublier de présenter le contexte de publication du roman.** Cela permet de comprendre les enjeux de son contenu.
- Ne pas étudier un personnage sans **tenir compte des liens et des interactions** qu'il entretient avec les autres personnages.
- Ne pas confondre **héros** et personnages secondaires. Le héros est le principal protagoniste ; un **anti-héros** est aussi un personnage principal, mais il n'effectue pas de grandes actions (Frédéric Moreau dans *L'Éducation sentimentale* de Flaubert).
- Ne pas confondre **personnage**, **narrateur** et **auteur**. Dans un roman à la première personne, le « je » ne représente pas toujours l'auteur (exemple : *Adolphe* de Benjamin Constant).

Un point en + sur la copie

- Prenez en compte **les dialogues** dans la caractérisation des personnages.
- **Comparez des personnages** de roman entre eux (par exemple des personnages de Balzac et de Stendhal).
- Comparez les personnages de roman aux **adaptations filmiques**. Le choix de tel acteur influe sur l'idée qu'on se fait d'un personnage.
- Soyez capable d'identifier **la part de projection autobiographique** qu'un auteur met dans un de ses personnages.
- **Distinguez les différents types de romans** (romans historiques, romans de mœurs, romans sentimentaux, romans autobiographiques, etc.).

10 QCM pour réviser le cours

Corrigés, *p. 138*

1 Quand apparaît la notion de roman ?

- ❑ **a.** Dans l'antiquité
- ❑ **b.** Au XVIe siècle
- ❑ **c.** Au Moyen Âge ?

2 Parmi ces œuvres, laquelle est un roman ?

- ❑ **a.** *Le Chevalier à la charrette*
- ❑ **b.** *Le Chevalier du ciel*
- ❑ **c.** *Le Chevalier fantastique*

3 L'ensemble des romans de Balzac s'intitule :

- ❑ **a.** *Les Thibault*
- ❑ **b.** *La Comédie humaine*
- ❑ **c.** *Les Rougon-Macquart*

4 Parmi ces romans, lequel est de Stendhal ?

- ❑ **a.** *Lucien Leuwen*
- ❑ **b.** *Le Cousin Pons*
- ❑ **c.** *La Rabouilleuse*

5 Dans une autofiction, le roman est inspiré de :

- ❑ **a.** L'actualité politique
- ❑ **b.** La vie de l'auteur
- ❑ **c.** L'histoire de France

6 Madame de Lafayette a écrit sous quel règne ?

- ❑ **a.** Henri II
- ❑ **b.** Louis XIII
- ❑ **c.** Louis XIV

7 Sur quoi un roman naturaliste met-il l'accent ?

- ❑ **a.** Les événements historiques
- ❑ **b.** Le milieu social et économique
- ❑ **c.** La nature

8 Qu'est-ce que le nouveau roman ?

- ❑ **a.** Un roman qui vient de paraître.
- ❑ **b.** Un roman qui traite de sujets actuels
- ❑ **c.** Un courant romanesque des années 50-60.

9 Dans *Mémoires d'Hadrien*, qui est l'ami de l'empereur ?

- ❑ **a.** Adonis
- ❑ **b.** Antinoüs
- ❑ **c.** Adam

10 Où débute Le *Rouge et le Noir* ?

- ❑ **a.** À Paris
- ❑ **b.** Dans le Doubs
- ❑ **c.** Dans la Creuse

Exercices

Exercice 1 niveau 1 | 50 min

Corrigés, p. 138

Gervaise avait attendu Lantier jusqu'à deux heures du matin. Puis, toute frissonnante d'être restée en camisole à l'air vif de la fenêtre, elle s'était assoupie, jetée en travers du lit, fiévreuse, les joues trempées de larmes. Depuis huit jours, au sortir du Veau à deux Têtes, où ils mangeaient, il l'envoyait se coucher avec les enfants et ne reparaissait que tard dans la nuit, en racontant qu'il cherchait du travail. Ce soir-là, pendant qu'elle guettait son retour, elle croyait l'avoir vu entrer au bal du Grand-Balcon, dont les dix fenêtres flambantes éclairaient d'une nappe d'incendie la coulée noire des boulevards extérieurs ; et, derrière lui, elle avait aperçu la petite Adèle, une brunisseuse qui dînait à leur restaurant, marchant à cinq ou six pas, les mains ballantes comme si elle venait de lui quitter le bras pour ne pas passer ensemble sous la clarté crue des globes de la porte.

Quand Gervaise s'éveilla, vers cinq heures, raidie, les reins brisés, elle éclata en sanglots. Lantier n'était pas rentré. Pour la première fois, il découchait. Elle resta assise au bord du lit, sous le lambeau de perse déteinte qui tombait de la flèche attachée au plafond par une ficelle. Et, lentement, de ses yeux voilés de larmes, elle faisait le tour de la misérable chambre garnie, meublée d'une commode de noyer dont un tiroir manquait, de trois chaises de paille et d'une petite table graisseuse, sur laquelle traînait un pot à eau ébréché. On avait ajouté, pour les enfants, un lit de fer qui barrait la commode et emplissait les deux tiers de la pièce. La malle de Gervaise et de Lantier, grande ouverte dans un coin, montrait ses flancs vides, un vieux chapeau d'homme tout au fond, enfoui sous des chemises et des chaussettes sales ; tandis que, le long des murs, sur le dossier des meubles, pendaient un châle troué, un pantalon mangé par la boue, les dernières nippes dont les marchands d'habits ne voulaient pas. Au milieu de la cheminée, entre deux flambeaux de zinc dépareillés, il y avait un paquet de reconnaissances du mont-de-piété, d'un rose tendre. C'était la belle chambre de l'hôtel, la chambre du premier, qui donnait sur le boulevard.

Émile Zola, *L'Assommoir* (1877), chapitre I.

Questions

1. Quels sont les détails physiques fournis sur le personnage de Gervaise ?
2. À quelle catégorie professionnelle appartient-elle ?
3. Dans quelle mesure le décor renvoie-t-il une image de Gervaise ?
4. Quel personnage est également présenté dans ce passage ?

Exercice 2 niveau 1 30 min

Corrigés, p. 138

Lol V. Stein est née ici, à S. Tahla, et elle y a vécu une grande partie de sa jeunesse. Son père était professeur à l'Université. Elle a un frère plus âgé qu'elle de neuf ans – je ne l'ai jamais vu – on dit qu'il vit à Paris. Ses parents sont morts.

Je n'ai rien entendu dire sur l'enfance de Lol V. Stein qui m'ait frappé, même par Tatiana Karl, sa meilleure amie durant leurs années de collège. Elles dansaient toutes les deux, le jeudi, dans le préau vide. Elles ne voulaient pas sortir en rangs avec les autres, elles préféraient rester au collège. Elles, on les laissait faire, dit Tatiana, elles étaient charmantes, elles savaient mieux que les autres demander cette faveur, on la leur accordait. On danse, Tatiana ? Une radio dans un immeuble voisin jouait des danses démodées – une émission-souvenir – dont elles se contentaient. Les surveillantes envolées, seules dans le grand préau ou ce jour-là, entre les danses, on entendait le bruit des rues, allez Tatiana, allez viens, on danse Tatiana, viens. C'est ce que je sais.

Cela aussi : Lol a rencontré Michael Richardson à dix-neuf ans pendant des vacances scolaires, un matin, au tennis. Il avait vingt-cinq ans. Il était le fils unique de grands propriétaires terriens des environs de T. Beach. Il ne faisait rien. Les parents consentirent au mariage. Lol devait être fiancée depuis six mois, le mariage devait avoir lieu à l'automne, Lol venait de quitter définitivement le collège, elle était en vacances à T. Beach lorsque le grand bal de la saison eut lieu au Casino municipal.

Tatiana ne croit pas au rôle prépondérant de ce fameux bal de T. Beach dans la maladie de Lol V. Stein.

Marguerite Duras, *Le Ravissement de Lol V. Stein*, éd. Folio.

Questions

1. Selon vous, quel rapport unit le narrateur à Lol V. Stein ?
2. Quels éléments importants sont fournis dans le portrait de Lol ?
3. Quels événements sont signalés à l'attention du lecteur dans la présentation de Lol V. Stein ?

Exercice 3 niveau 2 50 min

Corrigés, p. 139

Monsieur Grandet jouissait à Saumur d'une réputation dont les causes et les effets ne seront pas entièrement compris par les personnes qui n'ont point, peu ou prou, vécu en province. Monsieur Grandet, encore nommé par certaines gens le père Grandet, mais le nombre de ces vieillards diminuait sensiblement, était en 1789 un maître tonnelier fort à son aise, sachant lire, écrire et compter. Dès que la République française mit en vente, dans l'arrondissement de Saumur, les biens du clergé, le tonnelier, alors âgé de quarante ans, venait d'épouser la fille d'un riche marchand de planches. Grandet alla, muni de sa fortune liquide et de la dot, muni de deux mille louis d'or, au district, où, moyennant deux cents doubles louis offerts par son beau-père au farouche républicain qui surveillait la vente des domaines nationaux, il eut pour un morceau de pain, légalement, sinon légitimement, les plus beaux vignobles de l'arrondissement, une vieille abbaye et quelques métairies. Les habitants de Saumur étant peu révolutionnaires, le père Grandet passa pour un homme hardi, un républicain, un patriote, pour un esprit qui donnait dans les nouvelles idées, tandis que le tonnelier donnait tout bonnement dans les vignes. Il fut nommé membre de l'administration du district de Saumur, et son influence pacifique s'y fit sentir politiquement et commercialement. Politiquement, il protégea les ci-devant et empêcha de tout son pouvoir la vente des biens des émigrés ; commercialement, il fournit aux armées républicaines un ou deux milliers de pièces de vin blanc, et se fit payer en superbes prairies dépendant d'une communauté de femmes que l'on avait réservée pour un dernier lot. Sous le Consulat, le bonhomme Grandet devint maire, administra sagement, vendangea mieux encore ; sous l'Empire, il fut Monsieur Grandet. Napoléon n'aimait pas les républicains : il remplaça Monsieur Grandet, qui passait pour avoir porté le bonnet rouge, par un grand propriétaire, un homme à particule, un futur baron de l'Empire. Monsieur Grandet quitta les honneurs municipaux sans aucun regret. Il avait fait faire dans l'intérêt de la ville d'excellents chemins qui menaient à ses propriétés. Sa maison et ses biens, très avantageusement cadastrés, payaient des impôts modérés. Depuis le classement de ses différents clos, ses vignes, grâce à des soins constants, étaient devenues la tête du pays, mot technique en usage pour indiquer les vignobles qui produisent la première qualité de vin. Il aurait pu demander la croix de la Légion d'Honneur. Cet événement eut lieu en 1806. Monsieur Grandet avait alors cinquante-sept ans, et sa femme environ trente-six. Une fille unique, fruit de leurs légitimes amours, était âgée de dix ans. Monsieur Grandet, que la Providence voulut sans doute consoler de sa disgrâce administrative, hérita successivement pendant cette année de madame de La Gaudinière, née de La Bertellière, mère de Madame Grandet ; puis du vieux monsieur La Bertellière, père de la défunte ; et encore de Madame Gentillet, grand-mère du côté maternel : trois successions dont l'importance ne fut connue de personne. L'avarice de ces trois vieillards était si passionnée que depuis longtemps ils entassaient leur argent pour pouvoir le contempler secrètement.

Honoré de Balzac, *Eugénie Grandet* (1834), chapitre I.

Questions

1. Qui est Monsieur Grandet ? Quels éléments le caractérisent ?
2. Quel regard le narrateur porte-t-il sur son personnage ?
3. Quelle est la fonction des autres personnages cités dans le passage ?

COURS
MÉTHODE
ENTRAÎNEMENT
CORRIGÉS

4. Faites des recherches documentaires : qu'appelle-t-on la vente des biens du clergé ? Quelles sont les conséquences de cet événement historique sur la vie de Grandet ?

Exercice 4

niveau 2 | 30 min

Corrigés, p. 140

À dater de ce jour, je vis Ellénore s'affaiblir et dépérir. Je rassemblai de toutes parts des médecins autour d'elle : les uns m'annoncèrent un mal sans remède, d'autres me bercèrent d'espérances vaines ; mais la nature, sombre et silencieuse, poursuivait d'un bras invisible son travail impitoyable. Par moments, Ellénore semblait reprendre à la vie. On eût dit quelquefois que la main de fer qui pesait sur elle s'était retirée. Elle relevait sa tête languissante ; ses joues se couvraient de couleurs un peu plus vives ; ses yeux se ranimaient : mais tout à coup, par le jeu cruel d'une puissance inconnue, ce mieux mensonger disparaissait, sans que l'art en pût deviner la cause. Je la vis de la sorte marcher par degrés à la destruction. Je vis se graver sur cette figure si noble et si expressive les signes avant-coureurs de la mort. Je vis, spectacle humiliant et déplorable, ce caractère énergique et fier recevoir de la souffrance physique mille impressions confuses et incohérentes, comme si, dans ces instants terribles, l'âme, froissée par le corps, se métamorphosait en tous sens pour se plier avec moins de peine à la dégradation des organes.

Un seul sentiment ne varia jamais dans le cœur d'Ellénore : ce fut sa tendresse pour moi. Sa faiblesse lui permettait rarement de me parler ; mais elle fixait sur moi ses yeux en silence, et il me semblait alors que ses regards me demandaient la vie que je ne pouvais plus lui donner. Je craignais de lui causer une émotion violente ; j'inventais des prétextes pour sortir : je parcourais au hasard tous les lieux où je m'étais trouvé avec elle ; j'arrosais de mes pleurs les pierres, le pied des arbres, tous les objets qui me retraçaient son souvenir.

Ce n'était pas les regrets de l'amour, c'était un sentiment plus sombre et plus triste ; l'amour s'identifie tellement à l'objet aimé que dans son désespoir même il y a quelque charme. Il lutte contre la réalité, contre la destinée ; l'ardeur de son désir le trompe sur ses forces, et l'exalte au milieu de sa douleur. La mienne était morne et solitaire ; je n'espérais point mourir avec Ellénore ; j'allais vivre sans elle dans ce désert du monde, que j'avais souhaité tant de fois de traverser indépendant. J'avais brisé l'être qui m'aimait ; j'avais brisé ce cœur, compagnon du mien, qui avait persisté à se dévouer à moi, dans sa tendresse infatigable ; déjà l'isolement m'atteignait. Ellénore respirait encore, mais je ne pouvais déjà plus lui confier mes pensées ; j'étais déjà seul sur la terre ; je ne vivais plus dans cette atmosphère d'amour qu'elle répandait autour de moi ; l'air que je respirais me paraissait plus rude, les visages des hommes que je rencontrais plus indifférents ; toute la nature semblait me dire que j'allais à jamais cesser d'être aimé.

Benjamin Constant, *Adolphe*, 1816.

Questions

1. Selon quel point de vue est racontée l'histoire ?
2. Quels détails apprend-on sur le personnage d'Ellénore ?
3. Proposez un plan de commentaire pour ce passage.

Exercice 5

niveau 1 | 30 min

Corrigés, p. 141

Adolphe, adaptation de Benoît Jacquot, 2002.

Questions

1. Sous la forme d'un paragraphe argumenté, vous direz en quoi cette image tirée de l'adaptation cinématographique d'*Adolphe* nous renseigne sur les deux protagonistes.
2. Faites une recherche documentaire : lisez le poème « Colloque sentimental » de Paul Verlaine et dites en quoi il pourrait illustrer cette image.

Corrigés

QCM

1 c. 2 a. 3 b. 4 a. 5 b. 6 c. 7 b. 8 c. 9 b. 10 b.

Exercice 1

1. Gervaise est présentée dans une situation d'attente, ce qui a des conséquences sur son apparence physique. Ayant veillé toute la nuit, le personnage apparaît comme fatigué de la veille qu'elle s'est infligée. Les qualificatifs « frissonnante », « fiévreuse » trahissent son malaise physique, tandis que la mention de la « camisole » indique qu'elle est simplement vêtue d'une chemise. Affligée d'avoir attendu, Gervaise est présentée comme un personnage en souffrance.

2. Le texte ne fournit pas de renseignements précis sur la profession de Gervaise, mais certains détails permettent de la situer socialement. Gervaise est probablement une femme de petite condition, comme le suggère la modestie de la chambre d'hôtel. Un détail indique peut-être qu'elle s'est endettée : les « reconnaissances du Mont-de-piété » suggèrent en effet que Gervaise a déposé des biens personnels en échange de quelque argent. D'emblée, le personnage est placé dans un cadre de pauvreté.

3. Le décor permet un ancrage sociologique, mais il reflète de manière symbolique l'état d'âme du personnage. À l'image des larmes qu'elle a versées, la perse de la chambre a déteint. L'idée d'un ruissellement (larme, humidité) crée une forme de malaise autour du personnage, d'autant plus que la cheminée est sans feu et le « pot ébréché ». Dans son environnement, tout suinte la pauvreté et se reflète sur le personnage. C'est l'un des enjeux du naturalisme que de présenter les personnages dans leur milieu et en conformité avec lui.

4. Si les projecteurs sont braqués sur Gervaise, montrée en situation d'angoisse, un second personnage désigné par son nom, Lantier, est également présenté au lecteur. Il l'est à travers le point de vue du narrateur omniscient, qui décrit ses agissements. Le lecteur comprend qu'il est l'amant de Gervaise (ils partagent un meublé), mais qu'il n'est sans doute pas fidèle puisqu'il a passé la nuit dehors.

Exercice 2

1. La manière dont le narrateur (ou la narratrice) présente Lol V. Stein laisse supposer qu'elle la connaît ou l'a connue. En témoigne l'expression, « Je n'ai rien entendu dire sur l'enfance de Lol V. Stein ». L'instance narratrice connaît la vie du personnage, mais pas dans sa totalité. Ce point de vue interne rend très subjective la présentation du personnage.

2. Le lecteur connaît le lieu de naissance et l'origine sociale de Lol V. Stein. Sa famille est présentée rapidement. On apprend aussi le nom de Tatiana Karl, connue de la narratrice. C'est par elle que certaines informations sont transmises, notamment l'évocation de leur amitié suggérée par la danse. Lol V. Stein est présentée à travers ses rencontres, la seconde est celle de Michael Richardson. Le portrait est rétrospectif et se fait par le prisme de personnages tiers. Mais on ne sait presque rien du personnage physiquement, sinon qu'elle est « charmante ».

3. Plusieurs événements en apparence anodins participent au portrait du personnage. D'une part, on sait qu'elle est orpheline, même si on ignore à quel âge sont morts ses parents. Le second élément semble un détail : la danse sous le préau avec Tatiana Karl. Mais ce détail en dit long sur l'amitié des deux jeunes filles. Le troisième événement est la nuit du bal qui marque la rupture des fiançailles entre Lol V. Stein et Michael Richardson. Un mystère plane sur cette décision.

Exercice 3

1. Grandet est un artisan qui a fait fortune à la faveur d'événements historiques. Il a été « tonnelier », mais Balzac insiste sur le fait que, malgré cette profession manuelle, Grandet a reçu une éducation et a su tirer profit de son travail (il sait lire et écrire, ce qui le place dans une situation supérieure à bien d'autres). Le narrateur omniscient nous apprend aussi que Grandet est un fin commerçant, habile négociateur qui a su faire fortune en achetant des biens pour des sommes modiques. L'extrait dévoile un dernier aspect de sa personnalité : c'est un homme ambitieux qui veut réussir dans les sphères du négoce et de la politique.

2. Le narrateur cherche à attirer l'attention du lecteur sur son personnage. Pour cela, il retrace les grandes étapes de sa carrière et fournit un certain nombre d'indices qui serviront ensuite à la compréhension du récit. La richesse de Grandet est au cœur du portrait, mais aussi son dévouement : le narrateur fait un portrait plutôt louangeur d'un homme qui, pendant la tourmente révolutionnaire, s'est montré pacifique.

3. Les autres personnages mentionnés dans le passage ont plusieurs fonctions. D'abord, ils servent à situer Grandet sur le plan social et familial. Tous apparentés à M. Grandet, puisque sont mentionnés sa femme et sa fille, mais aussi des parents aristocrates de sa belle-famille. Leur évocation a aussi pour rôle de montrer la fortune importante de Grandet, qui a hérité de sommes dont on ignore les montants mais dont on sait qu'ils sont très élevés.

4. En novembre 1789, les biens du Clergé ont été mis à la disposition de la Nation par décret de l'Assemblée constituante. Devenues biens nationaux, ces possessions ont été vendues à des particuliers pour renflouer les caisses de l'État. C'est de cette mesure dont Grandet a pu bénéficier ; Balzac ancre ainsi son récit dans des données historiques et économiques réelles.

Exercice 4

1. Le point de vue est celui d'Adolphe, le héros qui donne son titre au récit de Benjamin Constant. Il s'agit donc d'un point de vue interne et subjectif. La lente descente aux enfers d'Ellénore est perçue à travers son regard et ses constats. Elle l'invite aussi à se tourner vers lui-même et à analyser sa situation. Il s'agit ici d'un récit psychologique, dont le protagoniste est aussi celui qui dissèque et expose les actions du récit.

2. Ellénore a été la compagne d'Adolphe, mais elle se languit jusqu'à dépérir. On apprend en effet que sa santé est vacillante, comme l'indiquent les verbes « dépérir » et « affaiblir ». La métaphore* de la « main de fer » suggère en outre qu'un mal mystérieux l'a atteinte et la conduit vers la tombe. Le personnage est ainsi décrit dans sa lente agonie, face à laquelle le narrateur est impuissant.

3. Plan de commentaire :

I. Une lente agonie
- **1.** Les signes de l'affaiblissement
- **2.** Les marques de la mort
- **3.** L'expression du tragique

II. Un amour qui prend fin
- **1.** Les souvenirs heureux
- **2.** Le présent désolant
- **3.** Une scène d'adieux ?

III. La solitude d'Adolphe
- **1.** Impuissance du héros
- **2.** Échec d'Adolphe
- **3.** Les ombres sur l'avenir

Exercice 5

1. La photographie du film représente Adolphe et Ellénore qui marchent sur une allée jonchée de feuilles mortes. La scène se déroule l'hiver, les arbres tendent leurs branches nues et les personnages sont emmitouflés dans des vêtements chauds. L'ambiance qui se dégage du cliché est donc assez froide, ce qui est renforcé par les teintes vert et gris qui dominent le haut de la frondaison. Le ciel est brumeux, le givre semble faire ployer les branches. Ce frimas est à l'image de la distance qui sépare les deux protagonistes : Ellénore et Adolphe marchent ensemble mais séparément. La distance qui les sépare reflète l'état de leur relation. En même temps, ce cliché offre une image de l'amour romantique, dans un cadre naturel, sous la frondaison des arbres : ils semblent seuls au monde.

2. Dans « Colloque sentimental », Verlaine évoque un couple qui déambule dans un cadre qui pourrait être celui de la photo : un « parc solitaire et glacé ». Verlaine met en scène l'incommunication entre deux êtres qui se sont aimés. Leur parole est rare, le lecteur comprend que leur relation est terminée. Ils sont ensemble, mais tout les sépare, à l'image de la mise en scène d'Adolphe et Ellénore proposée sur la photographie tirée du film.

5 Le théâtre du XVIIe siècle à nos jours

Les 5 points incontournables

Un texte destiné à la représentation

Le texte théâtral présente la spécificité d'être destiné à la représentation. Il porte dans son écriture la présence de la représentation en devenir. Le texte théâtral comporte donc une part virtuelle que le metteur en scène et les comédiens concrétisent.

Cours, p. 143 à 147

Le théâtre et ses conventions

Le théâtre repose sur des conventions ; ainsi les personnages de théâtre ne parlent pas nécessairement comme dans la vie (pièces en vers) et se livrent à des monologues. Les apartés sont entendus de tous mais sont seulement destinés au public.

Cours, p. 143 à 144

Fonction politique du théâtre

Dès son origine le théâtre est le lieu d'expression de la cité. Cette fonction attestée depuis l'Antiquité continue d'être centrale aujourd'hui : reflet du monde, le théâtre porte un message sur l'époque à laquelle il est joué. Le théâtre, comme l'écrit Hugo, peut être une « tribune ».

Cours, p. 143 à 147

L'action théâtrale

Souvent une pièce de théâtre repose sur un conflit, une opposition. Celle-ci peut venir de l'extérieur (empêcher un mariage) ou de l'intérieur des personnages. Dans le théâtre contemporain, la notion classique de « conflit » a tendance à disparaître.

Cours, p. 143 à 147

Esthétique théâtrale

Le théâtre est un genre littéraire et obéit donc à des codes esthétiques selon l'époque d'écriture. Chaque genre obéit à certains principes, fixés dans des textes qu'on appelle « poétiques » (Aristote, Boileau, Hugo, etc.).

Cours, p. 143 à 147

À la mort de Louis XIV en 1715, le paysage théâtral est dominé par le genre de la tragédie*, dont les règles ont été fixées progressivement depuis les années 1630, confirmées par les tragédies de Racine et la poétique de Nicolas Boileau. Pour autant, le théâtre est un art très vivant, où s'épanouissent aussi des genres plus populaires tels que la comédie*, le théâtre de la Foire et la *commedia dell'arte*. Au cours du XVIIIe siècle vont s'affirmer de nouvelles formes dramatiques.

1 Le XVIIe siècle, baroque et classique

a. Le théâtre baroque

On a parfois tendance à considérer que l'âge d'or de la tragédie se produit au début du règne de Louis XIV. Or on écrit des tragédies à sujets antiques depuis le XVIe siècle, et le genre s'épanouit durant tout le XVIIe siècle.

La tragédie élisabéthaine désigne un genre qui s'épanouit sous le règne d'Élisabeth Ire d'Angleterre. Elle met en scène des crimes et des histoires de vengeances familiales. Shakespeare en est le principal représentant (*Roméo et Juliette*, *Macbeth*, *Hamlet*).

En France, la tragédie est également empreinte de violences, reflet des grandes crises historiques (guerres de Religion). Le théâtre baroque met en scène l'instabilité du monde, admet le mélange des registres* (tragicomédie) et laisse une part au merveilleux*. *La Vie est un songe* de Calderón (1636) ou *L'Illusion comique* de Corneille illustrent cette tendance (1637).

La **comédie** est également très prisée, même si elle est considérée comme inférieure sur le plan de la hiérarchie des genres. Corneille commence sa carrière par des comédies en vers : *Mélite* (1629), *La Suivante* (1634), *La Place royale* (1634). À la fin des années 1650, Molière s'impose comme le génie comique de son temps avec ses comédies de mœurs, ses comédies de caractère, ses comédies ballets.

b. La tragédie classique

Depuis le XVIe siècle, on traduit et commente la *Poétique* d'Aristote. Scaliger tire des théories aristotéliciennes les grands principes qui vont fonder la tragédie classique, notamment la règle des unités.

À la fin des années 1630, le pouvoir de Richelieu s'affirmant, le théâtre voit naître des règles précises, dictées à la fois par les dramaturges mais aussi par le contexte politique : Richelieu fonde l'Académie française en 1634 pour normaliser et unifier la langue française. La tragédie baroque laisse place à **la tragédie régulière**. Corneille, qui émet des réserves à l'égard des règles, fait naître une querelle autour du *Cid*, à qui l'on reproche de ne pas être une tragédie régulière.

La règle des trois unités porte sur le temps, le lieu et la conduite de l'action. Celle-ci doit être unique (pas d'actions secondaires), se dérouler en un seul lieu et dans une durée de 24 heures. Les règles sont là pour assurer la vraisemblance de l'intrigue. Boileau les formalise dans son *Art poétique* (1674).

La tragédie classique doit suivre **les règles de bienséance**, qui concernent à la fois l'esthétique et la morale : les actions violentes sont proscrites de même que toute représentation du corps trop suggestive. Les bienséances sont garantes de l'unité de ton : pas de mélange des genres. Il s'agit de ne pas choquer les spectateurs.

2 Le XVIIIe siècle

a. L'héritage classique

Tragédies et comédies néoclassiques sont jouées à la Comédie Française durant tout le XVIIIe siècle. Pourtant la tragédie est loin d'être un genre monolithique, certains auteurs tentent de l'adapter à l'évolution du goût.

On observe cependant un retour de la violence dans les tragédies. Les pièces de Crébillon père montrent ainsi des morts en scène et ne respectent pas les bienséances ni les convenances.

Au cours du siècle, la tragédie sur le modèle racinien est aussi un moyen politique de faire passer des idées. À la veille de la Révolution, Joseph-Marie Chénier fait représenter *Charles IX ou l'école des rois*, pièce polémique* sur la manière dont les monarques doivent exercer leur pouvoir.

b. Richesse de la comédie

La comédie est un genre très vivant durant tout le XVIIIe siècle. Sur le plan littéraire, le genre est principalement représenté par Marivaux et Beaumarchais, mais de très nombreux auteurs de comédies, aujourd'hui oubliés, ont eu du succès dans leur temps (Sedaine, Destouches).

La comédie connaît plusieurs sources, littéraires et populaires. D'une part l'héritage moliéresque est primordial, d'autre part le théâtre de la Foire et la *commedia dell'arte* inspirent les dramaturges. Il en est ainsi des pièces de Marivaux dont l'essor comique repose souvent sur l'intrusion de ces éléments farcesques dans des intrigues plus psychologiques, centrées sur des problématiques amoureuses.

c. La naissance du drame

Au tournant des années 1750, un genre nouveau émerge, qui puise à la fois dans les principes sérieux de la tragédie et ludiques de la comédie. Il s'agit du drame bourgeois, également appelé tragédie domestique. Il s'agit d'un genre mixte, qui traite de sujets sérieux mais dans un milieu social moyen.

Le drame bourgeois est théorisé par Diderot, qui définit un nouveau découpage dramatique en « tableaux », unité dramaturgique distincte des scènes et des actes. L'un des apports du drame bourgeois, c'est la présence de tableaux pathétiques, émouvants. La sensibilité du public trouve dans ces œuvres les émotions qu'elle recherche au théâtre.

Beaumarchais représente bien les grandes tendances du théâtre de son temps. Dans sa trilogie composée du *Barbier de Séville* (1778) du *Mariage de Figaro* (1784) et de *La Mère coupable*, il s'illustre dans la comédie d'intrigue et dans la comédie larmoyante.

3 Le XIXe siècle

a. État des lieux des genres dramatiques

Au début du XIXe siècle, **le théâtre est soumis à la censure et aux privilèges**. La censure contrôle le contenu des pièces, les privilèges limitent la possibilité de créer de nouveaux théâtres à Paris.

Si l'on joue encore de nombreuses tragédies néoclassiques à la Comédie Française, ce sont les deux genres du **mélodrame** et du **vaudeville** qui sont les plus florissants.

Joués dans des théâtres populaires sur le boulevard, les mélodrames présentent des situations topiques : des traîtres et des méchants poursuivent une victime persécutée. Grâce à la Providence, le dénouement du mélodrame est heureux.

Le vaudeville désigne une pièce souvent courte, de type comique, ponctuée de chansons et de couplets. C'est un genre d'accès facile qui plaît au plus grand nombre.

b. Débats autour du théâtre romantique

Dans les années 1820, on réfléchit à de nouveaux régimes de représentation. La traduction des pièces étrangères (Shakespeare, Schiller), la venue des comédiens anglais à Paris influencent les auteurs romantiques de la génération de Hugo.

Il s'agit de renouveler l'art dramatique, sans pour autant renier l'héritage tragique*. Dans leurs drames, Hugo et Dumas s'inspirent encore de la dramaturgie cornélienne, en l'adaptant à leur époque.

Parallèlement à ces évolutions, **l'émergence de la mise en scène** et des moyens techniques favorisent le spectaculaire : le théâtre n'est plus seulement un texte, mais aussi un ravissement pour les yeux.

c. Principes du théâtre romantique

En 1827, Hugo rédige un drame fleuve, *Cromwell*, qu'il précède d'une préface où il expose sa théorie du sublime et du grotesque. Pour lui, la modernité se trouve dans le grotesque, véritable force de déflagration esthétique.

Le théâtre romantique se caractérise par sa variété : il intègre certains éléments comiques, il peut être en vers ou en prose. La liberté de composition est son maître mot.

Le théâtre romantique puise ses intrigues dans l'histoire nationale et européenne. Il montre les conséquences de la violence d'état et représente les moments de crise.

Dans une société postrévolutionnée, l'individu est confronté à la violence d'État et aux bouleversements sociaux.

d. Réalisme et symbolisme

Contrairement à une idée reçue, le drame romantique ne disparaît pas dans les années 1840. On continue à jouer des pièces d'inspiration historique.

À partir des années 1850, se multiplient les pièces d'inspiration réaliste et sociale, telle que *La Dame aux Camélias* d'Alexandre Dumas fils (1852), qui remporte un très grand succès.

Contre le drame bourgeois et naturaliste, se développe un **théâtre poétique**, qu'on rattache au **mouvement symboliste** à la fin du XIXe siècle.

4 Théâtre des XXe et XXIe siècles

a. Avant-gardes et tradition

Ubu roi d'Alfred Jarry et *Chantecler* de Rostand marquent deux étapes dans l'invention d'un théâtre nouveau. Jarry invente un langage original, tandis que Rostand imagine une pièce où les personnages sont des animaux de basse-cour.

À la veille de la Première Guerre mondiale, « l'Esprit nouveau » gagne le théâtre et propose une déconstruction des codes du théâtre et de la représentation. Dans *Les Mamelles de Tirésias* (1917), Apollinaire imagine l'histoire de Thérèse qui décide de changer d'identité, et de se faire nommer Tirésias. La pièce annonce **l'esprit Dada et le surréalisme** (pièces de Boris Vian, Antonin Artaud).

Le théâtre poursuit aussi dans **un registre plus conventionnel ou plus classique**. À partir des années 1930, on note la résurgence des mythes antiques au théâtre, qui servent le plus souvent à questionner l'action humaine, à l'image de *La Machine infernale* de Cocteau ou d'*Antigone* de Jean Anouilh, créée sous l'Occupation et illustrant la dignité dans la Résistance.

D'autres auteurs offrent un **théâtre poétique et politique** d'une grande singularité, comme Paul Claudel (*Le Soulier de satin*) ou Henri de Montherlant (*La Reine morte*).

b. Après 1945

Les conséquences de la Seconde Guerre mondiale modifient en profondeur la représentation du monde et la place de l'homme : des millions de morts, la Shoah laissent aux contemporains l'impression d'une grande absurdité. Ce sentiment se manifeste au théâtre dans l'émergence du théâtre de l'absurde et dans un théâtre existentialiste.

Le théâtre de l'absurde désigne une forme dramatique qui refuse la psychologie et la logique des intrigues. Ses principaux représentants sont Eugène Ionesco et Adamov. Les dialogues sont volontairement vidés d'un sens psychologique et les personnages agissent mécaniquement. *La Cantatrice chauve* (1952) est l'un des sommets de cette esthétique.

Les philosophes engagés (Camus, Sartre, Maraud) et des romanciers (Genet, Duras) explorent également le théâtre et le cinéma pour exposer leurs théories **existentialistes** sur l'action humaine. Plus de providence ni de destin, mais l'homme est désormais confronté à des choix.

La seconde moitié du XXe siècle est marquée par la personnalité de metteurs en scène de premier plan : Jean Vilar, fondateur du TNP (théâtre national populaire), Patrice Chéreau, qui tous deux revisitent les œuvres classiques en les rendant accessibles au public contemporain.

c. Le théâtre aujourd'hui

La scène contemporaine est d'une grande variété qui témoigne de la vivacité du théâtre dans notre société. Les années 80 sont marquées par les œuvres de Bernard-Marie Koltès, Jean-Luc Lagarce ou, dans un registre très différent, Valère Novarina.

Politique ou poétique, la création contemporaine dépend aussi beaucoup des metteurs en scène de la jeune génération qui s'intéresse au théâtre de répertoire, à l'image de David Bobbée (*Lucrèce Borgia*, 2016), Thomas Jolly (*Teste*, 2018).

Molière, *Le Malade imaginaire*
Parcours : spectacle et comédie

1 Spectacle et comédie : définitions et caractéristiques

a. Le spectacle

Le terme « spectacle » est issu du verbe latin « *spectare* », qui signifie regarder, voir. Le spectacle se définit comme un divertissement public et est dit « vivant » lorsqu'il désigne une représentation théâtrale. Il est à l'inverse dit « filmé » dans le cas d'une production cinématographique ou télévisuelle par exemple.

Le spectacle implique donc une réjouissance pour les yeux. Il repose sur de nombreux effets visuels (gestuelle des acteurs, danse, effets de lumière).

b. La comédie

Dévalorisée et reléguée rapidement derrière la tragédie, genre noble et sérieux par excellence, la comédie met en scène, à l'époque de Molière, des personnages issus du peuple ou de la petite bourgeoisie, ainsi que des thèmes relatifs à la sphère privée (mariage, famille, amour, argent).

La comédie se caractérise par ailleurs par une forme assez libre, qui permet la prose aussi bien que le vers. La règle des trois unités concerne aussi bien la comédie que la tragédie, même si parfois les intrigues se superposent. Généralement, la comédie s'achève sur un dénouement heureux (un mariage après des obstacles).

À NOTER
La règle des trois unités :
- l'unité d'action : une seule action ;
- l'unité de lieu : dans un seul lieu ;
- l'unité de temps : une durée n'excédant pas 24 heures.

La comédie se décline en sous-genres :
– **la comédie d'intrigue**, aux nombreux rebondissements (*Le Mariage de Figaro* de Beaumarchais ; *Les Fourberies de Scapin* de Molière) ;
– **la comédie de caractère**, qui met en scène et exagère jusqu'au ridicule les défauts humains (*Le Misanthrope* et *L'Avare* de Molière) ;
– **la comédie de mœurs**, qui met l'accent sur la satire sociale (*Les Précieuses ridicules* et *Les Femmes savantes* de Molière) ;
– **la comédie-ballet**, qui introduit des pièces musicales et des intermèdes chantés et dansés au cœur des pièces (*Le Bourgeois gentilhomme* et *Le Malade imaginaire* de Molière).

2 La farce comme spectacle

La farce est un genre théâtral qui existe depuis l'Antiquité (*La Marmite* de Plaute a fortement inspiré Molière pour *L'Avare*) et qui a pour but de faire rire. Les dramaturges français de l'âge classique s'inspirent aussi des caractéristiques, techniques et personnages de la *commedia dell'arte* italienne pour leurs farces.

D'un style plus grossier que celui de la comédie, la farce repose sur un registre burlesque et un humour bouffon, destinés à susciter le rire. Le comique visuel y est ainsi très marqué, caractérisé par une gestuelle forte, par des acrobaties et cabrioles en tous genres : c'est un comique volontiers spectaculaire. *Le Médecin malgré lui* de Molière utilise ces ressorts comiques.

Dans la farce, la langue est poussée à sa plus extrême fantaisie : jargons pseudo-érudits, dialectes, jeux de mots, calembours, latin macaronique, patois régionaux. C'est le cas par exemple dans *La Farce de maître Pathelin*.

3 Visée morale et didactique de la comédie

Sous le rire qu'elle suscite et son apparent manque de sérieux, la comédie classique est aussi souvent le lieu d'une peinture humaine et sociale satirique, qui questionne les valeurs, les problèmes, et les tabous de son temps.

La dimension didactique de la comédie classique est résumée par une formule latine, « *castigat riendo mores* » : la comédie châtie les mœurs en riant. Si le but premièrement affiché est bien celui de plaire et de divertir, la comédie veut inciter les hommes et la société à se corriger en exhibant le ridicule de leurs mœurs et de leurs imperfections.

4 La danse dans la comédie moliéresque

La comédie-ballet est inventée par Molière lui-même, afin de répondre au goût du roi Louis XIV et de la cour pour la danse et la musique. Avec ce genre, Molière intègre ainsi le divertissement de cour et les arts d'agrément à la création littéraire.

Il réalise une quinzaine d'œuvres en collaboration avec des musiciens et compositeurs tels Marc-Antoine Charpentier (*Le Malade imaginaire*, *Le Médecin malgré lui*, *Le Dépit amoureux*) ou encore Lully (*L'Amour médecin*, *Le Bourgeois gentilhomme*). *Les Fâcheux*, réalisé avec Lully, s'impose comme la première comédie-ballet qui intègre alors les intermèdes dansés au sein des entractes de la comédie.

Chez Molière, la comédie-ballet apparaît cependant assez variable et sans règle fixe. Les morceaux musicaux sont à l'intrigue, tantôt réellement nécessaires, tantôt seulement juxtaposés. La musique et la danse peuvent être l'occasion de redoubler, d'illustrer, de compléter, ou encore de contraster ou contredire le jeu scénique.

Le roi lui-même, accompagné de certains courtisans, participe parfois à certaines comédies-ballets de Molière, non tant pour son plaisir personnel qu'en vue stratégique de renforcer son prestige auprès du peuple à qui il livre le spectacle.

5 Présentation du *Malade imaginaire* (1673)

a. Contexte de création

Le Malade imaginaire est l'une des plus célèbres comédies-ballets de Molière. Sous-titrée « comédie mêlée de musique et de danses », cette comédie en trois actes est composé en 1673 en collaboration avec le musicien Marc-Antoine Charpentier et le danseur Pierre Beauchamp. Il s'agit de la dernière réalisation de ce trio, auquel met fin la mort de Molière, lors de la quatrième représentation de la pièce la même année.

La première représentation de la pièce est donnée le 10 février 1673 par la Troupe du Roi, sur la scène du Palais Royal à Paris.

b. Résumé de l'intrigue

La comédie s'ouvre sur un épilogue « en musique et en danse » qui fait intervenir dans un décor pastoral, bergers, bergères et divinités antiques de la nature, qui chantent ensemble à la gloire de Louis XIV, revenu vainqueur de la guerre. Après un second court prologue qui annonce la pièce à venir, l'univers champêtre s'efface pour laisser place à l'intérieur d'une chambre, où le bourgeois Argan fait ses comptes.

L'acte I s'ouvre sur le personnage d'Argan. Ce dernier se prétend gravement malade et s'entoure de médecins qui lui délivrent divers remèdes. Père de deux filles, il conçoit le projet de marier l'aînée, Angélique, à Thomas Diafoirus, jeune médecin et fils de médecin, afin de se garantir à lui-même un gendre « utile à [sa] santé ». Amoureuse de Cléante, Angélique s'oppose au projet de son père, tandis que Béline, seconde femme d'Argan, insiste pour que ce dernier fasse entrer ses deux filles au couvent : elle manœuvre afin de s'approprier en héritage la fortune de son mari, mais elle est surprise par la servante Toinette qui décide d'apporter son aide à Angélique.

L'acte II voit le personnage de Cléante s'introduire chez Argan comme maître de musique d'Angélique. Les Diafoirus, père et fils, ne semblent capables de réciter que ce qu'ils ont appris par cœur. Au prétexte d'une leçon de chant, Cléante et

Angélique s'échangent devant tous des paroles d'amour, avant que la jeune fille et sa belle-mère ne commencent à se quereller.

À l'acte III, Béralde, frère d'Argan, soucieux des intérêts de sa nièce Angélique, tente d'obtenir pour elle un meilleur mariage que celui prévu par son père. Il se livre à une critique méthodique et implacable des médecins et du principe même de la médecine. Toinette, quant à elle, se déguise en médecin pour dégouter son maître de la médecine. Elle le convainc de simuler sa propre mort, révélant ainsi la dualité et cupidité de Béline, l'affection d'Angélique, et la bonté de Cléante. Ces deux derniers obtiennent l'autorisation de se marier, tandis qu'Argan reçoit lors d'une cérémonie bouffonne, l'habit de docteur.

6 Comique et farce dans *Le Malade imaginaire*

Le comique de caractère prédomine à travers le personnage d'Argan. Il révèle le ridicule d'un homme aveuglé par sa peur de la maladie et de la mort qui s'en remet à tous les charlatans qui se présentent à lui.

Le comique de mots éclate à travers les répétitions, mais aussi les insultes adressées à Toinette par Argan dès la deuxième scène de l'Acte I : « Ah ! Chienne ! » « Ah ! Carogne ! », « Ah ! Traitresse... », « coquine ». Il repose également sur le latin macaronique que pratiquent les Diafoirus et qui caractérise la scène finale d'intronisation d'Argan en médecin.

Le comique de situation se perçoit à travers les scènes absurdes et les quiproquos, quand Cléante passe auprès d'Argan pour le maître de musique par exemple.

La poursuite de Toinette par Argan, bâton à la main, relève du comique farcesque, de même que la scène 10 de l'acte III, dans laquelle Toinette en habit de médecin délivre un diagnostic qui fait du poumon d'Argan la raison de tous ses maux.

7 Spectacle de la médecine dans *Le Malade imaginaire*

Entre fantaisie comique et verve impitoyable, Molière se livre à une critique de la médecine de son temps, mais aussi à une critique de l'ignorance et du refus de l'innovation scientifique. Ainsi, la thèse de médecine de Thomas Diafoirus est consacrée à la réfutation de la théorie nouvelle de la circulation du sang (Harvey, 1628).

L'abus des saignées, purges et clystères fait de la médecine un spectacle grotesque. Caricaturale, la gestuelle des médecins fait l'objet d'un traitement ridicule.

La variété des caractères des médecins et leur apparence contribuent à les décrédibiliser. Thomas Diafoirus est un simple pédant aux formules en réalité creuses, son père est soucieux de profit plus que de médecine, Purgon est un passionné fanatique.

Le spectacle parodique de la médecine est donné par Toinette déguisée en médecin, qui campe un instant le rôle du médecin itinérant, un peu magicien, que la médecine traditionnelle chasse. La cérémonie finale et bouffonne qui intronise Argan médecin s'impose comme un spectacle parodique de la Faculté de médecine.

Notons enfin que le nom de Molière intervient dans les bouches d'Argan, qui s'offusque de l'impertinence du dramaturge, et de Béralde, qui, portant sa voix, explique son refus des remèdes. Molière joue donc avec sa propre réputation dans son spectacle.

Marivaux, *Les Fausses Confidences*
Parcours : théâtre et stratagème

1 Que signifie « théâtre et stratagème » ?

a. Définitions du stratagème

Le nom « stratagème » appartient à l'origine au lexique militaire. Il désigne étymologiquement l'art de conduire une armée. Il est ainsi lié à la stratégie : la stratégie est l'art théorique de bien mener les troupes, le stratagème en est la mise en œuvre.

Dans cette mise en œuvre peuvent intervenir des procédés destinés à tromper l'ennemi, des manœuvres habiles, des embuscades. C'est pourquoi, par extension, le stratagème en est venu à désigner une ruse pleine de finesse, une manœuvre habile que l'on met en place pour parvenir à ses fins.

b. Ses liens avec le théâtre

Dans la mesure où l'action théâtrale se déroule dans un temps et un espace restreint, le stratagème constitue un ressort dramatique fort, qu'il soit comique ou tragique : mis en œuvre avec peu de moyens, il peut produire de grands effets et donc introduire dans la pièce une tension puissante, des coups de théâtre lorsqu'il est dévoilé.

Il permet également d'éclairer la psyché des personnages, puisqu'il repose souvent sur la manipulation des esprits.

Le stratagème renvoie à l'essence même du théâtre, qui consiste à construire une illusion pour séduire le public. On parle de « machiner une pièce » comme de « machiner un stratagème ». Une pièce de théâtre réussie n'est-elle pas toujours un plaisant stratagème ?

c. Stratagème et morale

Le stratagème a aussi partie liée avec la fonction morale du théâtre : il s'agit de châtier les mœurs par le rire (traduction de la célèbre formule « *castigat ridendo mores* »). Même si la ruse questionne les frontières de l'honnêteté, même si le but recherché est louable, jusqu'où est-il permis de jouer avec la vérité ? Valoriser la ruse et le mensonge est discutable sur le plan moral.

2 Le stratagème dans le théâtre du XVIIIe siècle

a. Origine et aspects du stratagème

Les stratagèmes ont toujours eu une place importante au théâtre, en particulier dans les pièces comiques : ils constituent l'un des ressorts récurrents de la farce médiévale, où l'on rit de personnages dupés. Dans le théâtre de Molière, c'est souvent en les prenant au piège de leurs propres obsessions que les personnages avisés guérissent les personnages maniaques.

Dans le théâtre tragique, le stratagème est généralement d'ordre politique et inspire la terreur ou la pitié : dans *Bajazet* de Racine, par exemple, Acomat intrigue pour parvenir au pouvoir, tandis que Bajazet et Atalide doivent ruser pour rester en vie.

b. Évolution du stratagème

De tels schémas se retrouvent dans le mélodrame et le drame, où le stratagème est souvent l'apanage du traître, tel don Salluste dans le *Ruy Blas* de Hugo.

Le stratagème y est employé avec une fréquence et une intensité remarquables, parce qu'il peut être mis au service de deux des grandes évolutions qui marquent le théâtre de cette époque : une finesse accrue dans l'analyse psychologique et une réflexion sur la mobilité sociale.

Le stratagème, en plaçant les personnages dans des situations très complexes, permet d'explorer les nuances de leurs sentiments, et est également un outil auquel les plus faibles peuvent recourir pour renverser les hiérarchies établies.

3 Présentation des *Fausses Confidences* (1737)

a. Contexte de création

Les Fausses Confidences a été représentée pour la première fois le 16 mars 1737 à l'Hôtel de Bourgogne. La pièce a été interprétée par les Comédiens-Italiens, revenus à Paris en 1716, sous la Régence, après avoir été chassés par Louis XIV en 1697. Cette troupe est très aimée du public pour la finesse et la puissance comique de son jeu, héritées de la *commedia dell'arte*. Marivaux lui confie nombre de ses pièces.

Les Fausses Confidences s'inscrit dans une série d'œuvres qui montre le monde tel qu'il est, tout en conservant le caractère plus lumineux des premières pièces, dans la mesure où les protagonistes de cette comédie sont des êtres estimables dont le bonheur est assuré au dénouement.

b. Accueil et postérité

La pièce ne rencontre pas un vif succès lors de sa création. Elle rencontre en revanche les faveurs du public lorsqu'elle est jouée au Théâtre-Français en 1793, et a depuis été régulièrement reprise par de nombreux metteurs en scène, en particulier depuis la seconde moitié du XXe siècle.

Marivaux a longtemps été considéré comme l'auteur d'un théâtre précieux, voire futile, en raison notamment du grand raffinement de son langage. Mais dès les années 1950, la critique a montré la profondeur psychologique de ce langage délicat et, en 1973, la mise en scène de *La Dispute* par Patrice Chéreau a révélé toute la cruauté sous-jacente des comédies de Marivaux et a suscité un nouvel engouement pour cet auteur.

4 Les stratagèmes de l'amour

Comme dans de nombreuses pièces de Marivaux, le principal enjeu des *Fausses Confidences* réside dans le « triomphe de l'amour », présenté comme un sentiment naturel et impossible à contrôler. Dorante éprouve pour Araminte une passion pour laquelle il est prêt à tout sacrifier, et la jeune femme partage son inclination dès qu'elle le rencontre, même si elle tarde à l'admettre. Les deux protagonistes sont d'ailleurs faits pour inspirer l'amour, comme en témoignent les sentiments qu'ils éveillent respectivement chez Marton et le comte Dorimont.

Cependant, même si l'amour est fortement valorisé par Marivaux, il rencontre des obstacles qui, dans cette pièce, sont avant tout d'ordre social : parce qu'il est d'une fortune et d'un rang inférieurs à ceux d'Araminte, Dorante pense ne pas pouvoir prétendre à son amour, c'est pourquoi il a besoin d'être secondé par Dubois.

Ces obstacles sociaux sont aussi extérieurs au couple : même veuve, Araminte n'est pas entièrement maîtresse d'elle-même et subit l'ascendant de sa mère qui, avide d'argent et de titres, l'incite à épouser le comte. Bien qu'avec moins d'autorité, Monsieur Rémy intervient aussi dans les affaires de cœur de son neveu. À cette famille oppressive s'oppose l'affection de Dubois, qui veille sur Dorante et, à la toute fin de la pièce, se présente implicitement comme son père de substitution en déclarant, à propos d'Araminte : « Je mériterais bien d'appeler cette femme-là ma bru. »

Le rapport maître-valet, ressort traditionnel de la comédie, est l'un des éléments les plus originaux de la pièce : sans être à proprement parler un domestique, Dorante est au service d'Araminte, et se trouve donc dans une position intermédiaire, ce que soulignent les hésitations d'Arlequin qui ne sait comment se comporter à son égard. Marivaux se montre ainsi particulièrement attentif aux nuances des conditions sociales.

5 Les formes du comique dans *Les Fausses Confidences*

a. Un comique discret

Le comique des *Fausses Confidences* est léger parce qu'aucun des protagonistes n'est ridicule. Les spectateurs ne sont donc pas invités à rire d'eux, mais à sourire de situations plaisantes malgré la relative gravité de leurs enjeux : l'embarras que l'amour cause à Dorante et Araminte, qui ont besoin de l'aide d'un valet pour pouvoir vivre leurs sentiments, amuse sans interdire l'empathie.

Un tel climat est fréquent chez Marivaux, mais il est souvent contrebalancé par le comique plus franc, voire plus farcesque, d'Arlequin qui fait rire par sa joie, son goût pour les femmes et la boisson, ou son désespoir excessif, et par des personnages de paysans naïfs au langage pittoresque. Cette seconde catégorie n'apparaît pas dans la pièce, et Arlequin y est déjà un valet « poli », moins immédiatement drôle que dans d'autres comédies de Marivaux.

b. Un jeu subtil avec le langage

Le plaisir que procure la pièce repose avant tout sur un usage très maîtrisé du langage, caractéristique du théâtre de Marivaux, au point qu'on utilise le verbe marivauder et le terme marivaudage pour décrire un discours recherché et raffiné sur l'amour.

Les paroles des personnages sont en effet souvent à double-entente, notamment lorsque Dorante, questionné par Marton, lui tient un discours véridique sur le fond (il parle de son amour pour Araminte), mais dont la formulation entretient les illusions de la suivante. Le spectateur, à même de percer ce double discours, peut ainsi éprouver un sentiment de connivence avec le personnage et avec l'auteur.

Il arrive également que le langage des personnages trahisse malgré eux leurs propres sentiments. À l'acte I, scène 12, par exemple, lorsqu'Araminte déclare à Dorante : « Je loue vos sentiments », elle croit faire simplement l'éloge de son honnêteté, mais le spectateur comprend que c'est déjà son amour pour lui qui transparaît. La pièce offre ainsi au public le plaisir de mesurer sa propre perspicacité.

6 Parcours problématisé : théâtre et stratagème dans *Les Fausses Confidences*

Comme le titre l'indique, les stratagèmes sont nombreux dans *Les Fausses Confidences*. Dubois intrigue pour encourager l'amour d'Araminte en feignant de révéler les secrets de Dorante, puis en jouant avec sa jalousie à l'égard de Marton et en orchestrant les révélations du portrait et de la lettre. Mme Argante demande à Dorante de mentir à la jeune veuve sur l'issue de son procès pour l'inciter à épouser Dorimont, Araminte se dit prête à accepter ce mariage pour contraindre Dorante à lui avouer ses sentiments…

Ces ruses ont une portée morale : au stratagème malhonnête de Mme Argante, motivé par un intérêt personnel, s'opposent ceux de Dubois, Dorante et Araminte, dont les mensonges ont pour unique fonction de mener à la vérité des sentiments et des émotions.

Elles ont aussi une fonction dramatique : en montrant des personnages s'enferrent dans la complexité de leurs stratagèmes, Marivaux attise l'intérêt du spectateur, curieux de savoir comment ce nœud d'intrigues peut aboutir au bonheur des protagonistes.

Enfin, que la pièce relève à proprement parler du théâtre dans le théâtre, les stratagèmes peuvent y revêtir une valeur méta-théâtrale : ils sont majoritairement orchestrés par Dubois, véritable meneur de jeu, qui dicte aux autres les « rôles » qu'ils doivent jouer et use habilement de divers accessoires. Le succès de ses ruses signifie donc aussi le succès du jeu théâtral, qui est lui aussi une manière de dire le vrai par le détour d'une illusion à laquelle, comme Araminte, le spectateur cède avec plaisir.

Jean-Luc Lagarce, *Juste la fin du monde*
Parcours : Crise personnelle, crise familiale

Jean-Luc Lagarce est l'un des dramaturges les plus talentueux de sa génération. Mort prématurément en 1996, il laisse une œuvre dramatique riche, dont les motifs principaux sont les conflits familiaux, la recherche de l'identité, le rapport entre les générations dans la société contemporaine. C'est un théâtre à la fois réaliste, politique et poétique qui, à partir de l'expérience personnelle du dramaturge, aborde les grandes crises du monde contemporain.

1 La crise, une notion tragique ?

L'étymologie du mot crise est double : en grec, « *krisis* » signifie faire un choix. Il a donné « *crisis* » en latin médiéval, qui signifie maladie soudaine.

Le terme crise possède plusieurs significations. Il désigne tout d'abord un trouble qui bouleverse l'ordre établi de manière brutale, un moment particulièrement chaotique. Au théâtre, un personnage peut vivre une crise morale et sociale. C'est souvent le cas des personnages de théâtre de Jean-Luc Lagarce, ils sont confrontés à leur passé, d'où émergent des conflits voire une crise grave.

Au théâtre, et en particulier dans la tragédie, le terme crise désigne la situation de tension qui se fait jour avec le début de l'action. L'action tragique est en effet resserrée autour d'une crise, puis d'une catastrophe qui conduisent le plus souvent le personnage à une issue fatale. La notion de crise est donc d'essence tragique.

2 La crise personnelle

La notion de crise est très présente dans la littérature et le théâtre contemporains, centrée autour de l'individu : crise du langage depuis la déconstruction du théâtre de l'absurde dans les années 50, crises du personnage, crise de la représentation après la Seconde Guerre mondiale.

La notion de crise personnelle suggère aussi une implication du dramaturge dans son œuvre, soit il s'inspire d'une expérience personnelle douloureuse, soit il crée des personnages directement inspirés de sa propre famille ou de son entourage.

La notion de crise personnelle affecte donc un individu. Elle suppose de représenter un personnage en proie à des tourments intérieurs qui cherche un cheminement pour comprendre la crise.

Dans le cas de Jean-Luc Lagarce, la découverte de sa séropositivité peut être considérée comme une crise personnelle que reflète son théâtre, sans réduire son écriture à la maladie, qui concerne aussi toute une génération.

3 La crise familiale

La crise familiale est un ressort traditionnel de la comédie et du drame. Par exemple, dans *Le Malade imaginaire*, les membres de la famille d'Argan ne partagent pas les mêmes intentions matrimoniales que lui.

Dans le théâtre contemporain, la famille est souvent le lieu d'une crise, vouée à la dislocation et aux ruptures. La violence des rapports éclate, liée à l'émancipation des femmes, à la recherche de l'indépendance des enfants envers leurs parents.

La crise sociale induit souvent des crises familiales : le théâtre contemporain aborde le thème du chômage et ses conséquences (*La Demande d'emploi* de Vinaver), celui de la maladie, du génocide (le spectacle collectif *Rwanda 94*), des clivages générationnels (*Loin d'Hagondange* de Jean-Paul Wenzel). En somme, il s'inspire des situations courantes de la société d'aujourd'hui.

4 Présentation de *Juste la fin du monde* (1990)

a. Contexte de création : sources, inspiration

La maladie et la mort font déjà partie des thèmes privilégiés de Jean-Luc Lagarce lorsqu'il découvre sa séropositivité en 1988. Néanmoins, cet événement constitue le point de départ de la pièce : un jeune homme revient chez lui pour annoncer à sa famille qu'il est malade.

Dans son *Journal*, à la date du 11 février 1988, Lagarce évoque un projet de pièce, *Les Adieux*, dans lequel il raconterait l'histoire d'un jeune homme revenant dans sa famille. Ce projet est à l'origine de *Juste la fin du monde*.

Juste la fin du monde est donc une pièce très personnelle. Le personnage, Louis, tout comme l'auteur, sont atteints du SIDA et ils entretiennent des rapports conflictuels avec leur famille. Louis a le même âge que le dramaturge.

b. Contexte de création : écriture et représentation

Juste la fin du monde est composé durant un séjour à Berlin. La pièce écrite, elle est refusée par les metteurs en scène. Jean-Luc Lagarce se tourne vers d'autres projets, notamment *Le Pays lointain* (1995), qu'il achève peu de temps avant sa mort.

Juste la fin du monde est mis en scène pour la première fois par Joël Jouanneau en 1999. Depuis, la pièce est très régulièrement représentée, considérée comme l'une des œuvres phares du théâtre contemporain par l'originalité de son écriture et les thèmes qu'elle aborde (la famille, le passé, les non-dits, la mort).

5 Intrigue et enjeux dramatiques

a. Résumé de l'action

Louis (34 ans) rend visite à sa famille pour la première fois depuis des années. Il retrouve sa mère (61 ans), sa sœur Suzanne (23 ans), son frère Antoine (32 ans) et sa belle-sœur Catherine (32 ans) dans la maison où il a grandi et passé sa jeunesse. Deux générations sont donc représentées : les parents, bien que le père soit décédé, et les enfants.

Gravement malade, Louis est venu leur annoncer sa maladie et sa mort prochaine. Mais le retour au domicile familial fait resurgir de vieux démons et ravive les tensions familiales. Au fil de la pièce, le lecteur découvre le passé de la famille et leur personnalité.

Chacun exprime divers reproches, mais tous expriment leur point de vue sur Louis et sur le passé. Les rapports avec son frère Antoine se révèlent très conflictuels. Finalement, Louis repart sans avoir pu dire à ses proches la raison de sa venue.

b. Structure

La pièce comporte un prologue (Louis seul), une première partie, un intermède, une deuxième partie et un épilogue. Cette structure rappelle celle d'une tragédie antique. La pièce ne présente pas de continuité : elle est faite de la juxtaposition de rencontres, de soliloques.

À NOTER
La soliloque se définit par le discours d'un personnage qui se parle à lui-même, qui commente ses pensées à voix haute.

Louis est à la fois personnage et narrateur : régulièrement, il vient commenter l'action et la crise familiale, comme le ferait le chœur dans la tragédie grecque. Ces procédés de distanciations ont aussi pour fonction d'éclairer la crise que vit le personnage grâce à ses propres commentaires.

6 *Juste la fin du monde* et crises personnelle et familiale

a. Le retour du fils prodigue

La pièce se fonde sur une parabole de Jésus-Christ, celle du retour du fils prodigue. Une parabole est un récit allégorique dont on tire un enseignement moral.

Un homme a deux fils. Le fils cadet revient chez son père après avoir dilapidé son argent, tandis que l'aîné est resté fidèle à son père. Très heureux de revoir son jeune fils, le père donne une grande fête en son honneur après que ce dernier a reconnu ses fautes. Mais l'aîné, blessé, ne comprend pas.

La parabole illustre le fait qu'il est préférable de pardonner à un seul plutôt que de récompenser les justes qui n'en ont pas besoin.

Dans la pièce, Louis revient après une longue absence et sa mère l'accueille avec amour, contrairement à Antoine, resté auprès d'elle.

b. Caïn et Abel, Louis et Antoine

Le mythe de Caïn et Abel (Nouveau Testament) est également présent dans la pièce. Caïn tue Abel, son frère cadet, par jalousie, car Dieu a préféré l'offrande d'Abel à la sienne.

Le mythe est réactualisé dans la pièce : Antoine n'est pas heureux du retour de son frère Louis dont il a toujours été jaloux. La crise familiale repose en grande partie sur leur affrontement.

Antoine lui fait de nombreux reproches et exprime des pulsions de haine. Antoine a une vie morne et banale, tandis que Louis a réussi ; il reproche aussi à Louis d'avoir abandonné la famille.

c. Seul contre tous ?

Louis est isolé par rapport à l'ensemble de la famille. La maison où il a grandi n'est pas un lieu de retrouvailles, mais l'espace où il est impossible de dire l'essentiel : la mort inéluctable.

Louis est un personnage solitaire, en marge ; il n'a pas la même vie que les siens et ne vit pas de manière traditionnelle (il n'est pas marié comme Antoine, par exemple). Son rapport aux membres de la famille est conditionné par sa situation atypique.

Son isolement est accentué par la difficulté à verbaliser : le passage par la parole nécessite un effort et ne se fait pas naturellement. Sa parole est ponctuée de silences, d'hésitations, de répétitions, qui sont autant de signes de la crise intérieure que vit le personnage.

7 La communication en crise

- La pièce ne comporte que très peu de didascalies et peu de péripéties. La parole est aussi le sujet de l'action. C'est grâce à elle qu'on remonte le temps et que s'enracinent les conflits.

- Il n'y a pas d'unité de registre dans la parole, ce qui contribue à produire un effet d'éclatement entre les personnages. Les répliques de Suzanne sont parfois empreintes de lyrisme, tandis que celles d'Antoine peuvent être pathétiques.

- La crise se manifeste également dans les confusions d'énonciation (je/nous), ainsi que dans le mélange des strates temporelles (le présent, le passé).

- Le discours des personnages est souvent voilé, comporte des implicites et des non-dits qui affleurent soudainement de manière violente.

- Le personnage de Louis est relativement silencieux : il écoute ; ses soliloques traduisent la crise de la communication dans la famille. Il parvient à expliquer seul les enjeux du conflit, mais ne parvient pas vraiment à établir un dialogue avec les autres.

1 Étudier le rôle des didascalies

Savoir-faire

1. Définition

Les didascalies sont des indications en italiques qui permettent de situer le lieu de l'action et les déplacements des personnages.

Peu nombreuses dans la tragédie classique, elles sont souvent très développées dans le drame. Elles sont indispensables à la compréhension du texte théâtral.

Leur étude fait intrinsèquement partie de l'analyse du texte théâtral. Il faut les interpréter au même titre que les dialogues.

2. Fonctions des didascalies

À la lecture, les didascalies permettent d'imaginer l'espace dans lequel se déroule l'action.

Elles fournissent des **indications historiques** (moment de l'action), **sociologiques** (milieu social des personnages) et **matérielles** (accessoires et objets utilisés).

Les didascalies peuvent aussi créer un climat poétique, en suggérant un décor qui invite au rêve.

3. Didascalies et mise en scène

Un metteur en scène peut choisir d'être fidèle ou non à un texte théâtral et à ses dialogues.

Les didascalies peuvent servir de **point de départ à l'imagination du metteur en scène**. À partir d'elles, il peut imaginer un espace, des costumes, tout un univers.

Dans le théâtre contemporain, les didascalies sont parfois considérées comme le signe d'un théâtre dépassé. Mais elles peuvent être intégrées à la représentation et sont parfois proférées par les acteurs.

Application

Quelles sont les différentes fonctions des didascalies de cet extrait du *Barbier de Séville* ?

ACTE II

(Le théâtre représente l'appartement de Rosine.
La croisée dans le fond du théâtre est fermée par une jalousie grillée.)

Scène 1

Rosine, *seule, un bougeoir à la main. Elle prend du papier sur la table et se met à écrire.*

Marceline est malade ; tous les gens sont occupés ; et personne ne me voit écrire. Je ne sais si ces murs ont des yeux et des oreilles, ou si mon argus a un génie malfaisant qui l'instruit à point nommé ; mais je ne puis dire un mot ni faire un pas, dont il ne devine sur-le-champ l'intention... Ah ! Lindor ! *(Elle cachette la lettre.)* Fermons toujours ma lettre, quoique j'ignore quand et comment je pourrai la lui faire tenir. Je l'ai vu à travers ma jalousie parler longtemps au barbier Figaro. C'est un bonhomme qui m'a montré quelquefois de la pitié : si je pouvais l'entretenir un moment !

Scène 2

Rosine, Figaro

Rosine, *surprise*

Ah ! Monsieur Figaro, que je suis aise de vous voir !

Figaro

Votre santé, Madame ?

Rosine

Pas trop bonne, Monsieur Figaro. L'ennui me tue [...]

Beaumarchais, *Le Barbier de Séville*, 1775.

À la lecture, on relève quatre didascalies. Elles n'occupent pas tout à fait la même fonction :
- les indications de lieu (la chambre de Rosine ; « table ») ;
- les indications relatives à des accessoires (papier, plume, encre) ;
- des indications de geste (cacheter la lettre) ;
- des indications d'éclairage (le bougeoir) ;
- des indications d'émotion et de jeu (Rosine doit être « surprise »).

Le lecteur peut interpréter ces éléments didascaliques qui accordent une part importante à la fenêtre : celle-ci est « grillée », autrement dit Rosine vit sous étroite surveillance.

Un metteur en scène pourrait reproduire à l'identique la chambre de Rosine, mais il pourrait insister aussi sur la fenêtre, élément central du décor qui pourrait jouer un rôle dans la suite de l'intrigue.

2 Étudier une scène d'exposition

Savoir-faire

1. Quelle est sa fonction ?

La scène d'exposition désigne la ou les premières scènes d'une pièce de théâtre. Elle a pour fonction de présenter les personnages, l'intrigue, la temporalité et le lieu de l'action.

Dans le théâtre traditionnel, l'exposition présente aussi les conflits et les buts de chaque personnage. Dès la première scène du *Mariage de Figaro*, Suzanne annonce à son promis les intentions du comte. Elle présente de fait les personnages et l'intrigue.

Dans les écritures dramatiques contemporaines, l'usage dramatique de l'exposition est remis en question. Ainsi dans *Oh les beaux jours*, on ne peut pas vraiment déceler d'exposition.

2. Règles et utilisation dramaturgique de l'exposition

Dans le théâtre classique (comédies et tragédies en vers), la scène d'exposition suit des règles précises : le premier acte est généralement consacré à la présentation des enjeux de la pièce.

La scène ou les scènes d'exposition ont donc une fonction informative. Mais ces informations fournies au début de la pièce sont vouées à évoluer, voire à se transformer.

Le dénouement vient résoudre les conflits annoncés par l'exposition.

Application

Pourquoi est-il utile de lire attentivement une scène d'exposition pour comprendre les intentions des personnages ?

– En général, une scène d'exposition présente les intentions des personnages, soit de manière directe (un personnage formule clairement ses désirs), soit de manière indirecte (on apprend par un tiers quelles sont ses ambitions).

– Il est important de repérer de qui provient l'information car en fonction du rapport que les personnages entretiennent entre eux (maître/valets, amoureux/amoureuse, parents/enfants, etc.), les enjeux revêtent une dynamique différente.

Faites l'exercice avec la scène suivante.

ACTE I

Scène 1

CHIMÈNE, ELVIRE

CHIMÈNE

Elvire, m'as-tu fait un rapport bien sincère ?
Ne déguises-tu rien de ce qu'a dit mon père ?

ELVIRE

Tous mes sens à moi-même en sont encor charmés :
Il estime Rodrigue autant que vous l'aimez,
Et si je ne m'abuse à lire dans son âme,
Il vous commandera de répondre à sa flamme.

CHIMÈNE

Dis-moi donc, je te prie, une seconde fois
Ce qui te fait juger qu'il approuve mon choix :
Apprends-moi de nouveau quel espoir j'en dois prendre ;
Un si charmant discours ne se peut trop entendre ;
Tu ne peux trop promettre aux feux de notre amour
La douce liberté de se montrer au jour.
Que t'a-t-il répondu sur la secrète brigue
Que font auprès de toi don Sanche et don Rodrigue ?
N'as-tu point trop fait voir quelle inégalité
Entre ces deux amants me penche d'un côté ?

ELVIRE

Non ; j'ai peint votre cœur dans une indifférence
Qui n'enfle d'aucun d'eux ni détruit l'espérance,
Et sans les voir d'un œil trop sévère ou trop doux,
Attend l'ordre d'un père à choisir un époux.
Ce respect l'a ravi, sa bouche et son visage
M'en ont donné sur l'heure un digne témoignage,
Et puisqu'il vous en faut encor faire un récit,
Voici d'eux et de vous ce qu'en hâte il m'a dit :
« Elle est dans le devoir ; tous deux sont dignes d'elle,
Tous deux formés d'un sang noble, vaillant, fidèle,
Jeunes, mais qui font lire aisément dans leurs yeux
L'éclatante vertu de leurs braves aïeux.
Don Rodrigue surtout n'a trait en son visage
Qui d'un homme de cœur ne soit la haute image,
Et sort d'une maison si féconde en guerriers,
Qu'ils y prennent naissance au milieu des lauriers.
La valeur de son père, en son temps sans pareille,
Tant qu'a duré sa force, a passé pour merveille ;
Ses rides sur son front ont gravé ses exploits,
Et nous disent encor ce qu'il fut autrefois.

Je me promets du fils ce que j'ai vu du père ;
Et ma fille, en un mot, peut l'aimer et me plaire. » [...]

Chimène
Il semble toutefois que mon âme troublée
Refuse cette joie, et s'en trouve accablée :
Un moment donne au sort des visages divers,
Et dans ce grand bonheur je crains un grand revers.

Elvire
Vous verrez cette crainte heureusement déçue.

Chimène
Allons, quoi qu'il en soit, en attendre l'issue.

Corneille, *Le Cid*, 1637.

Présentation des personnages

La première scène du *Cid* fait se rencontrer Chimène, l'héroïne, et sa suivante Elvire. Leur dialogue mentionne plusieurs protagonistes qui vont jouer un rôle important dans l'intrigue, au premier rang desquels Rodrigue, dont Elvire fait un portrait louangeur en rapportant les propos du père de Chimène : « Don Rodrigue surtout n'a trait en son visage / Qui d'un homme de cœur ne soit la haute image ». L'exposition sert ici à présenter les qualités héroïques du héros de la pièce. Face à lui, Elvire évoque don Sanche mais son portrait est plus rapide, et l'on comprend qu'il ne sera pas vraiment un rival de Rodrigue. Un autre personnage joue un rôle fondamental dans cette exposition : le père de Chimène, qui occupe de hautes fonctions politiques.

Présentation des enjeux de l'intrigue

La première scène évoque le mariage de Chimène, qui a deux prétendants, ce qui instaure un premier conflit. Le choix de Chimène s'est déjà porté sur Rodrigue. Mais la réalisation du mariage est suspendue à l'autorité du père de Chimène. Cette dernière a cependant l'intuition à la fin de la scène que rien ne sera simple : « Et dans ce grand bonheur je crains un grand revers. »

Pour réussir le jour J !

Les erreurs à ne pas commettre

- Ne pas confondre **les règles unitaires et les bienséances**.
- **Ne pas paraphraser** les répliques sans les commenter.
- Ne pas oublier **la dimension scénique** du texte théâtral. Une pièce est faite pour être jouée, ce qui implique de prendre en compte la dimension théâtrale mentionnée par les didascalies et par les répliques.
- **Ne pas assimiler théâtre et cinéma :** le théâtre est un art vivant, représenté en direct sous les yeux du public. Il est écrit dans ce but.
- **Analyser les didascalies**. Elles permettent parfois de mieux comprendre les enjeux du dialogue dans lesquelles elles s'inscrivent.

Un point en + sur la copie

- Utilisez le vocabulaire propre à l'analyse théâtrale et employez les termes précis pour analyser les dialogues (monologues, tirades, soliloque, etc.).
- Faites la distinction entre personnages principaux et personnages secondaires.
- Comparez des situations de théâtre à d'autres genres pour faire émerger la spécificité du théâtre.
- Faites mention de votre expérience de spectateur pour nourrir votre analyse.
- Analysez les décors et les costumes. Mettez-vous à la place d'un metteur en scène.
- À l'oral, veillez à changer de ton quand vous lisez plusieurs personnages.

10 QCM pour réviser le cours

Corrigés, p. 174

1 Une comédie est écrite :

- ❑ **a.** En prose
- ❑ **b.** En vers
- ❑ **c.** En vers et en prose.

2 Qu'appelle-t-on les bienséances ?

- ❑ **a.** Le respect d'une action en 24 heures
- ❑ **b.** Le respect de règles de versification
- ❑ **c.** Le respect de règles morales et esthétiques

3 Les didascalies servent :

- ❑ **a.** À situer l'action
- ❑ **b.** À permettre aux acteurs de se situer dans l'espace
- ❑ **c.** À bien placer les accessoires en scène

4 La tragédie élisabéthaine admet :

- ❑ **a.** Des animaux sur scène
- ❑ **b.** Des scènes muettes sur scène
- ❑ **c.** Des violences sur scène

5 Quel est le principal dramaturge de l'Absurde

- ❑ **a.** Jean-Paul Sartre
- ❑ **b.** Albert Camus
- ❑ **c.** Eugène Ionesco

6 Qui est le théoricien du drame ?

- ❑ **a.** Voltaire
- ❑ **b.** Diderot
- ❑ **c.** Rousseau

7 Jean-Luc Lagarce a écrit :

- ❑ **a.** *Le Pays lointain*
- ❑ **b.** *Le Pays d'où l'on ne revient pas*
- ❑ **c.** *Le Pays du levant*

8 Lequel de ces personnages n'apparaît pas dans *Les Fausses Confidences* ?

- ❑ **a.** Dorimont
- ❑ **b.** Martine
- ❑ **c.** Dorante

9 Sur quelle scène se referme *Le Malade imaginaire* ?

- ❑ **a.** La mort d'Argan
- ❑ **b.** L'intronisation d'Argan
- ❑ **c.** La colère d'Argan

10 À quel genre de pièce *Le Malade imaginaire* appartient-il ?

- ❑ **a.** La comédie chantée
- ❑ **b.** La comédie farcesque
- ❑ **c.** La comédie-ballet

Exercices

Exercice 1 niveau 2 | 40 min

Corrigés, p. 174

ACTE II
Scène 2
NÉRON, NARCISSE

NÉRON
Narcisse, c'en est fait, Néron est amoureux.

NARCISSE
Vous !

NÉRON
Depuis un moment, mais pour toute ma vie.
J'aime, que dis-je, aimer ? J'idolâtre Junie.

NARCISSE
Vous l'aimez !

NÉRON
Excité d'un désir curieux,
Cette nuit je l'ai vue arriver en ces lieux,
Triste, levant au ciel ses yeux mouillés de larmes,
Qui brillaient au travers des flambeaux et des armes ;
Belle sans ornement, dans le simple appareil
D'une beauté qu'on vient d'arracher au sommeil.
Que veux-tu ? Je ne sais si cette négligence,
Les ombres, les flambeaux, les cris et le silence,
Et le farouche aspect de ses fiers ravisseurs,
Relevaient de ses yeux les timides douceurs.
Quoi qu'il en soit, ravi d'une si belle vue,
J'ai voulu lui parler, et ma voix s'est perdue :
Immobile, saisi d'un long étonnement,
Je l'ai laissé passer dans son appartement.
J'ai passé dans le mien. C'est là que, solitaire,
De son image en vain j'ai voulu me distraire.
Trop présente à mes yeux je croyais lui parler ;
J'aimais jusqu'à ses pleurs que je faisais couler.
Quelquefois, mais trop tard, je lui demandais grâce :
J'employais les soupirs, et même la menace.
Voilà comme, occupé de mon nouvel amour,
Mes yeux, sans se fermer, ont attendu le jour.
Mais je m'en fais peut-être une trop belle image :
Elle m'est apparue avec trop d'avantage :
Narcisse, qu'en dis-tu ?

RACINE, *Britannicus*, 1669.

Questions

1. D'après le dialogue, déterminez le rang de chaque personnage.

2. Commentez la figure de style employée par Racine dans ce vers : « J'aime, que dis-je, aimer ? J'idolâtre Junie. »

3. Dans quel contexte Néron a-t-il vu Junie ? Relevez les termes qui suggèrent la passion naissante.

4. Relevez et commentez les éléments qui décrivent la réaction de Néron face à Junie.

Exercice 2

niveau 2 | 40 min

Corrigés, p. 174

ACTE III

Scène dernière

SILVIA, DORANTE, M. ORGON, MARIO, ARLEQUIN, LISETTE

SILVIA

Ah, mon père, vous avez voulu que je fusse à Dorante, venez voir votre fille vous obéir avec plus de joie qu'on n'en eut jamais.

DORANTE

Qu'entends-je ! Vous son père, Monsieur ?

SILVIA

Oui, Dorante, la même idée de nous connaître nous est venue à tous deux. Après cela, je n'ai plus rien à vous dire ; vous m'aimez, je n'en saurais douter mais, à votre tour, jugez de mes sentiments pour vous, jugez du cas que j'ai fait de votre cœur par la délicatesse avec laquelle j'ai tâché de l'acquérir.

M. ORGON

Connaissez-vous cette lettre-là ? Voilà par où j'ai appris votre déguisement, qu'elle n'a pourtant su que par vous.

DORANTE

Je ne saurais vous exprimer mon bonheur, Madame ; mais ce qui m'enchante le plus, ce sont les preuves que je vous ai données de ma tendresse.

MARIO

Dorante me pardonne-t-il la colère où j'ai mis Bourguignon ?

DORANTE

Il ne vous la pardonne pas, il vous en remercie.

ARLEQUIN

De la joie Madame ! Vous avez perdu votre rang, mais vous n'êtes point à plaindre, puisqu'Arlequin vous reste.

LISETTE

Belle consolation ! Il n'y a que toi qui gagnes à cela.

Arlequin

Je n'y perds pas ; avant notre connaissance, votre dot valait mieux que vous ; à présent, vous valez mieux que votre dot. Allons, saute Marquis !

Marivaux, *Le Jeu de l'Amour et du Hasard*, 1730.

Questions

1. Quels sont les couples en présence ?
2. Quel stratagème dévoile ce dénouement ?
3. En quoi ce dénouement est-il conforme à celui d'une comédie ?
4. Recherche documentaire : Trouvez deux autres pièces dans lesquelles les valets prennent le déguisement du maître.

Exercice 3

niveau 2 | 40 min

Corrigés, p. 175

Entrée de Ballet

Tous les Chirurgiens et Apothicaires viennent lui faire la révérence en cadence.

Bachelierus

Grandes doctores doctrinæ
De la rhubarbe et du séné,
Ce seroit sans douta à moi chosa folla,
Inepta et ridicula,
Si j'alloibam m'engageare
Vobis louangeas donare,
Et entreprenoibam adjoutare
Des lumieras au soleillo,
Et des etoilas au cielo,
Des ondas à l'Oceano,
Et des rosas au printanno.
Agreate qu'avec uno moto,
Pro toto remercimento,
Rendam gratiam corpori tam docto.
Vobis, vobis debeo
Bien plus qu'à nature et qu'à patri meo:
Natura et pater meus
Hominem me habent factum;
Mais vos me, ce qui est bien plus,
Avetis factum medicum,
Honor, favor et gratia,
Qui, in hoc corde que voilà,
Imprimant ressentimenta
Qui dureront in secula.

Chorus

Vivat, vivat, vivat, vivat, cent fois vivat,
Novus Doctor, qui tam bene parlat!
Mille, mille annis, et manget et bibat,
Et seignet et tuat!

Entrée de Ballet
Tous les Chirurgiens et les Apothicaires dansent au son des instruments et des voix, et des battements de mains, et des mortiers d'apothicaires.

Molière, *Le Malade imaginaire*, 1673.

Questions

1. Qui est le « Bachelierus » ? De qui ou de quoi fait-il l'éloge ?
2. Dans quelle langue s'exprime le chœur ? Quel est l'effet produit par cette langue ?
3. Dans quelle mesure ce dénouement est-il spectaculaire ?

Exercice 4 niveau 4 40 min

Corrigés, p. 175

Scène XII

Béline, Toinette, Argan, Béralde

Toinette *s'écrie*
Ah ! mon Dieu ! Ah ! malheur ! Quel étrange accident !

Béline
Qu'est-ce, Toinette ?

Toinette
Ah ! Madame !

Béline
Qu'y a-t-il ?

Toinette
Votre mari est mort.

Béline
Mon mari est mort ?

Toinette
Hélas ! oui. Le pauvre défunt est trépassé.

Béline
Assurément ?

Toinette
Assurément. Personne ne sait encore cet accident-là ; et je me suis trouvée ici toute seule. Il vient de passer entre mes bras. Tenez, le voilà tout de son long dans cette chaise.

Béline
Le Ciel en soit loué ! Me voilà délivrée d'un grand fardeau. Que tu es sotte, Toinette, de t'affliger de cette mort !

Toinette
Je pensois, Madame, qu'il fallût pleurer.

Béline
Va, va, cela n'en vaut pas la peine. Quelle perte est-ce que la sienne ? et de quoi servoit-il sur la terre ? Un homme incommode à tout le monde, malpropre, dégoûtant, sans cesse un lavement ou une médecine dans le ventre, mouchant, toussant, crachant toujours, sans esprit, ennuyeux, de mauvaise humeur, fatiguant sans cesse les gens, et grondant jour et nuit servantes et valets.

Toinette
Voilà une belle oraison funèbre.

Béline
Il faut, Toinette, que tu m'aides à exécuter mon dessein, et tu peux croire qu'en me servant ta récompense est sûre. Puisque, par un bonheur, personne n'est encore averti de la chose, portons-le dans son lit, et tenons cette mort cachée, jusqu'à ce que j'aie fait mon affaire. Il y a des papiers, il y a de l'argent dont je veux me saisir, et il n'est pas juste que j'aie passé sans fruit auprès de lui mes plus belles années. Viens, Toinette, prenons auparavant toutes ses clefs.

Argan, *se levant brusquement*
Doucement.

Béline, *surprise et épouvantée*
Ahy !

Argan
Oui, Madame ma femme, c'est ainsi que vous m'aimez ?

Toinette
Ah, ah ! le défunt n'est pas mort.

Argan, *à Béline, qui sort*
Je suis bien aise de voir votre amitié, et d'avoir entendu le beau panégyrique que vous avez fait de moi. Voilà un avis au lecteur, qui me rendra sage à l'avenir, et qui m'empêchera de faire bien des choses.

Molière, *Le Malade imaginaire*, 1673.

Questions

1. Résumez en trois phrases la situation de cette scène.
2. Selon vous, comment la comédienne qui incarne Béline doit-elle prononcer la réplique « Mon mari est mort ? » ?
3. Sur quoi repose la connivence avec le public dans cette scène ?
4. Proposez un plan de commentaire pour cette scène.

Corrigés

QCM

1 c. 2 c. 3 a. 4 c. 5 c. 6 b. 7 a. 8 b. 9 b. 10 c.

Exercice 1

1. La différence de longueur des répliques nous renseigne sur le statut des personnages. Néron est l'empereur de Rome et Narcisse son confident ; ce dernier a pour fonction de lancer l'échange afin que Néron puisse s'exprimer.

2. La figure de style employée est la gradation* : elle traduit le désir et l'amour croissant de Néron pour Junie.

3. La scène que peint Néron dans sa tirade s'est déroulée la nuit. Elle décrit un rapt, celui de Junie, comme le suggère le terme « ravisseurs ». Éclairée aux flambeaux, la scène revêt l'apparence d'une fantasmagorie. Junie est perçue à travers un jeu de rideaux et de flambeaux ; Néron est frappé par la beauté de la jeune femme qu'il a vue « dans le simple appareil / D'une beauté qu'on vient d'arracher au sommeil. » Les termes qui suggèrent la passion naissante sont les suivants : Belle, beauté, flambeaux, charme, etc. La louange est cependant ambiguë puisque Néron a éprouvé un certain plaisir à voir la jeune fille prisonnière, se tenant à distance d'elle.

4. Face à Junie, Néron a été saisi d'une sorte de ravissement. Hypnotisé par sa beauté, il s'en est tenu à une position d'observateur, et même de voyeur. Mais, incapable d'agir, il est resté inerte, saisi par cette vision d'une passion naissante. On comprend aisément dans la tirade de Néron que cet amour présente une dimension inquiétante…

Exercice 2

1. Le dénouement du *Jeu de l'amour et du hasard* met en présence deux couples et deux autres protagonistes. Les deux couples sont formés par les maîtres, Dorante et Silvia, et par les valets, Lisette et Arlequin. Les deux autres personnages sont M. Orgon et Mario, respectivement père et frère de Silvia. Il s'agit d'un dénouement de comédie qui voit la conclusion de deux mariages.

2. On comprend que les personnages ont « joué » avec l'amour en se déguisant, en changeant de rôle et de costume (c'est très souvent le cas dans les comédies de Marivaux). Silvia s'est déguisée en suivante, tandis que Lisette a pris les vêtements de sa maîtresse. Dorante s'est déguisé en valet. Le dénouement redonne à chacun son identité et chacun retrouve sa place. C'est visiblement Dorante qui a été la dupe de ce stratagème et découvre l'identité de Silvia. Or Dorante et Silvia ont eu la même idée, qui consiste à s'approcher masqué. On notera ici que la réaction de Lisette est en demi-teinte. Sans doute le rôle de sa maîtresse lui plaisait-il.

3. Comme l'exige la comédie classique, le dénouement doit rétablir l'ordre des choses. Ici les personnages retrouvent leur statut initial présenté dans l'exposition, ainsi que leurs prérogatives. Bien que Marivaux ne le dise pas explicitement, les deux couples s'uniront, le mariage étant le reflet des attentes de la société et la conclusion habituelle de la comédie.

4. Parmi les pièces qui utilisent le travestissement et le changement d'identité, on peut citer *Ruy Blas* de Hugo. Dans ce drame, Salluste transforme son laquais Ruy Blas en le faisant passer pour un grand d'Espagne. On peut également citer *Les Bonnes* de Jean Genet, pièce dans laquelle deux bonnes, Claire et Solange, jouent à être leur maîtresse en son absence.

Exercice 3

1. Le bachelier, c'est Argan. Sur le conseil de son frère Béralde, le malade imaginaire est intronisé médecin et le titre de bachelier marque son entrée dans les études de médecine. Il fait l'éloge des docteurs qui l'ont fait médecin : « *Avetis factum medicum* ».

2. Le chœur s'exprime en latin. Mais c'est un latin macaronique, autrement dit un latin de cuisine, qui ne respecte ni la syntaxe ni les déclinaisons de cette langue. Le latin macaronique a été inventé au XVe siècle en Italie, pour écrire des poésies qui mêlent la langue vernaculaire et des terminaisons latines. L'effet produit par cette langue est comique, comme le montre par exemple l'expression latinisée « *Novus Doctor* ».

3. Ce dénouement est spectaculaire car il mêle des chants et une gestuelle proches de la danse. La présence d'un chœur suppose aussi plusieurs acteurs en scène, ce qui contribue au climat festif et spectaculaire de ce dénouement.

Exercice 4

1. Toinette a proposé un stratagème à Argan, qui consiste à se faire passer pour mort pour éprouver la sincérité de ses proches. Béline, loin de s'affliger, se réjouit de la mort d'Argan, qui signifie pour elle un possible héritage. Elle exprime tout son ressentiment contre un mari qu'elle n'a visiblement jamais aimé.

2. Étant donné la réaction de Béline au cours de la scène, la réplique « Mon mari est mort ? » peut être prononcée au moins de deux manières. L'actrice peut exprimer d'une part la surprise, l'étonnement qu'on éprouve face à une nouvelle inattendue. Mais elle peut aussi se réjouir face à l'annonce de cette mort, qui signifie pour elle liberté et enrichissement. Le comique repose ici sur le décalage entre la manière dont la comédienne apprend la nouvelle et la réalité des faits : Argan fait semblant d'être mort...

3. La connivence avec le public repose sur le fait que ce dernier sait qu'Argan feint la mort, tandis que Béline l'ignore. La complicité est redoublée par le fait que Toinette est complice, mais joue, elle aussi, la comédie. Le public sait également qu'il a un autre complice, Béralde, également dissimulé.

4. Plan de commentaire :

I. Le stratagème
- a. La fausse mort
- b. Toinette la complice
- c. Le personnage caché

II. Les réactions d'une veuve
- a. L'étonnement de Béline
- b. Portrait du défunt
- c. La concupiscence de la veuve

III. Vérité et coup de théâtre
- a. Le comique de la surprise
- b. Béline démasquée
- c. La réussite du stratagème

6 Étude de la langue

Les 5 points incontournables

La cohérence textuelle

Un énoncé n'est pas qu'une succession de phrases. Il convient de l'interpréter selon sa progression et sa logique d'ensemble.

Cours, p. 178 à 180

Les subordonnées conjonctives

On ne doit pas confondre les subordonnées conjonctives en fonctions de compléments circonstanciels et les autres subordonnées, en particulier la complétive qui a le plus souvent la fonction de COD. Dépendant d'une principale, la subordonnée conjonctive est introduite par une conjonction de subordination.

Cours, p. 179 à 180

La maîtrise du lexique

Il convient d'utiliser un langage à la fois précis et varié. Dans l'interprétation d'un énoncé écrit ou oral, il faut être capable de relever un champ lexical ; pouvoir décliner un champ sémantique ; connaître les modes de néologie ainsi que les relations lexicales.

Cours, p. 178 à 179

L'interrogation : aspect syntaxique et sémantique

La forme de l'interrogation varie selon les niveaux de langue, selon qu'elle s'inscrive dans un énoncé oral ou écrit. On ne confondra pas l'interrogation directe et l'interrogation indirecte ou enchâssée. Il s'agit de bien connaître les formes de l'interrogation dans le cadre d'une étude des paroles rapportées.

Cours, p. 181 à 182

L'expression de la négation

Elle concerne à la fois **la forme** et **le sens de la phrase**. La connaissance du contexte énonciatif est nécessaire pour déterminer si la négation porte sur l'ensemble de l'énoncé (négation totale) ou seulement sur l'un de ses constituants (négation partielle.). L'expression de la négation peut également concerner le lexique, les relations qui existent entre des mots opposés, l'**antonymie**.

Cours, p. 181 à 182

1 L'organisation et la cohérence textuelle

a. L'organisation formelle du texte

L'organisation formelle, non linguistique, doit être prise en compte dans l'analyse d'un texte. La disposition typographique est souvent corrélée au sens d'un énoncé. Par exemple, une partie de commentaire débute par un alinéa qui correspond à la formulation de l'idée directrice et un second alinéa indique au correcteur la formulation du premier argument.

La forme d'un texte littéraire, notamment en poésie, peut être particulièrement fructueuse à étudier. Par exemple un sonnet, composé de deux quatrains et de deux tercets est souvent le lieu d'une progression où fond et forme se combinent.

b. Les connecteurs logiques

Les connecteurs sont les mots-outils qui permettent de structurer un énoncé. Ces outils lexicaux (adverbes, conjonctions, locutions) assurent la cohérence entre les mots, les phrases et les paragraphes. On veillera à distinguer principalement deux types de connecteurs : les connecteurs logiques et les connecteurs temporels.

– **Les connecteurs logiques :** ils structurent le raisonnement et expriment différentes nuances logiques : la cause (car, parce que) ; la conséquence (donc, en effet) ; l'opposition (mais, tandis que) ; la concession (or, certes, mais) ; le but (pour, afin que), etc.

– **Les connecteurs temporels :** ils marquent un rapport au temps et permettent un repérage par rapport au moment de l'énonciation : simultanéité (tout à coup, en même temps), antériorité (jadis), postériorité (ensuite), etc.

On notera que les connecteurs logiques structurent la plupart des textes de type argumentatif tandis que les connecteurs spatio-temporels structurent de nombreux textes de types narratif et descriptif.

c. La reprise pronominale, nominale et la périphrase

Les procédés de reprise assurent la cohérence thématique d'un énoncé. Il existe différentes modalités de reprise : l'élément déjà cité peut être répété tel quel. Il ne s'agit pas toujours d'une lourdeur, ce peut être **une répétition**, c'est-à-dire un procédé de style qui produit un effet d'insistance.

Les reprises pronominales

Pronom personnel (il, on, le, leur...). *Ex : J'ai entendu un cri,* on *a crié derrière cette porte.*

Adjectif démonstratif (celle-ci, cela, ceux-ci…). *Ex : Elle apprécie d'*aller au cinéma. Cela *la distrait*.

Adjectif possessif (le mien, la nôtre, les vôtres…). *Ex : Il pratique* un art qui le passionne, le vôtre *semble l'être tout autant*.

Pronom adverbial (en, y). *Ex : Il a* du style, *je m'*en *inspire ! / Victor Hugo a vécu longtemps* sur les îles anglo-normandes *mais il n'*y *est pas mort*.

Les reprises nominales

Terme générique : un nom commun remplace plusieurs termes. *Ex : Elle lit* Balzac et Flaubert. Ces auteurs réalistes…

Synonyme : un terme est remplacé par un autre de sens équivalent. *Ex :* Le lion *suscite la crainte et l'admiration.* Ce *grand* félin…

Périphrase : un mot est remplacé par une autre expression composée d'un ou plusieurs termes. *Ex :* Paris *brille de mille feux.* La ville lumière…

d. Les subordonnées conjonctives utilisées comme compléments circonstanciels

Les différentes subordonnées conjonctives

Les propositions subordonnées conjonctives sont introduites par une conjonction de subordination ou une locution de subordination. On distingue deux types de conjonctives :

– **Les subordonnées complétives.** Ni déplaçables, ni supprimables, elles sont le plus souvent introduites par la conjonction de subordination *que*.

Ex : Je sens ***que cette rencontre me sera bénéfique.***

– Bien que la complétive introduite par *que* ait le plus souvent la fonction de COD, elle peut occuper d'autres fonctions : COI, complément du nom, complément de l'adjectif et même la fonction sujet.

Ex : ***Que tu viennes voir cette pièce de théâtre*** *nous réjouirait* !

> **À NOTER**
> La proposition subordonnée interrogative indirecte est une complétive introduite par un adverbe interrogatif.
> *Ex : Je me demande* ***quand*** *aura lieu cette rencontre.*

Les caractéristiques des conjonctives circonstancielles

À la différence des autres conjonctives, les circonstancielles sont souvent déplaçables ou supprimables. *Ex : Esther lit René de Chateaubriand* pour éprouver « le vague des passions ». / Pour éprouver « le vague des passions », *Esther lit René de Chateaubriand. / Esther lit René de Chateaubriand.*

La commutation avec un groupe nominal ou un groupe infinitif, le plus souvent introduit par une préposition, permet d'identifier ce type de conjonctive. *Ex :*

Il écoute parce qu'il est toujours attentif (subordonnée circonstancielle de cause) / *Il écoute* en raison de son attention particulière (GN). Pour qu'elle progresse, *elle doit mieux écouter* (subordonnée circonstancielle de but) / Pour progresser, *elle doit mieux écouter* (groupe infinitif).

Comme les autres conjonctives, les circonstancielles sont introduites par une conjonction ou une locution de subordination.

Les différentes circonstances exprimées

Chaque conjonction exprime une nuance circonstancielle : *quand* (le temps) ; *puisque* (la cause) ; *si* (l'hypothèse) ; *comme* (la manière) ; *même si* + indicatif ou *bien que* + subjonctif (la concession).

Les propositions subordonnées circonstancielles **apportent une information supplémentaire** utile au sens d'un énoncé. On notera que les circonstancielles de sens logique qui expriment la cause et la conséquence sont également appelées causale et consécutive. Cette dernière se différencie des autres circonstancielles en ce qu'elle ne peut être déplacée : au sein de la phrase complexe, elle suit toujours la principale.

> **À NOTER**
> Quand deux propositions exprimant la même nuance circonstancielle sont coordonnées, l'usage veut que la conjonction de subordination utilisée une première fois ne soit pas répétée, mais elle est remplacée par la conjonction *que*.

Ex : « **Quand** le ciel bas et lourd pèse comme un couvercle / Sur l'esprit gémissant en proie aux longs ennuis, / Et **que** de l'horizon embrassant tout le cercle… » « Spleen », *Les Fleurs du Mal*, Baudelaire.

2 L'interrogation : aspects syntaxique et sémantique

a. L'interrogation et les autres types et formes de phrase

Les types de phrase expriment une intention et une tonalité du locuteur. Il existe quatre types de phrase : déclarative, injonctive, exclamative et interrogative. La phrase interrogative pose une question.

L'interrogation directe est marquée par l'inversion de l'ordre sujet-verbe et par le point d'interrogation en fin de phrase, tandis que **l'interrogation indirecte** est marquée par un verbe introducteur du type *demander, dire, ne pas savoir*, etc. Elle rétablit l'ordre sujet-verbe et se termine par un point.

Ex : Il demande : viens-tu ? (interrogation directe)

Il demande si tu viens. (interrogation indirecte)

Les types de phrase peuvent se combiner avec les formes de phrase qui sont les différentes manières d'utiliser la syntaxe : affirmative → négative/ active → passive/ neutre → emphatique/ personnelle → impersonnelle.

Une interrogative peut ainsi être modifiée en interro-négative. *Ex : Pourquoi lit-il ?* (interrogative) → *Pourquoi ne lit-il pas ?* (interro-négative).

b. L'interrogation totale ou partielle

L'interrogation est **totale** si elle porte sur l'ensemble de la phrase. Il s'agit d'une **question fermée**. Dans ce cas, elle appelle une réponse par « oui » ou par « non ». Elle se caractérise par une intonation montante à l'oral. *Ex : As-tu aimé Oncle Vania de Tchékhov ?*

L'interrogation est **partielle** si elle ne porte que sur une partie de la phrase. Il s'agit **d'une question ouverte**. Dans ce cas, elle appelle une information sur cette partie. Elle se caractérise par une intonation descendante à l'oral. Elle commence par un mot interrogatif (déterminant : *quel, quelle*, etc. ; pronom : *qui, que, quoi*, etc. ; adverbe : *quand, comment, où*, etc.). *Ex : Qu'aimes-tu dans cette pièce ?*

c. L'expression de la négation

La négation totale

Toute phrase de **forme négative**, comme de forme affirmative, peut se combiner avec les quatre **types** de phrases : **déclarative** (*ex : Il **n'**assiste **pas*** à la représentation.) ; interrogative (*ex : **N'**assiste-t-il **pas*** à la représentation ?) ; **injonctive** (*ex : Qu'il **n'**assiste **pas*** à la représentation.) ; **exclamative** (*ex : Il **n'**assiste* **pas** à la représentation !).

Ne peut aussi se trouver seul dans une proposition subordonnée où il ne sert pas à exprimer la négation mais plutôt les modalités de la crainte, du doute, etc. Dans ce cas, on l'appelle *ne* **explétif** car il n'est pas obligatoire. (*Ex : J'ai bien peur que la belle marquise* ne *succombe au charme du duc.*) De même le *ne* **comparatif** ne sert pas à exprimer la négation mais une inégalité entre deux éléments comparés. *Ex : Alain est plus amoureux de Thérèse qu'elle* ne *l'est de lui.*

À NOTER
Comme le montrent ces exemples, **la négation se compose le plus souvent de deux éléments qui encadrent le verbe** (*ne… pas, ne… point, ne… guère*, etc. selon le registre de langue.)

ATTENTION
La suppression du premier terme *ne* dans la langue parlée est incorrecte et relève du registre familier. (*Ex : Je travaille pas*). En revanche, la suppression du deuxième terme (pas) est parfois possible et relève d'un registre plus soutenu. *Ex : Si je **ne** m'abuse, c'est une toile impressionniste ? Je **ne** peux te l'affirmer.*

La négation partielle

Lorsque la négation porte seulement sur un élément de la phrase, sujet ou objet, il s'agit d'une négation partielle. Dans ce cas, **on emploie *ne* associé à un autre terme négatif** (rien, personne, nulle part, aucun, jamais, etc.). *Ex : Quelqu'un vient → **Personne ne** vient.*

Autres formes de négation

Ne, *ne... pas* et ses variantes ne sont pas les seuls termes grammaticaux qui permettent d'exprimer la négation. **L'antonymie et les préfixes privatifs** (*des- ; in- ; im- ; a- ; an-*, etc.) **associés à un adjectif peuvent exprimer la négation.** *Ex : il n'est pas stable → il est **in**stable*. De même, la conjonction de subordination *mais* et l'adverbe *pourtant*, par exemple, peuvent exprimer la négation d'une proposition. *Ex : Il est vigilant **mais** tombe facilement dans les pièges qu'on lui tend.*

d. La question rhétorique

La question rhétorique (ou question oratoire) est une question à laquelle une réponse n'est pas attendue, le plus souvent parce que le locuteur en connaît déjà la réponse.

La question rhétorique est notamment **l'un des procédés du monologue* délibératif au théâtre**.

Ex : « Quoi ? Tu veux qu'on se lie à demeurer au premier objet qui nous prend, qu'on renonce au monde pour lui, et qu'on n'ait plus d'yeux pour personne ? » (Molière, *Dom Juan*, acte I scène 2).

1 Reconnaître et interpréter les discours rapportés

Savoir-faire

1. Distinguer les quatre formes de paroles rapportées

Les paroles rapportées qu'on appelle également les formes du discours rapporté correspondent à **la manière dont peuvent être rapportées les paroles dans un récit**.
On distingue principalement quatre formes de discours rapporté : Le discours direct, le discours indirect, le discours indirect libre et le discours narrativisé.

2. Définition et caractéristiques de chaque forme de discours

Le discours direct : les paroles sont rapportées telles qu'elles sont prononcées par un personnage.
– **Sur le plan syntaxique**, le discours direct est soit précédé d'une proposition comportant un verbe de parole (*dire, affirmer, prononcer*, etc.) et marqué par la présence des deux points et des guillemets, soit inséré dans une proposition sans le démarquage des deux points (proposition incise). On notera que, dans la forme du dialogue, on n'utilise pas les guillemets, mais le tiret de démarcation qui indique le passage d'un énonciateur à un autre.
– **Sur le plan énonciatif**, le discours direct implique la 1re et la 2e personnes et les pronoms qui s'y rapportent.
– **Sur le plan verbal**, le discours direct repose sur le présent et les temps du discours.
– **En ce qui concerne la ponctuation**, elle est expressive. On rencontre les différentes modalités de phrase : déclarative, exclamative, interrogative et leurs marqueurs distinctifs : point d'exclamation, d'interrogation etc.
Ex : – Vous avez de l'humeur, lui dit la marquise de La Mole ; je vous en avertis, c'est de mauvaise grâce au bal. (Stendhal, *Le Rouge et le Noir*, Livre II, chap. 9.)
Stendhal restitue le discours rapporté de Mme de La Mole dans une proposition incise.
Autre choix syntaxique possible pour rapporter le discours direct, non retenu par l'auteur dans ce passage : *La Marquise de La Mole lui dit : « Vous avez de l'humeur, je vous en avertis, c'est de mauvaise grâce au bal. »*

Le discours indirect : les paroles sont insérées dans le récit.
– **Sur le plan syntaxique**, le discours indirect est rapporté dans une proposition subordonnée ou un infinitif complétant une proposition principale comportant un verbe de parole.
– **Sur le plan énonciatif,** le discours indirect implique la 3e personne et les pronoms qui s'y rapportent.
– **Sur le plan verbal**, le discours indirect repose sur le passé et les temps du récit.

– **La ponctuation** n'est pas expressive.
Ex : La marquise de La Mole lui dit qu'elle avait de l'humeur et l'avertissait que c'était de mauvaise grâce au bal.

Le discours indirect libre : discours inséré dans le récit mais qui rappelle l'oralité du discours direct.
– **Sur le plan syntaxique**, le discours indirect libre ne repose pas sur le système de la subordination du discours indirect et il n'y a pas non plus d'encadrement de paroles comme dans le discours direct. Les paroles sont insérées dans le fil du récit.
– **Sur le plan énonciatif,** le discours indirect libre implique la 3e personne et les pronoms qui s'y rapportent.
– **Sur le plan verbal**, le discours indirect libre repose sur le passé et les temps du récit.
– **La ponctuation** du discours indirect libre est souvent expressive et reproduit – par l'intermédiaire du narrateur* — l'expression orale du personnage.
Ex : La marquise de La Mole l'avertit quant à son humeur ; c'était de mauvaise grâce au bal !

Le discours narrativisé : les paroles sont résumées.
– **Sur le plan syntaxique**, le discours narrativisé ne repose pas sur le système de la subordination.
– **Sur le plan énonciatif,** le discours narrativisé implique la 3e personne et les pronoms qui s'y rapportent.
– **Sur le plan verbal**, il repose sur le passé et les temps du récit.
– **La ponctuation** n'est pas expressive.
Ex : La Marquise exprima des réserves quant à son attitude pendant le bal.

3. Interpréter les paroles rapportées

Les paroles rapportées associées au rythme du récit permettent de produire divers effets :
– **Le discours direct** peut créer un **effet de réel** et s'insère bien dans le dialogue dont **le rythme narratif est une scène.**
– **Le discours indirect** assure la continuité du récit sans souligner les changements énonciatifs. Il peut correspondre au rythme d'une **scène**, mais caractérise aussi **le sommaire** ou son contraire, **le ralenti**, lorsque le narrateur commente l'action ou fait des descriptions.
– **Le discours indirect libre** recoupe les mêmes rythmes narratifs que le discours indirect mais donne davantage accès aux pensées des personnages, ce que l'on peut interpréter comme **une volonté de se rapprocher de la vérité du sujet**.
– **Le discours narrativisé** est un procédé narratif utile quand les paroles rapportées n'ont pas besoin d'être entendues dans le détail, notamment lorsque leur importance n'est pas déterminante par rapport à l'intrigue. Cette forme correspond à l'accélération du rythme narratif, donc au **sommaire**.

Application

1. Repérez les différentes formes de discours rapporté dans cette fable.

2. Réécrivez les six derniers vers aux discours indirect, indirect libre et narrativisé.

« Le Corbeau et le Renard »

Maître Corbeau, sur un arbre perché,
Tenait en son bec un fromage.
Maître Renard, par l'odeur alléché,
Lui tint à peu près ce langage :
« Hé ! bonjour, Monsieur du Corbeau.
Que vous êtes joli ! que vous me semblez beau !
Sans mentir, si votre ramage
Se rapporte à votre plumage,
Vous êtes le Phénix des hôtes de ces bois. »
À ces mots le Corbeau ne se sent pas de joie ;
Et pour montrer sa belle voix,
Il ouvre un large bec, laisse tomber sa proie.
Le Renard s'en saisit, et dit : « Mon bon Monsieur,
Apprenez que tout flatteur
Vit aux dépens de celui qui l'écoute :
Cette leçon vaut bien un fromage, sans doute. »
Le Corbeau, honteux et confus,
Jura, mais un peu tard, qu'on ne l'y prendrait plus.

Jean de La Fontaine, *Fables*, I, 2, 1668.

1. Vers 1-4 : discours indirect ; **vers 5-9 :** discours direct ; **vers 10-13 jusqu'à « et dit » :** discours indirect ; **vers 13 depuis « Mon bon Monsieur » jusqu'au vers 16 :** discours direct ; **vers 17 à la fin :** discours indirect.

2. Transposition au discours indirect

Le Renard s'en saisit, et dit à ce bon Monsieur qu'il devait apprendre que tout flatteur /Vit aux dépens de celui qui l'écoute et que cette leçon valait bien un fromage, sans doute./ Le Corbeau, honteux et confus, /Jura, mais un peu tard, qu'on ne l'y prendrait plus.

Transposition au discours indirect libre

Le Renard s'en saisit. Ce bon Monsieur devait apprendre que tout flatteur /Vit aux dépens de celui qui l'écoute ! Cette leçon valait bien un fromage, sans doute. / Le Corbeau, honteux et confus, /Jura, mais un peu tard ! On ne l'y prendrait plus.

Transposition au discours narrativisé

Le Renard lui fit la leçon et obtint son fromage. / Le Corbeau honteux et confus jura ne plus s'y laisser prendre.

2 Enrichir et varier le vocabulaire

Savoir-faire

La pratique de la lecture dans un cadre scolaire ou non scolaire est une bonne manière d'enrichir son vocabulaire par la découverte d'œuvres appartenant à des styles, des registres et des périodes diverses.
Parmi les différentes notions en rapport avec cet aspect de la langue, trois sont particulièrement utiles dans la compréhension et l'analyse d'un texte littéraire et dans la réappropriation du lexique : le champ lexical, le champ sémantique, la synonymie et l'antonymie.

1. Le réseau lexical

Le réseau lexical désigne **l'ensemble des termes qui se rapportent à une même idée** ou à un même thème.
Ex : Le champ lexical de la passion *dans le théâtre classique : amours ; feux ; désirs ; trouble ; flambeaux, etc.*

2. Le champ sémantique

Le champ sémantique désigne l'**ensemble des sens d'un même mot.** Il comporte à la fois les sens qui se trouvent dans le dictionnaire (**la dénotation***) et les sens qui sont les impressions associées et peuvent varier d'un individu à un autre (**la connotation***).
Ex : Le champ sémantique du mot lion *renvoie à tout ce qui caractérise l'animal sauvage mais ses connotations peuvent être diverses,* ***mélioratives*** *(force, beauté, royauté, etc.) ou* ***péjoratives*** *(férocité, sauvagerie, indolence, etc.).*

3. La synonymie et l'antonymie

La synonymie est l'étude des mots de même sens ou de sens proche. **L'antonymie** est l'étude des mots de sens contraire. Connaître la synonymie et l'antonymie d'un mot permet également d'enrichir son vocabulaire et d'accompagner la précision du regard que l'on porte sur le monde par la justesse des mots qu'on emploie pour le décrire.
Ex : ***Synonymes*** *du mot* aimer : apprécier ; *ou avec une valeur intensive* : adorer. *Son* **antonyme** : désaimer *et ses formes intensives du registre courant :* haïr, *ou du registre soutenu :* abhorrer.
La synonymie d'un mot recouvre également certaines figures de rhétoriques comme **la métaphore***, **la métonymie*** et **la périphrase, procédés de reprise** qui favorisent la variété de l'expression, à l'exemple de la première strophe de « L'Albatros » de Baudelaire qui comporte plusieurs périphrases poétiques se rapportant à l'oiseau : « Souvent, pour s'amuser, les hommes d'équipage/ Prennent des albatros, **vastes oiseaux des mers,**/ Qui suivent, **indolents compagnons de voyage,**/ Le navire glissant sur les gouffres amers. »

À NOTER
Adorer et *abhorrer* sont également des paronymes (mots de sens différents ayant au moins une syllabe commune.)

6. Étude de la langue

Application

1. Relevez le champ lexical de la mode dans cet extrait du *Bourgeois gentilhomme*.

2. Quel est le champ sémantique du terme « indienne » ?

3. Quelles sont les connotations du terme « équipé » ?

4. Trouvez un ou plusieurs synonymes de « gens de qualité ».

ACTE I
Scène II

MONSIEUR JOURDAIN, DEUX LAQUAIS, MAÎTRE DE MUSIQUE ; MAÎTRE À DANSER, VIOLONS, MUSICIENS ET DANSEURS

MONSIEUR JOURDAIN
Hé bien, Messieurs ? qu'est-ce ? me ferez-vous voir votre petite drôlerie.

MAÎTRE À DANSER
Comment ? quelle petite drôlerie ?

MONSIEUR JOURDAIN
Eh la... comment appelez-vous cela ? votre prologue ou dialogue de chansons et de danse.

MAÎTRE À DANSER
Ah ! ah !

MAÎTRE DE MUSIQUE
Vous nous y voyez préparés.

MONSIEUR JOURDAIN
Je vous ai fait un peu attendre, mais c'est que je me fais habiller aujourd'hui comme les gens de qualité ; et mon tailleur m'a envoyé des bas de soie que j'ai pensé ne mettre jamais.

MAÎTRE DE MUSIQUE
Nous ne sommes ici que pour attendre votre loisir.

MONSIEUR JOURDAIN
Je vous prie tous deux de ne vous point en aller, qu'on ne m'ait apporté mon habit, afin que vous me puissiez voir.

MAÎTRE À DANSER
Tout ce qu'il vous plaira.

MONSIEUR JOURDAIN
Vous me verrez équipé comme il faut, depuis les pieds jusqu'à la tête.

MAÎTRE DE MUSIQUE
Nous n'en doutons point.

MONSIEUR JOURDAIN
Je me suis fait faire cette indienne-ci.

MAÎTRE À DANSER
Elle est fort belle.

Monsieur Jourdain
Mon tailleur m'a dit que les gens de qualité étaient comme cela le matin.

Maître de musique
Cela vous sied à merveille.

Monsieur Jourdain
Laquais ! holà, mes deux laquais !

Premier laquais
Que voulez-vous, Monsieur ?

Monsieur Jourdain
Rien. C'est pour voir si vous m'entendez bien. (*Aux deux Maîtres.*) Que dites-vous de mes livrées ?

Maître à danser
Elles sont magnifiques.

Monsieur Jourdain
(Il entr'ouvre sa robe et fait voir un haut-de-chausses étroit de velours rouge, et une camisole de velours vert, dont il est vêtu.) Voici encore un petit déshabillé pour faire le matin mes exercices.

Molière, *Le Bourgeois gentilhomme*, 1670.

1. Champ lexical de la mode : « tailleur », « bas de soie », « indienne », « haut-de-chausses », « camisole », « déshabillé ». Ces termes relèvent du vocabulaire d'époque et désignent des éléments vestimentaires contemporains de l'action de la comédie. Si Molière émaille le dialogue avec ces termes, c'est pour créer un effet comique : le vêtement de Monsieur Jourdain est ridicule, mais ses maîtres de danse et de chant le flattent.

2. Dans le contexte du dialogue, le **terme « indienne »** désigne un tissu de coton coloré ou imprimé qu'on importait des Indes, puis qu'on imitait dans les manufactures françaises. Au XVIIe siècle, le terme désigne aussi une habitante des Indes, c'est-à-dire l'Asie du Sud-Est. L'indienne est aussi une habitante de l'Amérique du Nord qu'on rencontre souvent dans les récits du Far West.

3. Le **terme « équipé »** renvoie au domaine technique. On l'utilise volontiers pour évoquer l'attelage d'un cheval (on parle même d'équipage). Les connotations du terme sont donc comiques car Monsieur Jourdain considère son vêtement comme un équipage.

4. L'**expression « gens de qualité »** désigne la noblesse, l'aristocratie, les personnes ayant une naissance illustre. Cette expression renvoie ici au titre de la pièce, Monsieur Jourdain ayant pour but de ressembler à un gentilhomme, c'est-à-dire à un noble bien éduqué.

Pour réussir le jour J !

Les erreurs à ne pas commettre

- L'épreuve écrite dure 4 h, il ne faut pas oublier de se relire et être particulièrement attentif à **l'orthographe lexicale et grammaticale** : ne pas confondre participe passé et infinitif. Appliquer les règles d'accord qui conviennent.
- **Dans la formulation de la problématique du commentaire, il ne faut pas confondre question directe et question indirecte** et mêler les marqueurs de ces deux types de phrase. Leur syntaxe est distincte. On transforme **une question directe en question indirecte** (formulation plus soutenue) en introduisant la question par un verbe, en rétablissant l'ordre sujet-verbe et en ponctuant la phrase par un point.
Ex : En quoi ce passage est-il représentatif du romantisme ?
→ *Nous nous demanderons en quoi ce passage est représentatif du romantisme.*
- **On n'écrit pas** : *au niveau de* mais *sur le plan* ; *en ce qui concerne*. **On n'écrit pas** : *basé sur* mais *fondé sur*.

Un point en + sur la copie

- **Variez le vocabulaire** : utilisez les procédés de reprise et les synonymes tout au long du devoir. Par exemple, après avoir utilisé l'expression « terme mélioratif », on pourra utiliser les expressions « terme valorisant, appréciatif ».
- **Le plan du commentaire** est la réponse précise à une question plus générale que constitue **la problématique**. Ces deux derniers éléments de l'introduction sont donc conjoints, ils se complètent. Mais évitez d'utiliser les mêmes mots dans la problématique et dans le plan.
- **Utilisez une syntaxe correcte :** la bonne maîtrise de la phrase complexe est valorisée à l'écrit. Elle souligne l'approfondissement du raisonnement, en particulier dans les textes de type argumentatif. Néanmoins, quand la syntaxe pose problème, on préférera des phrases simples, plus courtes, et on utilisera les connecteurs logiques pour ponctuer la progression de la pensée.
- Il convient d'éviter l'utilisation des connecteurs spatio-temporels dans un commentaire ou dans une dissertation.

10 QCM pour réviser le cours

Corrigés, p. 195

1 Cochez l'intrus :

❑ a. Or ❑ b. Donc ❑ c. Ensuite

2 Parmi ces exemples, lequel comporte une périphrase ?

❑ a. Louis XIV gouverna la France. Il régna en monarque absolu.

❑ b. Louis XIV gouverna la France. Roi Soleil, il régna en maître absolu.

❑ c. Louis XIV régna sur la France. Il la gouverna en monarque absolu.

3 Quelle proposition subordonnée n'est pas une conjonctive ?

❑ a. Il est écrit qu'Œdipe tuera son père.

❑ b. Œdipe, qui tua Laïus, commit un parricide.

❑ c. Œdipe tua Laïus bien que ce dernier fût son père.

4 Laquelle de ces affirmations est fausse ? Une circonstancielle…

❑ a. est déplaçable.

❑ b. peut commuter avec un GN.

❑ c. est introduite par une conjonction de coordination.

5 Quelle phrase ne comporte pas d'erreur dans la formulation ?

❑ a. On se demandera si le narrateur adopte un point de vue omniscient.

❑ b. On se demandera si le narrateur adopte-t-il un point de vue omniscient.

❑ c. On se demandera si le narrateur adopte un point de vue omniscient ?

6 Quel énoncé est vrai ?

❑ a. Les types et les formes de phrase ne peuvent pas se combiner.

❑ b. Une interrogative peut être modifiée à la forme négative.

❑ c. Il existe cinq types de phrases.

7 Quel énoncé est emphatique ?

❑ a. Titus aime beaucoup ce livre.

❑ b. N'aime-t-il pas ce livre ?

❑ c. C'est ce livre qu'il aime.

8 « Est-ce que tu as lu ce livre ? » est au registre :

❑ a. Courant

❑ b. Familier

❑ c. Soutenu

9 Quel énoncés est faux ? La question rhétorique est…

❑ a. une question indirecte.

❑ b. aussi appelée question oratoire.

❑ c. un procédé du monologue délibératif.

10 Une interrogation totale appelle…

❑ a. Une réponse par oui.

❑ b. Une réponse par non.

❑ c. Une réponse par oui ou par non.

Exercices

Exercice 1

niveau 1 | 30 min

Corrigés, p. 195

« Et au milieu de tout cela, le travail sans relâche, le travail acharné, pas assez d'heures de sommeil, le travail de l'homme, le travail de la femme, le travail de l'âge mûr, le travail de la vieillesse, le travail de l'enfance, le travail de l'infirme, et souvent pas de pain, et souvent pas de feu, et cette femme aveugle, entre ses deux enfants dont l'un est mort et l'autre va mourir, et ce filetier phtisique agonisant, et cette mère épileptique qui a trois enfants et qui gagne trois sous par jour ! Figurez-vous tout cela et si vous vous récriez, et si vous doutez, et si vous niez… Ah ! Vous niez ! Eh bien, dérangez-vous quelques heures, venez avec nous, incrédules, et nous vous ferons voir de vos yeux, toucher de vos mains, les plaies, les plaies saignantes de ce Christ qu'on appelle le peuple ! »

Victor Hugo, *Discours à l'Assemblée*, 30 juin 1850.

Questions

1. Sur le plan syntaxique, quelle est la particularité de la première phrase ?
2. Relevez et analysez les procédés de reprise dans ce discours.
3. Selon vous, quel objectif l'orateur recherche-t-il ?

Exercice 2

niveau 1 | 45 min

Corrigés, p. 195

J'ai pris l'autobus à deux heures. Il faisait très chaud. J'ai mangé au restaurant, chez Céleste, comme d'habitude. Ils avaient tous beaucoup de peine pour moi et Céleste m'a dit : « On n'a qu'une mère. » Quand je suis parti, ils m'ont accompagné à la porte. J'étais un peu étourdi parce qu'il a fallu que je monte chez Emmanuel pour lui emprunter une cravate noire et un brassard. Il a perdu son oncle, il y a quelques mois.

J'ai couru pour ne pas manquer le départ. Cette hâte, cette course, c'est à cause de tout cela sans doute, ajouté aux cahots, à l'odeur d'essence, à la réverbération de la route et du ciel, que je me suis assoupi. J'ai dormi pendant presque tout le trajet. Et quand je me suis réveillé, j'étais tassé contre un militaire qui m'a souri et qui m'a demandé si je venais de loin. J'ai dit « oui » pour n'avoir plus à parler.

L'asile est à deux kilomètres du village. J'ai fait le chemin à pied. J'ai voulu voir maman tout de suite. Mais le concierge m'a dit qu'il fallait que je rencontre le directeur. Comme il était occupé, j'ai attendu un peu. Pendant tout ce temps, le concierge a parlé et ensuite, j'ai vu le directeur : il m'a reçu dans son bureau. C'était un petit vieux, avec la Légion d'honneur. Il m'a regardé de ses yeux clairs. Puis il m'a serré la main qu'il a gardée si longtemps que je ne savais trop comment la retirer. Il a consulté un dossier et m'a dit : « Mme Meursault est entrée ici il y a trois ans. Vous étiez son seul soutien. » J'ai cru qu'il me reprochait quelque chose et j'ai commencé à lui expliquer. Mais il m'a interrompu : « Vous n'avez pas à vous justifier, mon cher enfant. J'ai lu le dossier de votre mère. Vous ne pouviez subvenir à ses besoins. Il lui fallait une garde. Vos salaires sont modestes. Et tout compte fait, elle était plus heureuse ici. » J'ai dit : « Oui, Monsieur le Directeur. » Il a ajouté : « Vous savez, elle avait des amis, des gens de son âge. Elle pouvait partager avec eux des intérêts qui sont d'un autre temps. Vous êtes jeune et elle devait s'ennuyer avec vous. »

Albert Camus, *L'Étranger*, éd. Gallimard.

Questions

1. Relevez les indications de temps du premier paragraphe en distinguant les compléments circonstanciels de la proposition subordonnée circonstancielle.

2. Relevez dans le deuxième paragraphe deux conjonctives : une complétive et une circonstancielle.

3. Relevez dans le dernier paragraphe les connecteurs temporels et des connecteurs logique. Quel rythme narratif ponctuent les premiers ? Quel rapport du personnage aux autres soulignent les seconds ?

4. Transposez la phrase soulignée au discours indirect en l'intégrant à la narration.

Exercice 3

niveau 2 | 40 min

Corrigés, p. 196

Acte III

Scène VI

Lisette, Arlequin

Lisette

Enfin, Monsieur, faut-il vous dire que c'est moi que votre tendresse honore ?

Arlequin

Ahi, ahi, je ne sais plus où me mettre.

Lisette

Encore une fois Monsieur, je me connais.

Arlequin

Hé, je me connais bien aussi, et je n'ai pas là une fameuse connaissance, ni vous non plus, quand vous l'aurez faite ; mais c'est là le diable que de me connaître, vous ne vous attendez pas au fond du sac.

Lisette *(à part)*

Tant d'abaissement n'est pas naturel. *(Haut.)* D'où vient me dites-vous cela ?

Arlequin
Et voilà où gît le lièvre.
Lisette
Mais encore ? Vous m'inquiétez : est-ce que vous n'êtes pas ?...
Arlequin
Ahi, ahi, vous m'ôtez ma couverture.
Lisette
Sachons de quoi il s'agit ?
Arlequin *(à part)*
Préparons un peu cette affaire-là... *(Haut.)* Madame, votre amour est-il d'une constitution bien robuste, soutiendra-t-il bien la fatigue que je vais lui donner, un mauvais gîte lui fait-il peur ? Je vais le loger petitement.
Lisette
Ah, tirez-moi d'inquiétude ! en un mot, qui êtes-vous ?
Arlequin
Je suis... n'avez-vous jamais vu de fausse monnaie ? Savez-vous ce que c'est qu'un louis d'or faux ? Eh bien, je ressemble assez à cela.
Lisette
Achevez donc, quel est votre nom ?
Arlequin
Mon nom ? *(à part)* Lui dirai-je que je m'appelle Arlequin ? Non, cela rime trop avec coquin.
Lisette
Eh bien ?
Arlequin
Ah dame, il y a un peu à tirer ici ! Haïssez-vous la qualité de soldat ?
Lisette
Qu'appelez-vous un soldat ?
Arlequin
Oui, par exemple, un soldat d'antichambre.
Lisette
Un soldat d'antichambre ! Ce n'est donc point Dorante à qui je parle enfin ?
Arlequin
C'est lui qui est mon capitaine.
Lisette
Faquin !
Arlequin *(à part)*
Je n'ai pu éviter la rime.
Lisette
Mais voyez ce magot, tenez !
Arlequin *(à part)*
La jolie culbute que je fais là !

Marivaux, *Le Jeu de l'amour et du hasard*, 1730.

COURS MÉTHODE ENTRAÎNEMENT CORRIGÉS

Questions

1. Relevez les interrogations directes de cette scène en distinguant les interrogations totales et les interrogations partielles.

2. Identifiez trois interrogations indirectes et dites à quel procédé dramaturgique les deux premières occurrences correspondent.

3. Y a-t-il, parmi ces interrogations, une question rhétorique ? Quelle est sa particularité ?

Exercice 4

niveau 2 | 30 min

Corrigés, p. 197

Pour se rendre au manoir, on emprunte une allée si longue qu'on en voit pas la fin. Mais on voit guère comment on pourrait y accéder autrement ! Pour préserver l'intimité de ce lieu, on a ouvert pour toute la propriété que ce seul accès. Si l'on est isolé du reste de la civilisation, on éprouve tout de même du chagrin à l'idée qu'on y reviendrait peut-être jamais. Alors il faut profiter de chaque instant dans ce lieu magique où l'on est jamais indisposé par la trépidation de la ville.

Dans un énoncé oral, on ne distingue pas la négation n' et le pronom indéfini on qui se terminent par la même consonne. Dans plusieurs phrases suivantes, la négation n' ou ne a été omise, il s'agit d'une faute. Rétablissez-la.

Exercice 5

niveau 2 | 30 min

Corrigés, p. 197

Les glaciers fondaient. Ils n'avaient plus que de petites langues amincies dans les cannelures des roches ; la montagne couverte de cascades grondait comme un tambour. Il n'y avait plus de petits ruisseaux mais des torrents musclés aux reins terribles et qui portaient des glaçons et des rochers, bondissaient, luisants et tout fumants d'écume plus haut que les sapins, minaient leurs rives profondes, emportaient des lambeaux de forêts. Les eaux, les roches, les glaces, les ossements d'arbres se tordaient en grosses branches d'acier à travers le pays et se déversaient en mugissant dans l'immense fleuve.

Jean Giono, *Le chant du monde*, éd. Folio.

1. Quel réseau lexical permet d'identifier le thème de cet extrait romanesque ? Relevez plusieurs termes qui le composent.

2. Quelle figure de style désignant des mots de même racine crée un effet d'emphase dans le texte ?

3. Rédigez une phrase de commentaire qui souligne le lien entre les procédés d'écriture et l'atmosphère qui se dégage de cet extrait.

Corrigés

QCM

1 c. 2 b. 3 b. 4 c. 5 a. 6 b. 7 c. 8 a. 9 a. 10 c.

Exercice 1

1. La première phrase, averbale (construite sans verbe conjugué) est constituée d'une longue énumération au sein de laquelle les mêmes formules sont répétées.

2. On relève à huit reprises et souvent en anaphores*, l'article suivi du substantif « le travail », enrichi par des compléments variés. Ces répétitions juxtaposées forment même une gradation* puisqu'elles décrivent une progression des différentes catégories de travailleurs de l'homme à l'infirme et dénoncent une législation qui permet l'exploitation des plus faibles (« vieillesse », « enfance », « infirme »). Un deuxième système de reprises, sous forme de parallélisme de construction, donne à voir la misère du milieu ouvrier (« et souvent pas de… »). La fin de l'extrait ajoute une dernière énumération, trois exemples plus précis, introduits à chaque fois par le même schéma grammatical, le connecteur, l'adjectif démonstratif et le nom : « et cette femme aveugle », « et ce filetier phtisique », « et cette mère épileptique ».

3. Ces différentes reprises procèdent de l'emphase qui est une manière d'insistance. L'évocation très descriptive apparaît en effet comme une accumulation d'horreurs qui ne peut qu'entraîner la compassion des auditeurs. Victor Hugo cherche bien à persuader les députés – eux-mêmes désignés par la reprise nominale « incrédules » – que l'inaction face à la misère du peuple est intolérable.

Exercice 2

1. Relevé des indications de temps du premier paragraphe :
– les compléments circonstanciels de temps : « à deux heures » ; « il y a quelques mois. ».
– la proposition subordonnée circonstancielle de temps antéposée : « Quand je suis parti… ».

2. Relevé d'une complétive dans le deuxième paragraphe : « […] que je me suis assoupi » (complétive pure) ; « […] si je venais de loin » (interrogative indirecte).

Relevé d'une conjonctive circonstancielle : « Et quand je me suis réveillé [...] » (circonstancielle de temps).

3. Relevé des connecteurs temporels du troisième paragraphe : « tout de suite » ; « Pendant » ; « et ensuite » ; « Puis ».
Relevé des connecteurs logiques du troisième paragraphe : « Mais » une première fois, puis répété à la fin du passage.
Les connecteurs temporels épousent le rythme d'un sommaire qui montre, sans pathos, la manière un peu froide et expéditive dont la mort de la mère de Meursault est traitée dans l'asile où elle finit ses jours. Le connecteur logique d'opposition « mais » complète cette idée puisqu'il souligne l'incompréhension entre le protagoniste et le personnel de l'asile, assurant ainsi la cohérence textuelle entre le fond et la forme : « Mais le concierge m'a dit qu'il fallait que je rencontre le directeur. » ; « Mais il m'a interrompu ».

4. Transposition du discours direct au discours indirect de l'extrait suivant : Il a consulté un dossier et m'a dit : « Mme Meursault est entrée ici il y a trois ans. Vous étiez son seul soutien. » → Il a consulté un dossier et m'a dit que Mme Meursault était entrée ici trois ans auparavant, et il ajouta que j'étais son seul soutien.

Exercice 3

1. Relevé des interrogations directes totales :
– « est-ce que vous n'êtes pas ?... »
– « faut-il vous dire que c'est moi que votre tendresse honore ? »
– « votre amour est-il d'une constitution bien robuste ? »
– « soutiendra-t-il bien la fatigue que je vais lui donner ? »
– « un mauvais gîte lui fait-il peur ? »
– « n'avez-vous jamais vu de fausse monnaie ? »
– « savez-vous ce que c'est qu'un louis d'or faux ? »
– « Lui dirais-je que je m'appelle Arlequin ? »
– « Haïssez-vous la qualité d'un soldat ? »
– « ce n'est donc point Dorante à qui je parle enfin ? »

Relevé des interrogations directes partielles :
– « D'où vient me dites-vous cela ? »
– « qui êtes-vous ? »
– « Qu'appelez-vous un soldat ? »
On notera la particularité de trois questions construites sans verbes conjugués qui expriment une volonté de poursuivre l'échange car Lisette veut connaître la véritable identité de son interlocuteur : « Mais encore ? » ; « Mon nom ? » ; « Eh bien ? » Le jeu théâtral repose ici sur la mise en suspens du dévoilement de l'identité d'Arlequin.

2. Relevé de trois interrogations indirectes :
– « je ne sais plus où me mettre. »
– « Sachons de quoi il s'agit ? »
– « savez-vous ce que c'est qu'un louis d'or faux ? »
On remarque que les deux premières occurrences correspondent à des questions qui ne sont pas destinées à être entendues par l'interlocuteur. Elles se rapprochent donc du procédé dramaturgique du monologue ou de l'aparté* et jouent sur la connivence avec les spectateurs.
On remarque également la particularité des deux dernières occurrences sur le plan syntaxique car la présence du point d'interrogation est une marque du discours direct. Néanmoins, l'interrogation est ici intégrée à une phrase complexe et forme donc une proposition subordonnée introduite par un verbe de parole (le verbe *savoir* dans les exemples). Il s'agit donc bien d'interrogation indirecte COD du verbe de la principale.

3. L'interrogation « Lui dirais-je que je m'appelle Arlequin ? » relève de la question rhétorique dont la particularité est de contenir la réponse à cette même question. Il s'agit d'une sorte d'aparté qui comporte une valeur délibérative.

Exercice 4

Pour se rendre au manoir, on emprunte une allée si longue qu'on **n'**en voit pas la fin. Mais on **ne** voit guère comment on pourrait y accéder autrement ! Pour préserver l'intimité de ce lieu, on **n'**a ouvert pour toute la propriété que ce seul accès. Si l'on est isolé du reste de la civilisation, on éprouve tout de même du chagrin à l'idée qu'on **n'**y reviendrait peut-être jamais. Alors il faut profiter de chaque instant dans ce lieu magique où l'on **n'**est jamais indisposé par la trépidation de la ville.

Exercice 5

1. Le champ lexical de l'eau en mouvement permet d'identifier le thème de ce passage romanesque qui décrit les effets du changement des saisons sur la nature. On relève notamment les mots : « fondaient » ; « cascades » ; « ruisseaux » ; « torrents » ; « fleuve ».

2. Il s'agit du procédé de dérivation qui consiste à employer des mots de même racine, ici les mots « glaciers » et « glaces » ainsi que les mots « roches » et « rochers » que reprend l'énumération « Les eaux, les roches, les glaces, les ossements d'arbres... » créant un effet d'insistance. La description donne à voir un quasi-cataclysme naturel.

3. Le texte – de type descriptif – peint un décor naturel et sauvage qui n'est pas sans évoquer les grands espaces du nord de l'Amérique. La tonalité principale de ce texte est épique* puisque les éléments de la nature s'affrontent dans un véritable combat, ce que confirment les procédés d'emphase comme la dérivation mais aussi l'animalisation et l'hyperbole* : « des torrents musclés aux reins terribles » ; « Les eaux [...] se déversaient en mugissant dans l'immense fleuve. » Cette scène violente aux effets presque cinématographiques nous rapproche ainsi du procédé de l'hypotypose et laisse une impression d'intense lyrisme*, autre tonalité corrélée qui caractérise les romans de ce grand romancier du XXe siècle.

7 Expression écrite et orale

COURS
MÉTHODE
ENTRAÎNEMENT
CORRIGÉS

Les 5 points incontournables

Les relations logiques

Les **liens qui unissent les idées entre elles** sont exprimés au moyen de mots-outils et de groupes syntaxiques : adverbes, conjonctions de coordination et conjonctions de subordination.

▶ *Cours*, p. 203

La communication et le langage

L'expression d'un locuteur n'est pas la même s'il s'exprime à l'écrit ou à l'oral, s'il s'adresse à un interlocuteur ou à un ensemble d'individus. L'expression varie selon le but recherché.

▶ *Cours*, p. 201 et 202

Recourir à l'implicite et à l'ironie*

Les informations implicites sont exprimées de manière indirecte ou par sous-entendus. L'implicite peut relever d'une stratégie argumentative ou permettre notamment d'éviter la censure. Le registre* ironique participe de cette énonciation détournée en ce qu'il nécessite la complicité de l'interlocuteur pour être interprété.

▶ *Cours*, p 202 et 203

La modalisation et les types d'énonciation

Il convient de savoir repérer et de pouvoir utiliser les marques de l'émetteur quand celui-ci témoigne de sa subjectivité. La modalisation permet d'étudier ce rapport entre un énonciateur et son énoncé, notamment les degrés de certitude ou de doute.

▶ *Cours*, p. 201 et 202

Discuter et réfuter une opinion

Il convient d'adopter un regard critique par rapport à la parole de l'autre. Une bonne connaissance des modes et des types de raisonnement et des caractéristiques de la contre-argumentation favorise le développement d'une pensée critique personnelle, notamment dans le cadre d'un plaidoyer ou d'un réquisitoire*.

▶ *Cours*, p. 202

1 La modalisation et les types d'énonciation

Identifier une situation d'énonciation dans un contexte donné équivaut à poser plusieurs questions : Qui parle ? À qui ? Dans quelles circonstances spatio-temporelles ? Selon quel support de communication ? (oral, écrit, verbal, non verbal...)

a. L'énonciation dans le discours et dans le récit

Dans un énoncé ancré dans la situation d'énonciation, un locuteur donne à entendre les marques de sa présence dans le discours. **Ces indices de l'énonciation** regroupent les modalisateurs et les déictiques* également appelés embrayeurs du discours.

– **Les modalisateurs** renseignent sur les degrés du doute et de la certitude. Ils concernent en particulier certaines classes de mots comme les verbes (*croire, penser, savoir, douter, etc.*), les adverbes et locutions adverbiales (*sans doute*, *peut-être*, *certainement*) ainsi que les termes évaluatifs. En effet, les mots employés par un locuteur sont rarement neutres, ils sont le plus souvent appréciatifs ou dépréciatifs*.

– **Les déictiques** sont les termes qui permettent d'ancrer un discours dans une situation d'énonciation. On ne les rencontre pas dans un récit coupé de la situation de production d'un énoncé. Les déictiques comprennent les pronoms personnels de première et de deuxième personne, les adjectifs démonstratifs, les adverbes de lieu et de temps. *Ex :* « **Aujourd'hui** *maman est morte. Ou peut-être* **hier**, **je** *ne sais pas.* » *(Camus,* L'Étranger*).*

Dans le cadre d'un énoncé coupé de la situation d'énonciation, les marques de présence de l'énonciateur sont gommées, les déictiques du discours disparaissent et les modalisateurs ne renvoient plus à la situation d'énonciation.

Le récit peut être rapporté à la première personne ou à la troisième personne, le statut du narrateur* dépend en effet du point de vue narratif choisi. *Ex :* « Le lendemain *matin du jour où Robert m'avait ainsi parlé de son oncle tout en l'attendant, vainement du reste, comme je passais seul devant le casino en rentrant à l'hôtel...* » *(Proust* À l'ombre des jeunes filles en fleurs*).*

b. L'énonciation dans le texte littéraire

L'énonciation dans un texte littéraire est parfois plus complexe lorsqu'elle enchâsse plusieurs niveaux d'énonciation.

L'énonciation de l'écrivain qui inscrit sa propre parole dans le texte ou est **relayé par la voix d'un narrateur**. Mais la présence de l'écrivain dans l'énonciation peut aussi être volontairement gommée.

L'énonciation interne au récit : la voix des personnages. La polyphonie romanesque permet d'ailleurs d'enchâsser plusieurs récits à l'intérieur d'un récit cadre et complexifier ainsi l'énonciation littéraire. *Ex : « Il y a huit mois environ,* *un de mes amis, Louis R..., avait réuni, un soir, quelques camarades de collège ; [...] Tout à coup la porte s'ouvre toute grande et un de mes bons amis d'enfance entre comme un ouragan. – Devinez d'où je viens, s'écrie-t-il aussitôt. – Je parie pour Mabille, répond l'un... » (Maupassant,* La main d'écorché*).*

2 La communication et le langage

a. Les situations de communication et les niveaux de langue*

Les caractéristiques de la communication varient selon qu'un énonciateur s'adresse à un interlocuteur présent (situation de communication orale), ou qu'il s'adresse à un interlocuteur absent (situation de communication écrite). On notera que, selon ces situations et selon la nature de la relation qui unit un émetteur à son destinataire, les niveaux de langue, appelés aussi « registres de langue » peuvent varier également. On distingue principalement trois niveaux de langue :

- **Le niveau de langue familier :** *ex : « Vous avez donc souffert, ô canaille maudite,/ Qu'un homme soit venu ? » Arnolphe à Georgette dans* L'École des femmes, *acte II, scène 3.*
- **Le niveau de langue courant :** *ex : « Puisque par un bonheur, personne n'est encore averti de la chose, portons-le dans son lit, et tenons cette mort cachée, jusqu'*à ce que j'*aie fait mon affaire. Il y a des papiers, il y a de l'argent, dont je me veux saisir. » Béline à Toinette dans* Le Malade imaginaire, *acte III, scène 13.*
- **Le niveau de langue soutenu :** *ex : « Quoi ! pour vous confier la douleur qui m'accable, / À peine je dérobe un moment favorable ; / Et ce moment si cher, Madame, est consumé / À louer l'ennemi dont je suis opprimé ! » Britannicus à Junie,* Britannicus, *acte II, scène 6.*
- Plus rarement, on peut rencontrer deux autres niveaux de langue :

– En deçà du registre familier (**le registre trivial ou vulgaire)** : *ex : « Oh ! La vielle vesse, / Tu n'es qu'ivrognesse. / Retourne ta fesse / De l'autre côté ! » Jacquinot à sa femme dans* La Farce du cuvier, *Anonyme du Moyen Âge.*

– Au-dessus du registre soutenu, il existe **un registre hypercorrectif,** en particulier celui de la préciosité : *ex :* « Vite, voiturez-nous ici les commodités de la conversation. » *Magdelon dans* Les Précieuses ridicules.

b. Les types de communication

On distingue principalement trois types de communication :

- **La communication directe ou simultanée :** le locuteur et son interlocuteur sont dans une même situation spatio-temporelle (dialogue, conversation téléphonique, etc.).

COURS
MÉTHODE
ENTRAÎNEMENT
CORRIGÉS

La communication indirecte ou différée : l'interlocuteur prend connaissance du message du locuteur après l'acte d'énonciation (lettre, journal, livre, etc.).

La communication rapportée : les paroles d'un premier locuteur sont rapportées par un second locuteur à un autre moment et dans un autre lieu.

c. Les fonctions du langage

Le linguiste Roman Jakobson définit les six fonctions du langage que l'on peut résumer ainsi ; elles servent à situer chaque situation où un discours est émis.

La fonction référentielle : ce dont l'émetteur parle dans un contexte donné.

La fonction expressive : ce qui caractérise celui qui adresse un message.

La fonction conative : ce que l'on cherche à produire chez le destinataire.

La fonction phatique : ce qui relève du maintien ou non du contact avec le destinataire.

La fonction poétique : ce qui caractérise la forme du message, ses qualités stylistiques.

La fonction métalinguistique : ce qui concerne le code langagier lui-même.

3 Recourir à l'implicite et à l'ironie

a. L'implicite et l'explicite

Un énoncé peut présenter les informations de différentes manières. Lorsque les informations sont transmises avec clarté et sans ambiguïté, on parle d'un énoncé explicite. En revanche, quand le sens est voilé dans un texte qui nécessite une attention particulière, voire un déchiffrement, on parle d'un énoncé implicite.

b. Les formes de l'implicite

Le présupposé : il s'agit d'une information qui n'est pas exprimée par un énonciateur car il la considère comme évidente. Ne s'agissant pas d'une information nouvelle, il ne paraît pas nécessaire de la rappeler. Le présupposé se déduit d'un mot de l'énoncé. *Ex : « Ce soir, tu débauches encore à 18 h ! »* → L'adverbe indique qu'il s'agit d'un fait répété et le point d'exclamation peut, selon l'intonation, participer d'un reproche non exprimé.

Le sous-entendu : il s'agit d'une information implicite que l'interlocuteur doit déceler au travers du message d'un locuteur. *Ex : Je vois que la cuisine de maman t'a* été profitable ! → Le sous-entendu porte sur la prise de poids qu'il est poli de ne pas désigner explicitement.

L'allusion : il s'agit d'une idée seulement évoquée mais qui nécessite, pour être comprise, une connaissance commune entre l'émetteur et son destinataire. *Ex : On n'éprouve plus ce sentiment de liberté et de fraternité le 14 juillet.* → Allusion à la prise de la Bastille le 14 juillet 1789.

c. L'implicite et les liens logiques

Dans un énoncé explicite, la clarté du propos s'appuie sur les liens logiques exprimés. Dans un énoncé implicite en revanche, les connecteurs logiques sont moins présents. Néanmoins, la cohérence du propos est assurée par d'autres éléments : la syntaxe, la ponctuation et les figures de style. Ainsi, on retiendra les procédés suivants :

- **La parataxe** consiste à juxtaposer des phrases sans liens logiques apparents. La ponctuation (point, virgule, point-virgule) se substitue aux liens logiques. *Ex : « Pour avoir, par exemple, quand c'était si facile, prévoyant, volé quelque chose, quelque part, quand il en était temps encore. On ne pense à rien ! De la prison, on en sort vivant, pas de la guerre. Tout le reste, c'est des mots. » (*Voyage au bout de la nuit*, Louis Ferdinand Céline, 1932.)* → Les liens d'opposition ne sont pas exprimés, mais le point de vue de Bardamu qui refuse de combattre est clair.
- **La figure de l'asyndète** souligne un rapport logique en dépit de l'absence de connecteur logique (or, mais, car, etc.). *Ex : « J'irai par la forêt, j'irai par la montagne,/Je ne puis demeurer loin de toi plus longtemps. » (Victor Hugo, « Demain dès l'aube »,* Les Contemplations, *1856.)* → L'absence de connecteur logique entre les deux alexandrins ne fait ici que renforcer le lien causal entre les termes.

d. L'ironie

- Très présent dans l'argumentation indirecte, mais pas uniquement, le registre ironique consiste à se moquer en suggérant le contraire de ce que l'on énonce.

- L'ironie procède par **antiphrase*** qui est une figure de style. *Ex : « Ô ministres intègres ! Conseillers vertueux ! voilà votre façon de servir, serviteurs qui pillez la maison ! »* Ruy Bla, *acte III, scène 2.* → Ruy Blas, valet devenu Premier ministre, dénonce ici, grâce à l'ironie, la corruption des Grands.

1 Analyser un discours (plaidoyer, réquisitoire, lettre ouverte)

Savoir-faire

Aussi bien dans un commentaire à l'écrit, dont le texte constitue parfois la transposition d'un discours, que dans votre prise de parole à l'oral, vous devez **maîtriser la dimension oratoire du discours** (texte prononcé devant un public) : reconnaître ses caractéristiques et exploiter certains de ses effets : intéresser, convaincre, persuader, toucher, etc.

1. La situation d'énonciation

Qui parle ?

La parole doit être cohérente par rapport à l'identité de l'orateur (personnage fictif, auteur, homme politique, vous-même...).

– **Le registre de langue** utilisé dépend en partie de l'identité de l'orateur (un lycéen ne s'exprime pas de la même manière qu'un ministre, mais le registre soutenu est préconisé aux épreuves de français, associé à un niveau de langue plus courant).

– **Les marques de l'énonciation** : pronoms et adjectifs possessifs de la 1re personne « je » et ses formes réfléchies « me » ; « moi » sont souvent présentes dans un discours.

– **Les modalisateurs** expriment le jugement de l'orateur, dans le domaine du **souhaitable** (*ex : si l'on pouvait un jour obtenir la correspondance de cet écrivain*) ; du **probable** (*ex : il arrivera sans doute / peut-être que...*), du **certain** (*ex : il est sûr que...*) ou du **doute** (*ex : je crois, il me semble que...*).

– **Les indices de la subjectivité** de l'orateur sont également utilisés dans un discours : **vocabulaire mélioratif** (éloge) ou **péjoratif** (blâme).

– **Les déictiques** ancrent le discours dans la situation d'énonciation (des indices de temps et de lieu qui situent le discours par rapport à celui qui s'exprime) : *ex : demain, ici, dans un délai d'une semaine, il y a un an...*

À qui ?

Un discours écrit précise assez souvent l'auditoire (le destinataire) du discours. Le ton et le style du discours tiennent compte de l'identité de cet auditoire :

– **le registre de langue** : on ne s'adresse pas de la même manière à un groupe de jeunes ou à une assemblée d'élus par exemple ;

– **les apostrophes** afin d'interpeller l'auditoire (pour susciter son intérêt) : « chers amis », « messieurs », etc. en variant les appellatifs ;

– **les expressions qui vont désigner le public** : « l'assemblée ici présente », « ceux qui m'écoutent » mais aussi viser plus large si l'on veut que le discours soit relayé ou s'il est diffusé à la radio par exemple : « peuple de Paris ! » (périphrase), « Français ! »

Un discours écrit exclut l'intervention de la part du public. À l'oral en revanche, l'orateur tient parfois compte des réactions du public pour nuancer, préciser son propos.

Dans quel contexte ?

Le discours précise généralement le contexte dans lequel il est prononcé (époque, lieu). Les références au **cadre spatio-temporel** y sont intégrées afin de donner au propos un fort ancrage dans la réalité. Cela permet d'accentuer le réalisme, la vraisemblance du discours.

2. L'objectif du discours

Maints discours ont une dimension argumentative et une portée didactique : il s'agit alors de cerner le thème (sujet) et l'objectif de cette argumentation :

– S'agit-il de défendre quelqu'un ou quelque chose ? (**plaidoyer**) : on trouve le lexique de l'éloge, des adjectifs ou des termes mélioratifs...

– S'agit-il d'accuser, de dénoncer quelqu'un ou quelque chose ? (**réquisitoire**) : on relève le lexique du blâme, des adjectifs ou des termes péjoratifs, le registre polémique*...

– S'agit-il d'un discours commémoratif ? (**célébrer un événement passé**) : on compare le présent et le passé.

– S'agit-il d'exprimer un souhait, d'encourager quelque chose ou quelqu'un ? On emploie des tournures hypothétiques, le subjonctif, les modalisateurs...

3. Les outils de la stratégie argumentative

Pour convaincre

Le discours doit contenir une logique interne, afin de faire appel à la raison de son interlocuteur :

– Utilisation de **connecteurs logiques** afin de lier les idées : « tout d'abord, ensuite, mais, de plus, en outre... ».

– Relever **la cohérence du fond et de la forme**. Ex : annonce du thème suivi de la thèse et des arguments qui illustrent la thèse dans un même paragraphe comportant des alinéas.

– Relever des exemples de **faits indiscutables**, des chiffres, des arguments fondés notamment sur l'histoire ; les arguments d'autorité, logiques, etc.

– Identifiez un **mode de raisonnement** le plus efficace en fonction du sujet traité et du destinataire. Il peut être déductif, inductif, dialectique ou critique, par exemple.

Pour persuader

Le discours joue parfois sur les sentiments de l'auditoire, sur sa sensibilité :

– Utilisation de **questions rhétoriques** (fausses questions qui comportent une réponse) afin de faire réfléchir l'interlocuteur.

– Utilisation de **l'injonction** : il s'agit de pousser l'autre à agir en employant l'impératif (valeur d'ordre).

– Présence des **hyperboles*** : il s'agit d'exagérer une situation afin de provoquer une réaction.

– Présence de **tournures exclamatives** : communiquer au public sa colère, sa peine...

4. Identifier les procédés oratoires

Un discours est un texte construit, élaboré grâce à des procédés oratoires qui ont pour fonction de retenir l'attention de l'auditoire. Ces procédés peuvent être déclinés de la manière suivante :

– Avoir recours à des **figures de style** afin d'imager son discours :

métaphores*, comparaisons*, anaphores*, hyperboles.
– **Interpeller l'auditoire** (apostrophes, questions).
– **Jouer sur le rythme des phrases :** rythme binaire, ternaire, parallélismes...
– **Employer le registre littéraire approprié au discours :** le registre **polémique** pour un réquisitoire, le registre **lyrique** pour un plaidoyer (ou alors le registre **pathétique** afin d'attirer la compassion du public). Le registre **judiciaire** quand le discours prend la forme d'un procès (*ex : « Le loup et l'Agneau » de La Fontaine*). Le registre épidictique* employé pour l'éloge ou le blâme (*ex :* Les Caractères *de La Bruyère*), etc. On peut également imaginer le registre comique dans une certaine mesure : par exemple afin de dresser une satire*, en employant l'ironie.

Application

Relevez et analysez les caractéristiques orales de ce discours et les marques d'éloquence de son orateur. Vous présenterez les éléments trouvés dans un développement argumenté et structuré.

Hé mon Dieu ! ce n'est pas le moment de chercher des délicatesses de langage ! Figurez-vous ces maisons, ces masures habitées du haut en bas, jusque sous terre, les eaux croupissantes filtrant à travers les pavés dans ces tanières où il y a des créatures humaines. Quelquefois jusqu'à dix familles dans une masure, jusqu'à dix personnes dans une chambre, jusqu'à cinq ou six dans un lit, les âges et les sexes mêlés, les greniers aussi hideux que les caves, des galetas où il entre assez de froid pour grelotter et pas assez d'air pour respirer !

Je demandais à une femme de la rue du Bois-Saint-Sauveur : pourquoi n'ouvrez-vous pas les fenêtres ? Elle m'a répondu : – Parce que les châssis sont pourris et qu'ils nous resteraient dans les mains. J'ai insisté : – Vous ne les ouvrez donc jamais ? – Jamais, Monsieur !

Figurez-vous la population maladive et étiolée, des spectres au seuil des portes, la virilité retardée, la décrépitude précoce, des adolescents qu'on prend pour des enfants, de jeunes mères qu'on prend pour de vieilles femmes, les scrofules, le rachis, l'ophtalmie, l'idiotisme, une indigence inouïe, des haillons partout, on m'a montré comme une curiosité une femme qui avait des boucles d'oreilles d'argent ! Et au milieu de tout cela le travail sans relâche, le travail acharné, pas assez d'heures de sommeil, le travail de l'homme, le travail de la femme, le travail de l'âge mûr, le travail de la vieillesse, le travai l de l'enfance, le travail de l'infirme, et souvent pas de pain, et souvent pas de feu, et cette femme aveugle, entre ses deux enfants dont l'un est mort et l'autre va mourir,

> et ce filetier phtisique agonisant, et cette mère épileptique qui a trois enfants et qui gagne trois sous par jour ! Figurez-vous tout cela et si vous vous récriez, et si vous doutez, et si vous niez… Ah ! Vous niez ! Eh bien, dérangez-vous quelques heures, venez avec nous, incrédules, et nous vous ferons voir de vos yeux, toucher de vos mains, les plaies, les plaies saignantes de ce Christ qu'on appelle le peuple !
>
> Victor Hugo, « Discours à l'Assemblée », 30 juin 1850.

Ce texte présente des caractéristiques orales et met en œuvre l'éloquence de l'orateur car il s'agit de la transcription d'un discours. On remarque en premier lieu un système énonciatif propre au discours. Le texte comporte de nombreuses interpellations à l'auditoire, certaines formules sont même répétées : « Figurez-vous ces maisons », « Figurez-vous la population maladive et étiolée ». On note également d'autres moyens d'interpeller les destinataires comme l'apostrophe liminaire « Hé mon Dieu ! ». L'éloquence est également visible à l'expressivité du discours, l'émotion que l'écrivain engagé éprouve en communiquant son indignation face à la misère. Le lexique est précis, les adjectifs nombreux qui renvoient à la misère qu'il décrit : « eaux croupissantes », « tanières », « masures », « grenier ». Victor Hugo multiplie les références à des lieux de misère pour toucher son auditoire. Mais il ne dépeint pas seulement les lieux, ce sont les humains qui font surtout l'objet d'une description bouleversante. L'image de la maladie structure tout le troisième paragraphe, renforcé par l'effet d'accumulation, la répétition du mot travail qui produit un effet de martèlement sur l'auditoire.

Le discours présente en outre de nombreuses figures de style, en particulier des figures d'insistance qui accompagnent l'argumentation sur laquelle repose en grande partie la stratégie argumentative de l'orateur : l'anaphore (« Figurez-vous ») et l'énumération (début du troisième paragraphe). La fin du discours se veut marquante. Hugo établissant un parallèle entre le peuple et le Christ, le premier souffrant comme le second.

Ce discours possède donc bien des qualités oratoires susceptibles **de convaincre et de persuader** l'Assemblée. Sur le fond, le député propose une description précise des ravages de la misère dans Paris au milieu du XIXe siècle. Le style de ce texte annonce celui des *Misérables* (1862).

2 Renforcer une image ou une idée

Savoir-faire

Dans un récit ou un discours, plusieurs procédés peuvent être utilisés pour renforcer l'expression d'une image ou d'une idée et ainsi permettre de mieux convaincre ou persuader son interlocuteur. L'orateur peut alors recourir à l'emphase et aux figures d'insistance comme l'hyperbole.

1. L'emphase

Il s'agit d'un procédé rhétorique et syntaxique qui consiste à déplacer des mots d'une phrase pour les mettre en valeur. On retiendra principalement deux types de mise en relief : le détachement et l'extraction.

– **Le détachement** consiste à **déplacer un terme au début ou à la fin d'une phrase** et à le mettre en relief par l'usage de la **virgule** et d'un **pronom de reprise**.
*Ex : **Travailler**, c'est sa seule préoccupation !* (Détachement de l'infinitif en fonction sujet.)
*Il **l'aime** donc beaucoup, **son travail**.* (Détachement du groupe nominal COD.)
***Qu'il aime beaucoup son travail**, il **en** est certain.* (Détachement de la subordonnée COI.)

– **L'extraction** : elle consiste à utiliser un présentatif (C'est… que / que) en début de phrase, encadrant l'expression mise en relief.
*Ex : **C'est** se divertir **qu'elle** apprécie le plus.* (Extraction du verbe pronominal, sujet ou COD.)
***C'est** de cet homme **qu'elle** est amoureuse.* (Extraction du nom, complément de l'attribut)

– **Détachement et extraction peuvent se combiner.** *Ex : Ce qui me plaît, ce sont les romans policiers.*

> **À NOTER**
> On rencontre souvent une forme de détachement reposant sur la formule « quant à » + GN. *Ex : Quant à cet auteur, il est connu de tous.*

2. Les figures d'insistance

– **L'hyperbole :** exagération d'une idée dans le choix des termes. *Ex : Faire un bruit à **réveiller un mort**.*

– **La répétition / l'anaphore :** plusieurs occurrences* d'un même mot. *Ex : anaphore de « J'écris ton nom » dans le poème « Liberté » de Paul Éluard.*

– **L'énumération et la gradation*** : plusieurs termes (souvent de même nature), juxtaposés dans une phrase. *Ex : « Il y avait dessus quatre aloyaux, six fricassées de poulets, du veau à la casserole, trois gigots et, au milieu, un joli cochon de lait rôti… » (Gustave Flaubert,* Madame Bovary*).*

– **L'adjectif au comparatif de supériorité et le superlatif :** ils expriment un degré supérieur de qualité. *Ex : « le plus beau des châteaux et madame la meilleure des baronnes » Voltaire,* Candide, *chap.1.*

L'hypotypose : elle regroupe plusieurs procédés d'insistance qui visent à rendre vivante une scène au point d'avoir l'impression qu'elle se déroule sous nos yeux. *Ex : Dans le poème, « Nuit de l'enfer », Rimbaud cherche à produire un effet saisissant : « Les entrailles me brûlent. La violence du venin tord mes membres, me rend difforme, me terrasse. Je meurs de soif, j'étouffe, je ne puis crier. C'est l'enfer, l'éternelle peine ! Voyez comme le feu se relève ! Je brûle comme il faut. Va, démon ! »*

Application

1. Relevez un exemple d'extraction au début de la fable et dites quelle figure de style est associée à cette mise en relief.

2. Relevez deux autres procédés d'insistance.

3. Écrivez un bref résumé de la morale de cet apologue* en débutant par « un détachement » et en utilisant ensuite une ou plusieurs figures d'insistance.

« Le Faucon et le Chapon »

Une traîtresse voix bien souvent vous appelle ;
Ne vous pressez donc nullement :
Ce n'était pas un sot, non, non, et croyez-m'en,
Que le Chien de Jean de Nivelle.
Un citoyen du Mans, Chapon de son métier
Était sommé de comparaître
Par-devant les lares du maître,
Au pied d'un tribunal que nous nommons foyer.
Tous les gens lui criaient pour déguiser la chose,
Petit, petit, petit : mais, loin de s'y fier,
Le Normand et demi laissait les gens crier :
Serviteur, disait-il, votre appât est grossier ;
On ne m'y tient pas ; et pour cause.
Cependant un Faucon sur sa perche voyait
Notre Manceau qui s'enfuyait.
Les Chapons ont en nous fort peu de confiance,
Soit instinct, soit expérience.
Celui-ci qui ne fut qu'avec peine attrapé,
Devait le lendemain être d'un grand soupé,
Fort à l'aise, en un plat, honneur dont la volaille
Se serait passée aisément.
L'Oiseau chasseur lui dit : Ton peu d'entendement
Me rend tout étonné. Vous n'êtes que racaille,

Gens grossiers, sans esprit, à qui l'on n'apprend rien.
Pour moi, je sais chasser, et revenir au maître.
Le vois-tu pas à la fenêtre ?
Il t'attend : es-tu sourd ? – Je n'entends que trop bien,
Repartit le Chapon ; mais que me veut-il dire,
Et ce beau Cuisinier armé d'un grand couteau ?
Reviendrais-tu pour cet appeau :
Laisse-moi fuir, cesse de rire
De l'indocilité qui me fait envoler,
Lorsque d'un ton si doux on s'en vient m'appeler.
Si tu voyais mettre à la broche
Tous les jours autant de Faucons
Que j'y vois mettre de Chapons,
Tu ne me ferais pas un semblable reproche.

Jean de La Fontaine, *Fables*, Livre VIII, 21, 1678.

1. Exemple d'extraction à partir de la phrase : Le Chien de Jean de Nivelle n'était pas un sot. : « **Ce n'**était pas un sot, non, non, et croyez-m'en, / **Que** le Chien de Jean de Nivelle. » (v. 3-4).

Cette mise en relief est associée à **une litote*** que l'on reconnaît notamment à l'usage de la négation et qui est une manière détournée d'exprimer une idée.

2. D'autres procédés d'insistance sont utilisés comme **la répétition** : « Petit, petit, petit » (v. 10) ; **l'énumération** : « Vous n'êtes que racaille, / Gens grossiers, sans esprit, à qui l'on n'apprend rien. » (v. 23-24) ; **l'adverbe intensif** : « Les Chapons ont en nous **fort peu** de confiance ». (v. 16)

3. Résumé de la fable : Fuir, c'est la seule option envisageable pour le Chapon. Sourd aux conseils mal avisés d'un Faucon trop docile, il s'en remet à son instinct, à son bon sens, à sa juste raison qui le poussent à sauver sa peau.

Pour réussir le jour J !

Les erreurs à ne pas commettre

Les noms propres portent une majuscule. Ne nommez pas un auteur par son seul prénom ! On ne souligne pas les noms propres dans une copie. Ne soulignez que les titres d'œuvres. Mettez des guillemets pour indiquer les titres à l'intérieur d'une œuvre : nom de poème, de fable, de chapitre d'un récit, etc.

Respectez **les règles de ponctuation et les accents.** On doit distinguer l'accent aigu de l'accent grave. Ce n'est pas un trait horizontal qui confond les deux ! De même, on n'écrit pas « etc... » ni « etc » mais « etc. »

Ne mélangez pas écriture en chiffres et en lettres. On écrit en chiffres les dates, les numéros de rue, les quantités, les distances, les mesures (dans la littérature contemporaine ou dans la presse). Mais on écrit en lettres les déterminants ou pronoms numéraux ordinaux ; les chiffres romains des siècles et des rangs dynastiques ; les quantités, distances, mesures (dans les textes classiques).

Un point en + sur la copie

Variez le vocabulaire. Utilisez les termes de reprise différents pour nommer un même auteur : **Honoré de Balzac ; l'écrivains réaliste ; l'auteur du** *Père Goriot*, etc. Même consigne pour désigner la manière dont s'exprime un auteur : **il dit, relate, suggère, transmet, souligne**, etc.
Dans un commentaire, on valorise son expression en nommant régulièrement – outre les procédés d'écriture attendus – la nature ou la classe d'un mot. Cela évite de répéter les expressions « le mot » ou « le terme ». On préférera « le substantif », « l'adverbe », etc.

Utiliser un registre de langue soutenu quand cela est possible. Proscrire le langage familier et l'énonciation à la première personne du singulier à l'écrit.

Utiliser une syntaxe claire et rigoureuse. Si la maîtrise de la phrase complexe vous pose des difficultés, rédigez des phrases simples mais bien reliées entre elles par l'utilisation de connecteurs logiques.

10 QCM pour réviser le cours

Corrigés, p. 218

1 Ce n'est pas un modalisateur :

❑ **a.** Demain

❑ **b.** Peut-être

❑ **c.** Croire

2 Parmi les énoncés suivants, lequel comporte un déictique ?

❑ **a.** Tu iras acheter du pain ce soir.

❑ **b.** Tu as acheté du pain le même jour.

❑ **c.** Elle a acheté du pain ce jour-là.

3 Parmi ces énoncés lequel ne relève pas d'un registre courant ?

❑ **a.** Elle a terminé ses devoirs avant d'aller au cinéma.

❑ **b.** Elle est allée au cinéma après avoir fait ses devoirs.

❑ **c.** Après qu'elle eut accompli sa tâche, elle alla se divertir au cinéma.

4 Parmi ces fonctions du langage, laquelle n'existe pas ?

❑ **a.** Ca fonction référentielle

❑ **b.** La fonction pratique

❑ **c.** La fonction conative

5 Quel terme désigne l'une des formes de l'implicite ?

❑ **a.** Le malentendu

❑ **b.** Le sous-entendu

❑ **c.** L'illusion

6 Quel énoncé relève de la parataxe ?

❑ **a.** Il fait nuit tôt car c'est l'hiver.

❑ **b.** Comme c'est l'hiver, il fait nuit tôt.

❑ **c.** La nuit tombe vite. C'est l'hiver.

7 Parmi ces mots, identifiez le pronom relatif :

❑ **a.** donc ❑ **b.** dont ❑ **c.** don

8 Quel énoncé est faux ?

❑ **a.** L'antiphrase procède de l'ironie.

❑ **b.** L'antiphrase consiste à réfuter une idée d'un interlocuteur.

❑ **c.** L'antiphrase consiste à suggérer le contraire de ce que l'on dit.

9 Qu'est-ce qui entre dans la définition d'un discours coupé ?

❑ **a.** Le discours direct

❑ **b.** La concomitance de la parole, de l'espace et du temps

❑ **c.** L'absence des déictiques ou embrayeurs du discours

10 Le langage sophistiqué correspond :

❑ **a** . Au romantisme

❑ **b** . Au préciosité

❑ **c** . Au réalisme

Exercices

Exercice 1

niveau 1 | 30 min

Corrigés, p. 218

Toute leur vie était employée non en vertu de lois, de statuts et de règles, mais selon leur volonté et leur libre arbitre. Ils se levaient du lit quand bon leur semblait, buvaient, mangeaient, travaillaient, dormaient quand le désir leur en venait. Nul ne les éveillait, nul ne les forçait ni à boire, ni à manger, ni à faire quoi que ce soit. Ainsi l'avait établi Gargantua. Dans leur règle, il n'y avait que cette clause : « Fais ce que tu voudras », parce que les gens libres, bien nés, bien instruits, demeurant en honnête compagnie, ont par nature un instinct, un aiguillon qui les pousse toujours à faire le bien et les éloigne du vice : c'est ce qu'ils appellent l'honneur. Quand ils sont, par une vile sujétion et une contrainte, affaiblis et asservis, ils détournent ce noble penchant, par lequel ils aspiraient librement à la vertu, pour destituer et renverser ce joug de la servitude. Car nous entreprenons toujours ce qui est défendu et nous convoitons ce qui nous est refusé. Grâce à cette liberté, une louable émulation les poussa à faire tout ce qu'ils voyaient plaire à un seul.

François Rabelais, *Gargantua*, 1534.

Questions

1. Relevez trois connecteurs logiques exprimant des valeurs logiques distinctes.
2. Quelle nuance circonstancielle est fréquemment exprimée dans le texte ? Relevez un complément circonstanciel et une proposition subordonnée qui lui correspondent.
3. Comment interprétez-vous les relations logiques dans ce texte ?

Exercice 2

niveau 2 | 20 min

Corrigés, p. 218

Émile Zola, célèbre journaliste et écrivain du mouvement naturaliste, se bat pour établir l'innocence du capitaine Dreyfus, injustement condamné pour trahison. Un mois avant son célèbre article « J'accuse ! » publié le 13 janvier 1898, il s'adresse à la jeunesse de France, dans une lettre ouverte, le 14 décembre 1897.

Jeunesse, jeunesse ! Souviens-toi des souffrances que tes pères ont endurées, des terribles batailles où ils ont dû vaincre, pour conquérir la liberté dont tu jouis à cette heure. Si tu te sens indépendante, si tu peux aller et venir à ton gré, dire dans la presse ce que tu penses, avoir une opinion et l'exprimer publiquement, c'est que tes pères ont donné de leur intelligence et de leur sang. Tu n'es pas née sous la tyrannie, tu ignores ce que c'est que de se réveiller chaque matin avec la botte d'un maître sur la poitrine, tu ne t'es pas battue pour échapper au sabre du dictateur, aux poids faux du mauvais juge. Remercie tes pères, et ne commets pas le crime d'acclamer le mensonge, de faire campagne avec la force brutale, l'intolérance des fanatiques et la voracité des ambitieux. La dictature est au bout [...]

Émile ZOLA, « Lettre à la jeunesse », 14 décembre 1897.

Questions

1. Relevez les marques du système énonciatif propre au discours.

2. Comment interprétez-vous l'absence de modalisateurs du doute dans ce discours ?

Exercice 3

niveau 2 | 50 min

Corrigés, p. 219

Texte A

Lorsqu'elle avait 30 ans, on appelait Agnès Varda la grand-mère du cinéma, ce qui la faisait rire. Aujourd'hui, elle est une jeune artiste contemporaine. Pourtant, elle a toujours été légèrement en marge de la Nouvelle Vague. « Contrairement à Truffaut ou à Godard, je n'ai jamais écrit sur le cinéma. » Est-ce parce que les germinations des pommes de terre la captivent au même titre que le bonheur, le temps ou la mort ?

Anne DIAKTINE, Agnès Varda, « Peau d'âme », *Libération*, 16 juin 2006.

Texte B

CAMILLE

Oui, nous nous aimons, Perdican ; laisse-moi le sentir sur ton cœur. Ce Dieu qui nous regarde ne s'en offensera pas ; il veut bien que je t'aime ; il y a quinze ans qu'il le sait.

On entend un grand cri derrière l'autel.

CAMILLE

C'est la voix de ma sœur de lait.

PERDICAN

Comment est-elle ici ? Je l'avais laissée dans l'escalier, lorsque tu m'as fait rappeler. Il faut donc qu'elle m'ait suivi sans que je m'en sois aperçu.

Alfred de MUSSET, *On ne badine pas avec l'amour*, acte III, scène 8, 1834.

Texte C

À EMMANUEL VASSE DE SAINT-OUEN.

[Croisset, 5 avril 1846].

Quand tu m'as quitté la dernière fois, quand tu m'as vu repartir pour Rouen, tu t'es dit sans doute que, le temps venant, les jours s'écoulant, ma douleur allait passer, que je me consolerais à la longue de la mort de mon père et que je finirais enfin par rentrer dans le calme dont il y a si longtemps que je suis privé. Ah oui ! du calme ! Y en a-t-il pour les pavés de la grande route qui sont broyés par les roues des chariots ? Y en a-t-il pour l'enclume ? En plaçant ma vie au-delà de la sphère commune, en me retirant des ambitions et des vanités vulgaires pour exister dans quelque chose de plus solide, j'avais cru que j'obtiendrais, sinon le bonheur, du moins le repos. Erreur ! Il y a toujours en nous l'homme, avec toutes ses entrailles et les attaches puissantes qui le relient à l'humanité.

Gustave Flaubert, *Correspondance*, Éd. électronique par Danielle Girard et Yvan Leclerc, Rouen, 2017, en ligne à l'adresse : https://flaubert.univ-rouen.fr/correspondance.

Questions

1. Identifiez les types de communication de ces extraits.
2. Quel extrait présente une énonciation à la fois différée et enchâssée ?
3. Quel extrait met en œuvre le procédé de « la double énonciation» ?

Exercice 4 niveau 2 40 min

Corrigés, p. 219

Texte A

Les sanglots longs
Des violons
De l'automne
Blessent mon cœur
D'une langueur
Monotone.

Tout suffocant
Et blême, quand
Sonne l'heure,
Je me souviens
Des jours anciens
Et je pleure

Et je m'en vais
Au vent mauvais
Qui m'emporte
Deçà, delà,
Pareil à la
Feuille morte.

Paul Verlaine, « Chanson d'automne », *Poèmes saturniens*, 1866.

Texte B

Ah ! le néant de cet acte d'accusation ! Qu'un homme ait pu être condamné sur cet acte, c'est un prodige d'iniquité. Je défie les honnêtes gens de le lire, sans que leur cœur bondisse d'indignation et crie leur révolte, en pensant à l'expiation démesurée, là-bas, à l'île du Diable. Dreyfus sait plusieurs langues, crime ; on n'a trouvé chez lui aucun papier compromettant, crime ; il va parfois dans son pays d'origine, crime ; il est laborieux, il a le souci de tout savoir, crime ; il ne se trouble pas, crime ; il se trouble, crime. Et les naïvetés de rédaction, les formelles assertions dans le vide ! On nous avait parlé de quatorze chefs d'accusation : nous n'en trouvons qu'une seule en fin de compte, celle du bordereau [...] Voilà donc, Monsieur le président, les faits qui expliquent comment une erreur judiciaire a pu être commise.

Émile Zola, « J'accuse ! », lettre à Félix Faure, 13 janvier 1898.

Questions

1. Identifiez les fonctions du langage dont ces deux textes sont les supports.
2. Justifiez la fonction du langage pour chacun des textes.

Exercice 5

niveau 2 | 40 min

Corrigés, p. 220

Après le tremblement de terre qui avait détruit les trois quarts de Lisbonne, les sages du pays n'avaient pas trouvé un moyen plus efficace pour prévenir une ruine totale que de donner au peuple un bel autodafé ; il était décidé par l'université de Coïmbre que le spectacle de quelques personnes brûlées à petit feu, en grande cérémonie, est un secret infaillible pour empêcher la terre de trembler.

On avait en conséquence saisi un Biscayen convaincu d'avoir épousé sa commère, et deux Portugais qui en mangeant un poulet en avaient arraché le lard : on vint lier après le dîner le docteur Pangloss et son disciple Candide, l'un pour avoir parlé, et l'autre pour avoir écouté avec un air d'approbation : tous deux furent menés séparément dans des appartements d'une extrême fraîcheur, dans lesquels on n'était jamais incommodé du soleil ; huit jours après ils furent tous deux revêtus d'un san-benito, et on orna leurs têtes de mitres de papier : la mitre et le san-benito de Candide étaient peints de flammes renversées et de diables qui n'avaient ni queues ni griffes ; mais les diables de Pangloss portaient griffes et queues, et les flammes étaient droites. Ils marchèrent en procession ainsi vêtus, et entendirent un sermon très pathétique, suivi d'une belle musique en faux-bourdon. Candide fut fessé en cadence, pendant qu'on chantait ; le Biscayen et les deux hommes qui n'avaient point voulu manger de lard furent brûlés, et Pangloss fut pendu, quoique ce ne soit pas la coutume. Le même jour la terre trembla de nouveau avec un fracas épouvantable.

VOLTAIRE, *Candide*, chapitre 6, 1759.

Questions

1. Dans cet extrait du conte philosophique, quelles expressions révèlent l'ironie de l'auteur ?
2. Identifiez et justifiez la présence de l'implicite à travers la figure de l'asyndète.

Corrigés

QCM

1 a. **2** a. **3** c. **4** b. **5** b. **6** c. **7** b. **8** b. **9** c. **10** b.

Exercice 1

1. « **mais** selon leur volonté… » → valeur d'opposition ; « **et** leur libre arbitre… » → valeur d'addition ; « **Car** nous entreprenons… » → valeur causale.

2. La nuance circonstancielle la plus exprimée dans ce texte est la nuance temporelle, l'écrivain cherche à communiquer le mode de vie et le quotidien des Thélemites, moines dont la devise est « Fais ce que tu voudras. » On peut relever un complément circonstanciel de temps : « Car nous entreprenons **toujours** ce qui est défendu » et une proposition subordonnée circonstancielle de temps dont l'extrait comporte plusieurs occurrences : « **Quand ils sont**, par une vile sujétion et une contrainte, **affaiblis et asservis**, ils détournent ce noble penchant. »

3. Corrélés aux énumérations et aux procédés de reprise, l'expression du temps et les liens logiques cause-conséquence structurent le passage pour donner à voir une conception de l'homme et de la vie fondée sur l'absence de contrainte et la liberté. Cet idéal est contraire au mode de vie traditionnel des moines fondé sur la règle, l'obéissance et la soumission. C'est pourquoi ce texte se rattache au genre de l'utopie.

Exercice 2

1. Mise en place du système énonciatif propre au discours : interpellation du destinataire (« tu » ; « toi » ; « tes » → pronom personnel de deuxième personne et sa forme réfléchie, adjectif possessif ; « souviens-toi » → pronom personnel associé à l'injonction). Apostrophe et répétition : « Jeunesse, jeunesse ! » Effet d'insistance grâce au jeu sur les parallélismes de construction et le rythme des phrases : « Si tu te sens indépendante, si tu peux aller et venir à ton gré… ». Accumulation d'impératifs ; usage de la métaphore et de l'hyperbole : « Remercie tes pères, et ne commets pas le crime d'acclamer le mensonge… », etc.

2. Émile Zola cherche a convaincre et à persuader la jeunesse de son temps qu'il faut lutter contre les jugements iniques. Il n'est donc pas dans une posture relevant de la délibération – souvent associée à la modalisation du doute dans un discours. Son opinion sur la question de la justice et l'innocence du capitaine Dreyfus est déjà bien établie au moment où il s'exprime, d'où la force de son propos.

Exercice 3

1. On peut identifier principalement deux types de communication. Le premier, tiré d'un article de journal rapporte une parole différée, celle de la journaliste qui fait le portrait contrasté de la cinéaste Agnès Varda, en revenant notamment sur son parcours et sa jeunesse. Le second texte, tiré d'une pièce de théâtre romantique présente les caractéristiques de la communication directe, car l'émetteur et le récepteur sont bien présents. Il s'agit d'un dialogue. Le dernier extrait est tiré d'une lettre que le destinataire - « EMMANUEL VASSE » – ne peut lire qu'après réception. Il s'agit donc, comme dans le premier extrait, d'une communication différée.

2. L'extrait du journal *Libération* débute par la parole de la journaliste qui cite au sein de son article la parole de la cinéaste elle-même, comme le montrent la présence des guillemets intérieurs et le changement de pronom personnel : « Contrairement à Truffaut ou à Godard, je n'ai jamais écrit sur le cinéma. » Il s'agit bien d'une énonciation différée, enchâssée dans l'énonciation première, c'est une citation.

3. Le dialogue théâtral présente une particularité inhérente à ce genre puisqu'il existe un deuxième récepteur à la question posée par Perdican et plus largement aux propos échangés : le public ou le lecteur (cf. « un spectacle dans un fauteuil »). Il s'agit du procédé de la double énonciation théâtrale.

Exercice 4

1. Le premier texte se caractérise essentiellement par deux fonctions : **la fonction expressive** car ce poème exprime le sentiment plaintif du poète qui dépeint sa souffrance « blessent mon cœur » et présente les marques de la subjectivité (« Je me souviens ») au centre du poème. Mais le langage remplit aussi une **fonction poétique**. La forme visuelle autant que sonore du poème correspond à une attention particulière de l'écrivain orfèvre de la langue. Chaque sizain comporte des rimes suffisantes, des rimes intérieures, des allitérations* et des assonances*. (Répétition de la consonne liquide [l] imitant le lent écoulement de la peine, dans la première strophe par exemple).

2. Le second extrait se caractérise quant à lui par deux autres fonctions du langage : **la fonction conative** car le destinataire est ici nommé à la fin du passage : « Voilà donc, Monsieur le président » ; on relève également plusieurs allusions précises au sujet qui fonde la polémique, soulignant **la fonction référentielle** : « de cet acte d'accusation ! Qu'un homme ait pu être condamné sur cet acte, c'est un prodige d'iniquité. »

Exercice 5

1. Le passage en apparence élogieux, mais en réalité très ironique, décrit une cérémonie hypocrite qui masque sous l'apparat du divertissement une finalité affreuse et injuste : l'exécution d'êtres humains pour des délits sans aucune gravité. → Les périphrases et les euphémismes* qui évoquent le cachot des condamnés et les adjectifs soulignent le caractère tragique* de la scène. Ils sont faussement mélioratifs et relèvent de l'antiphrase : « appartements d'une extrême fraîcheur », « bel autodafé », « grande cérémonie ».

2. « Pangloss fut pendu, quoique ce ne soit pas la coutume. Le même jour la terre trembla de nouveau avec un fracas épouvantable. » → Voltaire dénonce les méfaits de la superstition en soulignant, grâce à l'asyndète, l'absence de lien de cause à effet entre l'exécution d'êtres humains et la survenue d'une catastrophe naturelle.

8 La dissertation littéraire

Les 5 points incontournables

La structure

La dissertation comporte :

- **une introduction** dans laquelle vous amènerez le sujet par une phrase d'accroche, vous reprendrez le sujet en l'analysant et en en reformulant les termes, avant d'annoncer une problématique et de proposer un plan.
- **un développement** composé de plusieurs parties, idéalement trois, elles-mêmes découpées en sous-parties traitant chacune une idée.
- **une conclusion** qui reprend les grands axes de votre réflexion et répond à la problématique posée par le sujet.

▶ *Cours*, p. 223 et 224

La problématique

La problématique ne doit pas être confondue avec la question du sujet de dissertation, il s'agit de la question que vous formulez et à laquelle répond votre développement. Mais elle découle du sujet et met en avant les interrogations littéraires qu'il soulève.

Il est donc important de lire le sujet plusieurs fois et de ne pas se contenter d'une lecture rapide.

▶ *Cours*, p. 225

Le développement

Élaboré selon un plan rationnel et logique, le plan est composé de deux ou trois parties (axes) subdivisées en sous-parties, chacune d'entre elle développant un argument qui justifie l'idée directrice de la partie. Le développement doit prendre en compte tous les aspects proposés par le sujet.

▶ *Cours*, p.225 à 227

Les arguments

Les arguments sont les grandes idées que l'on défend. Dans le cadre de la dissertation littéraire, ces arguments sont empruntés aux livres, à la littérature, à l'histoire culturelle et artistique.

▶ *Cours*, p. 225 et 226

Les exemples

Puisés dans les œuvres étudiées en classe, mais aussi dans votre culture personnelle, ils sont indispensables pour justifier le choix de vos arguments.

On évitera les citations approximatives, les citations – exactes – doivent être mises entre guillemets.

▶ *Cours*, p. 227

1 Lire et comprendre le sujet

a. La compréhension du sujet

La dissertation littéraire s'appuie sur un sujet qui porte **sur l'une des œuvres étudiées et un parcours associé**. Il convient donc, avant de se lancer dans ce travail d'écriture, de s'assurer de la bonne connaissance des œuvres et des documents divers étudiés pendant l'année pour mieux appréhender le libellé du sujet.

Ces textes seront indispensables quand vous élaborerez votre argumentation et chercherez vos exemples. Une dissertation ne tourne pas à vide, il lui faut des exemples pour se construire.

b. La composition du sujet

Il convient d'étudier la structure du sujet, c'est-à-dire les éléments qui le composent.

> **Exemple de sujet** :
> Lors de la conférence « L'Esprit nouveau et les poètes » prononcée par Apollinaire le 26 novembre 1917 au théâtre du Vieux-Colombier à Paris, le poète déclare : « La surprise est le grand ressort nouveau. C'est par la surprise, par la place importante qu'il fait à la surprise, que l'Esprit nouveau se distingue de tous les mouvements artistiques et littéraires qui l'ont précédé. » **Pensez-vous que la poésie moderne se définit par « la surprise » ?**

Dans une dissertation construite s'appuyant sur *Alcools* **de Guillaume Apollinaire**, sur le parcours « **Modernité poétique** » associé à l'étude du recueil, et sur vos lectures personnelles, vous vous interrogerez sur la pertinence de cette affirmation.

Ici, le sujet se compose d'une citation, d'une orientation de réflexion, d'une question fermée et d'un conseil de méthode.

Avec ce type de sujet, le travail d'argumentation doit à la fois prendre appui sur la citation tout en répondant à la question posée. Il convient, tout au long du développement, de prendre en compte ces deux aspects du sujet.

c. Les mots-clés / Les thèmes

Chaque sujet comporte des termes-clés qui orientent la réflexion car ils précisent le champ d'analyse. Pour évier le hors sujet, il convient de tenir compte de la thématique donnée par le sujet.

Si, par exemple, un sujet interroge sur « Le personnage de roman, esthétique et valeurs », il ne faut pas accorder un développement au théâtre ou à la poésie.

> **Exemple de sujet :**
> Dans une lettre publiée dans le journal *Le Voleur* le 10 janvier 1831, Balzac dresse le bilan de la production littéraire de l'année écoulée et qualifie d'« école du désenchantement » les œuvres de quatre écrivains talentueux mais désabusés dont il parle, notamment *Le Rouge et le Noir* de Stendhal, publié en 1830. Balzac affirme : « Il y a dans ces quatre conceptions littéraires le génie d'une époque, la senteur cadavéreuse d'une société qui s'éteint. »
>
> **L'intérêt du roman repose-t-il sur le portrait critique d'un personnage ancré dans une société en déclin ?** Vous répondrez à cette question en vous appuyant sur *Le Rouge et le Noir* de Stendhal, sur les œuvres étudiées dans le parcours « Le personnage de roman, esthétique et valeurs » et sur vos lectures personnelles.

Le sujet repose sur un paradoxe* apparent puisqu'il comporte une expression très louangeuse : « le génie d'une époque » et deux expressions dépréciatives « senteur cadavéreuse » et « s'éteint » ; la première, métaphorique, peut d'ailleurs surprendre à propos d'une œuvre littéraire et renvoie à une forme de morbidité, voire de dégoût.

L'analyse du sujet doit rendre compte de sa complexité puisque la citation associe des éléments qui ne relèvent pas du même plan : celui de l'interprétation subjective et celui du constat historique.

2 Les grandes étapes de la dissertation

La dissertation obéit à une organisation générale assez facile à retenir. Chacune de ces étapes joue un rôle précis dans l'argumentation :

I. L'introduction

II. Le développement composé de plusieurs parties

III. La conclusion

a. L'introduction

L'introduction commence par une « accroche » qui, comme son nom l'indique, doit retenir l'attention du lecteur. C'est pourquoi il faut éviter de commencer par un poncif ou une banalité. Mais il ne faut surtout pas répondre à la question posée par le sujet dès la première phrase.

Ensuite, l'introduction se poursuit par une explication du sujet qui doit lui être intégrée. Après avoir décrit rapidement les enjeux soulevés par le sujet, il convient de formuler une problématique.

L'introduction se termine par l'annonce du plan. C'est une étape décisive de la dissertation. Elle permet de voir si vous êtes capable de comprendre un sujet, de le reformuler et de poser une réflexion en termes clairs.

b. Le développement

Le développement est construit en deux ou trois parties. Chacune de ces parties se subdivise en sous-parties, c'est-à-dire en paragraphes cohérents, reliés entre eux par des connecteurs logiques.

Au début de chaque partie, il faut énoncer l'**idée principale** qui va être étudiée. Ce « chapeau introducteur » se distingue du premier paragraphe par un alinéa.

Les paragraphes qui composent chaque grande partie se distinguent également par le retour à la ligne. Chaque paragraphe comporte un argument illustré par un exemple donnant lui-même lieu à un commentaire. Il ne faut pas se contenter de citer les exemples : il faut les analyser, montrer en quoi ils servent à étayer l'argument du paragraphe.

Entre chaque grande partie, il convient de ménager **une transition**. Celle-ci permet de faire la synthèse de ce qui vient d'être dit et d'annoncer ce qui va suivre. La transition a donc une double fonction : synthétiser et poursuivre la réflexion.

c. La conclusion

La conclusion permet d'abord de rappeler les grandes étapes de la dissertation. Elle résume brièvement ce qui vient d'être dit.

Puis elle invite à répondre à la problématique posée en introduction. Elle s'achève sur une ouverture. Celle-ci peut concerner un autre genre littéraire qui montre que le débat n'est pas terminé et se poursuit pour le lecteur.

On peut aussi refermer sa dissertation sur une citation pertinente par rapport au sujet, en veillant toujours à son exactitude.

d. La formulation d'une problématique

La problématique est la question à laquelle vous répondez tout au long du développement de la dissertation. Ce n'est pas la question que pose le libellé du sujet mais c'est une interrogation que vous formulez personnellement. Elle doit prendre en compte le thème du sujet, sa composition (dans le cas d'une citation).

La problématique se présente sous la forme d'une question.

Exemple de sujet :

Quand les écrivains témoignent des événements historiques de leur temps, ils leur confèrent un surcroît d'intérêt. Que pensez-vous de cette affirmation ? Vous traiterez de ce sujet en vous appuyant sur *Le Rouge et le noir* de Stendhal, sur les œuvres du parcours associé : « Le personnage de roman, esthétique et valeurs » et sur vos lectures personnelles.

Un sujet est en général suffisamment vaste pour permettre plusieurs problématiques. Dans le cas de l'exemple proposé, il s'agit de réfléchir au rapport d'un auteur aux événements historiques quand il décide de les raconter. L'artiste a une vision du monde. On peut dès lors se demander si le regard porté par un écrivain sur les épisodes historiques les modifie, les nuance ou les transcende. **On peut se poser les questions suivantes** : Le regard des écrivains sur l'Histoire offre-t-il un témoignage fiable ? La subjectivité de l'artiste offre-t-elle un intérêt supplémentaire aux événements racontés ?

e. Le plan et les arguments

La construction du plan est l'une des étapes décisives de la dissertation. Le choix du plan dépend du type de sujet posé. Le plan s'élabore à partir d'une série d'arguments notés au brouillon. Il constitue l'ossature du travail, le canevas à partir duquel vous allez rédiger votre texte.

La lecture du sujet peut susciter des idées qu'il faut noter au brouillon. Ces idées devront être formulées de manière précise et dans un français correct. Elles constituent l'ébauche et la base de votre travail.

Exemple de sujet :

Dans le conte « L'Église des Jésuites » du recueil des *Contes nocturnes* (1839), E.T.A Hoffmann écrit : « L'artiste, initié au secret divin de l'art, entend la voix de la nature qui raconte ses mystères infinis par les arbres, par les plantes, par les fleurs, par les eaux et par les montagnes ; puis il vient sur lui, comme l'esprit de Dieu, le don de transporter ses sensations dans ses ouvrages. » La poésie comme lieu d'un déchiffrement du monde vous paraît-elle – comme le suggère Hoffmann dans cette citation – la fonction première de la poésie ? Vous vous appuierez sur *Les Fleurs du Mal* de Baudelaire, sur le parcours associé : « Alchimie poétique » et sur vos lectures personnelles.

La question porte sur un genre donné (la poésie), sur son rapport au monde et sur la fonction du poète. Ce dernier serait un déchiffreur capable de transcrire dans son œuvre les secrets de la nature. Le sujet invite plutôt à une approche dialectique puisqu'il repose sur une question fermée, mais une approche thématique est tout à fait envisageable puisque, *in fine*, il s'agit de définir la pluralité des rôles de la poésie. On peut noter les idées « en vrac » avant de les classer à l'intérieur du plan.

Idées/arguments : La tradition poétique rattache ce genre à une forme d'ésotérisme : d'inspiration divine, les fureurs mystiques et divinatoires sont, parmi d'autres, les caractéristiques de la poésie définie par Platon. La poésie de la Renaissance rappelle également cette inspiration divine. / La poésie romantique, incarnée notamment par Hugo, assigne la fonction de guide, de prophète au poète qui éclaire les hommes. / Avec Rimbaud, le poète visionnaire devient « voyant ». Le poète-mage devient Dieu.

Mais la poésie revêt également d'autres fonctions essentielles que celle qui consiste à porter et à révéler les mystères du monde.

Elle est le lieu d'expression de sentiments personnels : elle peut être à la fois lyrique et porteuse d'un imaginaire propre à la subjectivité de son auteur. / La poésie est aussi et avant tout une forme esthétique. Elle peut avoir une fonction purement ornementale ; elle renouvelle le langage. /Dans certains contextes politiques, la poésie est parfois une arme, un moyen indirect de lutter, etc.

Ces idées, notées dans le désordre au brouillon, vont devenir des arguments quand elles seront intégrées à un plan construit.

f. La recherche des exemples

Les exemples se distinguent des arguments. Ils constituent des éléments concrets, choisis dans les textes étudiés ou dans vos connaissances personnelles. Ils sont indispensables car ils permettent d'étayer vos arguments. Ils viennent démontrer la justesse de vos idées. Il n'existe pas de bonne argumentation sans exemple.

À côté des idées notées sur le brouillon pour répondre à la question de l'utilité ou non de la poésie, vous devez écrire des exemples correspondant aux arguments. Si l'on reprend l'exemple du sujet ci-dessus, il est possible de formuler l'un des arguments de la manière suivante : la poésie est le lieu d'un déchiffrement des mystères du monde.

Il est alors possible d'illustrer cet argument grâce aux exemples diachroniques suivants :

– Un exemple extrait du recueil ***Les Fleurs du mal*** de Baudelaire : précurseur du symbolisme dont Verlaine sera l'une des grandes figures, la poésie baudelairienne se veut évocatrice et suggestive, une « sorcellerie évocatoire » selon les mots du poète. Dans le poème « Parfum exotique », le parfum et le jeu des « correspondances » auxquels est sensible le poète permettent de transcender la description simplement réaliste de la femme aimée.

– Un exemple d'un poème de La Pléiade : « **La Lyre** » (1569) de **Pierre de Ronsard**. Dans ce poème sont évoqués les dons variés du poète et notamment l'inspiration divine qui lui permet de déchiffrer le monde : « *Quatre fureurs brûlent notre courage, / Bacchus, Amours, Les Muses, Apollon*. »

Dans le même ordre d'idées, il serait également pertinent de citer les grands poèmes de Victor Hugo sur ce thème : « Fonction du poète » ou « Les Mages », par exemple, ainsi que la lettre dite du « voyant » d'Arthur Rimbaud.

1 Rédiger une introduction

Savoir-faire

1. Les grandes étapes

L'introduction implique une méthode précise, consistant à expliciter le sujet, à formuler une problématique et à annoncer un plan. Ses étapes doivent être clairement exposées. Avec quelques variantes, l'introduction suit souvent ce schéma :

– une phrase brève d'ouverture (**phrase d'accroche**).
– **l'explicitation du sujet** et – le cas échéant — de la citation qui l'accompagne.
– la formulation de **la problématique**.
– **l'annonce du plan**.

À NOTER
Lorsque le sujet n'est pas accompagné d'une citation, vous devez le reformuler et en expliciter également les termes avant de le problématiser.

2. Le cas d'une citation longue

Parfois un sujet de dissertation présente une citation longue. Il faut éviter de citer l'intégralité de la citation, mais plutôt la scinder en l'explicitant au fur et à mesure. Dans le cas d'une citation courte, elle peut être intégrée au paragraphe d'introduction.

Application

Lisez attentivement le sujet de dissertation suivant qui oppose la poésie et le progrès.

« La poésie et le progrès sont deux ambitieux qui se haïssent d'une haine instinctive, et quand ils se rencontrent dans le même chemin, il faut que l'un des deux serve l'autre », affirme Charles Baudelaire.
Partagez-vous les idées défendues par Charles Baudelaire sur la poésie ?

Analyse

Le sujet de dissertation se fonde ici sur une citation d'auteur, en l'occurrence Charles Baudelaire. Ce dernier fait autorité dans le domaine poétique, aussi son avis doit-il être considéré comme un argument fort.
Grâce à une métaphore*, Baudelaire oppose la poésie et le progrès avant d'opérer une nuance et de laisser supposer que les deux peuvent se concilier, à condition que l'un se mette au service de l'autre, c'est-à-dire influe sur l'autre.
La réflexion doit donc porter sur l'antagonisme qui *a priori* sépare la poésie du progrès.

Problématique

La question posée à partir de la citation implique une réponse nuancée. L'introduction pourra partir d'un constat d'histoire de la poésie, indiquant que longtemps la poésie a été associée à l'inspiration, offrant du poète et de son art l'image d'une entité coupée du monde. Cette vision quelque peu idéaliste a évolué : le poète, qui s'attache à décrire le monde qui l'entoure, doit aussi rendre compte des progrès de la civilisation. L'introduction devra donc faire la part entre « le mythe du poète » et la réalité qui évolue au XIXe siècle, avec les grandes découvertes. Il serait également bon de noter que Baudelaire est considéré comme l'un des premiers poètes à avoir fait du progrès un thème poétique, notamment dans les *Petits Poèmes en prose*.

Structure de l'introduction

– Ouverture sur la poésie de Baudelaire
– Présentation de la citation et explicitation de la citation par fragments
– Problématique
– Annonce du plan

2 Rédiger un paragraphe argumenté

Savoir-faire

1. Ce que doit comporter un paragraphe argumenté de dissertation

Le développement de la dissertation est la justification des axes du plan qui est lui-même une réponse au sujet. Le paragraphe argumenté s'appuie donc sur un raisonnement logique fondé par l'introduction. De manière plus précise, il comporte les éléments suivants :

– Deux parties sont possibles si le plan adapté au sujet est thématique, mais idéalement trois, en particulier si le plan est dialectique.

– Chaque début de partie rappelle l'idée directrice que toute la suite de la partie doit justifier.

– Chaque partie comporte idéalement trois sous-parties qui sont les arguments (idées qui justifient l'idée directrice).

– Chaque sous-partie développe un argument, cite et commente des exemples.

À NOTER

Les parties et sous-parties constituent un tout progressif et cohérent. Commencez par les arguments les plus évidents, ceux qui vont dans le sens du sujet, ensuite les arguments plus subtils. N'oubliez pas d'utiliser des connecteurs logiques entre les idées.

2. Ce qu'il faut adopter comme disposition formelle

La partie débute par un premier alinéa qui correspond à la formulation de l'idée directrice.
Les alinéas suivants correspondent à chaque argument développé. Chaque exemple servant de justification fait l'objet d'un commentaire pour éclairer l'argument. Ne donnez pas l'impression de juxtaposer les remarques. Approfondissez l'analyse dans un raisonnement construit.
Un dernier alinéa peut apparaître pour détacher la conclusion partielle en fin de partie.

À NOTER
Vous devez insérer les citations entre guillemets, vous assurer de leur exactitude et les attribuer à leur auteur, voire à l'œuvre de laquelle elles sont extraites. Soulignez les titres d'œuvres, ils apparaissent en italique sur le sujet qui n'est pas une copie manuscrite. Il est d'usage d'utiliser le pronom *nous* plus neutre que le pronom *je*, à l'écrit.

Application

Lisez attentivement la citation suivante, tirée de la «Préface» de *Cromwell* de Hugo.

Dans la préface de *Cromwell* (1827), Victor Hugo observe : « Le théâtre est un point d'optique. Tout ce qui existe dans le monde, dans l'histoire, dans la vie, dans l'homme, tout doit et peut s'y réfléchir, mais sous la baguette de l'art. » **Vous vous demanderez dans quelle mesure cette affirmation éclaire votre conception de l'art dramatique en vous appuyant sur des exemples précis.**

Le théâtre est un miroir fidèle du réel qu'il peut dépeindre avec précision
Les sentiments les plus divers et les plus outrés sont bien exposés au théâtre qui met en scène, depuis ses origines gréco-latines, la violence des passions.
Ainsi, la haine dissimule l'amour d'Hippolyte chez Phèdre, personnage éponyme* de la tragédie* de Racine ; de même la monstruosité morale d'une mère malveillante chez Agrippine dans *Britannicus*, du même dramaturge.
En outre, les défauts humains sont également critiqués, en particulier dans les comédies* de Molière qui illustrent l'adage du poète latin Horace « Corriger les mœurs en riant ». Le comique de caractère notamment favorise la satire*. Les titres des pièces de Molière mettent en lumière ces traits de caractère comme *L'Avare* où Harpagon incarne le matérialisme petit-bourgeois répandu dans la société de l'époque.
On peut enfin remarquer que le mariage est l'argument des comédies et que cette union arrangée par l'autorité des pères se heurte au choix des jeunes premiers qui préfèrent suivre ce que leur dicte leur cœur, comme Cléante et Mariane dans cette pièce.
Les comédies ont souvent une fin heureuse, ce qui nuance l'idée que le théâtre serait un miroir absolument fidèle de la réalité.

Pour réussir le jour J !

Les erreurs à ne pas commettre

- Ne pas oublier de **faire des paragraphes :** en effet la règle consiste en une grande idée par paragraphe.
- Ne pas oublier d'**employer des connecteurs**, ils sont indispensables pour structurer votre pensée.
- Ne pas oublier **la conclusion :** cela peut vous pénaliser. Il est fréquent, souvent par manque de temps, que les élèves omettent de rédiger leur conclusion. Pourtant, la conclusion est l'élément qui permet de répondre à la problématique.
- Ne pas écrire votre argumentation au passé ni au futur, mais **au présent**.
- Ne pas oublier de **distinguer visuellement les différents paragraphes**.
- **Ne pas utiliser d'abréviations** (« langage textos »).

Un point en + sur la copie

- N'hésitez pas à choisir le sujet d'une dissertation, même s'il est réputé difficile. Cela témoigne d'un effort de votre part et d'une volonté de vous confronter à une réflexion organisée.
- Citez par cœur des vers de poésie, une réplique de théâtre (en mettant la source entre parenthèses afin d'agrémenter vos propos.)
- Faites aussi une référence, si cela s'y prête, à un film ou à un spectacle que vous avez vu.
- Gardez dix minutes pour **vous relire au moins deux fois**.

Exercices

Exercice 1 niveau 2 | 30 min

Corrigés, p. 235

Analyse d'un sujet sans citation :

> **Pensez-vous qu'une intrigue amoureuse soit nécessaire à la réussite d'un roman ?**
> Vous rédigerez un devoir structuré qui s'appuiera sur *Le Rouge et le Noir* de Stendhal, sur le parcours « Le personnage de roman, esthétique et valeurs » associé à l'étude du roman, et sur vos lectures personnelles.

Questions

1. Quel type de plan vous paraît le mieux adapté à ce sujet ?
2. Formulez trois arguments qui pourraient structurer la première partie de votre argumentation.
3. Trouvez trois exemples qui justifient l'importance de l'intrigue amoureuse dans un roman.

Exercice 2 niveau 2 | 35 min

Corrigés, p. 235

Analyse d'un sujet sans citation :

> Dans le poème « Cortège » extrait du recueil *Alcools* (1913), Guillaume Apollinaire écrit : « Un jour je m'attendais moi-même / Je me disais Guillaume il est temps que tu viennes / Pour que je sache enfin celui-là que je suis »
> **Pensez-vous que la poésie soit un moyen de mieux se connaître ?**
> Vous appuierez votre réflexion sur votre connaissance du recueil *Alcools* de Guillaume Apollinaire, sur le parcours « Modernité poétique » associé à l'étude du recueil, et sur vos lectures personnelles.

Questions

1. Explicitez la citation du poète.
2. Trouvez un exemple de poème qui pourrait justifier l'argument d'une première partie : la poésie est un moyen de mieux se connaître, puis un exemple qui pourrait justifier l'argument d'une deuxième partie : la poésie est un moyen de communication avec l'autre.

Exercice 3 niveau 2 40 min

Corrigés, p. 236

Analyse d'un sujet sans citation :

Dans sa postface d'une édition du *Rouge et le Noir* de Stendhal parue en 2000, Anne-Marie Meininger écrit : « À peu près huit années d'articles pour les journaux anglais avaient fait de Stendhal un excellent journaliste. Privé de cet exercice depuis environ un an, c'est ce double du romancier qui écrivit la *Chronique*, agrémentant son tableau de la vie politique de petits faits vrais, parfois, sans doute, assez immédiatement après leur survenue. »

Dans quelle mesure la lecture des romans permet-elle de connaître une période historique et une société ?

Vous rédigerez un devoir structuré qui s'appuiera sur *Le Rouge et le Noir* (1830) de Stendhal, sur le parcours « Le personnage de roman, esthétique et valeurs » associé à l'étude du roman, et sur vos lectures personnelles.

Questions

1. Sur quel genre se porte la réflexion de la dissertation ?
2. Pourrait-on l'étendre à d'autres genres littéraires ?
3. Trouvez des exemples de romans qui vont dans le sens de l'affirmation de la citation.

Exercice 4 niveau 2 40 min

Corrigés, p. 236

En quoi le regard étranger permet-il de mieux critiquer les travers d'une époque ?

Vous répondrez à cette question dans un devoir structuré prenant appui sur *Les Lettres persanes* de Montesquieu, sur les œuvres du parcours associé, « Le regard éloigné », et sur vos lectures personnelles.

Questions

1. Établissez une courte liste de personnages dont le regard étranger permet la critique de la société. Vous indiquerez également l'œuvre et le genre littéraire qui correspondent à ces personnages.
2. Rédigez un paragraphe argumenté répondant à la question posée en exploitant les exemples trouvés à la question 1.

Exercice 5 niveau 3 40 min

Corrigés, p. 237

ACTE I
Scène II

DUBOIS

Oh ! vous m'impatientez avec vos terreurs : eh ! que diantre ! un peu de confiance ; vous réussirez, vous dis-je. Je m'en charge, je le veux, je l'ai mis là ; nous sommes convenus de toutes nos actions, toutes nos mesures sont prises, je connais l'humeur de ma Maîtresse, je sais votre mérite, je sais mes talents, je vous conduis, et on vous aimera, toute raisonnable qu'on est ; on vous épousera, toute fière qu'on est, et on vous enrichira, tout ruiné que vous êtes ; entendez-vous ? Fierté, raison et richesse, il faudra que tout se rende. Quand l'amour parle, il est le maître, et il parlera : adieu ; je vous quitte ; j'entends quelqu'un, c'est peut-être Monsieur Remy ; nous voilà embarqués, poursuivons. *(Il fait quelques pas, et revient.)* À propos, tâchez que Marton prenne un peu de goût pour vous. L'amour et moi nous ferons le reste.

MARIVAUX, *Les Fausses Confidences*, 1737.

Questions

1. Quelle est la fonction du valet dans les stratagèmes du théâtre ? Vous répondrez à cette question en vous fondant sur *Les Fausses Confidences* de Marivaux et sur vos lectures personnelles.

2. Quels arguments peuvent être mobilisés à partir de la tirade de Dubois ?

3. En quoi le dialogue maître-valet permet-il de valoriser un stratagème ?

Corrigés

Exercice 1

1. Le sujet repose sur une question fermée et appelle un plan de type dialectique. La première partie de l'argumentation pourrait développer les arguments suivants : la relation amoureuse que nouent deux personnages – les obstacles qu'ils rencontrent – entretient l'intérêt du lecteur. / La force des sentiments favorise l'identification du lecteur et donc l'adhésion à la fiction romanesque / l'intrigue amoureuse ancre les personnages dans un milieu dont elle offre le tableau réaliste, satirique, etc.

2. Exemples de romans qui justifient l'importance de l'intrigue amoureuse dans un roman : *La Princesse de Clèves* (1678) de Madame de La Fayette : partagée entre un mari imposé mais qu'elle respecte et le duc de Nemours qu'elle désire, l'intrigue amoureuse qui déchire Mademoiselle de Chartres est au cœur de ce roman. / Dans Le *Rouge et le noir* (1830) de Stendhal, l'histoire d'amour de Julien Sorel, jeune homme d'extraction modeste pour Mme de Rênal, puis pour Mathilde de la Mole, deux femmes de haut rang, permet de mieux comprendre les rouages sociaux de la seconde moitié du XIXe siècle./ L'histoire d'amour entre Chloé et Colin structure également le roman de Boris Vian *L'Écume des jours* (1947) qui suscite l'intérêt par sa fantaisie, son humour et sa gaieté dans la première partie, avant de laisser place aux registres* pathétique et tragique dans la deuxième partie.

Exercice 2

1. La citation d'Apollinaire se caractérise par l'importance du pronom personnel « je » et par la volonté impérieuse de se connaître (« que je sache »). Ce « je » semble paradoxalement étranger au poète. Il n'est pas sans rappeler la célèbre formule de Rimbaud dans l'une des fameuses lettres du « voyant » : « je est un autre ». Mais ce qu'exprime le poète ici est bien un désir de retrouvaille avec soi-même afin d'annihiler la distance de soi à soi.

2. Si la poésie permet ce regard vers soi puisqu'elle est souvent autobiographique, elle permet néanmoins de mieux comprendre l'autre à travers soi. La poésie baudelairienne offre de nombreux exemples de poèmes dans lesquels le poète – peu à l'aise au contact de l'autre – recherche tout de même ce contact nécessaire ; soit parce qu'il lui permet de mieux mesurer sa singularité, soit parce qu'il lui permet de mieux appréhender ses semblables, mieux en pénétrer l'humanité. Dans *Le spleen de Paris* (1869), le poème « Les fenêtres » illustre le premier argument : « Par-delà des vagues de toits, j'aperçois une femme mûre, ridée déjà, pauvre, toujours penchée sur quelque chose, et qui ne sort jamais. […] Qu'importe ce que peut être la réalité placée hors de moi, si elle m'a aidé à vivre, à sentir que je suis et ce que je suis ». Dans ce même recueil en prose, le poème « Les foules » illustre le deuxième argument sans toutefois gommer le premier : « Il n'est pas donné à chacun de prendre un bain de multitude. [...] Le poète jouit de cet incomparable privilège, qu'il peut à sa guise être lui-même et autrui. Comme ces âmes errantes qui cherchent un corps, il entre, quand il veut, dans le personnage de chacun. »

Exercice 3

1. La dissertation porte sur le genre du roman, comme l'indique explicitement la référence au *Rouge et le Noir* de Stendhal. Le sujet porte sur la capacité d'une œuvre de fiction à fournir au lecteur des renseignements sur une époque donnée. Cette fonction du roman est particulièrement présente dans le type du roman historique. Or, même si le roman stendhalien ne se rattache pas explicitement à ce type, s'agissant plutôt d'un roman d'apprentissage, le titre complet rappelle l'importance de l'actualité politique et historique dans la fiction : *Le Rouge et le Noir – Chronique de 1830*. Mais ce constat peut être également effectué pour d'autres genres littéraires (poésie, théâtre) qui peuvent être le miroir de leur époque.

2. Plusieurs exemples de romans confirment la thèse que sous-tend le sujet :
– Honoré de Balzac, *Illusions perdues* (1843) : le récit décrit l'instabilité politique à la fin de la Restauration (1827-1830).
– Émile Zola, *Germinal* (1884) : le romancier raconte la vie des mineurs et expose les revendications syndicales, sévèrement réprimées. Il montre les répressions politiques de l'époque*.
– Jean-Paul Sartre, *Le Mur* (1939) : ce texte évoque un prisonnier au début de la guerre d'Espagne et le monde de l'extrémisme : Sartre s'appuie sur des données historiques.

Exercice 4

1. Personnages dont le regard étranger permet la critique / Œuvre et genre littéraire associés :
- Usbeck, un riche persan et son ami Rica dans *Lettres persanes* de Montesquieu, roman épistolaire*.
- L'ingénu, un huron, (Indien du Canada) dans *L'Ingénu* de Voltaire, conte philosophique.
- Le nègre de Surinam dans *Candide*, chap.19, de Voltaire, conte philosophique.
- Le vieux Tahitien dans *Supplément au Voyage de Bougainville* de Denis Diderot, conte philosophique.

2. Exemple de paragraphe argumenté exploitant ces exemples :
Les écrivains, dont la vocation est de porter un message critique à travers leurs œuvres, ont parfois recours à une forme d'argumentation indirecte qui consiste à mettre en scène un étranger dont le regard distancié favorise la critique objective de la société du temps.

Les philosophes des Lumières ont ainsi souvent recours à ce procédé romanesque qui, en outre, leur évite les dangers de la dénonciation directe. Montesquieu, dans *Lettres persanes*, met en scène Usbeck, un riche Persan, et son ami Rica qui critiquent les mœurs parisiennes de la deuxième moitié du XVIIIe siècle. D'autres auteurs s'appuient sur le genre du conte philosophique pour transmettre leur opinion. Voltaire met ainsi en scène un huron (Indien du Canada) dépourvu de malice mais plein de bon sens qui s'oppose à la duplicité de la société française et de la Cour du roi dans *L'Ingénu* ; le nègre de Surinam, critique quant à lui les affres de l'esclavage dans le chapitre 19 de *Candide*, tandis que Diderot condamne les méfaits de la colonisation des Occidentaux en donnant la voix à un sage : le vieux Tahitien dans *Supplément au Voyage de Bougainville*.
On le voit, le regard éloigné accompagne souvent le discours critique et la satire d'une époque.

Exercice 5

1. Dans *Les Fausses Confidences,* c'est Dubois qui mène le jeu. Il est le valet de Dorante, il lui permet de s'introduire chez Araminte en se faisant passer pour un intendant.

2. La tirade qui est ici proposée permet de dégager plusieurs arguments qui répondent à la question posée. Tout d'abord, le valet apparaît comme un personnage intelligent et rusé, ce qui le rend apte à développer des stratagèmes, à tirer les ficelles de l'intrigue. Il joue en outre un rôle de conseils et d'encouragement près de son maître. Il lui permet ainsi de prendre confiance et d'entrer dans l'intrigue. Dubois est sûr de lui, c'est l'une des qualités du valet. Il a de l'expérience et confiance en son talent. Comme le montre les didascalies de l'extrait, le valet est attentif à tout ce qui se passe à l'extérieur : il entend une personne arriver, il organise l'entrée et la sortie de son maître. Pour résumer, la fonction du valet est donc triple : il est l'organisateur du stratagème, l'homme d'expérience sur qui s'appuyer, un observateur attentif.

3. Le dialogue entre le maître et le valet est nécessaire pour l'élaboration et la compréhension du stratagème. Le valet a ses entrées dans les autres demeures grâce à ses connaissances (dans *Les Fausses Confidences*, Dubois connaît d'autres domestiques, par exemple Marton). Il peut donc faire part à son maître de son réseau, ce qui lui permet de tendre un piège. Le dialogue a aussi une fonction auprès du public : lui faire comprendre où en est l'intrigue, quels enjeux soulève un stratagème. La réplique de Dubois permet, sur un autre plan, de comprendre la psychologie de Dorante, un jeune homme plutôt timide qui a besoin d'être mis en confiance par son valet.

Le commentaire littéraire

Les 5 points incontournables

L'interprétation

Le commentaire littéraire suit une **progression** et une **logique interprétative**.

Ne consistant aucunement en de la paraphrase, il s'agit d'un exercice qui fait appel à la **sensibilité** et à la **rigueur du lecteur.**

Les procédés de style doivent être repérés et ensuite interprétés pour comprendre ce qu'a voulu exprimer l'auteur.

Cours, p. 241 à 243

Objectif et structure

Le commentaire littéraire permet d'**expliquer un texte en l'interprétant**.

L'interprétation découle d'une série de **remarques formelles**.

Comme la dissertation, le commentaire littéraire comporte :

- une **introduction** qui a pour objectif de présenter l'extrait et de proposer un plan de lecture.
- un **développement** qui répond à la problématique énoncée dans l'introduction.
- une **conclusion** indispensable, qui vient faire le bilan de la réflexion et proposer une ouverture.

Cours, p.239 et 240

L'introduction

Elle part du général vers le particulier : on présente tout d'abord le **siècle** et le **mouvement** auxquels le texte appartient, puis **l'auteur** et son œuvre ; on présente **l'extrait** étudié puis la **problématique** proposée et le plan.

Cours, p. 239

Le développement

Le développement constitue le commentaire du texte. Les grandes parties qui le composent reposent sur l'étude mêlée du fond et de la forme du texte. Le plan est hiérarchisé de la même façon que la dissertation : **chaque argument doit être justifié** par un exemple du texte.

Cours, p. 240

La conclusion

Elle va du particulier au général : **on résume chaque** partie par une phrase, puis on **répond à la problématique**.

Le commentaire de texte est l'analyse argumentée d'un texte qui mène à un jugement sur son intérêt littéraire. Il faut dégager son **sens** et ses **caractéristiques** (genre, registres* et style), afin d'évaluer son originalité.

Cours, p. 240

1 La structure du commentaire

Le commentaire de texte est un exercice, dont la composition et l'expression suivent les mêmes règles que celles de la dissertation. Il se compose de la manière suivante :

– **une introduction** ;

– **un développement** en deux ou trois parties structurées par des paragraphes comportant un argument et un exemple, et liées entre elles par des transitions ;

– **une conclusion**.

a. Les différentes étapes de l'introduction

L'introduction a pour but de présenter l'extrait à commenter et **répond à des invariants**. Elle va du général au particulier. Dans certains cas, pour créer un effet, l'introduction peut commencer par une citation d'un autre auteur ou une référence à un autre art.

La structure de l'introduction est la suivante :

1. Une ou deux phrases générales situent l'auteur, le genre, l'époque ou le mouvement littéraire dont relève le texte.

2. Une phrase présente le texte : situation dans l'œuvre, thème, propos.

3. Une phrase interrogative directe ou indirecte formule la problématique.

4. Une dernière phrase annonce dans l'ordre les étapes que suivra le commentaire, c'est-à-dire les parties du plan.

L'introduction du commentaire littéraire est une étape décisive car elle montre si vous avez cerné les principaux enjeux du texte : son esthétique, sa visée*, son style, etc.

b. La problématique littéraire

On appelle « problématique » l'idée principale que l'on veut défendre à propos d'un texte. La problématique pose aussi un **projet de lecture**. C'est la question que l'on formule au départ et dans l'introduction. On répond ensuite à cette question dans le développement, en argumentant et en s'appuyant sur des exemples précis. **La problématique sert de fil conducteur à tout le développement**.

Pour trouver la problématique pertinente, il faut d'abord avoir bien compris **le sens et les enjeux du texte**. Un contresens de lecture conduira à des interprétations erronées.

En général, les questions aident à orienter la problématique ; la problématique est la question générale dont le plan choisi est la réponse détaillée.

> **IMPORTANT**
> Il n'y a pas une seule problématique possible pour un texte. On peut se poser plusieurs questions pertinentes sur un même texte.

c. Le plan

Il s'inscrit logiquement dans la suite de la problématique et se présente sous la forme d'axes de lecture.

Chacun de ces axes apporte une réponse à la problématique ou un élément de réponse partielle.

On considère, en général, qu'un plan doit comporter, dans l'idéal, trois axes mais deux sont possibles.

d. Le développement

C'est le corps du commentaire proprement dit. Il se compose de **paragraphes qui répondent à la problématique** formulée dans l'introduction.

Le développement suit les axes du plan annoncé. Il comporte des paragraphes argumentés. Chaque paragraphe développe une idée sur le texte tout en s'appuyant sur un repérage précis : c'est dans le développement qu'on analyse et interprète les procédés de style.

Chaque grand axe doit être formulé au début du paragraphe. Une conclusion partielle d'une ou deux lignes doit figurer à la fin de chaque grande partie. **Ne terminez pas une partie par un exemple**.

e. La conclusion

Elle referme la réflexion, elle est indispensable. Elle va du particulier au général. Elle se compose souvent de la manière suivante :

– une phrase pour chaque partie résume les arguments de celle-ci ;

– une phrase répond à la question de la problématique ;

– une ou deux phrases déclaratives ouvrent des perspectives générales, sans reprendre la même idée qu'au début de l'introduction.

Dans la conclusion, il s'agit d'« ouvrir » la réflexion. Vous pouvez, dans cette optique, faire référence à un autre texte, ou à un autre art (cinéma, théâtre, musique), en veillant à ce que la référence soit en adéquation avec le propos. Exemple : vous avez fait le commentaire d'un poème de Verlaine. En conclusion, vous pouvez signaler que ce poème a fait l'objet d'une adaptation musicale, ce qui confirme l'extrême soin que Verlaine apportait à la musicalité de son œuvre.

IMPORTANT :
Le commentaire littéraire vous permet de montrer votre culture personnelle. Il vous est possible de faire référence à d'autres œuvres dans le développement, mais de manière discrète, sans digresser.

2 Étudier le style d'un texte

Étudier le style d'un texte littéraire consiste à porter son attention sur la manière dont un auteur utilise le langage, selon sa propre sensibilité.

Notion complexe, le style renvoie à plusieurs éléments distincts dans un texte littéraire, en particulier les procédés d'écriture, les registres de langue et les tonalités, mais également la syntaxe.

a. Le style coupé

Ce style littéraire repose sur la juxtaposition de phrases simples, indépendantes qui correspondent **au système de la parataxe**. Quand la parataxe de mots domine, on utilise plutôt le terme « style télégraphique ». Il peut ainsi imiter la langue orale à laquelle sont également souvent corrélés les registres de langue courant et familier, comme le style de Louis-Ferdinand Céline en offre l'exemple, notamment dans son roman *Voyage au bout de la nuit* (1932, éd. Gallimard) :

> Il y a bien des façons d'être condamné à mort. Ah ! combien n'aurais-je pas donné à ce moment-là pour être en prison au lieu d'être ici, moi crétin ! Pour avoir, par exemple, quand c'était si facile, prévoyant, volé quelque chose, quelque part, quand il en était temps encore. On ne pense à rien ! De la prison, on en sort vivant, pas de la guerre. Tout le reste, c'est des mots. Si seulement j'avais encore eu le temps, mais je ne l'avais plus ! Il n'y avait plus rien à voler !

La vivacité du style coupé peut également s'associer à un niveau de langue* plus soutenu, en particulier dans l'écriture de portraits, comme *Les Caractères* (1688) de La Bruyère en offrent de nombreux exemples, notamment le portrait satirique de « Gnathon », extrait du chapitre XI (« De l'Homme ») :

> Il ne leur épargne aucune de ces malpropretés dégoûtantes, capables d'ôter l'appétit aux plus affamés ; le jus et les sauces lui dégouttent du menton et de la barbe ; s'il enlève un ragoût de dessus un plat, il le répand en chemin dans un autre plat et sur la nappe ; on le suit à la trace.

b. Le style lié ou logique

Ce style littéraire, à l'inverse du précédent, repose sur le système de la subordination. La syntaxe de la phrase complexe s'appuie sur les relations logiques de cause, de conséquence, de condition etc.

Ce style convient particulièrement au raisonnement, à l'argumentation et à la démonstration. *Lettres persanes* (1721) de Montesquieu en présente des exemples, notamment dans ce passage de la lettre 85 :

> On a beau dire qu'il n'est pas de l'intérêt du prince de souffrir plusieurs religions dans son État. Quand toutes les sectes du monde viendraient

s'y rassembler, cela ne lui porterait aucun préjudice, parce qu'il n'y en a aucune qui ne prescrive l'obéissance et ne prêche la soumission.

c. Le style périodique ou oratoire

Proche du style lié au plan syntaxique, la période oratoire est une longue phrase qui enchaîne les liens logiques – associés à un rythme ascendant – **aux procédés d'emphase** comme la répétition, l'énumération ou la gradation*. *Traité sur la tolérance* (1763) de Voltaire en comporte des exemples, notamment dans ce passage de « Prière à Dieu » :

> [...] que ceux qui couvrent leur robe d'une toile blanche pour dire qu'il faut t'aimer ne détestent pas ceux qui disent la même chose sous un manteau de laine noire ; qu'il soit égal de t'adorer dans un jargon formé d'une ancienne langue, ou dans un jargon plus nouveau ; que ceux dont l'habit est teint en rouge ou en violet, qui dominent sur une petite parcelle d'un petit tas de boue de ce monde, et qui possèdent quelques fragments arrondis d'un certain métal, jouissent sans orgueil de ce qu'ils appellent grandeur et richesse, et que les autres les voient sans envie : car tu sais qu'il n'y a dans ces vanités ni envier, ni de quoi s'enorgueillir.

Il est rare qu'une œuvre repose entièrement sur un seul style littéraire, même si l'un d'entre eux domine.

Certains textes ne s'inscrivent pas véritablement dans l'un de ces trois styles. C'est en particulier le cas du style dit **« affectif »** où l'apparente désorganisation syntaxique épouse les soubresauts des sentiments et des émotions exprimés. La variété des types de phrase en est souvent l'indice, comme dans cet extrait célèbre du monologue* d'Harpagon dans *L'Avare* (1668) de Molière, acte IV, scène 7 :

> Au voleur ! Au voleur ! À l'assassin ! Au meurtrier ! Justice, juste ciel ! Je suis perdu, je suis assassiné, on m'a coupé la gorge, on m'a dérobé mon argent. Qui peut-ce être ? Qu'est-il devenu ? Où est-il ? Où se cache-t-il ? Que ferai-je pour le trouver ? Où courir ? Où ne pas courir ? N'est-il point là ? N'est-il point ici ? Qui est-ce ? Arrête. Rends-moi mon argent, coquin...

3 Observer et interpréter un texte littéraire

a. L'analyse de la relation fond/forme

Le commentaire ne doit pas paraphraser le texte, c'est-à-dire le « raconter », mais le reformuler, l'expliciter de manière synthétique. Les **procédés rhétoriques** doivent impérativement être interprétés ; il ne faut pas simplement les relever, mais il faut aussi **analyser l'effet** qu'ils produisent sur le sens et l'expressivité du texte.

Le commentaire de texte consiste à expliquer un texte en présentant son **intérêt littéraire**, en montrant notamment ce qui fait son originalité esthétique. L'interprétation fait donc apparaître des **liens entre le sens et la forme**, la manière dont l'auteur a conçu son texte et sa signification.

Exemples de formulation :

– On peut donc constater que Verlaine recourt à de nombreuses assonances* dans son poème, ce qui crée un effet de musicalité.
– Verlaine recourt aux assonances qui lui permettent d'accentuer le caractère musical de son poème.

b. Interpréter les métaphores*

Dans un commentaire littéraire, il faut interpréter des procédés d'écriture et des figures de style, parmi lesquels la métaphore.

Il convient dans un premier temps de déterminer ce qui est comparé implicitement et à quoi.

Il est possible d'interpréter une métaphore en adoptant le raisonnement suivant :
- **étude du comparé :** objet ou personne caractérisé.
- **étude du comparant :** ce à quoi l'objet ou la personne est associé.
- **étude du rapprochement :** ce qui permet d'associer le comparant au comparé.
- **étude de la connotation* :** ce que l'image crée comme impression, l'effet poétique produit.

Exemple :

> Souviens-toi que le Temps est un joueur avide
> Qui gagne sans tricher, à tout coup ! C'est la loi.
> Extrait de « Horloge », *Les Fleurs du mal*, Charles Baudelaire

Ici, « le Temps » est associé à la figure d'un joueur imbattable ; Baudelaire compare une notion abstraite à une activité humaine en créant un sentiment d'inéluctable. La métaphore du jeu est filée sur les deux vers.

1 Rédiger l'introduction

Savoir-faire

L'introduction de commentaire se compose de **quatre étapes**. Elle constitue un seul paragraphe qui débute par un alinéa.

1. La présentation générale

Elle peut comporter les éléments suivants : le mouvement littéraire, les œuvres de l'auteur, un élément biographique en lien avec le texte, le contexte historique, social, etc. Cette phrase d'accroche ne doit pas être complètement dissociée de l'extrait étudié.

2. Une présentation rapide du texte étudié

En reprenant son titre, sa date de publication, son auteur, indiquez le thème abordé, éventuellement le registre et la forme du texte.

3. La formulation de la problématique

4. L'annonce du plan constitue la dernière étape de l'introduction.

Pour rédiger correctement les deux premières étapes de l'introduction, prendre en compte les trois éléments suivants.

• Le paratexte
Le paratexte désigne tous les éléments qui figurent autour du texte : présentation du texte, nom de l'auteur, titre de l'œuvre, date de parution, éventuellement genre de l'œuvre. Ces éléments sont fondamentaux car ils peuvent vous permettre de situer un texte dans une chronologie d'histoire littéraire. Si vous connaissez son auteur, cela vous permet de situer aussi **l'esthétique** de l'extrait.

• L'appartenance générique
Pour présenter un texte dans une introduction ou à l'oral, il faut repérer à quel genre il appartient. Plusieurs éléments visuels vous permettent en général de le faire (répliques au théâtre, vers en poésie ou dans le théâtre classique, prose avec personnage dans le roman, etc.).

• Les thèmes et registres
La présentation du texte dans l'introduction peut rapidement faire allusion au thème qu'aborde le texte, ainsi qu'à ses registres dominants. Cela témoigne de la pertinence de votre lecture et, d'une manière générale, de la compréhension précise du texte.

Application

Lisez attentivement le texte suivant, repérez les éléments utiles et rédigez les deux premières étapes de l'introduction.

PROLOGUE

LOUIS

– Plus tard, l'année d'après
– j'allais mourir à mon tour –
j'ai près de trente-quatre ans maintenant et c'est à cet âge que je mourrai,
l'année d'après,
de nombreux mois déjà que j'attendais à ne rien faire, à tricher, à ne plus savoir,
de nombreux mois que j'attendais d'en avoir fini,
l'année d'après,
comme on ose bouger parfois,
à peine,
[...]
l'année d'après,
malgré tout,
la peur,
prenant ce risque et sans espoir jamais de survivre,
malgré tout,
l'année d'après,
je décidai de retourner les voir, revenir sur mes pas, aller sur mes traces et faire le voyage, pour annoncer, lentement, avec soin, avec soin et précision
– ce que je crois –
lentement, calmement, d'une manière posée
– et n'ai-je pas toujours été pour les autres et eux, tout précisément, n'ai-je pas toujours été un homme posé ?,
pour annoncer,
dire,
seulement dire,
ma mort prochaine et irrémédiable,
l'annoncer moi-même, en être l'unique messager,
et paraître
– peut-être ce que j'ai toujours voulu, voulu et décidé, en toutes circonstances et depuis le plus loin que j'ose me souvenir –
et paraître pouvoir là encore décider,
me donner et donner aux autres, et à eux, tout précisément, toi, vous, elle, ceux-là encore que je ne connais pas (trop tard et tant pis),
me donner et donner aux autres une dernière fois l'illusion d'être responsable de moi-même et d'être, jusqu'à cette extrémité, mon propre maître.

JEAN-LUC LAGARCE, *Juste la fin du monde*, 1990.

COURS
MÉTHODE
ENTRAÎNEMENT
CORRIGÉS

Début de l'introduction du commentaire :

Expérience collective et expérience intime se mêlent dans le théâtre de Jean-Luc Lagarce. Dans *Juste la fin du monde*, le dramaturge, lui-même atteint du SIDA, se fonde sur son propre vécu pour décrire le retour de Louis dans sa famille. Le prologue de la pièce s'ouvre sur un long monologue, dans lequel le personnage exprime la nécessité de revenir dans sa famille pour s'expliquer et pour parler. Reprenant ici la tradition du chœur antique, Jean-Luc Lagarce utilise une langue à la fois poétique et réaliste pour donner à la parole de Louis une dimension plus universelle : celle d'un jeune homme confronté à une mort inéluctable, qui choisit de se tourner vers ses origines familiales pour tenter de mettre enfin son cœur à nu.

2 Rédiger la conclusion

Savoir-faire

La conclusion comporte deux étapes :

1. Elle fait **le bilan** de l'étude et **répond à la problématique.**

2. Elle propose **une ouverture,** en faisant référence à une autre œuvre littéraire ou artistique qui présente un lien avec le texte étudié.

À NOTER
On ne doit plus y trouver d'exemples tirés du texte étudié ni de procédés d'écriture.

Application

Lisez le texte ci-après et les axes développés dans le commentaire puis proposez une conclusion possible.

« Nuit rhénane »

Mon verre est plein d'un vin trembleur comme une flamme
Écoutez la chanson lente d'un batelier
Qui raconte avoir vu sous la lune sept femmes
Tordre leurs cheveux verts et longs jusqu'à leurs pieds

Debout chantez plus haut en dansant une ronde
Que je n'entende plus le chant du batelier
Et mettez près de moi toutes les filles blondes
Au regard immobile aux nattes repliées

Le Rhin le Rhin est ivre où les vignes se mirent
Tout l'or des nuits tombe en tremblant s'y refléter
La voix chante toujours à en râle-mourir
Ces fées aux cheveux verts qui incantent l'été

Mon verre s'est brisé comme un éclat de rire

Guillaume Apollinaire, « Rhénanes », *Alcools*, (1913).

Axes développés dans le commentaire sous forme d'une annonce de plan rédigé

Nous étudierons **les effets progressifs de l'ivresse sur le discours poétique** en analysant trois thèmes croisés :

1. l'univers inquiétant mais fascinant des légendes ;
2. le réel rassurant ;
3. enfin, l'ivresse libératrice, source de création poétique.

Exemple de conclusion

Ce poème est représentatif de la poésie d'Apollinaire et du recueil *Alcools* en particulier. Le poète mêle à une forme poétique innovante (absence de ponctuation, recours à des images annonçant le surréalisme) quelques lieux communs poétiques (le *topos* de l'ivresse associé à l'inspiration et à la création) ; des thèmes empruntés à la mythologie gréco-romaine ainsi qu'à la mythologie d'Europe du Nord. Ces mythes s'entrecroisent et se superposent dans le creuset du poème et fondent un lyrisme* nouveau. Apollinaire procède d'ailleurs de la même manière dans le poème « La loreley » qui revisite les mythes de la femme fatale (sirènes, ondines, Méduse) associés au mythe de Narcisse, tout en donnant la parole à cette créature qui déplore – et cela est original – son pouvoir maléfique.

3 Construire un plan de commentaire

Savoir-faire

1. Plan du commentaire

Le commentaire répond à la problématique posée dans l'introduction de manière organisée et cohérente. Aussi, le travail préparatoire au brouillon est-il fondamental. Une fois la problématique posée, il faut noter les grandes pistes de réponses possibles, avant d'entrer dans le détail.
Le plan doit défendre et soutenir un projet de lecture (initié au préalable par la problématique), sans jamais perdre de vue cette idée principale.
Le plan doit mettre en lien le fond et la forme. Un bon plan tient compte de l'esthétique du texte, de son style, de ses registres, etc. Il ne se limite pas à une approche thématique.

2. Le relevé et l'interprétation des procédés d'écriture

L'interprétation d'un texte littéraire repose en partie sur une méthode de relevé des procédés d'écriture. Cette étape essentielle peut se faire de plusieurs manières non exclusives. On peut noter en vrac les idées sur une feuille de brouillon, surligner les éléments importants directement dans le texte, utiliser des flèches, un code couleur, etc. Mais la recherche à partir d'un tableau à trois colonnes est parfois plus efficace.

On n'oubliera pas également de prendre en compte les autres caractéristiques que ne justifie pas un exemple particulier mais l'ensemble du texte : son registre, son point de vue, sa situation d'énonciation, son type, son appartenance à un mouvement littéraire, etc., selon le texte à commenter.

3. La mise en œuvre du plan dans la rédaction du commentaire

On peut trouver le plan du texte en rassemblant les éléments d'interprétation communs relevés au cours du travail au brouillon, lors de l'analyse linéaire du texte.
Chacune des grandes parties du commentaire correspond à un axe du plan et se compose de plusieurs sous-parties composées d'idées, de procédés et d'exemples. (L'exploitation du tableau de recherche effectué au brouillon permet de ne pas oublier d'éléments et assure la cohérence du raisonnement.)

À NOTER
Il convient de débuter la rédaction du plan par un alinéa et le rappel de l'idée directrice de la partie.

Application

Lisez le texte ci-dessous et prenez connaissance du tableau de recherche permettant de préparer le commentaire.

Ce poème a été publié pour la première fois dans la *Revue des deux Mondes* le 15 février 1841, puis publié dans le recueil *Poésies nouvelles* en 1850. Le poème est inspiré d'une promenade que fit Musset (1810 - 1857) dans la forêt de Fontainebleau, en compagnie de son amante George Sand.

SOUVENIR (extrait)

[...] Les voilà, ces coteaux, ces bruyères fleuries,
Et ces pas argentins sur le sable muet,
Ces sentiers amoureux, remplis de causeries,
Où son bras m'enlaçait.

Les voilà, ces sapins à la sombre verdure,
Cette gorge profonde aux nonchalants détours,
Ces sauvages amis, dont l'antique murmure
A bercé mes beaux jours.

Les voilà, ces buissons où toute ma jeunesse,
Comme un essaim d'oiseaux, chante au bruit de mes pas.
Lieux charmants, beau désert où passa ma maîtresse,
Ne m'attendiez-vous pas ?

Ah ! laissez-les couler, elles me sont bien chères,
Ces larmes que soulève un cœur encor blessé !
Ne les essuyez pas, laissez sur mes paupières
Ce voile du passé !

Alfred DE MUSSET, *Poésies nouvelles*, 1850.

Tableau de recherche des procédés pour l'explication de texte

Exemple	Procédé	Interprétation
a. « Souvenir »		a. Un poème au **registre élégiaque** (expression de **la nostalgie** pour un bonheur passé).
b. « Voilà » (v. 1,5,9) ; « ces » (v. 1,2,3 etc.) ; « Ah » (v. 13) ; « Ces larmes… ! » (v. 14)		b. **Un mélange de sentiments contraires** : La joie de retrouver cette forêt qui est décrite / La douleur de l'amour perdu… + Le lecteur partage avec le poète ces moments de retrouvailles.
c. « elles me sont bien chères/ Ces larmes… Ne les essuyez pas » (v. 14,16) ; « laissez ; laissez » (v. 13,16)		c. Plaisir et tristesse mêlés. **La mélancolie**, caractéristique du romantisme.
d. « toute ma jeunesse/ Comme un essaim d'oiseaux chante au bruit de mes pas. » (v. 9,10)		d. Le souvenir renvoie à **un passé lointain et heureux** ; la promenade et la nature lui redonnent vie.
e. « Ces sentiers amoureux » (v. 3) « Cette gorge profonde aux nonchalants détours » (v. 6) « Ces sauvages amis » (v. 7) « l'antique murmure » (v. 7) « Lieux charmants, beau désert » (v. 11)		e. **Idéalisation du paysage** qui est **personnifié**.
f. « Ne m'attendiez-vous pas ? » « Ces pas argentins » (v. 2) « Où son bras m'enlaçait » (v. 4) « ma maîtresse » (v. 11)		f. **La bien-aimée (G. Sand) est évoquée discrètement**, son nom n'apparaît pas.
g. « Ces larmes que soulève un cœur encor blessé ! » (v. 14)		g. Évocation de **la douleur éprouvée suite à la rupture** dont il ne semble pas être responsable.

Questions

1. Trouvez les procédés d'écriture (deuxième colonne) qui correspondent aux exemples.
2. Proposez un plan possible en regroupant les éléments d'interprétation de la troisième colonne. (Vous indiquerez les axes et les arguments qui composent les sous-parties.)

Réponses

1. a. Substantif sans déterminant + analepse* + registre élégiaque.
   b. Marques d'expressivité : présentatif ; adjectifs démonstratifs ; interjection ; exclamation.
   c. Paradoxe* apparent : le goût des larmes + impératifs ; anaphore*.
   d. Hyperbole* ; comparaison* et métaphore*.
   e. Personnification* de la nature + termes évaluatifs appréciatifs.
   f. Interrogation rhétorique.
   g. Allitération* d'une consonne dure [k] associée au registre pathétique.

2. Exemple de plan :

I. Le passage du souvenir heureux à la plainte

a. Le lyrisme heureux du poète qui se remémore une histoire d'amour
b. Un bonheur qui ne se limite pas au souvenir amoureux mais concerne toute la jeunesse
c. Le sentiment nostalgique du poète

II- La place et le rôle de la nature

a. La valorisation de la nature
b. La nature confidente
c. La nature, autre amante, véritable destinataire du poème ?

COURS
MÉTHODE
ENTRAÎNEMENT
CORRIGÉS

Pour réussir le jour J !

Les erreurs à ne pas commettre

Ne pas confondre analyse linéaire et commentaire composé. L'analyse linéaire étudie le texte en suivant ses mouvements. Le commentaire littéraire aborde le texte par grands axes.

Il ne faut surtout pas séparer le fond de la forme. Il ne faut pas étudier les procédés d'écriture comme les figures de style dans une première partie et le sens du texte dans une autre car la signification d'un texte dépend de la manière dont il est écrit.

Ne pas avancer des idées sans s'appuyer sur des éléments du texte. Tout ce qui est dit dans un commentaire doit pouvoir se retrouver dans le texte.

Ne surtout pas faire de la paraphrase. Il ne faut pas répéter ce que dit le texte sans l'analyser. Bannir la formule « le texte dit que ».

Il ne faut pas aborder qu'un aspect du texte et négliger les autres. Étudier plusieurs aspects du texte permet d'en cerner le sens global et d'en découvrir la richesse.

Tout comme la dissertation, il faut bien gérer son temps et rédiger la conclusion. Comme pour tout travail structuré et argumenté, la conclusion est un élément fondamental de votre travail.

Un point en + sur la copie

Situez le plus précisément possible l'extrait que vous avez à étudier. Donnez le plus d'informations possible sur l'auteur et le mouvement culturel auquel appartient le texte, dans la mesure où cela éclairera votre propos.

N'hésitez pas à faire référence à d'autres arts. La mise en relation d'un texte avec une œuvre d'art qu'elle soit picturale, cinématographique ou encore théâtrale, sera toujours appréciée du correcteur qui valorisera l'appréhension du texte dans un contexte culturel plus global.

Faites ressortir les différents niveaux de lecture possibles : le sens dénoté, le sens connoté, l'implicite et l'explicite, l'ironie*.

Exercices

Exercice 1 niveau 1 | 20 min

Corrigés, p. 258

L'Ennemi

Ma jeunesse ne fut qu'un ténébreux orage,
Traversé çà et là par de brillants soleils ;
Le tonnerre et la pluie ont fait un tel ravage,
Qu'il reste en mon jardin bien peu de fruits vermeils.

Voilà que j'ai touché l'automne des idées,
Et qu'il faut employer la pelle et les râteaux
Pour rassembler à neuf les terres inondées,
Où l'eau creuse des trous grands comme des tombeaux.

Et qui sait si les fleurs nouvelles que je rêve
Trouveront dans ce sol lavé comme une grève
Le mystique aliment qui ferait leur vigueur ?

– Ô douleur ! ô douleur ! Le Temps mange la vie,
Et l'obscur Ennemi qui nous ronge le cœur
Du sang que nous perdons croît et se fortifie !

Charles Baudelaire, *Les Fleurs du mal*, 1857.

Questions

1. Dégagez le thème principal de ce poème.
2. Proposez une problématique rédigée à partir de celui-ci.

Exercice 2 niveau 2 30 min

Corrigés, p. 258

Elle était déchaussée

Elle était déchaussée, elle était décoiffée,
Assise, les pieds nus, parmi les joncs penchants ;
Moi qui passais par là, je crus voir une fée,
Et je lui dis : Veux-tu t'en venir dans les champs ?

Elle me regarda de ce regard suprême
Qui reste à la beauté quand nous en triomphons,
Et je lui dis : Veux-tu, c'est le mois où l'on aime,
Veux-tu nous en aller sous les arbres profonds ?

Elle essuya ses pieds à l'herbe de la rive ;
Elle me regarda pour la seconde fois,
Et la belle folâtre alors devint pensive.
Oh ! comme les oiseaux chantaient au fond des bois !

Comme l'eau caressait doucement le rivage !
Je vis venir à moi, dans les grands roseaux verts,
La belle fille heureuse, effarée et sauvage,
Ses cheveux dans ses yeux, et riant au travers.

Victor Hugo, *Les Contemplations*, 1856.

Questions

1. À quel courant poétique se rattache ce poème.

2. Indiquez le nom des strophes.

3. Développez les deux axes de lecture suivants en vous appuyant sur des exemples, des procédés et des explications.
a. La jeune femme, qui est le centre d'intérêt de ce poème et de son auteur, apparaît comme un être mystérieux au charme presque envoûtant.
b. Dans ce poème romantique, la nature a également une place et un rôle important.

Exercice 3 niveau 2 | 40 min

Corrigés, p. 259

Madame de Chartres empira si considérablement, que l'on commença à désespérer de sa vie ; elle reçut ce que les médecins lui dirent du péril où elle était, avec un courage digne de sa vertu et de sa piété. Après qu'ils furent sortis, elle fit retirer tout le monde, et appeler madame de Clèves.

– Il faut nous quitter, ma fille, lui dit-elle, en lui tendant la main ; le péril où je vous laisse, et le besoin que vous avez de moi, augmentent le déplaisir que j'ai de vous quitter. Vous avez de l'inclination pour monsieur de Nemours ; je ne vous demande point de me l'avouer : je ne suis plus en état de me servir de votre sincérité pour vous conduire. Il y a déjà longtemps que je me suis aperçue de cette inclination ; mais je ne vous en ai pas voulu parler d'abord, de peur de vous en faire apercevoir vous-même. Vous ne la connaissez que trop présentement ; vous êtes sur le bord du précipice : il faut de grands efforts et de grandes violences pour vous retenir. Songez ce que vous devez à votre mari ; songez ce que vous vous devez à vous-même, et pensez que vous allez perdre cette réputation que vous vous êtes acquise, et que je vous ai tant souhaitée. Ayez de la force et du courage, ma fille, retirez-vous de la cour, obligez votre mari de vous emmener ; ne craignez point de prendre des partis trop rudes et trop difficiles, quelque affreux qu'ils vous paraissent d'abord ; ils seront plus doux dans les suites que les malheurs d'une galanterie. Si d'autres raisons que celles de la vertu et de votre devoir vous pouvaient obliger à ce que je souhaite, je vous dirais que, si quelque chose était capable de troubler le bonheur que j'espère en sortant de ce monde, ce serait de vous voir tomber comme les autres femmes ; mais si ce malheur vous doit arriver, je reçois la mort avec joie, pour n'en être pas le témoin.

Madame de Clèves fondait en larmes sur la main de sa mère, qu'elle tenait serrée entre les siennes, et madame de Chartres se sentant touchée elle-même :

– Adieu, ma fille, lui dit-elle, finissons une conversation qui nous attendrit trop l'une et l'autre, et souvenez-vous, si vous pouvez, de tout ce que je viens de vous dire.

Elle se tourna de l'autre côté en achevant ces paroles, et commanda à sa fille d'appeler ses femmes, sans vouloir l'écouter, ni parler davantage. Madame de Clèves sortit de la chambre de sa mère en l'état que l'on peut s'imaginer, et madame de Chartres ne songea plus qu'à se préparer à la mort. Elle vécut encore deux jours, pendant lesquels elle ne voulut plus revoir sa fille, qui était la seule chose à quoi elle se sentait attachée.

Madame de La Fayette, *La Princesse de Clèves*, 1678.

Questions

1. Peut-on parler d'une « conversation » à propos de cette scène ? Justifiez votre réponse.
2. Quels sont les principaux registres littéraires de ce texte ?
3. Étudiez la valeur des modes et des temps verbaux dans le discours de Mme de Chartres.
4. Par quels procédés cherche-t-elle à convaincre sa fille des dangers de la passion ?

Exercice 4

niveau 3 | 50 min

Corrigés, p. 260

ACTE III

Scène XII

BÉLINE, TOINETTE, ARGAN, BÉRALDE

TOINETTE *s'écrie*
Ah ! mon Dieu ! Ah ! malheur ! Quel étrange accident !

BÉLINE
Qu'est-ce, Toinette ?

TOINETTE
Ah ! Madame !

BÉLINE
Qu'y a-t-il ?

TOINETTE
Votre mari est mort.

BÉLINE
Mon mari est mort ?

TOINETTE
Hélas ! oui. Le pauvre défunt est trépassé.

BÉLINE
Assurément ?

TOINETTE
Assurément. Personne ne sait encore cet accident-là ; et je me suis trouvée ici toute seule. Il vient de passer entre mes bras. Tenez, le voilà tout de son long dans cette chaise.

BÉLINE
Le Ciel en soit loué ! Me voilà délivrée d'un grand fardeau. Que tu es sotte, Toinette, de t'affliger de cette mort !

TOINETTE
Je pensois, Madame, qu'il fallût pleurer.

BÉLINE
Va, va, cela n'en vaut pas la peine. Quelle perte est-ce que la sienne ? et de quoi servoit-il sur la terre ? Un homme incommode à tout le monde, malpropre, dégoûtant, sans cesse un lavement ou une médecine dans le ventre, mouchant, toussant, crachant toujours, sans esprit, ennuyeux, de mauvaise humeur, fatiguant sans cesse les gens, et grondant jour et nuit servantes et valets.

TOINETTE
Voilà une belle oraison funèbre.

Béline

Il faut, Toinette, que tu m'aides à exécuter mon dessein, et tu peux croire qu'en me servant ta récompense est sûre. Puisque, par un bonheur, personne n'est encore averti de la chose, portons-le dans son lit, et tenons cette mort cachée, jusqu'à ce que j'aie fait mon affaire. Il y a des papiers, il y a de l'argent dont je veux me saisir, et il n'est pas juste que j'aie passé sans fruit auprès de lui mes plus belles années. Viens, Toinette, prenons auparavant toutes ses clefs.

Argan, *se levant brusquement*

Doucement.

Béline, *surprise et épouvantée*

Ahy !

Argan

Oui, Madame ma femme, c'est ainsi que vous m'aimez ?

Toinette

Ah, ah ! le défunt n'est pas mort.

Argan, *à Béline, qui sort*

Je suis bien aise de voir votre amitié, et d'avoir entendu le beau panégyrique que vous avez fait de moi. Voilà un avis au lecteur, qui me rendra sage à l'avenir, et qui m'empêchera de faire bien des choses.

Béralde, *sortant de l'endroit où il étoit caché*

Hé bien ! mon frère, vous le voyez.

Toinette

Par ma foi, je n'aurais jamais cru cela. Mais j'entends votre fille, remettez-vous comme vous étiez, et voyons de quelle manière elle recevra votre mort. C'est une chose qu'il n'est pas mauvais d'éprouver ; et, puisque vous êtes en train, vous connoîtrez par là les sentiments que votre famille a pour vous.

Molière, *Le Malade imaginaire*, 1673.

Questions

1. Formulez une problématique possible à partir des axes de lecture suivants :
   - **I.** Les jeux de mise en scène
   - **II.** La mort feinte
   - **III.** La révélation de la vérité
2. Listez dans l'ordre les éléments utiles à la rédaction de l'introduction.
3. Rédigez la conclusion du commentaire.

Corrigés

Exercice 1

1. Le poème à étudier est tiré du célèbre recueil des *Fleurs du mal*. Baudelaire y développe deux thématiques qui s'opposent : le *spleen* et l'idéal.

2. Une lecture attentive du poème montre qu'il s'agit d'une inspiration plutôt noire, exprimant **l'inquiétude face au temps qui passe**. Un climat angoissé s'en dégage, non sans un certain lyrisme que favorise l'emploi de la première personne. La première personne, l'emploi du passé, le lexique de la fin confèrent à ce sonnet une dimension tragique*.

> **À NOTER**
> Il ne faut pas oublier d'étudier la forme des vers et des strophes dans le cadre du commentaire littéraire d'un poème.

3. Tous ces éléments permettent de formuler la problématique suivante : **Quels moyens poétiques Baudelaire met-il en œuvre pour décrire les effets du temps qui passe ?**

Exercice 2

1. Ce poème se rattache au mouvement romantique au XIXe siècle dont Victor Hugo est le chef de file.

2. Le poème comporte quatre strophes de quatre vers qu'on appelle des quatrains.

3. a. La jeune femme, qui attise l'intérêt du poète, apparaît comme un être énigmatique et charmant. C'est par le pronom personnel de troisième personne « elle » qu'elle est désignée au premier vers et dans la suite du poème, au début des trois premiers quatrains. Il s'agit d'une inconnue pour le jeune homme, rencontrée au hasard d'une promenade. Son identité floue appuie le mystère autour de sa personnalité, accentuée par le mot « fée » (v. 3) que renforce le verbe modalisateur au passé simple « je crus voir » (v. 3). Par ailleurs, la description physique insiste sur son naturel : son apparence est négligée, ce n'est pas une femme sophistiquée qui use d'artifices pour s'embellir : « déchaussée ; décoiffée ; les pieds nus », (v. 1-2) ; « ses cheveux dans les yeux », (v. 16). Sa beauté naturelle fait d'elle une sorte de nymphe (une divinité des eaux) en raison du milieu aquatique qui lui sert d'écrin : « Joncs penchants » (v. 2) ; « la rive » (v. 9) ; « rivage » (v. 13). Si la description est essentiellement physique, faite par un observateur extérieur, le poète utilise des qualificatifs moraux qui concernent le caractère de la jeune femme – exprimant son insouciance et sa gaieté : « folâtre » (v. 11) ;

« effarée et sauvage » (v. 15) ; « heureuse », (v. 15), « riant au travers », (v. 16). De plus, une certaine effronterie se dégage de son attitude : Elle croise le regard de l'homme sans aucune expression de timidité, l'adjectif au superlatif « suprême » (v. 5), très valorisant, indique même une forme de domination exercée sur l'homme tombant sous le charme de son « regard ». « Elle me regarda de ce regard suprême », (v. 5) ; puis « elle me regarda pour la seconde fois », (v. 10). Elle se dirige vers lui sans même une parole, signe de détermination : « Je vis venir à moi », (v. 14 à 16). Il s'agit bien d'une femme libre, naturelle qui tient à la fois de la sauvageonne (jeune fille gracieuse vivant à l'état sauvage) et de la nymphe des eaux et des bois.

b. Dans ce poème romantique, la nature a également une place et un rôle important. Comme nous l'avons souligné, le personnage féminin évolue dans un cadre qui lui semble très familier, la jeune femme apparaît même comme un élément constitutif de cette nature sauvage comme le montre l'observation des compléments de lieu : « assise les pieds nus **parmi** les joncs penchants », (v. 2) ; « je vis venir à moi **dans** les grands roseaux verts », (v. 14) et du COI : « elle essuya ses pieds à l'**herbe de la rive** », (v. 9). On remarque que le désir du personnage masculin s'exprime de la même façon par des compléments de lieu suggérant l'enfoncement dans la nature : « Veux-tu t'en venir **dans** les champs » (v. 4) ; « **sous** les arbres profonds » (v. 8) ; « **au fond** des bois », (v. 12)... Un nombre important de prépositions indiquant un repère spatial est souligné. En outre, la description de la nature est érotisée, elle complète la présentation sensuelle de la jeune femme aux « pieds nus » (v. 2) : le printemps est « le mois où l'on aime » périphrase, (v. 8) ; l'évocation de l'eau personnifie la nature et amène l'idée de tendresse : « l'eau caressait doucement le rivage » (v. 13) ; les vers 12-13 suggèrent que c'est l'atmosphère printanière « les oiseaux », le bruit de l'eau qui alimente la rêverie de la jeune fille « pensive » (v. 11) et la décide à répondre favorablement aux regards de l'observateur. La nature apparaît donc bien comme un adjuvant de cette rencontre.

Exercice 3

1. Mme de Chartres emploie le terme « conversation » à l'avant-dernier paragraphe, mais elle ne laisse à aucun moment la parole à sa fille : le terme semble donc mal choisi. Mme de Chartres ne laisse aucune liberté à sa fille, qui ne peut répondre aux arguments de sa mère.

2. Le registre de ce texte est **pathétique**, la mort de Mme de Chartres suscitant la tristesse de l'héroïne. On peut également relever le registre **didactique** puisque les dernières paroles de Mme de Chartres ont pour but de délivrer un enseignement moral à sa fille.

3. Un discours moralisateur maternel s'ajoute au pathos de la scène. Il transparaît dans l'emploi des verbes. Mme de Chartres a principalement recours au présent de l'indicatif : cet emploi a pour but d'affirmer la réalité des faits qui ne sont que des hypothèses de la part de la mère de Mme de Clèves : « le péril où je vous **laisse** et le besoin que vous **avez** de moi **augmentent** le déplaisir que **j'ai** de vous quitter. Vous **avez** de l'inclination pour M. de Nemours » (l. 4 à 6). Elle emploie aussi de nombreux verbes à l'impératif, qui sont moins des conseils que des injonctions : « Songez » (l. 10 et 11), « Ayez » (l. 12), « retirez-vous » (l. 13), « obligez » (l. 13), « ne craignez point » (l. 13), « finissons » (l. 22), « souvenez-vous » (l. 23). Malgré sa faiblesse au moment de mourir, Mme de Chartres se montre clairvoyante et résolue dans les choix qu'elle exige de sa fille. Pour compléter cet aspect, on remarque que l'assurance des propos de Mme de Chartres rend son discours convaincant. Elle commence par employer un verbe à la tournure impersonnelle exprimant la nécessité : « **Il faut** nous quitter » (l. 4), pour convaincre sa fille que les paroles à suivre seront d'une importance capitale pour son avenir. Elle présente la situation de Mme de Clèves comme un « péril » (l. 4) pour l'effrayer. Ce terme qui signifie « danger » appartient à la langue classique et montre le registre de langue soutenu qui est à la fois celui de Madame de La Fayette et celui du milieu social représenté. Cela contribue à communiquer une certaine vraisemblance, grâce à cette cohérence entre le type personnage et son langage. La syntaxe y participe aussi : les phrases sont complexes et correspondent au système de l'hypotaxe (abondance des liens de subordination dans un texte) ; le parallélisme de construction : « le péril où je vous laisse et le besoin que vous avez de moi » (l. 4-5) souligne la dépendance de la fille envers la mère. Mme de Chartres emploie également des métaphores qui accentuent la gravité de la situation assimilée à un « précipice » (l. 10). Elle emploie également des figures d'insistance, comme la répétition et la gradation : « il faut de grands efforts et de grandes violences » (l. 10). Ce personnage a donc une grande éloquence qui agit comme des rets sur sa fille qui ne parviendra pas à s'en défaire.

Exercice 4

1. Problématique : En quoi cette scène de théâtre dans le théâtre est-elle décisive dans l'ensemble de l'intrigue et dans l'évolution d'Argan ?

2. Pour la rédaction de l'introduction, on retiendra les éléments suivants :

– **Présentation de la place de l'œuvre dans la vie de Molière**
– **Présentation du genre de la comédie-ballet**

– **Présentation et situation de l'extrait :** La scène étudiée se situe dans le troisième acte, celui des stratagèmes qui permettent à Argan de prendre la mesure de son entourage. L'intérêt dramaturgique de cette séquence est double car Molière utilise le ressort du personnage caché (Béralde), de la fausse mort qui entraîne des quiproquos révélateurs de vérité.
– **Problématique :** En quoi cette scène de théâtre dans le théâtre est-elle décisive dans l'ensemble de l'intrigue et dans l'évolution d'Argan ?
– **Plan en trois parties :**

I. Les jeux de mise en scène

II. La mort feinte

III. La révélation de la vérité

3. Conclusion rédigée :

Cette séquence dramatique est essentielle dans la conduite de l'intrigue du *Malade imaginaire*. Elle joue le rôle d'un dévoilement en utilisant deux ressorts de la comédie : le personnage caché d'une part, et la mort feinte d'autre part. Le public est ici rendu complice du stratagème de Béralde, qui assiste à toute la scène depuis sa cachette. Le quiproquo, qui trompe Béline, permet de déciller Argan et de lui faire prendre conscience de son aveuglement. Mais en même temps, Béline exprime des vérités que nul ne peut contester et l'on ne peut lui reprocher d'avoir supporté un époux comme Argan. Si la scène fait rire car elle repose sur une duperie, elle dévoile aussi les travers du personnage principal et sonne comme un avertissement. La réaction de sa fille dans la scène qui suit montrera à Argan qu'il doit nécessairement quitter ses manies hypocondriaques pour prendre la mesure de la vérité.

10 Préparation à l'épreuve orale de français

Les 5 points incontournables

L'objectif de l'épreuve orale

L'épreuve orale a pour but de **vérifier les compétences et les connaissances** acquises en seconde et en première. Elle se fonde surun descriptif d'activités à partir duquel un examinateur vous interroge. On doit s'y préparer dès la seconde.

▶ *Cours*, *p. 263 à 267*

Le contenu de l'épreuve orale

L'oral dure 50 minutes : 30 minutes de préparation et 20 minutes de présentation divisée en 2 parties de 12 et 8 minutes. L'épreuve orale vous invite à mobiliser vos savoirs autour d'un texte ou d'une œuvre étudiée au cours de l'année.

▶ *Cours*, *p. 263 à 267*

L'exposé de l'épreuve orale

Il s'agit de présenter une lecture analytique d'un texte ou d'un extrait étudié se rattachant à l'un des parcours abordés en classe à partir d'une question posée par l'examinateur. Une question de grammaire est ensuite traitée.

▶ *Cours*, *p. 263 à 267*

L'entretien de l'épreuve orale

L'entretien prend appui sur une œuvre choisie parmi celles étudiées en classe ou parmi les lectures cursives obligatoires proposées par l'enseignant. Il s'agit de montrer sa capacité à partager et rendre compte d'une réflexion personnelle sur une expérience de lecture.

▶ *Cours*, *p. 263 à 267*

Les apports personnels

L'oral fait appel à des qualités de lecture, mais aussi à la capacité de convoquer la culture personnelle. En effet, établir des comparaisons avec d'autres textes enrichit l'explication ainsi que, par exemple, le souvenir d'une soirée au théâtre où le texte a été joué ou la visite d'une exposition permettant de faire un lien entre les arts d'une même époque. La tenue d'un carnet personnel permettra, par exemple, de garder la mémoire de votre enrichissement culturel et artistique à l'intérieur et à l'extérieur du lycée.

▶ *Cours*, *p. 263 à 267*

VIDÉO bordas Flash PAGE

En complément de ce chapitre, flashe cette page pour regarder nos **tutoriels vidéo** de préparation à l'oral :
- Lire un texte littéraire
- L'explication de texte
- L'entretien

1 Prendre des notes, préparer son explication

a. Aspects matériels de l'épreuve

À l'oral, pour la voie générale et la voie technologique, au cours de la première partie de l'épreuve, vous devez proposer une explication d'un texte, qui fonde son interprétation sur une analyse précise des principaux effets de sens.

Vous disposez de 30 minutes pour préparer l'analyse d'un texte littéraire d'une vingtaine de lignes environ et une question de grammaire qui porte sur un mot, une expression ou une phrase de l'extrait.

Le brouillon vous est fourni. Mais vous devez apporter l'ensemble des textes étudiés, sans vos notes de cours, en double exemplaire de préférence, que vous proposerez au professeur examinateur, le cas échéant.

b. Lecture linéaire et commentaire

Si l'analyse linéaire est demandée, il s'agit d'étudier un texte dans son déroulement et de l'interpréter en suivant sa progression d'ensemble (début, milieu, fin).

Ce type d'analyse diffère de la méthode du commentaire dit « composé » à l'écrit, où l'analyse s'organise selon les centres d'intérêt du texte, notamment selon ses thèmes. Un commentaire ne suit donc pas systématiquement l'ordre des phrases d'un texte.

c. Comment préparer une explication linéaire ?

L'explication linéaire, dans le temps imparti de l'épreuve, s'applique à des extraits littéraires ou à des textes relativement brefs car elle appelle des explications de détails.

La difficulté consiste à repérer les idées importantes à l'intérieur de chaque phrase et les procédés d'écriture associés, sans perdre de vue la cohérence globale et l'unité du passage.

> **À NOTER**
> Il convient de travailler avec du brouillon d'un côté et le texte de l'autre.

Des annotations, des flèches, un code couleur, etc. peuvent être utilisés directement dans le texte s'il s'agit d'un document imprimé, non d'un ouvrage. Si vous avez suivi cette pratique en cours d'année, vous êtes autorisé à la reproduire lors de l'oral à condition de montrer à l'examinateur votre texte vierge de toutes formes d'annotations avant de débuter votre préparation.

d. Comment surmonter certains écueils ?

- Il faut **éviter la paraphrase** qui n'apporte rien à la compréhension et ne soulève pas les enjeux et l'intérêt d'un texte.

- Il faut éviter de juxtaposer les remarques, ce qui est un piège dans lequel vous pouvez facilement tomber dans une analyse linéaire.

- Pensez votre argumentation comme un raisonnement avec un fil conducteur. Les auteurs eux-mêmes suivent très souvent une logique que l'explication doit dérouler, même quand la figure auctoriale est relayée par un énonciateur narrateur* ou un personnage dans un récit.

2 Lire un texte à haute voix

a. Remarques générales

- La lecture à haute voix d'un texte littéraire est un exercice très différent de la lecture intériorisée et nécessite un entraînement régulier avant l'épreuve orale.

- La lecture du texte au cours de l'introduction qui précède l'explication est évaluée par l'examinateur.

b. Poser sa voix, travailler sa posture

Les éléments suivants doivent être pris en considération à la fois pour la lecture, mais également au cours de l'épreuve orale dans sa globalité :

- **S'exprimer avec clarté** : cela correspond à la fois à l'effort d'articulation et au volume sonore.

- **Veiller à la fluidité de la parole** : vous éviterez de parler trop vite ou trop lentement ; ne butez pas sur les mots, faites les liaisons appropriées. Au cours de la lecture du texte, il faut vous adapter à la syntaxe, au rythme particulier, à la ponctuation qui doivent être respectés. Une bonne lecture concoure à révéler le sens du texte.

- **Adopter une gestuelle adaptée** : une gestuelle adaptée pourra appuyer votre lecture et surtout votre explication. Il s'agit toujours de gestes mesurés à l'aide d'une ou deux mains, de la manière dont vous posez votre regard, de votre manière de vous tenir sur la chaise, sans relâchement mais sans raideur non plus, autant que possible.

c. Respecter la prosodie* du texte

Un point en fin de phrase implique en effet un ton descendant et une courte pause avant de poursuivre la lecture de la phrase suivante, tandis que la virgule peut être accompagnée d'une très courte pause sans changer **l'inflexion de la voix**. Les phrases de type exclamatif doivent également être entendues en corrélation avec le sentiment exprimé : joie, surprise, peur, etc.

De même, les phrases de type interrogatif sont marquées à l'oral par une inflexion ascendante de la voix, suivie d'une courte pause.

Soyez particulièrement vigilant lors de la lecture d'un texte en vers. Les règles de versification impliquent un découpage précis du mètre. Il convient de respecter les éventuelles **diérèses*** et la **prononciation du [e]** : on prononce le [e] d'un mot se terminant par cette voyelle et précédant un mot commençant par une consonne à l'intérieur d'un vers. On ne prononce jamais le [e] en fin de vers (règle du [e] muet).

d. Adapter le ton et l'intention au registre* du texte

Indépendamment de ces remarques, une bonne lecture est dite « expressive » en ce qu'elle donne à entendre les intentions ou les sentiments exprimés dans un texte littéraire.

Veillez à faire correspondre les inflexions de votre voix au registre littéraire du texte, à sa tonalité, sans toutefois le caricaturer. Cette consigne est particulièrement importante à suivre en ce qui concerne les extraits de théâtre où l'on peut moduler sa voix selon les personnages dans le cas d'une scène dialoguée par exemple.

L'expression de la joie, de la tristesse, de la revendication, etc. doit s'entendre et peut être discrètement accompagnée par celle des traits du visage afin d'incarner, de donner vie à la lecture.

3 Déterminer la visée* d'un texte en s'appuyant sur ses effets de style et de sens

a. Qu'est-ce que la visée d'un texte ?

La visée d'un texte désigne le ou les buts qu'un auteur assigne à son œuvre. Il en existe un très grand nombre, mais il est possible d'établir quelques grandes catégories d'**intentions** auxquelles les rattacher : **susciter le rire**, **émouvoir**, **convaincre** ou **persuader**, **transmettre une vision du monde**.

Ces intentions sont couramment corrélées à un genre littéraire dont les caractéristiques propres sont mieux adaptées à ce qu'un auteur souhaite communiquer.

L'analyse des **registres littéraires** (**tonalités**) et les procédés d'écriture associés à ces registres – notamment **les figures de style** – permettent de déterminer la visée d'un texte littéraire.

À NOTER
Plusieurs registres peuvent être mêlés dans un texte littéraire.

b. Susciter le rire

Ce type d'émotion caractérise la comédie* classique et des pièces d'autres époques, mais concerne également les genres narratifs comme le roman.

Le comique suscite le sourire ou le rire et s'appuie sur les types de comique au théâtre (comique de mots, de geste, de caractère, de situation), les jeux de mots, etc.

Le satirique implique une moquerie ou une critique et s'appuie sur un lexique dépréciatif*, les figures d'exagération, la caricature, etc.

L'ironie* repose sur la complicité avec le lecteur et consiste à se moquer de quelqu'un ou de quelque chose en suggérant le contraire de ce qui est dit. Elle repose sur l'antiphrase*, l'exclamation et les figures de l'atténuation comme l'euphémisme*.

La parodie* procède du détournement comique en reprenant de manière décalée un texte ou un discours. Elle repose sur l'imitation, le **burlesque*** (utilisation du style bas pour traiter un thème sérieux) ou l'**héroï-comique** (utilisation d'un style élevé pour traiter d'un thème trivial). La parodie s'appuie sur tous les procédés d'imitation et d'exagération.

c. Toucher par l'émotion

Ce type d'intention caractérise la poésie, le théâtre tragique* et le drame, mais il concerne également les genres narratifs comme le roman ou la nouvelle.

Le lyrique exprime les sentiments personnels. Le registre lyrique est souvent associé à la poésie amoureuse. Il s'appuie sur les marques de la première personne (pronom personnel et pronom réfléchi) et les marques d'expressivité (phrases exclamatives, champ lexical, etc.).

L'élégiaque est voisin du lyrisme*. Il désigne plus précisément le sentiment de nostalgie, le regret du passé, la plainte. On retrouve les procédés du lyrisme.

Le pathétique est le registre de l'expression de la souffrance physique ou morale et de la tristesse. Il s'appuie sur un lexique dépréciatif, les détails concrets de la douleur, les marques d'expressivité et les procédés d'insistance.

L'épique* est le registre qui suscite l'admiration ou l'effroi devant des situations exceptionnelles de combats physiques ou moraux (l'épopée). Les personnages sont des héros aux qualités hors du commun. Ce registre s'appuie sur un lexique évaluatif (le bien contre le mal) et sur les procédés de l'emphase (hyperbole*, anaphore*, gradation*, etc.).

Le tragique est souvent corrélé au pathétique, le registre tragique désigne la fatalité ou la mort. On retrouve des procédés communs au registre pathétique* : exclamations, interjections, lexique dépréciatif, hyperboles, accumulations, etc.

d. Convaincre et persuader

Ce type de visée caractérise les textes d'idées qui visent à transmettre un message, en particulier les textes de type argumentatif comme les fables, les contes philosophiques, etc. Cependant, tous les autres genres littéraires peuvent y prétendre.

Le registre didactique correspond à la volonté de communiquer un savoir, au désir d'enseigner. Il s'appuie sur les marques du raisonnement logique, la présence d'exemples, le présent de vérité générale, la prise en compte du destinataire, etc.

Le registre polémique* vise à faire réagir à propos d'un thème ou d'un point de vue qui n'est pas partagé par tous. Il s'appuie sur les procédés de l'oratoire comme les exclamations, les apostrophes, l'ironie, le lexique appréciatif, etc.

Le registre épidictique* exprime l'éloge ou le blâme et concerne tout particulièrement les formes du portrait. Il s'appuie sur le lexique évaluatif, le vocabulaire moral ou se rapportant au corps, les expansions du nom, etc.

e. Transmettre une vision du monde

Il s'agit ici d'évaluer le rapport entre le monde réel et la manière dont il est retranscrit dans l'œuvre littéraire. Ce type de visée concerne en particulier les œuvres de fiction, les œuvres autobiographiques, les témoignages, etc.

Le registre réaliste : il est associé à une vison objective, à une imitation de la réalité, en particulier sur les plans spatial et temporel. Le personnage et l'histoire dans laquelle il évolue sont soumis aux règles de la vraisemblance. Ce registre s'appuie sur une toponymie et une topographie qui renvoient à l'univers réel, les niveaux de langue correspondent au statut social des personnages.

Le registre fantastique* : il est associé à l'étrange et au sentiment de peur. Le cadre spatio-temporel est réaliste, mais les événements qui se déroulent dans ce cadre ont soit une origine réelle soit une origine surnaturelle, voire inconnue. Il s'appuie sur le lexique du doute, la modalisation, le vocabulaire de l'étrange, l'expression de la peur.

Le registre merveilleux* : il est associé à la vision d'un monde hors de notre réalité connue. Cette fois, le surnaturel est cependant accepté par le personnage et le lecteur. Il s'appuie sur un lexique évaluatif, un schéma actantiel, une simplification des personnages qui relèvent d'un type sans réelle épaisseur psychologique.

1 Relever les éléments fondamentaux dans une analyse progressive du texte

Savoir-faire

Quel que soit le texte à présenter à l'oral, il convient d'identifier ses caractéristiques fondamentales avant de dégager des éléments qu'une lecture plus approfondie permettra de révéler.

1. Avant l'analyse

Il s'agit pour l'essentiel d'identifier des indices transmis par le paratexte et la structure du texte à expliquer. Ces éléments doivent faire l'objet d'un relevé systématique.

– **L'auteur** : que savez-vous de son parcours, de son œuvre, de ses influences ?

– **Le titre** : s'agit-il d'un titre informatif, indique-t-il le thème abordé, est-il imagé ?

– **La date de publication** : qu'indique-t-elle sur le contexte socio-historique, sur le mouvement littéraire associé à cette période ?

– **La forme** : s'agit-il d'un texte en prose, en vers, composé de plusieurs paragraphes, un passage exhaustif ou un extrait ?

– **Le genre** : s'agit-il d'un extrait de théâtre, de poésie, de roman, de fable, d'essai ?

2. Au début de l'analyse

Listez ensuite les éléments que révèlent une première lecture du texte.

– **Le type** : s'agit-il d'un texte narratif, descriptif, argumentatif, explicatif ?

– **La situation d'énonciation** : qui parle ? à qui ? quand ? où ? de quoi ?

– **Le registre de langue** : le niveau de langue* est-il courant, familier, soutenu ?

– **Le registre littéraire (la tonalité)** : est-il comique, tragique, satirique, polémique ?

– **Le réseau lexical** : plusieurs mots renvoient-ils à une même idée, à un même thème ?

3. Au cours de l'analyse approfondie

Une analyse plus approfondie invite à relever notamment les procédés suivants :

– **Les figures de style** : anaphore*, métaphore*, comparaison*, personnification*, etc.

– **La valeur des temps** : présent d'énonciation, imparfait de description, etc. ;

– **Les type de phrases** : déclarative, exclamative, interrogative, etc.

Enfin, les procédés propres à chaque genre ou à chaque type de texte sont identifiés.

– **Les procédés de la versification** (poésie, théâtre en vers, texte descriptif et narratif) : nom des vers, des strophes, des rimes, etc.

– **L'identification du statut et du point de vue ou focalisation** (roman,

nouvelle, texte narratif) : statut interne, point de vue omniscient, etc.
– **L'ordre et le rythme** (récit, roman texte narratif) : sommaire, ellipse*, scène, etc.
– **Les types d'arguments et les modes de raisonnement** (article de *L'Encyclopédie*, texte argumentatif, etc.) : argument d'autorité, raisonnement concessif, etc.

Application

Relever des éléments fondamentaux dans une analyse progressive du texte suivant :

À Mademoiselle Marie Laurencin.

Crépuscule

Frôlée par les ombres des morts
Sur l'herbe où le jour s'exténue
L'arlequine s'est mise nue
Et dans l'étang mire son corps

Un charlatan crépusculaire
Vante les tours que l'on va faire
Le ciel sans teinte est constellé
D'astres pâles comme du lait

Sur les tréteaux l'arlequin blême
Salue d'abord les spectateurs
Des sorciers venus de Bohême
Quelques fées et les enchanteurs

Ayant décroché une étoile
Il la manie à bras tendu
Tandis que des pieds un pendu
Sonne en mesure les cymbales

L'aveugle berce un bel enfant
La biche passe avec ses faons
Le nain regarde d'un air triste
Grandir l'arlequin trismégiste

Guillaume Apollinaire, *Alcools*, 1913.

Avant l'analyse

– **L'auteur** : son vrai nom, St Wilhelm de Kostrowitzki (1880-1918). Apollinaire, est un nom dérivé de celui du dieu des arts, de la poésie et de la musique : Apollon. Auteur de poèmes à forme libre, dans *Alcools* (1913), il est connu également pour ses *Calligrammes* (1918).

– **Le titre** : à la fois informatif et thématique, c'est un nom sans déterminant.

– **La date de publication** : avant la Grande Guerre. De nombreux poèmes ont été rédigés bien avant 1913.

– **La forme** : originalité et modernité de la forme, marquée par une absence de ponctuation. Ce poème est en octosyllabes alors que l'auteur utilise le vers libre dans d'autres poèmes du même recueil.

– **Le genre** : poésie.

Au début de l'analyse

– **Le type** : narratif et descriptif.

– **La situation d'énonciation** : un poète-narrateur externe d'une scène-tableau, une dédicataire (l'aquarelliste Marie Laurencin), un cadre naturel et forestier, une indication temporelle fournie par le titre « Crépuscule », des saltimbanques, des personnages esquissés.

– **Le registre de langue** : niveau de langue soutenu.

– **Le registre littéraire (la tonalité)** : registres mêlés (lyrique et fantastique en particulier).

– **Le champ lexical** : la nature (« herbe », « étang », « biche »), le surnaturel (« ombres des morts », « sorciers », « fées », « enchanteurs »).

Au cours de l'analyse approfondie

– **Les figures de style** : dérivation suffixale (« Crépuscule », « crépusculaire »), comparaison (« astres pâles comme du lait »).

– **La valeur des temps** : présent de narration.

– **Les types de phrase** : déclaratives.

– **Les procédés inhérents au genre** : allitération* en [b] (« L'aveugle **b**erce un **b**el enfant / La **b**iche passe avec ses faons »), poème de 5 strophes (quintils), octosyllabes.

2 Restituer une explication de texte à partir de notes

Savoir-faire

1. Lire les notes sur l'introduction

– Situer l'auteur dans l'histoire littéraire.

– Présenter rapidement l'œuvre de laquelle est tiré l'extrait (genre, époque).

– Résumer le type de personnage et la situation.

– Lire à haute voix le texte en adaptant le ton à la situation et au caractère des personnages.

– Rappeler la problématique posée par l'examinateur.

– Annoncer un plan en deux ou trois parties.

2. Restituer ses notes

Une bonne restitution s'appuie sur un va-et-vient fluide et continu entre le brouillon, qui comporte les éléments importants et constitue un guide, et le texte dans lequel sont tirés les exemples auxquels renvoient le brouillon.

3. Énoncer l'explication à partir des notes

– La fiche de révision exhaustive effectuée en cours d'année pourra être efficacement exploitée au cours des 30 minutes de préparation qui précèdent le passage à l'oral, mais elle doit être adaptée à la question posée par l'examinateur.

– Sur la feuille de préparation, on indique les grands mouvements du texte, ses articulations, les arguments développés et les procédés d'écriture (le nom des figures de style, la nature d'un mot, un champ lexical, etc.). Il n'est pas nécessaire de recopier de longues citations sur le brouillon car **au moment de l'oral, les exemples sont directement lus dans le texte.**

– Chacun peut utiliser son propre code couleur, souligner ou surligner ce qui n'apparaît pas ici, ainsi que des abréviations, des flèches, etc.

Application

Prendre des notes en vue d'une restitution orale sur un extrait de *Gil Blas de Santillane*. (30 minutes).

Problématique : comment l'auteur parvient-il à rendre le récit attrayant et quelle image donne-t-il du héros romanesque et du religieux ?

Le roman, publié en trois parties, en 1715, 1724 et 1735, retrace la vie et les aventures de Gil Blas, depuis ses 17 ans jusqu'à ses vieux jours. Gil Blas âgé raconte sa propre histoire. L'intrigue se situe en Espagne mais décrit la société française, à travers les divers personnages rencontrés par le héros (voleurs, prêtres, médecins, ministres, etc.), sur le mode satirique. C'est à la fois un roman de mœurs et un roman de formation. Dans cet extrait, Gil Blas, enrôlé par une bande de brigands, est chargé d'accomplir son premier forfait : dérober la bourse d'un moine voyageant sur sa mule.

« [...] Mais, mon père, ajoutai-je, finissons : mes camarades, qui sont dans ce bois, s'impatientent ; jetez tout à l'heure votre bourse à terre, ou bien je vous tue. »

À ces mots, que je prononçai d'un air menaçant, le religieux sembla craindre pour sa vie. « Attendez, me dit-il, je vais donc vous satisfaire, puisqu'il le faut absolument. Je vois bien qu'avec vous autres, les figures de rhétorique sont inutiles. » En disant cela, il tira de dessous sa robe une grosse bourse de peau de chamois, qu'il laissa tomber à terre. Alors je lui dis qu'il pouvait continuer son chemin, ce qu'il ne me donna pas la peine de répéter. Il pressa les flancs de sa mule, qui, démentant l'opinion que j'avais d'elle, car je ne la croyais pas meilleure que celle de mon oncle, prit tout à coup un assez bon train. Tandis qu'il s'éloignait, je mis pied à terre. Je ramassai la bourse qui me parut pesante. Je remontai sur ma bête et regagnai promptement le bois, où les voleurs m'attendaient avec impatience, pour me féliciter, comme si la victoire que je venais de remporter m'eût coûté beaucoup. À peine me donnèrent-ils le temps de descendre de cheval, tant ils s'empressaient de m'embrasser. « Courage, Gil Blas, me dit Rolando, tu viens de faire des merveilles. J'ai eu les yeux sur toi pendant ton expédition ; j'ai observé ta contenance ; je te prédis que tu deviendras un excellent bandit de grand chemin, ou je ne m'y connais pas ». Le lieutenant et les autres applaudirent à la prédiction et m'assurèrent que je ne pouvais manquer de l'accomplir quelque jour. Je les remerciai de la haute idée qu'ils avaient de moi et leur promis de faire tous mes efforts pour la soutenir.

Après qu'ils m'eurent d'autant plus loué que je méritais moins de l'être, il leur prit envie d'examiner le butin dont je revenais chargé. Voyons, dirent-ils, voyons ce qu'il y a dans la bourse du religieux. Elle doit être bien garnie, continua l'un d'entre eux, car ces bons pères ne voyagent pas en pèlerins. Le capitaine délia la bourse, l'ouvrit, et en tira deux ou trois poignées de petites médailles de cuivre, entremêlées d'*agnus Dei*, avec quelques scapulaires. À la vue d'un larcin si nouveau, tous les voleurs éclatèrent en ris immodérés. Vive Dieu ! s'écria le lieutenant, nous avons bien de l'obligation à Gil Blas. Il vient, pour son coup d'essai, de faire un vol fort salutaire à la compagnie. Cette plaisanterie en attira d'autres. Ces scélérats, et particulièrement celui qui avait apostasié, commencèrent à s'égayer sur la matière. Il leur échappa mille traits qui marquaient bien le dérèglement de leurs mœurs. Moi seul je ne riais point. Il est vrai que les railleurs m'en ôtaient l'envie en se réjouissant aussi à mes dépens. Chacun me lança son trait, et le capitaine me dit : « ma foi, Gil Blas, je te conseille, en ami, de ne te plus jouer aux moines. Ce sont des gens trop fins et trop rusés pour toi. »

Alain-René Lesage, *Gil Blas de Santillane*, livre I, chap. VIII, 1715-1735.

Introduction

– **L'auteur** et le **mouvement littéraire** : Alain-René Lesage (1668-1747) est né à l'époque classique mais publie au début du siècle des Lumières. Il est connu en particulier pour son roman satirique de la société française : *Le Diable boiteux* (1707).

– **L'œuvre de laquelle est tiré l'extrait** : *Gil Blas de Santillane* est un roman de mœurs et de formation dans l'esprit du roman picaresque espagnol du XVIe siècle. « Picaresque » vient de *Picaro* (« misérable », « rusé »), qui désigne un anti-héros vagabond et sans moralité.

– **Résumé rapide du type de personnage et de la situation** : Gil Blas raconte sa jeunesse passée. C'est donc un récit rétrospectif. C'est un jeune homme espagnol d'origine modeste qui projetait de faire des études à l'université de Salamanque mais qui croise le chemin d'un groupe de brigands qui l'enrôlent et en font leur valet. Dans cet extrait, Gil Blas est missionné par des brigands pour détrousser un moine croisé au hasard d'une route.

– **Lire à haute voix le texte** en adaptant le ton à la situation et au caractère des personnages.

– **Rappel de la problématique posée par l'examinateur** : comment l'auteur parvient-il à rendre le récit attrayant et quelle image donne-t-il du héros romanesque et du religieux ?

– **Annonce d'un plan en deux ou trois parties** : « Nous verrons tout d'abord..., puis..., enfin... », ou « Nous aborderons dans un premier temps..., puis dans un second temps... avant de nous intéresser à... », ou « Nous procèderons à l'explication linéaire du texte qui nous permettra d'aborder les points suivants » :

I. Un épisode à rebondissement
II. La réussite et la décadence (la désillusion) du héros
III. L'anticléricalisme de Lesage (la satire* de la religion)

Explication

I. Un épisode à rebondissement

a. Une scène contrastée vécue de l'intérieur

– La **structure** en deux paragraphes reflète bien les deux étapes : le vol de la bourse associée à la valorisation de Gil Blas et la découverte de son contenu associée à la moquerie du personnage.

– Le **rythme narratif** donne l'impression que l'histoire se déroule en même temps que la lecture. Il s'agit d'une scène qui allie effet de réel et suspens, comme l'indiquent les connecteurs spatiotemporels « alors », « tandis que », « après que ».

– Le **narrateur** est aussi un personnage et adopte un point de vue interne :
- Les paroles sont rapportées au discours direct et se mêlent au récit (l.1).
- Le narrateur utilise des verbes d'action au passé simple à valeur d'action brève (l.3, etc.).
- Le contraste entre le début et la fin de l'extrait (les brigands s'expriment dans un langage soutenu) peut surprendre.

b. Les indices de la supercherie

– Gil Blas ne rencontre pas d'obstacle à sa mission. Même s'il menace le religieux, ce dernier ne résiste pas.

– L'attitude du moine est suspecte. Le moine semble se moquer de Gil Blas : « Je vais donc vous satisfaire. » (l.3).

c. L'incertitude du héros

Gil Blas est dans le doute à plusieurs reprises : usage de verbes modalisateurs comme « sembla » (l.3) ou « parut » (l.9).

II. La réussite et la désillusion du héros

a. Un héros trop parfait

Gil Blas est loué par ses camarades brigands d'une manière trop excessive pour être honnête. Le registre épidictique (l'éloge) participe de cet effet :

– Adjectifs sous forme d'hyperboles (« un excellent bandit » [l.13], « la haute idée qu'ils avaient de moi » [l.15].

– Noms communs mélioratifs (« victoire » [l.10], « des merveilles » [l.12]).

– Verbes (« applaudirent » [l.14], etc.).

b. Un héros moqué

La découverte du contenu de la bourse déclenche l'hilarité (le rire moqueur) des brigands.

– L'éloge se poursuit mais sur le mode ironique :
Antiphrase (« nous avons bien de l'obligation à Gil Blas » [l.20-21], « nous le remercions », « un vol fort salutaire » [l.21]).

– Constat humiliant de la naïveté presque enfantine de Gil Blas (« Ce sont [les moines] des gens trop fins et trop rusés pour toi » [l.25-26]).

III. L'anticléricalisme de Lesage

a. Le blasphème et l'ironie

L'auteur se moque indirectement de l'Église par les propos moqueurs et ironiques des brigands :

– L'exclamation « Vive Dieu ! » (l.20) qui comporte une antiphrase.

– Le qualificatif « trop rusés » assez péjoratif pour un homme d'Église, car il signifie aussi « trompeur » (l.25).

b. Le cliché* du religieux

L'auteur se moque également indirectement de l'Église par la description stéréotypée du moine vêtu de la robe de bure voyageant sur sa mule et susceptible d'avoir une bourse remplie d'argent. Ici, le moine est l'exception qui confirme le cliché littéraire et pictural. C'est un personnage cupide, attiré par les biens matériels, ce qui est contraire au dénuement matériel, à la pauvreté, qu'il prêche.

Conclusion

– Faire le bilan des principaux aspects abordés dans le texte. Son intérêt.

– Reprendre la question posée par l'examinateur.

– Proposer une ouverture thématique en faisant le lien avec un autre texte abordé durant l'étude du parcours intitulé « Le personnage de roman, esthétique et valeurs », par exemple, ou faire un lien avec une œuvre artistique ou cinématographique traitant du même sujet.

Pour réussir le jour J !

Les erreurs à ne pas commettre

- Ne pas réciter une explication apprise par cœur, vous risqueriez de passer à côté de la question.
- Ne pas oublier de rappeler régulièrement **l'enjeu esthétique** que pose la question sur le texte. Il faut ainsi rappeler quelle question l'examinateur a posée pour montrer qu'on souhaite y répondre.
- Ne pas se contenter d'une analyse superficielle du texte ou pire de la paraphrase qui n'apporte rien à ce que dit déjà mieux que vous un auteur. **Expliquer les sous-entendus, l'implicit**e, etc.
- Ne pas proposer un exposé trop bref ou trop long, **respecter les contraintes de temps**.
- Ne pas répondre à côté des questions posées pendant l'entretien. Pour cela, prenez un petit temps de réflexion pour développer votre réponse.

Un point en + pour votre oral

- Prenez clairement vos notes pendant la préparation, afin de vous relire sans hésitation pendant l'exposé.
- Sachez improviser une réponse en fonction de votre culture personnelle, par exemple cinématographique, musicale ou picturale pour étayer vos réponses.
- Faites appel à vos connaissances littéraires qui permettent des comparaisons ou des mises en relation pertinentes.
- Répondez avec clarté et précision, prenez le temps de l'énonciation de la parole et de son plaisir.

Exercices

Exercice 1 niveau 1 | 30 min Corrigés, p. 282

Mille gens se ruinent au jeu et vous disent froidement qu'ils ne sauraient se passer de jouer quelle excuse Y a-t-il une passion quelque violente ou honteuse qu'elle soit qui ne pût tenir ce même langage Serait-on reçu à dire qu'on ne peut se passer de voler d'assassiner de se précipiter Un jeu effroyable continuel sans retenue sans bornes où l'on n'a en vue que la ruine totale de son adversaire où l'on est transporté du désir du gain désespéré sur la perte consumé par l'avarice où l'on expose sur une carte où à la fortune du dé la sienne propre celle de sa femme et de ses enfants est-ce une chose qui soit permise ou dont l'on ne doive se passer Ne faut-il pas quelquefois se faire une plus grande violence lorsque poussé par le jeu jusqu'à une déroute universelle il faut même que l'on se passe d'habits et de nourriture, et de les fournir à sa famille

La Bruyère, *Caractères*, « Des biens de fortune », 1688.

1. Rétablissez la ponctuation de ce texte et dites si la ponctuation expressive correspond à une inflexion ascendante ou descendante de la voix.
2. Quel sentiment le moraliste exprime-t-il ? Sur quels procédés s'appuie-t-il pour le transmettre ?
3. L'intention de ce texte est-elle de convaincre ou de persuader ?

Exercice 2 niveau 2 | 40 min Corrigés, p. 282

Réécrivez les phrases suivantes en remplaçant les mots en gras par des mots plus précis qui montrent vos qualités d'expression.

1. Dans cette farce de Molière, le comédien **fait** deux personnages à la fois.
2. Dans l'*excipit de Bel-Ami*, **il y a** le mariage du personnage avec Suzanne. **Il y a** aussi la présence de son amante dans l'église de la Madeleine.
3. Les philosophes des Lumières disent **beaucoup de choses** dans leurs écrits.
4. Dans Les Misérables de Victor Hugo, Cosette **a** un petit bonnet rond. Mais elle **a** faim et elle **a** peu de forces.
5. Zola **a fait** une série de romans qui **ont fait** son succès.

Exercice 3 niveau 2 50 min

Corrigés, p. 283

« Le Chat et le Rat » [extrait]

Quatre animaux divers, le Chat grippe-fromage,
Triste-oiseau le Hibou, Ronge-maille le Rat,
Dame Belette au long corsage,
Toutes gens d'esprit scélérat,
Hantaient le tronc pourri d'un pin vieux et sauvage.
Tant y furent qu'un soir à l'entour de ce pin
L'homme tendit ses rets. Le Chat de grand matin
Sort pour aller chercher sa proie.
Les derniers traits de l'ombre empêchent qu'il ne voie
Le filet ; il y tombe, en danger de mourir ;
Et mon Chat de crier, et le Rat d'accourir,
L'un plein de désespoir, et l'autre plein de joie.
Il voyait dans les lacs son mortel ennemi.
Le pauvre Chat dit : Cher ami,
Les marques de ta bienveillance
Sont communes en mon endroit :
Viens m'aider à sortir du piège où l'ignorance
M'a fait tomber. C'est à bon droit
Que, seul entre les tiens par amour singulière
Je t'ai toujours choyé, t'aimant comme mes yeux.
Je n'en ai point regret, et j'en rends grâce aux Dieux.
J'allais leur faire ma prière ;
Comme tout dévot Chat en use les matins,
Ce réseau me retient : ma vie est en tes mains ;
Viens dissoudre ces nœuds. - Et quelle récompense
En aurai-je ? reprit le Rat.
Je jure éternelle alliance
Avec toi, repartit le Chat [...]

Jean de La Fontaine, *Fables*, livre VIII, 1678.

1. Quels sont les deux types de vers utilisés dans cette fable ?

2. Quelle découpe syllabique doit-on effectuer à l'avant-dernier vers pour obtenir huit syllabes ?

3. Expliquez ce choix de scansion et dites quel est l'effet produit.

4. En quoi est-il pertinent d'insister sur les sons [i] et [s] des vers 4 à 7 notamment ?

Exercice 4 niveau 2 | 50 min

Corrigés, p. 283

Éléments d'introduction d'une explication de texte

a. Ce long poème dont nous étudierons un extrait, c'est-à-dire six quatrains d'octosyllabes, s'intitule « Rêve parisien ».

b. Le caractère immense de la ville ; son aspect féerique, rêvé.

c. Charles Baudelaire : poète de la deuxième moitié du XIXe siècle ; marque la fin du romantisme qu'il critique et annonce le symbolisme à venir. Auteur des *Petits poèmes en prose* publié deux ans après sa mort en 1869, son recueil le plus connu s'intitule *Les Fleurs du Mal*.

d. Quelle représentation de la capitale de la France apparaît dans ce poème ?

e. Dans ce recueil, une section nommée « Tableaux parisiens » est consacrée à la description de la ville de Paris et mêle la réalité à l'imaginaire poétique.

1. Les éléments de cette introduction ne correspondent pas à l'ordre attendu. Dites à quelle étape chacun de ces éléments correspond.

2. Indiquez l'ordre correct.

3. Réécrivez l'introduction dans un paragraphe correctement rédigé.

Exercice 5 niveau 3 | 50 min

Corrigés, p. 284

Première partie d'une explication de texte d'un extrait de *Gobseck* d'Honoré de Balzac (1830)

I. Gobseck : un orateur lucide et sans affects

Le discours de Gobseck est remarquable à plusieurs titres et témoigne de réelles qualités du personnage. En effet, le discours impressionne d'emblée par sa longueur, par la maîtrise langagière de son orateur, par la construction du raisonnement et l'assurance des propos tenus. Or ces qualités du discours du personnage éponyme* s'appuient sur un réseau d'oppositions et de comparaisons qui prennent naissance dans les portraits différenciés que Gobseck fait de lui-même et de son interlocuteur, M. Derville au début de l'extrait. Ce dernier est un jeune « avoué », c'est-à-dire un avocat en début de carrière que Gobseck – au sein de l'histoire – contribue à installer professionnellement. Il est aussi le premier narrateur du récit-cadre. Dans le passage que nous étudions, il délègue sa parole à Gobesck qui devient le narrateur du récit enchâssé*. De fait, M. Derville apparaît ici comme l'auditeur passif du discours de Gobseck, sorte de faire-valoir qui permet au personnage principal de livrer sa vision très personnelle de la vie et du bonheur, tout en brossant – avec éloquence – un portrait flatteur de lui-même.

La syntaxe des phrases permet de souligner l'opposition entre les deux personnages, valorisant, par contraste, l'homme d'expérience qu'est Gobseck face à l'inexpérience du jeune homme. Cette idée est exprimée aux lignes 2 à 3. L'orateur juxtapose dans ses propos trois propositions commençant par le pronom personnel « vous » suivies d'une seule commençant par le pronom réfléchi « moi », qui est comme une chute lapidaire : Gobseck compare l'exaltation de la jeunesse de Derville, qui voit des « figures de femme dans [ses] tisons » (l. 2), à son propre pragmatisme : « je n'aperçois que des charbons » (l. 3). Derville aurait donc une vision tronquée de l'existence, son esprit serait influencé par son imagination et ses sentiments, tandis que Gobseck ferait montre de lucidité en voyant la réalité telle qu'elle est. Cette idée est confirmée par le terme « illusions » dans l'injonction adressée par Gobseck à son interlocuteur « Gardez vos illusions » (l. 3). On peut d'ailleurs souligner que ce terme présente une résonance particulière avec un roman majeur de l'entreprise balzacienne : *Illusions perdues* (1837-1843). Ce roman raconte l'échec et le désenchantement d'un jeune provincial épris de gloire littéraire – Lucien de Rubempré. L'assurance de Gobseck est également audible dans les formules sentencieuses : « Ce que l'Europe admire, l'Asie le punit. Ce qui est un vice à Paris, est une nécessité quand on a passé les Açores. » (l. 8), et dans l'absence de modalisation du doute : « je ne crois à rien » (l. 3) / « tout est faux » (l. 7). On voit donc que les préoccupations de Gobseck – sa réflexion sur la réussite sociale et personnelle – sont partagées par d'autres personnages de *La Comédie humaine*, réalité et illusion apparaissant comme les ressorts d'une réflexion commune.

Gobseck incarne bien l'une des figures de la lucidité par opposition à ceux qui s'illusionnent. On notera toutefois que cette clairvoyance du réel a pour corollaire une absence d'affects, un objectivisme froid que laissaient déjà deviner la métaphore du « tison ». En effet, Gobseck, l'usurier, envisage la vie sous un aspect comptable et il n'est pas étonnant qu'il utilise le terme polysémique « décompte » dans la phrase d'annonce du discours formulée au futur proche imminent : « Je vais vous faire le décompte de la vie » (l. 4). Le substantif est en effet polysémique puisqu'il désigne à la fois le récit à venir et le relevé numérique des événements. Par la suite, Gobeseck fait un tableau assez sombre de l'existence et des rapports humains. Les mêmes procédés syntaxiques justifient cette idée. On peut relever notamment un parallélisme mettant en valeur une antithèse* à la ligne 3 : « Vous croyez à tout, moi je ne crois à rien. » À travers cette affirmation se dessine l'image d'un personnage cynique, voire désabusé, qui ne semble éprouver aucune émotion.

Faites une synthèse de cette explication sous forme de notes (à la manière d'une fiche de révision ou de notes de préparation pour l'épreuve orale).

Exercice 6 niveau 2 30 min *Corrigés*, p. 284

Guy de Maupassant (1850-1893)

Écrivain se rattachant au mouvement naturaliste, Guy de Maupassant a écrit les *Contes de la Bécasse* (1883), recueil qui comporte dix-sept nouvelles, dont « Pierrot » publié dès 1882, pauvre chien qui subit les conséquences funestes de l'avarice de sa maîtresse. Maupassant a connu Gustave Flaubert et comme lui, il a publié de nombreux articles. En effet, il a rédigé, sous la Troisième République, des articles dont les sujets deviendront ensuite des sources d'inspiration de son œuvre littéraire.

1. Soulignez les termes qui désignent l'écrivain.

2. Réécrivez cette courte biographie en remplaçant les termes que vous avez surlignés par des procédés de reprise (en particulier des groupes nominaux qui permettent une expression plus variée).

Corrigés

Exercice 1

1. Mille gens se ruinent au jeu, et vous disent froidement qu'ils ne sauraient se passer de jouer : quelle excuse ! Y a-t-il une passion, quelque violente ou honteuse qu'elle soit, qui ne pût tenir ce même langage ? Serait-on reçu à dire qu'on ne peut se passer de voler, d'assassiner, de se précipiter ? Un jeu effroyable, continuel, sans retenue, sans bornes, où l'on n'a en vue que la ruine totale de son adversaire, où l'on est transporté du désir du gain, désespéré sur la perte, consumé par l'avarice, où l'on expose sur une carte où à la fortune du dé la sienne propre, celle de sa femme et de ses enfants, est-ce une chose qui soit permise ou dont l'on ne doive se passer ? Ne faut-il pas quelquefois se faire une plus grande violence, lorsque poussé par le jeu jusqu'à une déroute universelle, il faut même que l'on se passe d'habits et de nourriture, et de les fournir à sa famille ?

On relève plusieurs occurrences* de phrases de type interrogatif qui sont des interrogations rhétoriques. L'inflexion de la voix est ascendante et suivie d'une courte pause.

2. Le moraliste exprime un sentiment d'indignation et s'appuie sur plusieurs procédés : l'exclamation : « quelle excuse ! » ; l'énumération : « Un jeu effroyable, continuel, sans retenue, sans bornes » ; la métaphore : « consumé par l'avarice » ; l'hyperbole : « une déroute universelle » ; et le registre polémique.

3. L'intention de l'auteur repose davantage sur une stratégie de persuasion car ses arguments renvoient à l'affectif et aux liens familiaux auxquels tout le monde peut être sensible : « où l'on expose sur une carte où à la fortune du dé la sienne propre, celle de **sa femme** et de **ses enfants** [...] il faut même que l'on se passe d'habits et de nourriture, et de les fournir à **sa famille** ? »

Exercice 2

1. Dans cette farce de Molière, le comédien **joue / incarne** deux personnages à la fois.

2. Dans l'*excipit* de *Bel-Ami*, **le narrateur rapporte** le mariage du personnage avec Suzanne. Il évoque aussi son amante, présente dans l'église de la Madeleine.

3. Les philosophes des Lumières **expriment de nombreuses idées** dans leurs écrits.

4. Dans *Les Misérables* de Victor Hugo, Cosette **porte** un petit bonnet rond. Mais elle **souffre de la faim** et **elle apparaît très affaiblie**.

5. Zola a écrit une série de romans qui **ont fondé /** établi **/ rendu pérenne** sa notoriété.

Exercice 3

1. Les deux types de vers utilisés dans cette fable sont l'alexandrin, vers de douze syllabes, et l'octosyllabes, vers de huit syllabes.

2. Découpe syllabique de l'avant-dernier vers : Je/ ju/re é/ter/nelle/ a/lli/ance.

3. On ne doit pas entendre le [e] de « jure » car il précède un mot qui commence également par une voyelle. Même remarque pour le [e] de « éternelle ». En revanche, on doit entendre les voyelles qui composent la diphtongue du mot « alliance ». Il s'agit d'une diérèse. Prononcée en trois syllabes, elle insiste sur les minauderies du « Chat », hypocrite qui cherche à plaire au Rat pour se tirer d'affaire.

4. Il est pertinent d'insister sur les sons [i] et [s] des vers 4 à 7 notamment car la consonne sifflante et la voyelle fermée corroborent les caractères des animaux personnifiés présentés par le fabuliste comme égoïstes et mesquins, comme le confirme la périphrase qui les désigne : « Toutes gens d'esprit scélérat. »

Exercice 4

1. a. présentation de l'extrait. **b.** plan de l'explication. **c.** présentation de l'auteur. **d.** problématique. **e.** présentation de l'œuvre de laquelle est tiré l'extrait.

2. Ordre correct : c / e / a / d / b.

3. Charles Baudelaire est un poète de la deuxième moitié du XIXe siècle, il se situe au carrefour de deux mouvements littéraires : marquant la fin du romantisme qu'il fustige mais dont sa poésie porte encore les traits, il préfigure le symbolisme à venir. Auteur des *Petits poèmes en prose* publié deux ans après sa mort en 1869, son recueil le plus connu s'intitule *Les Fleurs du Mal* (1857). Dans ce recueil, une section nommée « Tableaux parisiens » est consacrée à la description de la ville de Paris et mêle la réalité à l'imaginaire poétique. Cette dualité est lisible dans le long poème « Rêve parisien » dont nous étudions ici un extrait (six quatrains d'octosyllabes). Nous répondrons à la problématique suivante : Quelle représentation de la capitale française apparaît dans ce poème ? Nous analyserons tout d'abord le caractère immense de la ville avant de nous intéresser à son aspect féerique et rêvé.

Exercice 5

I- Gobseck, un orateur lucide et sans émotions

1. Les qualités extérieures de Gobseck : l'éloquence du discours

a. Structure de l'argumentation

– Fondée sur le recours aux antithèses et aux comparaisons tout au long du texte. Figures d'opposition et de comparaison → l. 4-6.

– 2 portraits opposés : Gobseck (locuteur actif) / Derville (interlocuteur passif) → « vous »/ « je ».

b. Des images percutantes

– Métaphore du « tison » → l. 2 et 3. Pragmatisme de l'un / illusion de l'autre.

– Argument dialectique et recours à la sentence à travers l'exemple des pays → l. 8.

c. Un ton péremptoire

– Assertions au présent de vérité générale → l. 6-7.

– Modalisateurs de certitude : « je ne crois à rien » (l. 3) / « tout est faux » (l. 7). Pas d'adverbes de doute, etc.

2. Mais un personnage dépourvu d'affects

a. L'objectivisme froid

– L'image du « tison » déjà évoquée + polysémie du mot « décompte » (l. 4).

b. Un personnage cynique, désabusé

– Un personnage qui se dissocie des autres, qui exprime sa différence/ sorte de misanthrope. Parallélisme et antithèse → l. 3.

Exercice 6

1. **Écrivain** se rattachant au mouvement naturaliste, **Guy de Maupassant** a écrit les *Contes de la Bécasse* (1883), recueil qui comporte dix-sept nouvelles, dont « Pierrot » publié dès 1882, pauvre chien qui subit les conséquences funestes de l'avarice de sa maîtresse. **Maupassant** a connu Gustave Flaubert et, comme lui, il a publié de nombreux articles. En effet, **il** a rédigé, sous la Troisième République, des articles dont les sujets deviendront ensuite des sources d'inspiration de son œuvre littéraire.

2. **Nouvelliste** se rattachant au mouvement naturaliste, **Guy de Maupassant** est **l'auteur** des *Contes de la Bécasse* (1883), recueil qui comporte dix-sept nouvelles, dont « Pierrot » publié dès 1882, pauvre chien qui subit les conséquences funestes de l'avarice de sa maîtresse. **Ami et disciple de Gustave Flaubert**, Maupassant a également été **journaliste** et a publié de nombreux articles. En effet, **l'auteur de *Bel-Ami*** a rédigé, sous la Troisième République, des articles dont les sujets deviendront ensuite des sources d'inspiration de son œuvre littéraire.

Sujets de type Bac n° 1 et 2

Objet d'études : Le théâtre du XVIIe siècle à nos jours

Cours, *chap. 5, p. 142*

Sujet 1 : le commentaire littéraire

Vous présenterez de manière organisée ce que vous avez retenu de la lecture du texte ci-dessous en justifiant par des analyses précises votre interprétation et vos jugements personnels.

ACTE PREMIER

SCÈNE PREMIÈRE

Une place devant le château.

MAÎTRE BLAZIUS, DAME PLUCHE, LE CHŒUR

LE CHŒUR

Doucement bercé sur sa mule fringante, messer Blazius s'avance dans les bluets fleuris, vêtu de neuf, l'écritoire au côté. Comme un poupon sur l'oreiller, il se ballotte sur son ventre rebondi, et les yeux à demi fermés, il marmotte un *Pater noster* dans son triple menton. Salut, Maître Blazius ; vous arrivez au temps de la vendange, pareil à une amphore antique.

MAÎTRE BLAZIUS

Que ceux qui veulent apprendre une nouvelle d'importance m'apportent ici premièrement un verre de vin frais.

LE CHŒUR

Voilà notre plus grande écuelle ; buvez, Maître Blazius ; le vin est bon ; vous parlerez après.

MAÎTRE BLAZIUS

Vous saurez, mes enfants, que le jeune Perdican, fils de notre seigneur, vient d'atteindre à sa majorité, et qu'il est reçu docteur à Paris. Il revient aujourd'hui même au château, la bouche toute pleine de façons de parler si belles et si fleuries, qu'on ne sait que lui répondre les trois quarts du temps. Toute sa gracieuse personne est un livre d'or ; il ne voit pas un brin d'herbe à terre, qu'il ne vous dise comment cela s'appelle en latin ; et quand il fait du vent ou qu'il pleut, il vous dit tout clairement pourquoi. Vous ouvririez des yeux grands comme la porte que voilà, de le voir dérouler un des parchemins qu'il a coloriés d'encres de toutes couleurs, de ses propres mains et sans rien en dire à personne. Enfin c'est un diamant fin des pieds à la tête, et voilà ce que je viens annoncer à M. le baron. Vous sentez que cela me fait quelque honneur, à moi, qui suis son gouverneur depuis l'âge de quatre ans ; ainsi donc, mes bons amis, apportez une chaise, que je descende un peu de cette mule-ci sans me casser le cou ; la bête est tant soit peu rétive, et je ne serais pas fâché de boire encore une gorgée avant d'entrer.

Le Chœur

Buvez, Maître Blazius, et reprenez vos esprits. Nous avons vu naître le petit Perdican, et il n'était pas besoin, du moment qu'il arrive, de nous en dire si long. Puissions-nous retrouver l'enfant dans le cœur de l'homme.

Maître Blazius

Ma foi, l'écuelle est vide ; je ne croyais pas avoir tout bu. Adieu ; j'ai préparé, en trottant sur la route, deux ou trois phrases sans prétention qui plairont à monseigneur ; je vais tirer la cloche.*Il sort.*

Alfred de Musset, *On ne badine pas avec l'amour*, Acte I, scène 1, 1834.

Sujet 2 : la dissertation

À partir de vos lectures personnelles et des pièces étudiées en classe, vous réfléchirez à la fonction des tirades à l'intérieur des pièces de théâtre.

Corrigés

Sujet 1 : le commentaire littéraire

Introduction

[Mise en contexte] Le dramaturge romantique Alfred de Musset eut une liaison passionnée avec George Sand, mais lors de leur voyage à Venise, alors qu'il était malade et qu'elle le soignait, il comprit qu'elle s'était éprise de Pagello, un médecin vénitien. Une fois guéri, Musset repartit seul à Paris, laissant Sand avec Pagello. Mais les deux écrivains continuèrent pendant quelques mois à s'échanger une correspondance enflammée, dont certains extraits furent réemployés dans *On ne badine pas avec l'amour*, pièce écrite au cours d'une longue et douloureuse période de séparations et de réconciliations. Le motif du triangle amoureux, central dans cette pièce, pourrait donc être une transposition de l'expérience vécue, même s'il était déjà présent dans des œuvres antérieures à la rencontre de Musset et Sand (notamment *Les Caprices de Marianne*). En dépit du contexte sombre dans lequel elle fut composée, la pièce – dont Musset avait d'abord rédigé une ébauche en vers – débute pourtant sur un ton léger. Elle fut publiée en 1834 dans la presse, et reprise la même année dans *Un spectacle dans un fauteuil*, recueil de pièces que Musset disait destinées à la lecture, mais dont certaines sont aujourd'hui parmi les plus jouées du répertoire romantique. À bien des égards, *On ne badine pas avec l'amour* est donc une pièce inclassable.

[Problématique] D'après cette scène d'exposition*, quel pourrait être le genre de cette pièce ?

[Annonce du plan] Après avoir constaté que la scène présente certaines caractéristiques propres aux genres du théâtre antique, et qu'elle semble être le prélude à une pièce comique, on montrera qu'elle permet en réalité de percevoir le fait qu'*On ne badine pas avec l'amour* échappe aux codes du théâtre de son temps.

I. Des souvenirs du théâtre antique et classique

1. Le chœur

Ce personnage collectif est inhabituel sur la scène romantique. Il était en revanche toujours présent dans les tragédies* antiques, où il avait pour fonctions de commenter l'action, de servir sur scène de relais au public (il est souvent composé de personnes du peuple, par exemple dans *Œdipe roi de Sophocle*), et d'incarner une forme de sagesse, opposée aux excès des héros tragiques*. Après l'Antiquité, ce personnage disparaît, sauf dans les deux tragédies bibliques de Racine, *Esther* et *Athalie*.

On retrouve bien chez Musset les fonctions du chœur antique :

– Le commentaire de l'action : la description de l'arrivée de Blazius, qui peut fonctionner comme une didascalie* interne, ou comme un récit permettant au spectateur d'avoir connaissance de ce que l'on ne peut pas montrer sur scène (pratique courante dans le théâtre classique). Il faudrait alors supposer que Blazius entre au moment où le chœur s'adresse directement à lui : « Salut, Maître Blazius ».
– Il est bien un représentant du peuple : on découvrira peu après qu'il est composé de villageois, mais on peut déjà le deviner à la manière dont Blazius s'adresse à lui, sur un ton supérieur, avec le subjonctif à valeur impérative : « Que ceux qui veulent apprendre une nouvelle d'importance *m'apportent* ici premièrement un verre de vin frais ».
– Il incarne la sagesse, opposée aux excès de Blazius : à partir du moment où le dialogue s'engage, il parle moins, et prône la simplicité : « Nous avons vu naître le petit Perdican, et il n'était pas besoin, du moment qu'il arrive, de nous en dire si long ».
Il est à noter également que le chœur est un véritable personnage collectif, qui s'exprime toujours à la première personne du pluriel. Il n'y a apparemment pas de coryphée (porte-parole du chœur).

2. Un style élevé, qui rappelle celui de la tragédie antique

On retrouve dans le texte en prose des vers blancs, traces de la première version en alexandrins, vers caractéristique du théâtre classique : « messer Blazius s'avanc(e) dans les bluets fleuris », « Il se ballotte sur son ventre rebondi », « Vous saurez, mes enfants, que le jeun(e) Perdican », « la bouche toute plein(e) de façons de parler » ou « de façons de parler si bell(e) s et si fleuries », « qu'il a coloriés d'encres de tout(e) s couleurs », « Enfin c'est un diamant fin des pieds à la tête », « qui suis son gouverneur depuis l'âg(e) de quatre ans », « apportez une chais(e) que je descende un peu / de cette mule-ci sans me casser le cou », « Nous avons vu naîtr(e) le petit Perdican », « adieu ; j'ai préparé, en trottant sur la route » (avec une prononciation naturelle, on retrouve douze syllabes). On pourrait aussi repérer des octosyllabes : « Comme un poupon sur l'oreiller », par exemple. La prose pourrait ainsi imiter l'hétérométrie qui caractérise, dans le théâtre classique, les scènes chantées dans lesquelles intervient le chœur.

On relève également, dans les répliques de Blazius, l'imitation du style soutenu qui caractérise ordinairement le genre tragique : ton solennel dans « Que ceux qui veulent apprendre une nouvelle d'importance » et métaphores* précieuses : « Toute sa gracieuse personne est un livre d'or », « c'est un diamant fin ».

Le chœur, quant à lui, emploie une périphrase : « au temps de la vendange », et quelques archaïsmes : « messer », « bluets ».

3. Des références à l'Antiquité

Certains détails renvoient par ailleurs à l'Antiquité : le latin « *Pater noster* » qui, même s'il renvoie à la langue liturgique que parle le prêtre Blazius, évoque aussi la Rome antique, parce qu'il est entouré d'autres allusions plus explicites au monde gréco-romain : « l'amphore antique » à laquelle le chœur compare Blazius et, plus généralement, tout le champ lexical du vin et de la boisson, qui évoquent Dionysos, dieu de l'ivresse mais aussi de l'inspiration poétique, en l'honneur duquel étaient organisées les représentations théâtrales dans la Grèce antique. La mule sur laquelle est monté Blazius rappelle d'ailleurs les cortèges dionysiaques, dans lesquels le dieu est fréquemment représenté porté par un âne.

[Transition] Ces références à l'Antiquité sont avant tout comiques : elles permettent de ridiculiser les prétentions de Blazius.

II. Une scène comique

1. Le motif de l'ivresse

L'ivresse, si elle renvoie à Dionysos, est aussi un motif comique, voire farcesque. Elle décrédibilise ici le personnage du gouverneur, figure supposée d'autorité qui est immédiatement caractérisée par un défaut qui le suivra dans toute la pièce, l'ivrognerie. Musset joue avec le comique de caractère. Dès la première réplique, Blazius est associé au vin : C. C. de temps « au temps de la vendange » et comparaison* « pareil à une amphore antique ». Son comportement confirme immédiatement la justesse de la comparaison : chute comique de sa première réplique, qui commence sur un ton solennel et s'achève sur un détail concret et décalé. Le détail de l'écuelle accentue le comique : la soif devient ivrognerie, Blazius est dégradé, animalisé. Il tente de préserver les apparences avec une litote* : « je ne serais pas fâché de boire encore une gorgée », mais elle contraste avec la réplique suivante : « l'écuelle est vide, je ne croyais pas avoir tout bu ». Dans ce contexte, l'interjection « ma foi » prend une résonance comique : la vraie foi du religieux Blazius réside dans le vin, et pas seulement dans le vin de messe…

2. Le portrait de Blazius : une caricature vivante

La comparaison avec l'amphore est d'autant plus comique qu'elle ne renvoie pas seulement à l'ivrognerie de Blazius, mais aussi à son aspect physique : son corps à la forme d'une amphore ! C'est le point d'orgue d'une caricature qui occupe toute la première réplique du chœur. Tous les éléments de la description désignent la mollesse et grosseur du personnage : traits physiques : « ventre rebondi », « triple menton », mais aussi comparaison au « poupon » et métaphore filée de l'enfant endormi : « doucement bercé », « sur l'oreiller », « yeux à demi fermés ». Les sonorités comiques des verbes « ballotte » et « marmotte » laissent également imaginer cette mollesse, qui contraste avec l'énergie de la « mule fringante ». La silhouette peut rappeler Sancho Pança. L'insistance sur un seul détail est typique de la caricature, et rend le portrait comique.

Il est cependant à peine exagéré comme le révèlent les difficultés de Blazius à se mouvoir seul : « apportez une chaise que je descende un peu de cette mule-ci sans me casser le cou ».

3. L'exagération verbale

La caricature de Blazius passe aussi par sa manière de s'exprimer, exagérée, enflée comme lui. Son langage élevé est en réalité une caricature de style noble, car le reste de ses discours est naïf, voire ridicule. Il adopte un ton paternaliste : « mes enfants » alors que le chœur est adulte, puisqu'il a « vu naître le petit Perdican » et veut faire valoir le savoir de son protégé, alors que lui-même semble ignorant : il s'inclut vraisemblablement dans le pronom « on » de « on ne sait que lui répondre les trois quarts du temps ». Ses comparaisons et ses métaphores sont exagérées, hyperboliques, et donc ridicules : « toute sa gracieuse personne est un livre d'or », « c'est un diamant fin des pieds à la tête » (détail familier « des pieds à la tête » qui détonne avec la comparaison qui se veut élégante ») et surtout « des yeux grands comme la porte que voilà ».

Blazius attache une grande importance à l'éloquence : celle de Perdican (« la bouche toute pleine de façons de parler si belles et si fleuries »), mais aussi la sienne dont il se vante avec fausse modestie (voir l'affirmation contradictoire : « j'ai préparé, en trottant sur la route, deux ou trois phrases sans prétention qui plairont à monseigneur »). Mais sa parole est souvent maladroite (à cause des effets du vin ?), comme par exemple l'ambiguïté de la proposition « à moi, qui suis son gouverneur depuis l'âge de quatre ans ». Dans le contexte, on comprend que le C. C. de temps renvoie à Perdican, mais syntaxiquement, il pourrait tout aussi bien renvoyer à Blazius, et deviendrait alors absurde !

La scène s'inscrit ainsi dans une tradition classique, celle de la satire* du pédantisme, très présente chez Molière (les maîtres dans *Le Bourgeois gentilhomme*, Thomas Diafoirus dans *Le Malade imaginaire*).

[Transition] Cette satire du pédantisme suggère un autre idéal : le naturel.

III. Une pièce hors des genres

1. L'attente de Perdican, ou la revendication du naturel

La fonction de la scène d'exposition est aussi de créer une attente chez le spectateur, ici celle de l'un des personnages principaux, Perdican, dont Blazius annonce l'arrivée. À travers cette annonce se dessine une autre esthétique, celle du naturel. Perdican, tel que le décrit Blazius, est en effet un personnage ambivalent, savant (« reçu docteur à Paris », il a des connaissances très éclectiques, en botanique, météorologie, langues anciennes, calligraphie) mais aussi rattaché à l'enfance. Il est en effet à un âge charnière, passage symbolique de l'enfance à l'âge adulte : « il vient d'atteindre à sa majorité », et il revient sur les lieux où il a grandi, et il est présenté par des témoins de sa petite enfance : Blazius se souvient de ses quatre ans, et le chœur l'a « vu naître ». Même les détails supposés mettre en valeur son savoir ont des connotations* qui renvoient à l'enfance : « un des parchemins qu'il a coloriés d'encres de toutes couleurs, de ses propres mains et sans en rien dire à personne » désigne peut-être sa thèse, mais est décrit comme un dessin d'enfant. Il porte ainsi avec lui des valeurs de simplicité qui sont à l'opposé de celles que Blazius essaie de mettre en avant. Le chœur les relève, en répondant à la longue tirade du gouverneur par une revendication de simplicité : « il n'était pas besoin, du moment qu'il arrive, de nous en dire si long ! » Son vœu final, exprimé au subjonctif et mis en relief par l'exclamation, fait très clairement du naturel et de la simplicité de l'enfance une valeur forte : « Puissions-nous retrouver l'enfant dans le cœur de l'homme ». Le style du chœur, travaillé et parodique au début, devient ici beaucoup plus simple, retenu, et laisse transparaître son émotion. Perdican introduit ainsi dans la pièce un autre registre*, et annonce le mélange des tonalités qui caractérise le théâtre romantique.

L'attente est donc aussi d'ordre esthétique : l'arrivée de Perdican changera-t-elle le registre de la pièce ? Est-il devenu prétentieux et emphatique comme son gouverneur Blazius ou a-t-il su conserver la simplicité dont se souvient le chœur ?

2. Une pièce qui échappe aux lois de la représentation théâtrale

Liberté prise à l'égard des règles classiques, le mélange des registres que l'on devine ici est typique du théâtre romantique. Mais d'autres signes de liberté indiquent que Musset va au-delà des revendications de son époque. Parce qu'il écrit pour être lu et non pour être joué, Musset peut en effet aller encore plus loin dans la recherche de naturel : il n'est pas soumis aux contraintes matérielles de la représentation théâtrale. La mule de Blazius, mentionnée dès le début de la première réplique, est ainsi le signe des libertés que se permet le dramaturge à l'égard des lois ordinaires de la scène :

comment aurait-on pu la représenter à une époque où on ne concevait pas encore des mises en scène symboliques ?

Autre liberté prise par Musset, la sortie du personnage sans changement de scène. Dans le théâtre classique, chaque entrée où sortie d'un personnage marque un changement de scène, et le théâtre romantique continue à respecter cette convention. Musset imagine ici une structure plus souple, où ce sont les changements de lieux qui dicteront les changements de scène.

Conclusion

[Bilan] La scène d'exposition annonce une pièce qui joue avec les codes et les lois du théâtre pour les dépasser. Le spectateur (ou le lecteur) attend de découvrir, non seulement le personnage principal, mais aussi une pièce qui semble faite pour le surprendre, rompre avec ses habitudes.

[Ouverture] Musset invente ainsi un théâtre novateur, difficilement jouable à son époque, mais qui annonce les audaces du théâtre du xxe siècle, par exemple *Rhinocéros*, où l'on retrouve les mêmes problèmes de mise en scène (les animaux sur scène) et surtout le même mélange des registres comiques et tragiques.

Sujet 2 : la dissertation

Introduction

La tirade est une composante du dialogue théâtral. Elle se caractérise par sa longueur et son contenu, par la place qu'elle occupe dans l'économie des scènes. Elle se distingue de la simple réplique par sa structure et par l'importance du message et des informations qu'elle délivre. C'est pourquoi la tirade occupe une place de première importance dans l'action théâtrale comme dans la progression de l'intrigue. Il convient donc de s'interroger sur l'emploi de cette forme de parole théâtrale dans différentes pièces, qu'elles soient classiques, romantiques ou contemporaines. En quoi la tirade joue-t-elle un rôle décisif au théâtre ? Qu'apporte-t-elle à l'action et que dit-elle du personnage qui la prononce ? Après avoir défini le statut dramatique de la tirade, nous étudierons sa fonction informative et son rôle dans l'action.

I. Qu'est-ce qu'une tirade ?

1. Une composante du dialogue théâtral qu'on rencontre dans de nombreuses pièces de différentes époques (tirade de Phèdre, de Willie…)

2. Une convention dramatique : un personnage prend longuement la parole sans que les autres ne l'interrompent. Il s'agit d'un ressort théâtral commun à tous les genres.

3. La tirade est une prise de parole longue en présence de personnages, ce qui la différencie du monologue* (tirade d'Agrippine en présence de son fils Néron dans *Britannicus*).

II. La tirade dans l'action

1. La tirade (surtout dans le théâtre classique), sert à **relater ce que la scène ne peut pas montrer :** le récit d'actions sanglantes ou irreprésentables (le monstre marin de *Phèdre*, par exemple).

2. La tirade fait **le bilan de l'action**. Elle sert à rappeler les événements passés et à envisager l'avenir (tirade de Don Rodrigue à Don Fernand dans *Le Cid*).

3. Une pause dans l'intrigue : la tirade peut aussi marquer un temps de respiration, un tempo plus lent dans une intrigue dramatique. C'est le cas de plusieurs tirades explicatives du *Mariage de Figaro*, pièce globalement très dynamique.

III. Fonction esthétique et symbolique de la tirade

1. La tirade peut aussi faire **le portrait d'un personnage**, qui dévoile son caractère et son tempérament. C'est le cas par exemple de Ruy Blas dans l'un de ses échanges avec la Reine, dans la pièce de Victor Hugo.

2. La tirade peut aussi être **un moment de rêve ou de délire**. Dans *Lorenzaccio*, plusieurs tirades du personnage peuvent être assimilées à des moments de délire ; c'est également le cas pour le personnage du duc de Reichstadt dans *L'Aiglon* de Rostand.

3. Exprimer les idées de l'auteur : par exemple, quand Ruy Blas s'en prend à la corruption des Ministres, on peut y lire les propres idées de Hugo et son idéal politique.

Conclusion

La tirade est une composante essentielle du dialogue théâtral et ses fonctions sont nombreuses. Elle sert à informer le spectateur sur l'action mais aussi sur la psychologie de celui qui parle. Elle repose sur une convention forte : la double destination. La tirade s'adresse à la fois à un ou plusieurs personnages et au public. Dans la tragédie classique elle joue un rôle essentiel car elle permet de raconter ce qui ne peut pas être montré sur scène à cause des bienséances. Pour toutes ces raisons, nombreuses sont les tirades restées célèbres dans la culture collective : La tirade de don Diègue dans *Le Cid*, La célèbre « tirade du nez » de *Cyrano de Bergerac*. Mais la tirade est enfin un moment de bravoure pour l'acteur qui doit l'interpréter. En effet, un comédien qui est chargé d'une tirade doit la rendre vivante et captiver l'attention du spectateur. Finalement la tirade est un défi théâtral pour le comédien qui doit l'interpréter et pour le public qui doit en comprendre les enjeux.

Sujets de type Bac n° 3 et 4

Objet d'études : La littérature d'idées du XVIe siècle au XVIIIe siècle

Cours, chap. 3, p. 69

Sujet 3 : le commentaire littéraire

Vous présenterez de manière organisée ce que vous avez retenu de la lecture du texte ci-dessous en justifiant par des analyses précises votre interprétation et vos jugements personnels.

Il y a des misères sur la terre qui saisissent le cœur. Il manque à quelques-uns jusqu'aux aliments ; ils redoutent l'hiver ; ils appréhendent de vivre. L'on mange ailleurs des fruits précoces ; l'on force la terre et les saisons pour fournir à sa délicatesse : de simples bourgeois, seulement à cause qu'ils étaient riches, ont eu l'audace d'avaler en un seul morceau la nourriture de cent familles. Tienne qui voudra contre de si grandes extrémités ; je ne veux être, si je le puis, ni malheureux, ni heureux ; je me jette et me réfugie dans la médiocrité.

Il y a une espèce de honte d'être heureux à la vue de certaines misères.

L'on voit certains animaux farouches, des mâles, et des femelles, répandus par la campagne, noirs, livides, et tout brûlés du soleil, attachés à la terre qu'ils fouillent et qu'ils remuent avec une opiniâtreté invincible ; ils ont comme une voix articulée, et, quand ils se lèvent sur leurs pieds, ils montrent une face humaine ; et en effet ils sont des hommes. Ils se retirent la nuit dans des tanières, où ils vivent de pain noir, d'eau et de racines : ils épargnent aux autres hommes la peine de semer, de labourer et de recueillir pour vivre, et méritent ainsi de ne pas manquer de ce pain qu'ils ont semé.

Si je compare ensemble les deux conditions des hommes les plus opposées, je veux dire les grands avec le peuple, ce dernier me paraît content du nécessaire, et les autres sont inquiets et pauvres avec le superflu. Un homme du peuple ne saurait faire aucun mal ; un grand ne veut faire aucun bien et est capable de grands maux. L'un ne se forme et ne s'exerce que dans les choses qui sont utiles ; l'autre y joint les pernicieuses. Là se montrent ingénument la grossièreté et la franchise ; ici se cache une sève maligne et corrompue sous l'écorce de la politesse. Le peuple n'a guère d'esprit, et les grands n'ont point d'âme : celui-là a un bon fond et n'a point de dehors, ceux-ci n'ont que des dehors et qu'une simple superficie. Faut-il opter ? Je ne balance pas : je veux être peuple.

La BRUYÈRE, *Les Caractères*, « Des Grands », 1688.

Sujet 4 : la dissertation

À votre avis, pourquoi la littérature du XVIe au XVIIIe siècle aborde-t-elle souvent la question de la tolérance ? Vous répondrez à cette question en vous fondant sur vos lectures et sur les œuvres étudiées en classe.

Corrigés

Sujet 3 : le commentaire littéraire

Introduction

Dans les *Caractères*, La Bruyère se fixe comme objectif de « peindre les mœurs de son siècle ». Étudier les mœurs, c'est analyser les conditions de vie et les usages de son temps en les décrivant et en exprimant, à travers des descriptions, des constats, voire des critiques. Parmi elles figure la dénonciation de l'injustice sociale. C'est ce thème qui structure l'extrait des *Caractères* soumis à notre étude. La Bruyère dénonce de manière virulente la misère du plus grand nombre. Pour parvenir à convaincre son lecteur, il utilise ainsi un système argumentatif très élaboré. C'est pourquoi on peut se demander en quoi l'argumentation directe permet-elle de construire une réflexion efficace. À partir de ce questionnement, nous verrons en quoi cet extrait des *Caractères* relève d'une violente dénonciation dans laquelle l'auteur s'implique personnellement. Au-delà de la critique de son siècle, nous verrons enfin que son argumentation a une portée plus universelle.

I. Une dénonciation véhémente

1. Un tableau révoltant de la misère

L'auteur décrit précisément les conditions de vie des paysans comparés à des animaux.

2. Un texte structuré par une série d'oppositions

Les antithèses* et les parallélismes de construction mettent en évidence le contraste saisissant entre les conditions de vie des plus pauvres et des plus riches, décrits en des termes violemment péjoratifs : en même temps qu'il dénonce une injustice, La Bruyère pointe du doigt les responsables.

II. Un auteur personnellement impliqué dans son texte

1. Des marques d'émotions

La première phrase place le texte sous le signe de l'émotion, assumée par l'auteur (observer la forte présence de la première personne du singulier). La Bruyère exprime sa tristesse et son indignation pour mieux inviter le lecteur à les partager.

2. Un enjeu personnel

À travers cette dénonciation, La Bruyère cherche aussi à se situer dans la société, à définir sa juste place d'homme : évolution de « je ne veux être, si je le puis, ni malheureux, ni heureux » à « Je ne balance pas : je veux être peuple ». L'argumentation a permis à l'auteur de mieux se connaître, de se définir.

III. Une portée universelle : réflexion sur la nature humaine

1. La comparaison animale, une fausse dévalorisation

Effet de surprise ironique avec « et en effet ils sont des hommes ». Au-delà de l'indignation, la comparaison avec les animaux soulève une réflexion sur l'humanité et la sauvagerie : pour être homme, faut-il bénéficier de conditions de vie humaines ? Réflexion nuancée : La Bruyère n'idéalise pas les misérables, mais ne les méprise pas non plus.

2. Une réflexion sur la société et la corruption

L'image de la nature revient pour décrire « les grands » avec la métaphore « une sève maligne et corrompue sous l'écorce de la politesse ». L'homme civilisé, cultivé est en réalité une créature dénaturée : si les pauvres ne peuvent être pleinement humains, les « grands » ont quant à eux perdu une part de leur humanité.

Conclusion

La dernière formule de cet extrait ne laisse *a priori* pas d'alternative : « je veux être peuple », écrit La Bruyère, ce qui constitue une forme de provocation de la part d'un aristocrate du siècle de Louis XIV. Mais la démonstration qui aboutit à ce constat rappelle aussi la fonction des *Caractères* : émettre un avis critique sur son temps, prendre position face à certaines injustices telles que l'inégalité de richesse ou de naissance. Certes La Bruyère n'est pas un révolutionnaire, mais il annonce, de loin en loin, les prises de position de Voltaire ou de Beaumarchais au siècle suivant.

Sujet 4 : la dissertation

Introduction

Dans son *Traité sur la tolérance* (1763), Voltaire aborde une question centrale de toute l'époque moderne : la tolérance religieuse. À travers l'exemple de Jean Calas, protestant exécuté pour sa religion, le philosophe dénonce l'intolérance religieuse et plus généralement décrit les mécanismes qui conduisent à l'intolérance. Or depuis le XVIe siècle, les écrivains, qui sont aussi souvent des savants, se demandent comment prendre en compte les différences au sein d'une même société, comment intégrer au paysage mental des Occidentaux la découverte d'autres civilisations et montrer que, finalement, les hommes d'ici et d'ailleurs se ressemblent. Aussi la question de la tolérance est-elle au cœur de toute la littérature d'idées qui s'épanouit du XVIᵉ au XVIIIᵉ siècle, de Rabelais à Diderot. C'est pourquoi il convient de se demander pourquoi la tolérance est l'un des thèmes prépondérants de la littérature d'idée de l'époque moderne et jusqu'à la Révolution. Il s'agira, dans un premier temps, de comprendre les liens qui unissent la tolérance aux questions sociales, puis la manière dont la littérature combat l'intolérance religieuse et enfin de voir en quoi la littérature a pu être une arme pour « changer les hommes ».

I. La tolérance : une question de société ?

1. Entre le XVIᵉ et le XVIIIᵉ siècle, de nombreux événements bouleversent la société qui redéfinissent **la place de l'homme face aux autres civilisations**. Dans ses *Voyages*, Jean de Léry montre que les Occidentaux sont parfois plus intolérants que les Indigènes.

2. Dès lors, **les bouleversements interrogent la tolérance** : comment comprendre les hommes d'autres pays, avec d'autres mœurs ? En ce sens, la question de l'esclavage est au cœur des Lumières : elle reflète la plus injuste des inégalités entre les hommes. Voltaire l'évoque à plusieurs reprises dans ses contes philosophiques.

3. La littérature contre l'intolérance politique : la littérature décrit aussi d'autres régimes politiques pour montrer l'intolérance de la monarchie (écrits de Voltaire sur l'Angleterre).

II. La tolérance : une question morale ?

1. La littérature est très souvent une manière de **dénoncer l'intolérance religieuse**, en particulier au XVIᵉ siècle, au moment des guerres de Religion (Agrippa d'Aubigné dénonce dans *Les Tragiques* les massacres de la Saint-Barthélemy).

2. Le fanatisme religieux concerne aussi les conversions forcées dans les pays récemment découverts. Voltaire dénonce ainsi à plusieurs reprises l'Inquisition espagnole et ses abus (dans *Candide*, en particulier).

3. La tolérance suppose aussi d'**accepter les idées d'autrui**. C'est pourquoi les écrivains des Lumières (Diderot, Voltaire) ont dû se battre contre la censure. Beaumarchais évoque cette question dans *Le Mariage de Figaro*.

III. La littérature, une arme pour changer les hommes ?

1. L'idéalisme traverse la littérature de l'Humanisme aux Lumières. Pendant plus de deux siècles, la littérature a en effet réfléchi aux manières de montrer aux hommes comment être plus heureux en société. C'est l'une des « leçons » qu'on peut tirer de l'œuvre de Rabelais, des *Essais* de Montaigne ou des œuvres de Jean-Jacques Rousseau.

2. La tolérance trouve aussi sa place dans **un idéal de liberté pour l'individu**. Dans son « abbaye de Thélème », Rabelais imagine un monde où chacun est libre d'agir à sa guise. Les utopies ont souvent pour fonction d'éveiller la conscience critique des lecteurs.

3. Si la question de la tolérance est souvent au cœur des œuvres littéraires, c'est que la société de l'**Ancien Régime** est inégalitaire et soumise à l'influence morale de la religion. En décrivant leurs contemporains, La Bruyère, Montesquieu ou encore Voltaire ont posé les jalons d'une réflexion sur de nouvelles manières de vivre heureux en société.

Conclusion

La question de la tolérance dans la littérature d'idées concerne finalement plusieurs genres littéraires et plusieurs grands auteurs. Qu'il s'agisse de formes libres comme l'essai ou le dialogue, de genres plus structurés comme le conte ou la tragédie, la tolérance est un thème central de la création littéraire. Ce phénomène ne saurait se comprendre sans prendre en compte les changements qui affectent le monde occidental ou l'évolution des régimes politiques. À travers ce thème, on comprend comment les auteurs s'engagent pour des causes qu'ils estiment justes, au nom de la liberté et du bonheur des peuples.

Sujets de type Bac n° 5 et 6

Objet d'études : La poésie du XIXe siècle au XXIe siècle

Cours, *chap. 2, p. 30*

Sujet 5 : le commentaire littéraire

Vous présenterez de manière organisée ce que vous avez retenu de la lecture du texte ci-dessous en justifiant par des analyses précises votre interprétation et vos jugements personnels.

« Promenade sentimentale »

Le couchant dardait ses rayons suprêmes
Et le vent berçait les nénuphars blêmes ;
Les grands nénuphars entre les roseaux
Tristement luisaient sur les calmes eaux.
Moi j'errais tout seul, promenant ma plaie
Au long de l'étang, parmi la saulaie
Où la brume vague évoquait un grand
Fantôme laiteux se désespérant
Et pleurant avec la voix des sarcelles
Qui se rappelaient en battant des ailes
Parmi la saulaie où j'errais tout seul
Promenant ma plaie ; et l'épais linceul
Des ténèbres vint noyer les suprêmes
Rayons du couchant dans ses ondes blêmes
Et les nénuphars, parmi les roseaux,
Les grands nénuphars sur les calmes eaux.

Paul VERLAINE, *Poèmes saturniens*, 1866.

Sujet 6 : la dissertation

« La poésie [...] n'a pas d'autre but qu'elle-même », affirme Charles Baudelaire. Vous commenterez cette citation en vous fondant sur l'œuvre poétique étudiée en classe et sur vos lectures personnelles.

Corrigés

Sujet 5 : le commentaire littéraire

Introduction

Le titre *Poèmes saturniens* d'où est extrait « Promenade sentimentale » renseigne le lecteur sur la tonalité du recueil. Saturne, planète de la solitude et des chagrins, annonce d'emblée la dimension mélancolique de la poésie verlainienne. C'est ce que confirme la lecture de « Promenade sentimentale », dont le titre est quelque peu trompeur. Le lecteur s'attend à une charmante histoire de sentiments, mais il n'en est rien. Verlaine peint un paysage qui reflète les errances d'un homme seul. Un dialogue implicite s'instaure ainsi entre la nature et le poète. Dès lors on peut se demander comment Verlaine renouvelle la tradition du « paysage-état d'âme » ? Il s'agit en effet de comprendre la manière dont la poésie peut rendre à la fois les émotions de la solitude et la perception de l'environnement. Ainsi, après avoir analysé en quoi le poème peint un paysage triste, il s'agira de voir en quoi ce paysage est aussi perturbé et troublant. C'est finalement la subjectivité du moi poétique qui confère à cette promenade les allures d'une méditation mélancolique.

I. Un « paysage triste »…

1. Le sujet est en retrait

Les occurrences* de la première personne sont rares (deux « je » et deux « ma »), et seul le mot « plaie » exprime directement sa souffrance.

2. Poétique de la suggestion

C'est donc par la description de la nature qu'est prise en charge l'évocation indirecte des sentiments.

– Des détails du paysage suggèrent la mélancolie : « le couchant », les « nénuphars blêmes », les saules dont on ne dit pas qu'ils sont pleureurs, le « linceul des ténèbres ».
– L'ensemble paysage, humide et froid, construit une atmosphère triste.
– L'hypallage « tristement luisaient » explicite cette prise en charge des émotions par le paysage naturel : l'adverbe désigne l'impression que l'image produit sur le poète, en même temps qu'une émotion attribuée aux fleurs.

3. Douleur et douceur : le bercement

Le mouvement de la nature et du poème indique un possible adoucissement de la douleur : le vent est maternel, il « berce » les nénuphars et le poème imite ce bercement par ses répétitions dans un ressassement propre à la mélancolie, qui semble chercher à endormir sa propre douleur.

II. Un paysage « perturbé »

1. Par une écriture déceptive

Premier vers : style sublime, très proche d'un romantisme à la manière de Lamartine, puis retombée au deuxième vers, avec un lexique plus simple. Cette retombée est soulignée par le passage du ciel au ras de l'eau. D'emblée Verlaine prend ses distances avec le romantisme qui a fondé la tradition du paysage-état d'âme.

2. Par des détails incongrus

Détail incongru du « pleur des sarcelles », qui suggère un bruit peu harmonieux. Il n'y a pas d'harmonie entre le poète et la nature. Le rassemblement des sarcelles qui se « rappelaient » (« s'appelaient à nouveau » et non « se souvenaient », comme le fait le poète) accentue l'isolement du poète « tout seul », d'autant plus qu'elles sont les seules créatures animées du paysage.

3. Par l'indifférence de la nature

Solitude explicitée et suggérée à la fois : la structure en chiasme* enferme le « je » et son double anthropomorphe dans une nature indifférente, « calme ».

Nénuphar : symbole* de froideur et d'indifférence dans le langage des fleurs ; peut-être une version dégradée du lotus, symbole d'élévation dans les spiritualités orientales (parce qu'il est plus courant et parce qu'il est au ras de l'eau).

III. Un « je » sensible

1. L'imagination du moi

Le poème bascule au vers 8 autour du « fantôme », c'est-à-dire grâce à l'imagination : c'est bien le regard du poète qui rend le paysage sensible, qui l'anthropomorphise ; c'est en réalité lui et non la « brume vague » qui « évoque » le fantôme, puisque « évoquer », c'est appeler hors de, faire sortir par la voix. Par la parole poétique, il fait surgir de la brume une forme humaine.

2. Répétition et contagion

Les répétions comportent des variantes :

– l'obscurité gagne (« Le couchant dardait ses rayons suprêmes » / « l'épais linceul / Des ténèbres vint noyer les suprêmes / Rayons du couchant ») ;
– le mal est contagieux (les « ondes » deviennent « blêmes » comme les nénuphars).

Si le premier changement peut s'expliquer simplement par le temps qui passe, le second est plus surprenant : l'eau devrait s'assombrir elle aussi. Ce changement ne peut être attribué qu'au passage du poète : c'est lui qui apporte la tristesse dans le paysage en s'y promenant.

3. Une écriture aquarelliste

Il y a donc bien un échange, mais pas dans le sens où il se joue ordinairement dans les paysages-états d'âme :

– la nature n'est pas au diapason des émotions du poète, c'est lui qui, par son hypersensibilité, lui prête ses émotions, l'anime.
– en retour il lui emprunte sa beauté : le poème se fond dans la nature, devient liquide, imite le mouvement de l'eau grâce aux enjambements.

Conclusion

Entre le titre et le poème, Verlaine glisse une mélancolie délicate. Le lecteur est entraîné vers un monde d'impressions, de visions tristes voire funèbres. La délicatesse de la versification et le choix précis du lexique font de cette promenade une errance. Le poète dévoile ses inquiétudes qu'il diffuse dans les images incertaines, floues, fantomatiques. Pour toutes ces raisons, la poésie de Verlaine a été associée à l'impressionnisme pictural : effet de dissolution de la réalité qui aboutit sur une impression de ressassement, même si la chute du poème semble rétablir une forme d'harmonie et de calme. Avec « Promenade sentimentale », c'est toute la *manière* de Verlaine (au sens pictural du terme) qui s'exprime.

Sujet 6 : la dissertation

Introduction

Dès son origine, la fonction de la poésie fait débat. Destinée à être chantée, à procurer du plaisir à l'auditoire, elle a vu son rôle évoluer au fil des siècles. C'est au XIXe siècle en particulier que se redéfinissent les contours de la poésie. A-t-elle un but ? Dans « Fonctions du poète », Victor Hugo considère que le Poète doit porter un message supérieur à la collectivité des hommes. Quant à Baudelaire, il affirme que « la poésie [...] n'a pas d'autre but qu'elle-même », autrement dit qu'elle se suffit à elle-même, que sa beauté est sa seule raison d'être. Cette affirmation suffit-elle à définir les fonctions de la poésie et doit-on, avec Baudelaire, la considérer en elle-même et pour elle-même ? De nombreux exemples montrent en effet que la poésie est souvent tournée sur le monde. Il s'agira dans un premier temps de constater que la poésie crée d'abord un langage singulier, avant de voir en quoi elle est l'expression de sentiments intimes et enfin d'un engagement moral, voire politique.

I. Objet de la poésie : créer un langage

1. « Tu m'as donné ta boue et j'en ai fait de l'or »

La formule baudelairienne exprime bien le rôle alchimique de la poésie, qui transforme certains éléments du réel en images poétiques (*Les Fleurs du mal* fourmillent d'images originales).

2. Une langue unique et originale

Étymologiquement, poésie (*poien*) signifie « créer ». La poésie est un lieu de création : le style d'un poète se reconnaît à sa capacité d'inventer une langue (la poésie de Paul Verlaine ou d'Apollinaire est immédiatement identifiable ; la poésie en prose d'Aloysius Bertrand).

3. La poésie réfléchit à la création

Souvent la poésie commente sa propre création (dimension métapoétique de la poésie). Dans « Fonctions du Poète », Victor Hugo se penche sur ce qu'est la création poétique. En ce sens, Baudelaire a raison : « la poésie [...] n'a pas d'autre but qu'elle-même.

II. Poésie et expression de soi

1. La poésie, un genre associé au « moi » du poète

C'est surtout le cas à certaines périodes de l'histoire littéraire : Renaissance, romantisme. La poésie a aussi pour but l'expression singulière du moi (du Bellay, Musset, Rimbaud).

2. La poésie, le lieu de l'intime

Elle recueille les sentiments les plus personnels des poètes et les exprime sous une forme singulière (le livre « *Pauca meae* » des *Contemplations* revient longuement sur la mort de la fille de Victor Hugo, Léopoldine).

3. La poésie cherche à toucher le lecteur

C'est en particulier le cas de la poésie lyrique où domine l'expression de sentiments personnels (« Le Lac » des *Méditations* de Lamartine, « Nuit rhénane » d'*Alcools* d'Apollinaire).

III. La poésie au service des idées

1. La poésie peut être une arme dans les combats littéraires

Les poètes de la Pléiade au XVIe siècle ont utilisé la poésie pour défendre leur conception de la langue française.

2. La poésie sert à résister en cas d'oppression

On parle ainsi de la « poésie de la Résistance » dans le contexte de la Seconde Guerre mondiale. Elle exprime alors souvent la liberté (poésie d'Aragon ou d'Éluard).

3. La poésie a parfois pour but de prendre position dans tel débat moral ou idéologique. Pour dénoncer la tyrannie politique, Victor Hugo écrit *Les Châtiments* en 1852.

Conclusion

Certes Baudelaire a sans doute raison d'affirmer que la poésie n'a pas d'autre rôle qu'elle-même, dans la mesure où chaque poème est une œuvre d'art qui reflète l'intention d'un créateur. À cet égard, elle possède une certaine autonomie. Pourtant l'histoire littéraire nous montre que, bien souvent, la poésie a d'autres buts que de chercher une perfection qui n'appartiendrait qu'à elle. Elle est tournée vers l'extérieur, exprime ce qu'on ne pourrait dire avec la langue prosaïque, permet au lecteur d'accéder à la part la plus intime des poètes face aux expériences fondamentales de la vie (l'amour, la mort). La poésie enfin est une parole libre et qui libère, qui permet d'exprimer un idéal en temps d'oppression. C'est pour cette raison que, quelle que soit sa forme, texte à lire ou chanson, la poésie fait intrinsèquement partie de toutes les civilisations.

Sujets de type Bac n° 7, 8 et 9

Objet d'étude : Le roman et le récit du Moyen Âge au XXIe siècle

Cours, chap. 4, p. 106

Sujet 7 : la dissertation

Marguerite Yourcenar a la réputation d'être une romancière qui exerce un contrôle très fort sur ses textes, et l'on affirme souvent qu'elle est partout présente dans son œuvre. Votre lecture de *Mémoires d'Hadrien* vous permet-elle d'approuver ce jugement ?

Sujet 8 : la dissertation

En vous appuyant sur les romans étudiés et sur tous ceux que vous connaissez, vous vous demanderez si le roman est, comme on l'affirme souvent, le reflet de la société.

Sujet 9 : le commentaire littéraire

Vous présenterez de manière organisée ce que vous avez retenu de la lecture du texte ci-dessous en justifiant par des analyses précises votre interprétation et vos jugements personnels.

Les deux prêtres, l'enfant de chœur et le bedeau vinrent et donnèrent tout ce qu'on peut avoir pour soixante-dix francs dans une époque où la religion n'est pas assez riche pour prier gratis. Les gens du clergé chantèrent un psaume, le *Libera*, le *De profundis*. Le service dura vingt minutes. Il n'y avait qu'une seule voiture de deuil pour un prêtre et un enfant de chœur, qui consentirent à recevoir avec eux Eugène et Christophe.

Il n'y a point de suite, dit le prêtre, nous pourrons aller vite, afin de ne pas nous attarder, il est cinq heures et demie.

Cependant, au moment où le corps fut placé dans le corbillard, deux voitures armoriées, mais vides, celle du comte de Restaud et celle du baron de Nucingen, se présentèrent et suivirent le convoi jusqu'au Père-Lachaise. À six heures, le corps du père Goriot fut descendu dans sa fosse, autour de laquelle étaient les gens de ses filles, qui disparurent avec le clergé aussitôt que fut dite la courte prière due au bonhomme pour l'argent de l'étudiant. Quand les deux fossoyeurs eurent jeté quelques pelletées de terre sur la bière pour la cacher, ils se relevèrent, et l'un d'eux, s'adressant à Rastignac, lui demanda leur pourboire. Eugène fouilla dans sa poche et n'y trouva rien, il fut forcé d'emprunter vingt sous à Christophe. Ce fait, si léger en lui-même, détermina chez Rastignac un accès d'horrible tristesse. Le jour tombait, un humide crépuscule agaçait les nerfs, il regarda la tombe et y ensevelit sa dernière larme de jeune homme, cette larme arrachée par les saintes émotions d'un cœur pur, une de ces larmes qui, de la terre où elles tombent, rejaillissent jusque dans les cieux. Il se croisa les bras, contempla les nuages, et, le voyant ainsi, Christophe le quitta.

Rastignac, resté seul, fit quelques pas vers le haut du cimetière et vit Paris tortueusement couché le long des deux rives de la Seine où commençaient à briller les lumières. Ses yeux s'attachèrent presque avidement entre la colonne de la place Vendôme et le dôme des Invalides, là où vivait ce beau monde dans lequel il avait voulu pénétrer. Il lança sur cette ruche bourdonnante un regard qui semblait par avance en pomper le miel, et dit ces mots grandioses : « À nous deux maintenant ! »

Et pour premier acte du défi qu'il portait à la Société, Rastignac alla dîner chez madame de Nucingen.

Honoré de BALZAC, *Le Père Goriot*, 1834.

Corrigés

Sujet 7 : la dissertation

Introduction

[Présentation de l'œuvre et du sujet] En 1951, Marguerite Yourcenar publie *Mémoires d'Hadrien*, autobiographie fictive du célèbre empereur romain qui sut faire régner la paix au Iᵉʳ siècle après Jésus-Christ. Ce roman connaît un grand succès, et contribue largement à la célébrité de son auteur. Mais rapidement, Marguerite Yourcenar acquiert la réputation de contrôler son œuvre comme Hadrien contrôle son empire. Dans une volonté extrême de maîtrise, elle serait omniprésente dans son œuvre.

[Problématisation] Un tel jugement peut surprendre, dès lors que Yourcenar choisit de consacrer tout un roman à la reconstitution de la vie d'un autre être, qui n'est pas un personnage de son invention, puisque son existence historique est bien connue. Peut-on considérer *Mémoires d'Hadrien* comme un roman par lequel la romancière s'affirmerait, ou s'agit-il au contraire d'une œuvre marquée par un effacement de soi et une ouverture à l'autre ?

[Annonce du plan] Il convient tout d'abord d'admettre que Marguerite Yourcenar se fait particulièrement discrète dans *Mémoires d'Hadrien*. Cependant, on remarquera que cette discrétion est le fruit d'un contrôle de tous les aspects de l'écriture, qui permet d'affirmer que la romancière est partout présente dans son texte. On montrera néanmoins que cette omniprésence n'est pas une marque d'égocentrisme, au contraire : elle permet au roman de s'ouvrir à l'universalité.

I. Une romancière apparemment absente : le « portrait d'une voix »

1. L'effacement de l'imaginaire devant l'érudition

Le sujet historique du roman ne se prête pas à un déploiement de l'imaginaire personnel. Yourcenar écrit en archéologue, elle s'efforce de reconstituer le passé de la manière la plus exacte possible ; elle ne semble donc pas créer un univers qui lui serait propre.

Ex : les descriptions de la villa.

2. Un style proche de la traduction

Yourcenar n'affirme pas non plus sa présence dans le style : elle emploie un style « togé », c'est-à-dire une écriture aussi proche que possible de ce que pouvait être celle de l'empereur, au point que le lecteur a parfois l'impression de lire un texte traduit du grec ou du latin.

Ex : « l'Eubée blonde précéda l'Attique couleur de vin rose » : imitation des épithètes homériques, trait caractéristique du style grec.

3. La reconstruction impartiale d'un psychisme

Yourcenar refuse enfin de projeter sur son personnage sa propre sensibilité, ou la sympathie qu'elle peut avoir pour lui. Elle cherche à le montrer de manière juste, sans l'idéaliser ni le caricaturer. Elle laisse parfois deviner les hypocrisies et les mensonges de ses personnages, pour ne pas être elle-même soupçonnée de partialité.

Ex : On comprend qu'Hadrien a laissé Attianus s'accuser de l'assassinat des consulaires pour préserver sa propre réputation.

[Transition] Marguerite Yourcenar fait donc tout pour s'effacer de son roman. Mais c'est parce qu'elle contrôle à l'extrême son œuvre qu'elle y parvient.

II. Une romancière autoritaire : le contrôle de l'œuvre

1. L'interprétation sous contrôle : les « Carnets de notes de *Mémoires d'Hadrien* »

En ajoutant à la lettre d'Hadrien à Marc-Aurèle son propre commentaire de l'œuvre, Marguerite Yourcenar encadre la réception du roman, guide le lecteur dans la compréhension qu'il doit en avoir. En ce sens, elle refuse bien de s'effacer.

Ex : Elle indique que le lecteur aurait tort de croire qu'elle a fait son autoportrait : « Grossièreté de ceux qui vous disent : "Hadrien, c'est vous". »

2. Des allusions au présent de Marguerite Yourcenar

En dépit de son exactitude historique, le roman renvoie aussi, de manière discrète, à l'histoire du XXe siècle.

Ex : les réflexions d'Hadrien sur les conditions de la paix, qui font écho au contexte de l'après-guerre.

3. La structure du récit : une fausse chronique

En apparence, la romancière intervient peu dans la construction du récit, elle semble rapporter les événements dans l'ordre chronologique, comme le ferait un chroniqueur. Il n'en est rien : le récit contient de nombreuses analepses* et prolepses*, qui prouvent qu'il est le fruit d'une construction mûrement réfléchie et non un pur enregistrement du déroulement de l'histoire.

Ex : les nombreuses prolepses qui suggèrent l'importance qu'a Antinoüs dans la vie d'Hadrien, avant même que leur rencontre ne soit racontée.

[Transition] Yourcenar contrôle son récit de manière à s'effacer, elle place son individualité en retrait, ce qui amène le lecteur à s'interroger sur ce qu'est un individu et sur la place qu'il occupe dans l'univers.

III. Une écriture qui vise l'universalité

1. Le dépassement des frontières de l'individu

À travers l'exemple d'Hadrien, Marguerite Yourcenar montre l'infinie complexité de la vie humaine : un être n'est pas réductible à une personnalité stable. Il doit donc sortir de lui-même pour mieux se comprendre et se connaître.

Ex : l'incipit*, *où Hadrien se voit à travers les yeux du médecin qu'il a consulté.*

2. Saisir l'essence de l'homme

Cette complexité d'Hadrien, et cette capacité à se considérer avec du recul, lui permettent de devenir un personnage emblème de l'humanité, en ce qu'elle a de plus essentiel. Bien qu'il ait une trajectoire exceptionnelle par sa fonction d'empereur, et bien qu'il ait été passagèrement tenté de se considérer comme un dieu, c'est avant tout un homme qui apprend peu à peu à assumer pleinement sa propre humanité.

Ex : la nuit passée dans le désert syrien, où Hadrien mesure sa place d'homme et d'empereur face à l'immensité de la nature.

3. Une méditation sur le statut de l'auteur

Hadrien est d'abord un personnage qui écrit, puisque Yourcenar a choisi de lui donner la parole à la première personne, à travers une lettre qu'il adresse à son successeur. Son trajet révèle donc les pouvoirs et les limites de l'écriture : il s'interroge parfois sur sa capacité à atteindre la vérité, mais c'est en écrivant qu'il peut donner un sens à son expérience.

Ex : Dans le dernier paragraphe de la lettre, réécriture d'un authentique poème d'Hadrien, la voix du personnage et celle de l'auteur se confondent pour suggérer que c'est la pratique de l'écriture, et la prise de recul sur soi qu'elle induit, qui permettent à l'homme d'affronter la mort avec lucidité.

Conclusion

La présence de Marguerite Yourcenar dans *Mémoires d'Hadrien* est à peine perceptible, tant la romancière s'attache à recréer de la manière la plus fidèle possible l'existence d'Hadrien et l'atmosphère de son époque. Cependant, cette retranscription ne pourrait avoir lieu sans un travail très minutieux, qui porte sur toutes les dimensions du texte : son interprétation, à laquelle Yourcenar veille prudemment, mais aussi les échos de l'histoire du XXe siècle qu'il peut éveiller, et surtout sa structure, bien plus élaborée qu'il n'y paraît.

En raison de ce travail très réfléchi, il est indéniable que Yourcenar est partout présente dans un roman où rien n'est laissé au hasard. Mais si la romancière s'attache à demeurer aussi discrète alors même qu'elle contrôle tout, c'est parce qu'elle ne cherche nullement à se mettre en avant en tant qu'individu, ou même en tant qu'artiste. Son expérience personnelle, comme celle d'Hadrien lui-même, n'est là que pour nourrir une réflexion à valeur universelle, sur la nature même de l'homme – une nature que seule l'écriture permet de saisir dans toute sa complexité, précisément parce qu'elle suppose à la fois une découverte et un effacement de soi.

Sujet 8 : la dissertation

Introduction

Dans la « préface » de *La Comédie humaine*, Honoré de Balzac prétend étudier les mœurs sociales en se fondant sur les théories de Saint-Hilaire. À l'en croire, le roman aurait pour principale intention de peindre la société, ses usages, ceux qui la composent, ses mœurs. Une telle conception du roman est avant tout un héritage du réalisme et du naturalisme du XIXe siècle. Genre extrêmement varié dans ses formes comme dans ses intentions, le roman prend certes souvent pour point de départ un élément de la société, quitte à s'éloigner de la réalité ensuite. Mais l'expression « reflet de la société » pose aussi implicitement le rapport du roman au réel et à sa représentation. C'est pourquoi il convient de se demander de quoi le roman est l'expression. D'où vient son « inspiration » ? Nous verrons dans un premier temps que le roman s'inspire bien souvent de la société dans laquelle il est écrit ; puis qu'il la reflète tout en s'éloignant d'elle. Le roman est enfin aussi un espace de création original, qui n'est pas nécessairement attaché à une réalité sociale.

I. Le roman, miroir de la société

1. De nombreux romans choisissent de **représenter la société contemporaine** dans leur écriture. Un tel choix permet de dresser un portrait des mœurs contemporaines ; c'est le cas des romans de Balzac, qui peignent la réalité des échanges sociaux dans les années 1840-1820.

2. L'ancrage réaliste du roman s'accompagne souvent d'une intention critique. Dans *Les Misérables*, Hugo décrit les conditions de vie difficile dans un cadre historique. Émile Zola, lui, peint l'industrialisation et ses effets sur les travailleurs.

3. Quand il reflète la société, le roman peut aussi avoir **une fonction de témoignage**. C'est le cas, des romans écrits pendant la Première Guerre mondiale : ils reflètent l'absurdité du conflit et les hommes désorientés.

II. Le roman, miroir déformant qui éloigne de la société ?

1. Certains récits évoquent de manière plus ou moins indirecte **la société présente ou passée**. C'est le cas des romans historiques, qui décrivent des événements passés pour réfléchir au présent. Dans ses romans, Alexandre Dumas peint les rois et les reines pour faire réfléchir ses contemporains aux différents régimes politiques.

2. **Les utopies** reprennent souvent des éléments d'une société pour les déformer et en donner une vision idéale. C'est le cas de l'Abbaye de Thélème imaginée par Rabelais dans *Gargantua* : Rabelais reprend les éléments de la société religieuse pour construire son abbaye idéale.

3. **Les fictions autobiographiques**, centrées sur la vie des auteurs, permettent de comprendre la société mais d'un point de vue subjectif, celui des romanciers qui racontent leur vie.

III. Le roman est une fiction

1. On a tendance parfois à considérer que le roman reflète la réalité, mais en vérité, il procède de **l'imaginaire** et construit **une fiction**. Ainsi, *Le Rouge et le Noir* s'appuie sur un fait-divers, mais s'en éloigne pour captiver l'intérêt du lecteur autour du personnage de Julien Sorel.

2. À cet égard, le roman est aussi **un trompe-l'œil** : il offre nécessairement une vision déformée de la réalité sociale pour les besoins de la fiction. Dans certains de ses romans (*La Terre*, *La Joie de vivre*), Zola exacerbe certains aspects horribles de la réalité pour sidérer son lecteur.

3. **On ne lit pas nécessairement un roman pour y voir un reflet de la réalité, mais pour s'en échapper ou découvrir d'autres mondes**. C'est la principale fonction de la fiction : quitter une réalité pour s'attacher à des personnages, à une histoire (succès des romans fantastiques* ou historiques).

Conclusion

Si le roman a souvent un pied dans la réalité sociale d'une époque, avec ses enjeux politiques et économiques, il a aussi « la tête dans les nuages ». Le roman, comme la poésie et le théâtre est en effet avant tout une œuvre de fiction, émanant de l'imaginaire des écrivains. Il faut donc prendre avec une certaine précaution l'expression « reflet de la société » car ce « reflet » passe bien souvent à travers le prisme de l'imagination créatrice. Toutefois, certains romanciers, en particulier ceux du XIXe siècle, ont si bien décrit leur époque que leurs romans sont utilisés par les sociologues et les historiens. Mais c'est aussi la place et le rôle du lecteur dans une société donnée dont il faut tenir compte. C'est ce que montrent très bien *Les Mémoires d'Hadrien* de Yourcenar.

Sujet 9 : le commentaire littéraire

Introduction

Au dénouement de l'un de ses plus célèbres romans, *Le Père Goriot*, Balzac met en scène deux personnages, l'un qui quitte le monde et l'autre qui entre dans le monde. Ces deux personnages sont le père Goriot, vieillard riche qui laisse une immense fortune à ses filles, et Eugène Rastignac, un jeune homme que l'on considère habituellement comme l'incarnation de l'ambition. À la fin du roman meurt le vieil homme, abandonné de sa famille. Seul Rastignac lui rend un dernier hommage en assistant à son enterrement. Dans cet extrait, il s'agira de voir comment Balzac, à travers la description d'un enterrement, dresse le portrait d'une société sans pitié, où dominent le matérialisme et l'ambition. D'abord, nous verrons la manière dont l'enterrement est « expédié », occasion pour Balzac de représenter la « comédie humaine » et de refermer son roman sur le portrait d'un personnage balzacien, Eugène de Rastignac.

I. Un enterrement expédié

1. Les pompes funèbres

Le passage présente tous les éléments invariants propres à un enterrement (cérémonie religieuse, chants, cimetière, etc.). Le lecteur s'attend donc à un moment pathétique, voire tragique.

2. Un enterrement à toute hâte

Mais la cérémonie est expédiée dans la plus grande hâte (« courte prière »). Les solennités funéraires sont précipitées, comme si on voulait se débarrasser d'un mort que personne n'intéresse. La seule parole prononcée au discours direct signale la hâte d'en finir. Abondent les mentions de temporalité.

3. Destin posthume

L'enterrement reflète l'image de la vie du père Goriot, abandonné par ses filles, rejeté par la bonne société, méprisé. La précipitation avec laquelle on l'enterre est émouvante car elle est à l'image de l'injustice qu'il a vécue. C'est enfin un pauvre qu'on enterre, comme l'indique le coût de la cérémonie.

II. Une comédie macabre

1. L'assistance présente

L'enterrement est l'occasion pour Balzac de montrer la comédie sociale qui se joue autour de la cérémonie. Aucune véritable affliction ne touche l'assemblée, réduite à quelques personnages.

2. Le père abandonné

Un détail d'ironie tragique rend l'enterrement encore plus triste : les filles de Goriot ne sont pas présentes aux obsèques de leur père, mais elles ont envoyé « leurs gens », autrement dit leurs domestiques.

3. La mort et l'argent

L'enterrement est un moment qui se monnaye, comme l'indiquent plusieurs mentions relatives au coût des obsèques. Le trivial l'emporte sur le sublime et les solennités.

III. Le regard d'un jeune ambitieux

1. Un jeune homme « à part »

Parmi la foule des anonymes se dégage le portrait d'Eugène de Rastignac, un étudiant pauvre. Il est le seul qui semble éprouver de l'empathie pour le défunt, comme l'indique la formule métaphorique « saintes émotions d'un cœur pur », qui décrit sa peine.

2. Un témoin triste

Mais la tristesse de Rastignac est ambivalente : le jeune homme est à la fois touché par la mort du père Goriot et par sa condition qui semble misérable (il n'a pas de quoi donner un pourboire aux fossoyeurs). Ces détails matériels dévoilent sa situation présente et ses ambitions futures.

3. Le point de départ

La fin du texte revêt en ce sens une fonction symbolique : du haut du cimetière qui domine la ville, Rastignac lance un « défi » à Paris qui personnifie la réussite sociale. Balzac élargit l'horizon en assimilant Paris à une ruche, dans laquelle le jeune étudiant devra se faire une place.

Conclusion

Le dénouement du *Père Goriot* est à la fois pathétique et ouvert sur l'avenir de manière ironique. Triste, ce dénouement l'est parce que le personnage qui donne son titre au roman quitte le monde de manière désolante, sans la présence de ses filles et de sa famille qui, après l'avoir ruiné, l'a abandonné. Ouverte, la fin l'est aussi car le jeune Rastignac découvre la violence des rapports sociaux et comprend que, sans argent, un homme n'est pas accompli. Aussi son initiative finale peut-elle être considérée comme son premier pas en société : approcher les grandes familles riches, l'une des filles du père Goriot ayant épousé Nucingen. Très critique sur la société de son temps, dont il fut l'un des plus fins observateurs, Balzac livre ici une image désenchantée de son époque, où le maître-mot est l'argent.

Lexique

A

Allégorie : idée abstraite (exemple : le bonheur) ou valeur (exemple : la vertu) évoquée sous la forme d'une image concrète ou d'un personnage.
Exemple : La Justice est représentée par une femme qui tient une balance et un glaive.

Allitération : répétition d'un même son consonne dans un texte.
Exemple : Le poème d'Arthur Rimbaud « Les Chercheuses de poux » présente une allitération en « s ».
« L'enfant se sent, selon la lenteur des caresses,
Sourdre et mourir sans cesse un désir de pleurer. »

Amplification : développement par un ajout de détails, de sonorités ou d'images.
Exemple : Pour décrire son nez, Cyrano emploie une amplification sous la forme d'une gradation*.
« C'est un roc, c'est un pic, c'est un cap.
Que dis-je c'est un cap, c'est une péninsule. »
(Edmond Rostand, *Cyrano de Bergerac*).

Analepse : figure de style qui correspond à un retour en arrière. Dans un récit, il s'agit d'un événement raconté après coup. Elle a pour fonction de déchiffrer le passé des personnages pour mieux comprendre leurs actions dans le présent.

Analogie : mise en relation de deux idées ou de deux objets différents mais qui présentent des similitudes implicites.

Anaphore : répétition d'un mot ou d'un groupe de mots à l'intérieur d'un texte. Produit un effet d'insistance, crée un rythme.
Exemple : Louis Aragon utilise la répétition « il n'y a pas » au début des vers de son poème « Il n'y a pas d'amour heureux », créant l'effet d'une litanie élégiaque.
« Il n'y a pas d'amour qui ne soit à douleur
Il n'y a pas d'amour dont on ne soit meurtri
Il n'y a pas d'amour dont on se sent flétri »

Antiphrase : mot ou expression employés dans le sens contraire de ce qu'on veut dire. C'est un des procédés de l'ironie*.
Exemple : « Quelle belle cravate ! » (pour dire qu'une cravate est affreuse).

Antithèse : figure de style qui repose sur l'opposition.

Aparté : dans le dialogue, paroles d'un personnage à l'insu de son interlocuteur. L'aparté peut s'adresser à soi-même ou à un autre personnage, voire aux spectateurs.
Exemple : Dans cet extrait, Dorine se parle à elle-même et fournit un renseignement au public sur l'hypocrisie de Tartuffe, qui change de ton quand on lui annonce l'arrivée d'Elmire :
« DORINE, *en soi-même*.
Comme il se radoucit ! Ma foi, je suis toujours pour ce que j'en ai dit.
TARTUFFE
Viendra-t-elle bientôt ? »
Molière, *Tartuffe ou l'Imposteur*.

Apologue : fable ou récit à visée* morale.
Exemple : Les *Fables* de La Fontaine sont des apologues.

Assonance : répétition d'un même son voyelle dans un texte.

Exemple : Dans ces deux vers de « Chanson d'automne » de Paul Verlaine, les sons « o » et « on » suggèrent une plainte.

« Les sanglots longs
Des violons
De l'automne
Blessent mon cœur
D'une langueur
Monotone »

B

Burlesque : registre* qui consiste à traiter en style bas des sujets élevés ou inversement en style haut des sujets triviaux.

Exemple : Rabelais utilise le registre burlesque dans *Pantagruel* et *Gargantua*.

C

Catharsis : pour Aristote (IVe siècle av. J.-C.), la catharsis purge les passions des spectateurs. Par extension, libération de la douleur.

Exemple : On parle le plus souvent de catharsis à propos de la tragédie*.

Chiasme : segments de deux groupes identiques placés en ordre inverse.

Exemple : « En cet affront mon père est l'offensé, et l'offenseur le père de Chimène ! »

Pierre Corneille, *Le Cid*.

Cliché : expression ou image banale à force d'avoir été utilisée.

Exemple : Dire que l'automne est une saison mélancolique est un cliché.

Comédie : genre théâtral qui met en scène des personnages de classe moyenne et dont le dénouement est généralement heureux.

Exemple : Les comédies de Molière, de Marivaux, de Beaumarchais.

Comparaison : figure d'analogie* qui rapproche deux éléments grâce à un comparant (comme, pareil à, etc.).

Exemple : « La terre est bleue comme une orange… »

Paul Éluard.

Connotation : signification secondaire qu'on associe implicitement au sens premier d'un mot ou d'un texte.

Exemple : Les feuilles mortes connotent la fin d'une histoire d'amour, la solitude, le deuil, etc.

D

Déictiques : éléments qui indiquent la situation d'énonciation. Le plus souvent, des adverbes de lieu et de temps, des pronoms.

Dénotation : sens premier d'un texte ou d'un mot.

Exemple : Les feuilles mortes dénotent l'automne.

Dépréciatif : qualificatif employé pour désigner des champs lexicaux ou des tournures de style qui cherchent à dévaloriser.

Didascalies : ensemble des indications fournies par le dramaturge. Elles concernent les mouvements, les gestes, l'humeur des personnages.

Diérèse : il s'agit d'une prononciation spécifique en poésie qui consiste à séparer deux voyelles, afin d'obtenir une syllabe supplémentaire dans le décompte des vers.

Exemple : « Vous êtes mon lion superbe et généreux, je vous aime ! »

Victor Hugo, *Hernani* (1830).

Dans ce vers, il faut prononcer *li-on* pour obtenir douze syllabes.

E

Élégie : texte au registre* lyrique qui évoque les sentiments sous un mode mélancolique, nostalgique et doux.
Exemple : Certains poèmes de Verlaine sont des élégies.

Ellipse : suppression volontaire dans un texte. On parle d'ellipse narrative dans un roman.

Épidictique : terme qui désigne la tonalité d'un texte qui fait l'éloge ou le blâme.
Exemple : Dans *Les Misérables* de Victor Hugo, le passage de la barricade rue de la Chanvrerie fait l'éloge des insurgés. C'est donc un passage épidictique.

Épique : terme qui désigne la tonalité d'un texte qui narre des épisodes de guerre, célébrant de grandes actions et des hauts faits.
Exemple : Dans les récits de combats de l'*Iliade* et de l'*Odyssée* d'Homère, on trouve des récits épiques.

Épique (registre*) : qui caractérise une action héroïque, qui comporte des aventures, des épisodes guerriers ou imaginaires.

Épistolaire : désigne un genre qui utilise la forme de la lettre. Un roman épistolaire un roman écrit par lettres.
Exemple : *Les Liaisons dangereuses* de Laclos est un roman épistolaire.

Éponyme : qui donne son nom à l'œuvre. Le héros éponyme correspond au nom du titre.
Exemple : Dans le roman *Adolphe* de Benjamin Constant, le héros porte ce prénom.

Euphémisme : atténuation de la violence d'une idée par le remplacement de termes aux connotations* négatives par d'autres plus neutres.
Exemple : « On l'a remercié » pour « on l'a licencié ».

Exposition : début d'une œuvre dramatique où l'intrigue, les personnages et les circonstances de l'action sont présentés.
Exemple : Dans la première scène du *Mariage de Figaro*, Beaumarchais expose la situation : Figaro va épouser Suzanne, mais celle-ci l'informe que le comte a des vues sur elle.

F

Fantastique : registre* qui introduit des éléments inexplicables et mystérieux dans la réalité.
Exemple : *Le Horla* de Guy de Maupassant.

G

Gradation : succession de mots ou de phrases qui vont par ordre croissant ou décroissant. C'est un des effets de l'amplification*.
Exemple : Dans ce vers de « Perette et le Pot au lait », La Fontaine emploie une gradation descendante pour montrer que le rêve de la jeune fille s'écroule :
« Adieu, veau, vache, cochon, couvée ».

H

Hyperbole : figure de rhétorique qui consiste à amplifier.
Exemple : « Mourir de rire ».

I

Incipit : (du latin *incipio*, « commencer ») début d'un récit.

Ironie : procédé qui consiste à se moquer en employant des moyens détournés ou des formules implicites.
Exemple : Dans cet extrait, Alfred de Musset se moque indirectement de Victor Hugo :

« Il avait la tête un peu plus grosse que moi, et, sur le front, une espèce de panache qui lui donnait un air héroï-comique. »
Histoire d'un merle blanc.

L

Litote : manière de dire beaucoup en exprimant peu.
Exemple : Chimère à *Rodrigue* : « Va, je ne te hais point » pour dire « je t'aime ».
Pierre Corneille, *Le Cid*.

Lyrisme : expression des sentiments personnels qui prennent en compte la sensibilité du lecteur.
Exemple : La poésie de Lamartine est l'expression la plus aboutie du lyrisme romantique.

M

Merveilleux : registre* littéraire qui introduit des éléments surnaturels dans le réel mais admis comme tels.
Exemple : Les bottes de sept lieues du Chat botté.

Métaphore : figure d'analogie* qui crée une image par rapprochement de termes. La métaphore filée est une répétition à partir de l'image créée.
Exemple : « Ma jeunesse ne fut qu'un ténébreux orage »
Charles Baudelaire, « L'Ennemi ».

Métonymie : figure qui permet de désigner une réalité grâce à un élément qui lui est proche ou qui la constitue.
Exemple : « OCTAVE. – Apportez-moi ici, sous cette tonnelle, une bouteille de quelque chose » Alfred de Musset, *Les Caprices de Marianne*.

Monologue : passage d'une pièce où un personnage parle seul.
Exemple : Le célèbre monologue de Figaro dans *Le Mariage de Figaro* (IV, 3), dans lequel le personnage dénonce les injustices sociales liées à l'inégalité de naissance.

N

Narrateur : entité qui raconte l'histoire dans un récit.

Niveaux de langue : ils désignent la qualité de l'expression. On distingue le niveau familier, le niveau courant et le niveau soutenu.

O

Occurrence : apparition d'un mot ou d'une expression dans un texte.
Exemple : L'occurrence du mot « mort » dans *La Confession d'un enfant du siècle* d'Alfred de Musset.

Oxymore : alliance de termes opposés qui crée une image.
Exemple : « Cette obscure clarté qui tombe des étoiles »
Pierre Corneille, *Le Cid*, vers 1274.

P

Pamphlet : texte qui attaque de façon virulente voire violente.
Exemple : Les pamphlets de Victor Hugo contre la peine de mort.

Paradoxe : qui va à l'encontre de ce qui est habituellement admis. Le terme désigne aussi ce qui heurte la raison par son caractère contradictoire.
Exemple : Il est si sportif qu'il rechigne à courir pour aller au lycée.

Parodie : qui consiste à imiter de façon plaisante, voire humoristique en grossissant et déformant les traits du texte parodié.
Exemple : En 1830, *Hernani* de Victor Hugo a été parodié sous la forme de *Harnali ou la Contrainte par cor*.

Pathétique (registre*) : qui cherche à susciter l'émotion, la pitié.
Exemple : Le dénouement d'un drame.

Péripétie : changement assez brusque de situation inscrite dans la progression de l'action dramatique.
Exemple : Les romans d'Alexandre Dumas comportent de nombreuses péripéties.

Personnification : figure de style qui consiste à faire d'une idée un être vivant.
Exemple : « Les yeux de la nuit ».

Polémique : débat ou discussion violente.
Exemple : La polémique entraînée par le *Dom Juan ou le Festin de pierre* de Molière.

Prolepse : dans un récit, la prolepse est une figure de style qui consiste à raconter un événement qui va se produire plus tard dans la narration.

Prosodie : terme qui désigne l'ensemble des règles de la versification.

Q

Quiproquo : malentendu entre deux personnes, qui croient parler du même sujet alors qu'elles pensent à des choses différentes.
Exemple : Quiproquo dans les comédies*, les vaudevilles.

R

Récit enchâssé : produit qui consiste à inclure dans le récit un autre récit.
Exemple : *Jacques le Fataliste et son maître* de Denis Diderot.

Registre : ensemble des éléments qui caractérisent la tonalité d'un texte et qui suscite un effet sur le lecteur.
Exemple : Le registre soutenu de la tragédie* classique.

Réquisitoire : terme juridique qui désigne le discours que le procureur émet contre la personne jugée. Pour défendre, l'avocat prononce un plaidoyer.

S

Satire : texte qui dénonce les vices, les excès et les abus d'une personne ou d'un groupe.
Exemple : Molière fait la satire des médecins dans son théâtre.

Symbole : dans un texte une image ou un objet évoquant par analogie* un élément plus abstrait.

T

Tragédie : genre dans lequel les héros sont soumis au poids d'une fatalité qui les conduit le plus souvent vers une sombre fin.
Exemple : Les tragédies de William Shakespeare, Pierre Corneille, Jean Racine et Voltaire.

Tragique (registre*) : qui montre l'homme soumis à sa destinée, soit à cause d'un dieu (dans la tragédie grecque, par exemple), soit à cause d'un pouvoir supérieur (politique, social).
Exemple : Le registre tragique des romans écrits au lendemain de la Seconde Guerre mondiale.

V

Visée : désigne l'intention ou le but d'un texte ou d'une œuvre.
Exemple : Un roman à visée didactique cherche à apporter un enseignement au lecteur.

Crédits photographiques

p.10 : Chrétien de Troyes © BIS / Ph. Coll. Archives SEJER ; Marie de France © BIS / Ph. Coll. Archives Larbor ; Christine de Pisan © BIS / Ph. Coll. Archives Larbor ; François Villon © BIS / Ph. Coll. Archives Larbor ; Guillaume de Machaut © BIS / Ph. Coll. Archives Larbor ; Roman de Renart © BIS / Ph. Coll. Archives Larbor ; p.12 : Johann Guttenberg © BIS / Ph. Coll. Archives Larbor ; Érasme © BIS / Ph. Archives Nathan ; François Rabelais © BIS / Ph. H. Josse Archives Larbor ; Montaigne © BIS / Ph. Archives Nathan ; Pierre de Ronsard © BIS / Ph. Studio J.J. Morlan Archives Larbor ; Joachim du Bellay © BIS / Ph. Coll. Archives Larbor ; p.14 : William Shakespeare © BIS / Ph. Archives Nathan ; Pierre Corneille © BIS / Ph. H. Josse Archives Larbor ; Paul Scarron © BIS / Ph. Léonard de Selva Archives Larbor ; Madeleine de Scudéry © BIS / Ph. J.L. Charmet Archives Larbor ; René Descartes © BIS / Ph. Guiley-Lagache Archives Bordas ; p.16 : Molière © BIS / Ph. Luc Joubert Archives Larbor ; Jean Racine © BIS / Ph. Canonge Archives larbor ; Mme de Lafayette © BIS / Ph. Coll. Archives Larbor ; Jean de La Fontaine © BIS / Ph. J. Arland Archives Larbor ; Jean de La Bruyère © BIS / Ph. Hubert Josse Archives Larbor ; Nicolas Boileau © BIS / Ph. H. Josse Archives Larbor ; p.18 : Montesquieu © BIS / Ph. H. Josse Archives Larbor ; Denis Diderot © BIS / Ph. Scala Archives Bordas ; Voltaire © BIS / Ph. Archives Nathan ; Jean-Jacques Rousseau © BIS / Ph. Jean Tarascon Archives Larbor ; Marivaux © BIS / Ph. H. Josse Archives Larbor ; Pierre Choderlos de Laclos © BIS / Ph. H. Josse Archives Larbor ; p.20 : Victor Hugo © BIS / Ph. Etienne Carjat Coll. Archives Larbor ; Germaine de Staël © BIS / Ph. Coll. Archives Bordas ; George Sand © BIS / Ph. J.L. Charmet Archives Larbor ; Alphonse de Lamartine © BIS / Ph. J. Denave Archives Larbor ; Alexandre Dumas © BIS / Archives Nathan ; Stendhal © BIS / Ph. H. Josse Archives Larbor ; p.22 : Gustave Flaubert © BIS / Ph. Coll. Archives Nathan ; Émile Zola © BIS / Ph. Nadar Coll. Archives Larbor ; Guy de Maupassant © BIS / Ph. Coll. Archives Nathan ; Balzac © BIS / Ph. Jeanbor Archives Larbor ; p.24 : Charles Baudelaire © BIS / Ph. Nadar Archives Photographiques Paris Archives Larbor ; Paul Verlaine © BIS / Ph. X Archives Larbor DR ; Arthur Rimbaud © BIS / Ph. Etienne Carjat Archives larbor ; Stéphane Mallarmé © BIS / Ph. Nadar Archives Larbor ; Joris-Karl Huysmans © BIS / Ph. H. Josse Archives Larbor ; p.26 : Guillaume Apollinaire © BIS / Ph. Coll. Archives Nathan ; Alfred Jarry © BIS / Ph. Coll. Archives Larbor DR ; André Breton © BIS / Ph. Coll Archives Larbor ; Paul Éluard © The Granger Coll NY / Aurimages ; Jean Cocteau © ullstein bild / akg-images ; Louis Aragon © Henri Martinie / Roger-Viollet ; p.28 : Jean-Paul Sartre © Photo12 / Ullstein Bild ; Albert Camus © Rene Saint Paul/BRIDGEMAN IMAGES ; Simone de Beauvoir © Serge Hambourg / Opale / Leemage ; Eugène Ionesco © BIS / Ph. Jeanbor Archives Larbor ; Nathalie Sarraute © BIS / Ph. Patrice Pascal Archives Larbor ; Marguerite Duras © René Saint Paul/Bridgeman Images ; p. 137 : Adolphe, adaptation de Benoît Jacquot, 2002, © Collection Christophel.

Édition : Laura Dherbecourt / Bonnie Evezard
Maquette : Josiane Sayaphoum
Mise en pages : IDT
Iconographie : Annie-Claire Auliard

FSC www.fsc.org
MIXTE
Papier issu de sources responsables
FSC® C022030

Bordas est un éditeur qui s'engage pour la préservation de l'environnement et utilise du papier issu de forêts gérées de manière responsable et d'autres sources contrôlées.

N° de projet : 10262334 – Dépôt légal : août 2020 – Imprimé en Espagne par Macrolibros en août 2020